四川大学古典文学研究丛书

祝尚书／主编

# 宋代文学探讨集续编

祝尚书 著

復旦大學出版社

# 四川大学古典文学研究丛书序

早年读《庄子·天道篇》,颇对轮扁故事感兴趣:作为一个车轮工人,他居然敢点评齐桓公读书,痛贬所读书中的圣人之言是“糟粕”。这自然触怒了桓公,还算客气,只是要他说出个道理,“有说则已,无说则死”。轮扁可是犯了既侮辱圣人、又邈视君王的重罪,看来死定了,他能说出什么让桓公免罪的道理?不过且慢,这位七十岁的工匠可也是个狠角色,他并不胆怯,也不与桓公辩是非,而是不慌不忙地讲起自己制作车轮的体会:“斫轮徐则甘而不固,疾则苦而不入;不徐不疾,得之于手而应于心,口不能言,有数存焉于其间,臣不能以喻臣之子,臣之子亦不能受之于臣,是以行年七十而老斫轮。古之人与其不可传也死矣,然则君之所读者,古人之糟粕已夫!”读到这里,我们不能不莞尔一笑,为轮扁的智慧拍案叫绝。这当然只是个寓言,庄子是要借轮扁之口讲出一条既朴素、又深刻的道理:精微的东西(即轮扁所谓的“数”),是从实践中积累、总结、提炼出来的,不能言传,只能意会。

无独有偶,与庄子时代接近的古印度哲人释迦牟尼创立了佛教,而佛教文化中的禅宗,据说也是他开启的,其精髓在“以心印心”,不立文字。庄夫子说“得手应心”,其实就是“以心印心”,二人可谓如出一辙,都认为语言文字是“粗”,“心”之觉悟才是“精”,所以在《庄子·秋水篇》中,老夫子又说:“可以言论者,物之粗也;可以意致者,物之精也。”“意”也就是“数”,这才是蕴涵在语言文字中的精华。

不幸的是,笔者没有古先哲人的智慧,却如齐桓公似的读古人书。在今天看来,读书便是研究的开始,而从中获得“数”或“意致”,便是研究成果。以此,所谓“研究”,简单地说就是去其“糟粕”(语言文字),发掘其精华(数、意致)的过程。由是而论,齐桓公可谓是我国历史上最早的"古代文学"(广意)研究者之一。不过很遗憾,无论是庄子还是释迦牟尼,他们影响巨大而深远的思想,仍然只能靠留传下来的语言文字去认识和接受,否则所谓"数"或"心"就没有安泊处。换言之,没有"言论"之粗,也就没有"意致"之精,轮扁的"糟粕"说,可能太绝对了。禅宗说不立文字,最终"文字禅"遍丛林,成了"不离文字";而中国古圣人的思想,由早先的"五经"增益到"十三经",又在四部书中设"经部",就是文字极其繁夥的明证。看来,如齐桓公所读书中的"圣人"之言,仍然是我们了解古人思想及活动的主要途径。这并非是为齐桓公或如笔者之流的古代文学研究者辩解,而是客观存在的事实。笔者大半辈子在古人的"糟粕"(语言文字)中讨生活,虽如陆机《文赋》中所自嘲的"华说"(即论著)似乎不少,但得手应心的收获却不多,而除繁去滥,袭故弥新,将感性认识提升为理性认识,则是古代文学研究者的应有追求和共同使命。

这套《四川大学古典文学研究丛书》凡六种,为川大中文系部分古代文学教师多年研究成果的结集。可喜的是,除笔者之外的几位老师都是本系的教学和学术中坚,他们的论著有不少精粹奉献给读者。吕肖奂教授、丁淑梅教授、何剑平教授是三位中年专家。吕老师长期从事宋代文学研究,著有《宋诗体派论》《宋代诗歌论集》《宋代家族与文学研究》等,而收入本系列的《宋代士人社会与文学研究》,是她的新成果,主要探讨宋代诗坛的立体构成,解析士人阶层唱和中的身份认同及共性等。丁老师也是位著述甚丰的女学者,出版过《中国古代禁毁戏剧史论》《中国散曲文学的精神意脉》《中国古代禁戏论集》等专著,此部《戏曲展演、权力景观与文化事象》,更是精彩纷呈,它从曲史开进与权力分层、戏曲展演与传播禁止、唱本与地方社会景观、才女文化与自我书写等层面,试图从戏曲学出发,结合社会学与传播学的理论与实践,探讨明清以来戏曲与权力介入、戏曲与社会阶层互动、戏曲与地方文化地带迁移等戏曲撰演活动空间的建构与被建构的问题,等等。何剑平教授长期致力于敦煌文献与古代文学研究相结合,对敦煌文献中音乐史料的整理研究成绩卓著，出版有《敦煌维摩诘文学研究》、《中国中古维摩诘信仰研究》、《唐代白话诗派研究》(合作)等专著，而《佛教经典的生存与传播——从知识精英到普通民众》一书，以汉译佛典在中土的传播为主线，通过分析其在两个文化世界(士大夫文化、庶民文化)中不同的文学表现，揭示中古佛教同其他文化事项的关联，阐明作家文学与民间俗文学之间双向交流的主要途径。罗鹭副教授是位青年学者，目前主要研究宋元之际的文学文献，已出版《虞集年谱》《元诗选与元诗文献研究》等专著，颇见功力。而新著《宋元文学与文献论考》，则对南宋书棚本、江湖诗派及元刻元人文集等问题作了深入考察。张淘副教授，与罗鹭一样同为“八〇后”，而更年轻。她在日本早稻田大学获得文学博士学位，其博士论文《江戸後期の職業詩人研究》获早稻田大学出版部资助出版。目前主要研究宋代文学和日本汉文学，《扶桑宋魂——宋代文献与日本汉文学》是她的最新成果。书中对宋代文学的一些基本问题作了梳理和深化，又对日本五山时代禅僧的抄物价值以及禅僧们对宋人典故的捕风捉影产生误用等问题进行介绍和研究。最后，是笔者的《宋代文学探讨集续编》，选录了 2008 年至 2016 年间发表过的主要论文 20 篇，如前所说，其中“得手应心”的东西不多。陆机《文赋》曰：“患挈瓶之屡空，病昌言之难属。……惧蒙尘于叩缶，顾取笑乎鸣玉。”陆机当出于谦虚，而笔者既有如上所述新老同事们的“鸣玉”在耳，“叩缶”则心甘矣。

本系列选题视野开阔，各自发挥所长，共同致力于古代文学研究的学科建设。丛书论证，发端于 2018 年秋，纂辑过程中得到四川大学文学与新闻学院李怡院长、周裕锴教授，以及古代文学教研室张朝富主任和相关老师的大力支持，复旦大学出版社责编王汝娟博士热心推动并精心编校，在此一并表示感谢。

祝尚书

2019 年 10 月 7 日于成都

# 目　录

# 论宋人“诗人诗”、“文人诗”与“儒者诗”之辨

自北宋仁宗时起，学界兴起了探讨“道德性命”的潮流，当时道学家还提出了“格物致知”的口号。在这些新思潮的影响和冲击下，人们的思维方式变得愈益缜密：他们既善于用宏观的眼光审视宇宙，又喜欢探究事物的精微差别。但自觉的“学派”一立，人们的文化视野也受到限制，比如诗歌，宋以前除辨体并讨论各体格法外，似乎不再作分别了，而宋人又按学派的宗旨，依诗歌内容的学术属性或作者身份进行分类，如元代作家陈旅在《跋许益之古诗序》中所说，“近世有‘儒者’、‘诗人’之分”（详下引），他所说的“近世”，无疑指宋代；明孙承恩《书朱文公感兴诗后》认为“儒者之诗主于明理，诗人之诗专于适情”（亦详下引）——可见这种分类是宋代学派促成诗歌新变的产物。其实宋人在尚未分出“儒者诗”之时，还有“诗人诗”与“文人诗”之辨，也与学术思潮有关。对于这些分类，当今学界似乎不大留意，有些“往事”几欲被历史的尘埃湮没。本文拟讨论伴随学派分立而演成的宋诗新变，以及在此视角下产生的新分类法，并着重考察“儒者诗”的内涵及其诗歌史意义。

## 一、宋诗新变：由“诗人诗”到“文人诗”

“诗人”一词，初意指《诗经》作者，后来则泛指以诗歌为专攻的作家，以与作为文章家或读书人之泛称的“文人”对应；而诗人创作的以

兴寄、意象为特点的诗歌作品,又被称为“诗人之诗”。作为一个诗学范畴,“诗人之诗”只有在与“文人之诗”对举时才有意义,而“文人之诗”是宋代才有的概念。因此,“诗人之诗”、“文人之诗”的分辨,本身就是宋诗新变的反映,带有鲜明的时代特征。

将古文的某些特点引入诗歌创作,使诗歌章法、句法散文化,内容议论化,即所谓“以文为诗”,这类作品被统称为“文人之诗”。“以文为诗”的创作倾向滥觞于杜甫,而在韩愈手里获得成功,[①]但在诗坛地位的确立,则要等到北宋欧阳修、苏轼的先后登场。北宋中叶作家李复在《与侯谟秀才书》(第三书)中说:“承问子美(杜甫)与退之(韩愈)之诗与杂文。子美长于诗;退之好为文,诗似其文。退之诗,非诗人之诗,乃文人之诗也。”[②]金人赵秉文说:韩愈“以古文之浑浩溢而为诗,然后古今之变尽矣”。他称这种诗为“不诗之为诗”,[③]即变尽了诗的传统面貌。清代“桐城文派”诗论家方东树认为,杜甫《渼陂行》“夹叙夹写”,此等章法,韩公(愈)“时时学此”,“欧公惯用”。而韩诗“恢张处多,顿挫处多”,如《山石》诗“叙写简妙,犹是古文手笔”;“学欧公作诗,全在用古文章法”。[④] 这说明韩、欧在“以文为诗”方面既一脉相承,而又各自开拓,他们虽以古文名家,而在诗歌创作领域也成就斐然。我们知道,韩、欧分别是中唐和宋初古文运动的领袖,他们的诗歌深受古文影响,这是“文人诗”兴起的大背景。我们还知道,古文运动的指导思想来自中唐的儒学复古思潮,因此“文人诗”又与学术思想密切关联:“以文为诗”不仅仅将散文的章法、句法引入诗歌创作,更重要的是引进了“古文”以儒家思想为核心的社会价值评判体系及其表达方式,这就是所谓“议论化”。可以这样说:儒学复兴乃“文人诗”勃兴的深层原因。但是,即便在北宋中期,“文人诗”也未能完全被社会接受,这是因为它与传统诗歌的面貌和内涵相去太远。当时曾

① 详参程千帆《韩愈以文为诗说》,载《古诗考索》,上海古籍出版社 1984 年版。
② 《潏水集》卷 5,影印文渊阁《四库全书》本。
③ 《与李天英书》,《闲闲老人滏水文集》卷 19,影印文渊阁《四库全书》本。
④ 《昭昧詹言》卷 12“杜公”、“韩公”、“欧阳永叔”,人民文学出版社 1984 年版,分别见第 258、270 页。

发生过一场关于如何认识和评价"文人之诗"的没有结果的争论,魏泰《临汉隐居诗话》记曰:

> 沈括存中、吕惠卿吉父、王存正仲、李常公择,治平中同在馆下谈诗。存中曰:"韩退之诗乃押韵之文尔,虽健美富赡,而格不近诗。"吉父曰:"诗正当如是。我谓诗人以来未有如退之者。"正仲是存中,公择是吉父,四人交相诘难,久而不决。①

在坚持唐音的宋人看来,"诗人之诗"确立了诗歌的标准,如薛季宣(1134—1173)论李贺诗道:"其诗著矣,上世或讥以伤艳,走窃谓不然。世固有若轻而甚重者,长吉诗是也。他人之诗不失之粗,则失之俗,要不可谓诗人之诗;长吉无是病也,其轻飏纤丽,盖能自成一家。"②则"粗"、"俗"的作品是不能称为"诗人之诗"的,好诗应当是"轻飏纤丽",文采斐然。但是,自欧、苏之后,用散文句法作诗蔚为时尚,而"文人之诗"也就成为宋诗主流,以粗为豪,化俗为雅,瘦硬峭拔,构成宋诗的基本风貌,宋前的标准丧失殆尽。只有到宋末,晚唐派诗人方才提出挑战,如刘克庄试图在对比中为"诗人之诗"、"文人之诗"定性,他说:"余尝谓以性情礼义为本,以鸟兽草木为料,风人之诗也;以书为本,以事为料,文人之诗也。"③此论将文人之诗说成是"以书为本",自然与"以性情礼义为本"的"风人"(即"诗人")诗有上下床之别,其贬抑文人诗之意甚明,故遭到刘辰翁的反驳,他写道:

> 刘后村仿《初学记》骈俪为书,左旋右抽,用之不尽,至五七言名对亦出于此。然终身不敢离尺寸,遂欲古诗少许自献,如不可得。故知唐、宋大家数,未易兼善也。每赋诗入手,必先得一事仗而后起,最是一病。近年文最少,诗最盛,计何人不作,何日不有。……后村谓文人之诗与诗人之诗不同,味其言外,似多有所不满,而不知其所乏实在此也。吾尝谓诗至建安,五七言始生,而

---

① 《临汉隐居诗话》,《历代诗话》本,中华书局1981年校点本,第323页。
② 《浪语集》卷30《李长吉诗集序》,影印文渊阁《四库全书》本。
③ 《跋何谦诗》,《后村先生大全集》卷106,《四部丛刊初编》本。

长篇反复，终有所未达，则政以其不足于为文耳。文人兼诗，诗不兼文也。杜虽诗翁，散语可见。惟韩、苏倾竭变化，如雷震河汉，可惊可快，必无复可憾者，盖以其文人之诗也。诗犹文也，尽如口语，岂不更胜彼一偏一曲自擅诗人诗，局局焉，靡靡焉，无所用其四体，而其施于文也，亦复恐泥，则亦可以睠然而悯哉。[1]

刘辰翁采取“以子之矛，攻子之盾”的方法，“揭发”刘克庄言行不一：他作诗正是“以事为料”；然后说明“文人兼诗，诗不兼文”的道理，将诗人诗置于“一曲一偏”的地位。自北宋治平中沈括、吕惠卿论辩之后，在现存文献中，这是又一次公开为“文人之诗”作强有力的辩护。

刘克庄的批评其实比较低调，他虽点了“文人之诗”的“名”，然而只是泛指；对“文人诗”、“理学诗”（此类诗详后）持严厉批判态度且深中其要害的，是诗论家严羽，他有一段学术含量很高、在古代诗歌史上十分著名的言论：

夫诗有别材，非关书也；诗有别趣，非关理也。……诗者，吟咏性情者也。盛唐诗人惟在兴趣，羚羊挂角，无迹可求。……近代诸公乃作奇特解会，遂以文字为诗，以才学为诗，以议论为诗。夫岂不工，终非古人之诗也，盖于一唱三叹之音，有所歉焉。[2]

较之严羽，已入元的刘辰翁无疑是晚辈，在“别材”、“别趣”说已出之后，还一味强调“诗犹文也，尽如口语，岂不更胜”云云，不仅显得非常陈腐和苍白，也基本上没有攻击力，而“别材”、“别趣”说则被诗论家奉为圭臬，影响深远。

“文人之诗”在宋代取得了辉煌成就，后代学者也对这种“新变”的合理性给予了充分肯定，认为它不仅仅是诗歌史的一大变，更重要的是造就了宋诗之盛。[3] 将古文章法、句法和儒家思想引入诗歌，无

---

① 《赵仲仁诗序》，《须溪集》卷6，影印文渊阁《四库全书》本。

② 郭绍虞《沧浪诗话校释·诗辨》，人民文学出版社1983年版，第27页。

③ 叶燮《原诗》卷1《内篇》上：“韩愈为唐诗之一大变，其力大，其思雄，崛起特为鼻祖。宋之苏、梅、欧、苏、王，皆愈为之发其端，可谓极盛。”《清诗话》下册，上海古籍出版社1978年标点本，第570页。

疑使诗歌语言更自由、更贴近口语，也使诗歌的思想境界得到较大的拓展，在仰望唐诗这座高山之后，宋人由此找到了自己前进的道路，因此重兴象的"唐音"和好议论的"宋调"各有千秋，不必轩轾，如宋末作家方凤所说："唐人之诗，以诗为文，故寄兴深，裁语婉；宋朝之诗，以文为诗，故气浑雄，事精实。"①但是，"文人之诗"的缺陷和弊病也毋庸讳言，唐音宋调自有高下，玩味品评，并非不可置论。前述治平之争的焦点，就是沈括等人认为韩诗"乃押韵之文"，而吕惠卿主张诗歌"正当如是"，直到刘辰翁提出"诗犹文"之说，他们的共同之处是抹杀了"诗"与"文"各自的特点。严羽的攻击点主要集中于此，并标举"盛唐兴趣"为诗学范式。事实上，宋代除像欧、苏、黄、陈等大家、名家外，许多"文人诗"过于散文化，缺乏诗的基本构思，使诗歌失去了"一唱三叹"的韵味，直到寓目生厌、难以卒读。这为严羽"别材"、"别趣"说提供了充分的论据，使之成为宋诗批评的经典性论断，并成为后代诗论家的共识。如明许学夷《诗源辩体》卷 35 引元人傅与砺《诗法正论》述范德机论诗之意，以为"唐人以诗为诗，主达情性，于《三百篇》为近；宋人以文为诗，主立议论，于《三百篇》为远"，许氏以为"甚当"。② 清朱庭珍说："自宋人好以议论为诗，发泄无余，神味索然，遂招后人'史论'之讥，谓其以文为诗，乃有韵之文，非诗体也。此论诚然。"③

## 二、宋诗再变：由"诗人诗"、"文人诗"到"儒者诗"

"文人之诗"在宋代诗坛崛起，是诗歌领域一次大的新变，但新变并未就此结束——从北宋起，另一类诗歌又悄然诞生，其特点既非诗人诗所有，也非文人诗所具，那就是"学者诗"。考察现存文献，首先明确提出"学者诗"概念的，当是南宋理学家张栻。盛如梓《庶斋老学丛谈》卷中之下载：

---

① 《仇仁父诗序》，《存雅堂遗稿》卷 3，影印文渊阁《四库全书》本。
② 《诗源辩体》卷 35，人民文学出版社 1998 年版，第 340 页。
③ 《筱园诗话》卷 1，《清诗话续编》本，上海古籍出版社 1983 年标点本，第 2333 页。

> 有以诗集呈南轩先生,先生曰:“诗人之诗也,可惜不禁咀嚼。”或问其故,曰:“非学者之诗。学者诗读着似质,却有无限滋味,涵泳愈久,愈觉深长。”①

这就在“诗人之诗”、“文人之诗”之外提出了第三个概念:学者之诗。张栻虽没有界定“学者之诗”的内涵,但此语出自这位理学大师之口,其意不言自明:他格外引以自豪的“学者之诗”,其实就是理学诗。事实上,早在北宋,理学的创立者们就已表达了相同的意思,只是还没有抽象为诗学概念而已。如程颐举杜诗“穿花蛱蝶深深见,点水蜻蜓款款飞”为例,以为诗歌不过是“闲言语”,颇有不屑之意;但他盖避犯众怒,接着又说“并非是禁止不作”,因举吕与叔(大临)“学如元凯方成癖”一诗,以为“甚好”,而他自己也作有《寄谢王子真诗》,曰:“至诚通化药通神,远寄衰翁济病身。我亦有丹君信否?用时还解寿斯民。”②这不俨然是“诗人诗”与“学者(理学家)诗”之分么!

元初作家袁桷在《书汤西楼诗后》中写道:

> 自西昆体盛,襞积组错,梅、欧诸公发为自然之声,穷极幽隐,而诗有三宗焉:夫律正不拘,语腴意赡者,为临川之宗;气盛而力夸,穷抉变化,浩浩焉沧海之夹碣石也,为眉山之宗;神清骨爽,声振金石,有穿云裂竹之势,为江西之宗。二宗为盛,惟临川莫有继者,于是唐声绝矣。至乾、淳间,诸老以道德性命为宗,其发为声诗,不过若释氏辈条达明朗,而眉山、江西之宗亦绝。③

袁氏是说,梅尧臣、欧阳修革西昆体之后,诗坛共有三个宗派,即“临川之宗”、“眉山之宗”和“江西之宗”。三宗的首领,不用说是王安石、苏轼和黄庭坚。“临川之宗”代表的是“唐声”,也就是“诗人之诗”,王安石之后没有继之者,于是“绝矣”。既然“唐声”已绝,那么“眉山之宗”、“江西之宗”显然都属“宋调”,也就是“文人之诗”。到南宋孝

① 盛如梓《庶斋老学丛谈》卷中之下,《知不足斋丛书》本。
② 《二程集·河南程氏遗书》卷18,中华书局2008年版,第239页。
③ 《清容居士集》卷48,影印文渊阁《四库全书》本。

宗乾道、淳熙间，"道德性命"之宗也就是理学诗派崛起，取代了苏、黄诗派的地位。张栻正活动在乾、淳间，故"学者之诗"的概念由他提出，相当于适时地扯起了一面旗帜。

值得注意的是，张栻将诗分成"诗人之诗"、"学者之诗"两类，而不提"文人之诗"。他将"诗人之诗"与"学者之诗"对举，是不是他所接收的诗集确实是"诗人诗"，没有"以文为诗"的现象呢？恐怕未必。如果考察理学家文学思想史，就会发现，在他们那里，无论诗文，历来就是"两分"的：以己为一方，其他皆对立面，统为一方。周敦颐《通书·文辞》曰："文辞，艺也；道德，实也。……不知务道德而第以文辞为能者，艺焉而已。"①上引程颐在论两种诗（杜甫的"闲言语"和吕大临及其自作的"好诗"）的同时，还说："古之学者，惟务养情性，其它则不学。今为文者，专长务章句，悦人耳目。"又曰："圣人亦摅发胸中所蕴，自成文耳。所谓有德者必有言也。""艺"与"实"、"章句"之文与"有德者之言"，对于"诗"这种特殊文体来说，就是所谓"诗人之诗"与"学者之诗"，通通都是两分的。也就是说，在理学家看来，没必要再分什么"诗人诗"、"文人诗"，它们都是"艺焉而已"的"文辞"或"闲言语"，统称"诗人之诗"可也。如果再深究之，还会发现理学家之所以不提"文人之诗"，是因为所谓"学者诗"，其实与"文人之诗"有密不可分的渊源，明代作家袁宏道就曾指出："今之人徒见宋之不唐法，而不知宋因唐而有法者也。……然其弊至以文为诗，流而为理学，流而为歌诀，流而为偈诵，诗之弊，又有不可胜言者矣。"②所谓流为歌诀、偈诵，就是流为"学者诗"，它们不过是"以文为诗"的流衍和流弊罢了。

不过，"学者"一词意蕴太宽泛，于是人们更多地将它更换为"儒者"，称"学者之诗"为"儒者之诗"，其理学诗的含义就更明确了。本文篇首提到的元陈旅《跋许益之古诗序》道："旅尝病夫近世有'儒者'、'诗人'之分也，深于讲学而风雅之趣浅，厚于赋咏而道德之味

① 《元公周先生濂溪集》卷4《文辞》，岳麓书社2006年版，第66页。
② 《雪涛阁集序》，《袁宏道集笺校》卷18，上海古籍出版社1981年版。

薄，要非其至焉者，其至焉者无儒者与诗人之分也。”[1]他认为许氏兼“诗人”和“儒者”，或曰“无儒者与诗人之分”，达到二者的高度统一，这才是“至焉者”。但事实上，他是有所轩轾的：首先是“讲学”，然后才是“赋咏”。后来宋濂评许氏诗，以为陈旅“可谓知言”。[2] 明孙承恩《书朱文公感兴诗后》，不仅坚持为“儒者之诗”与“诗人之诗”划疆立界，而且阐明二者内涵上的区别，力求提升“儒者之诗”的地位。他说：

> 诗自《三百篇》后，有儒者、诗人之分，儒者之诗主于明理，诗人之诗专于适情。然世之人多右彼而抑此，故云烟风月，动经品题，而性命道德之言，为诗家大禁，少有及者，即曰涉经生学究气。……紫阳先生(朱熹)虽道学大儒，而亦不废吟咏。然其所谓诗者，抑何其与后世异耶？今观其《感兴》二十首，其音响节奏虽亦后人之矩步，而大而阐阴阳造化之妙，微而发性命道德之原，悼心学之失传，悯遗经之坠绪，述群圣之道统，示小学之功夫，以至斥异端之非，订史法之缪，亦无不毕备。所以开示吾道而儆切人心者，较之云烟风月之体，轩轾盖万万不侔。其奥衍弘深，虽汉唐以来儒者尚未有能臻斯阈，而区区之诗家，岂能窥其涯涘哉！如是而欲以一家之诗目之，不可也。[3]

孙氏将“儒者、诗人之分”的时间上推到“《三百篇》(《诗经》)后”，为理学诗张目可谓大胆；但他也透露了“儒者诗”不受读者欢迎的窘状。

## 三、“儒者诗”的价值定位与理学家的诗歌史重构

在本文第一节中，我们已指出“文人之诗”深受儒学复古和古文运动的影响，与学术思潮密切关联；而所谓“学者诗”或“儒者诗”，更是学术派别的直接产物。按上引孙承恩的说法，“儒者之诗主于明

---

① 《安雅堂集》卷13，影印文渊阁《四库全书》本。
② 《题许先生古诗后》，《元宪集》卷12，影印文渊阁《四库全书》本。
③ 《文简集》卷34，影印文渊阁《四库全书》本。

理，诗人之诗专于适情”，而“适情”乃咏“云烟风月”，“明理”则是探究“性命道德”——如此褒贬分明的价值定位和两者间的巨大反差，盖不仅仅是估量孰轻孰重，简直关系到你死我活的“生存权”问题。于是，理学家摆出与中唐以来儒学复古论者完全不同的姿态：他们不像韩愈那样口称“道统”而实好词章，也不像欧阳修那样将并不谈“道统”的两位诗人苏舜钦、梅尧臣奉为诗歌革新的主将，甚至不只是停留在“诗人诗”、“儒者诗”之辨上，而是要直接介入诗歌创作，主导诗歌发展的方向，因而酝酿出一个反传统的诗歌史构架。朱熹在《答巩仲至书》中写道：

> 顷年学道未能专一之时，亦尝间考诗之原委，因知古今之诗，凡有三变。盖自《书》传所记，虞夏以来，下及魏、晋，自为一等；自晋、宋间颜、谢以后，下及唐初，自为一等；自沈、宋以后，定着律诗，下及今日，又为一等。然自唐初以前，其为诗者固有高下，而法犹未变，至律诗出，而后诗之与法，始皆大变，以至今日，益巧益密，而无复古人之风矣。故尝妄欲抄取经史诸书所载韵语，下及《文选》汉魏古辞，以尽乎郭景纯、陶渊明之所作，自为一编，而附于《三百篇》《楚辞》之后，以为诗之根本准则；又于其下二等之中择其近于古者，各为一编，以为之羽翼舆卫。（原注：且以李、杜言之，则如李之《古风》五十首，杜之秦、蜀纪行、《遣兴》、《出塞》、《潼关》、《石壕》、《夏日》、《夏夜》诸篇，律诗则如王维、韦应物辈，亦自有萧散之趣，未至如今日之细碎卑冗无余味也。）其不合者则悉去之，不使其接于吾之耳目，而入于吾之胸次，要使方寸之中无一字世俗言语意思，则其为诗，不期于高远而自高远矣。[①]

由上可见，在朱熹的诗学体系中，《诗经》《楚辞》是“诗之根本准则”中的根本，而“自晋、宋间颜、谢以后”以迄于“今日”（南宋）的第二、三等诗中，只是“择其近于古者”，让它们成为“根本准则”的“羽翼舆卫”，余下的便是“世俗言语”的“诗人诗”（含“文人诗”），必须“悉去

① 《朱文公文集》卷64，《四部丛刊初编》本。

之”。在《答杨宋卿》的信中,朱熹又说:“诗者,志之所之;在心为志,发言为诗。然则诗者,岂复有工拙哉?亦视其志之所向者高下如何耳。……至于格律之精粗,用韵、属对、比事、遣辞之善否,今以魏、晋以前诸贤之作考之,盖未有用意于其间者,而况于古诗之流乎?近世作者,乃始留情于此。故诗有工拙之论,而葩藻之词胜,言志之功隐矣。”①这些言论,既是对传统诗歌构成要素的摒弃,也是对既往审美观的颠覆,自然更是对“儒者诗”形态的描述及其价值的进一步确认。

朱熹“妄欲抄取”的几编并未成书,而其再传弟子真德秀按照他的文学史思想,编成了一部二十四卷的《文章正宗》,其序曰:

> 夫士之于学,所以穷理而臻用也。文虽学之一事,要亦不外乎此。故今所辑(指他编的《文章正宗》),以明义理、切世用为主。其体本乎古,其指近乎经者,然后取焉;否则,辞虽工亦不录。其目凡四:曰辞命,曰议论,曰叙事,曰诗赋。

真德秀将所有文章按内容分为三大类,而以诗赋独自成类,同时对“文章”的价值进行了重新定位,即以“明义理、切世用为主”。关于诗歌的遴选,真德秀引朱熹《答巩仲至书》,然后规定:“今惟虞夏二歌与《三百五篇》不录外,自余皆以文公(朱熹)之言为准而拔其尤者,列之此编。律诗虽工,亦不得与。若箴铭颂赞、郊庙乐歌、琴操,皆诗之属,间亦采摘一二,以附其间。”对于“后世之诗”如何贯彻“明义理、切世用”的标准呢?《文章正宗纲目》作了详细论述:

> 或曰:此编以明义理为主,后世之诗,其有之乎?曰:《三百五篇》之诗,其正言义理者盖无几,而讽咏之间,悠然得其性情之正,即所谓义理也。后世之作虽未可同日而语,然其间兴寄高远、读之使人忘宠辱,去系吝,翛然有自得之趣,而于君亲臣子大义亦时有发焉,其为性情心术之助,反有过于他文者,盖不必颛言性命而后为关于义理也。读者以是求之,斯得之矣。

---



① 《朱文公文集》卷39,《四部丛刊初编》本。

根据诗歌的特点，真德秀提出了变通的原则，即诗可不必“正言”义理，比如《诗经》，吟咏的是“性情之正”，也就通于“义理”了。这便提出了“儒者诗”的另一个范畴：性情。以“性情”论诗，在理学家中真德秀并非最早，张栻在为胡宏《五峰集》所作序中，就曾指出：“惟先生非有意于为文者也，其一时咏歌之所发，盖所以纾写其性情；而其它述作与夫问答往来之书，又皆所以明道义而参异同，非若世之为文者徒从事于言语间而已也。”①但理学家所说的“性情”，自有特定的含义。南宋理学家陈淳在答陈伯澡问性情时说：“大抵心统性情，其未发则性也，心之体也；其已发则情也，心之用也。”②又曰：“性即是天理，然理不悬空，心因气赋形生而寓其中，气、形活物，不能不动，而发于情，情则乘气而发者也。”③实际上，在理学家的理论体系中，“性”、“情”乃形而上和形而下的关系，“性”乃天之所赋，故吟咏性情并非人力可以介入，而是“非有意于为文”的“天籁自鸣”，如包恢《答曾子华论诗》所说：“盖古人于诗不苟作，不多作，而或一诗之出，必极天下之至精，状理则理趣浑然，状事则事情昭然，状物则物态宛然，有穷智极力之所不能到者，犹造化自然之声也。盖天机自动，天籁自鸣，鼓以雷霆，豫顺以动，发自中节，声自成文，此诗之至也。”④于是，“吟咏性情”便成了理学家的“专利”，“有意为文”的诗人、文人不预焉。真德秀之后，宋末人何无适、倪希程又编《诗准》四卷、《诗翼》四卷，淳祐三年(1243)王柏在所作《诗准诗翼序》中说：

> 昔紫阳夫子（朱熹）考诗之原委，尝欲分作三等，别为二端。……紫阳之功，又有大于此者，未及为也，每抚卷为之太息。友人何无适、倪希程前后相与编类，取之广，择之精，而又放黜唐律，法度益严。予因合之，前曰《诗准》，后曰《诗翼》，使观者知诗

---

① 《胡宏集》附录二，中华书局1987年校点本，第343页。
② 《北溪大全集》卷38，影印文渊阁《四库全书》本。
③ 同上，卷41。
④ 《敝帚稿略》卷2，影印文渊阁《四库全书》本。

之根原，知紫阳之所以教。①

朱熹对律诗尚采取“择”的态度，而何、倪二人则是完全排斥，即所谓“放黜唐律”，“法度益严”。其后，元人金履祥编《濂洛风雅》七卷，刘履又编《风雅翼》十四卷，无一不以朱熹《答巩仲至书》为编纂的指导思想。② 理学家强烈的派别意识，狭隘的诗学观，虽经真德秀等人的努力，重构文学史的企图实施得并不顺利。宋末人赵文曾讥讽《文章正宗》道：“必关风教云乎，何不取六经端坐而诵之，而必于诗？诗之妙正在艳冶跌宕。”③《四库提要·文章正宗提要》也说：“德秀虽号名儒，其说亦卓然成理，而四五百年以来，自讲学家以外，未有尊而用之者，岂非不近人情之事，终不能强行于天下欤？”愈到后来，理学家对“儒者诗”的理解也愈狭隘，元人陈栎更以是否用“六经为料”作为判别“儒者诗”的标准，他在《跋汪子盘诗》文中说：

> 昔朱子复程允夫书，深欲其以《语》《孟》《三百篇》为作诗本源。子盘于经必所素通，盍更以祖父所精通者为法，则由渊源而波澜，其于诗特余事耳，岂止为今诗人之诗而已哉！又见于海者难为水，游于圣人之门者难为言。六经，诗、文之海也。④

这就将“儒者诗”推向了极端，比刘克庄所说的“以书为本，以事为料”走得更远，“地步”虽高，却越发不近人情。前引孙承恩说道德性命之言“为诗家大禁”，可见人们对理学家的这套已彻底厌倦甚至厌恶了。到明后期，理学和理学诗皆无可挽回地走向衰落。

应当指出，理学家如此热衷于对文学史（包括诗歌史）进行清理和重构，并非他们有什么“史癖”，而纯是欲用学术干预创作。宋、明时期的大量理学诗，就是在这种背景下应运而生的。由学派主导诗歌，无论是在中国学术史还是文学史上，这都是开先例的。

---

① 齐鲁书社编《四库全书存目丛书》，1997 年影印万历本。

② 关于金履祥《濂洛风雅》、刘履《风雅翼》以及诸书与朱熹诗学思想的关系，详参拙文《论宋代理学家的“新文统”》，《文学遗产》2006 年第 4 期，此从略。

③ 曹安《谰言长语》第一条引，影印文渊阁《四库全书》本。

④ 《定宇集》卷 3，影印文渊阁《四库全书》本。

## 四、宋明学者对"诗人诗"、"儒者诗"之辨的批评

前引严羽批评文人诗欠"一唱三叹之音"。宋末作家何梦桂曰："顷尝与友人谭诗，谓文人之诗与诗人之诗异，友曰不然，诗不到好处，诗到好处，又奚文人、诗人之辨哉！此语真诗家阳秋也。"[①]他是说，其友人认为不必分什么"诗人诗"、"文人诗"，真正的好诗，其实没有诗人、文人之辨。这个论点很通达，唯不知他俩曾论及"儒者诗"未？应该说，理学家取作"羽翼舆卫"的李、杜诗，以及王维、韦应物表达"萧散之趣"的诗歌，就不乏文学史上公认的杰作或名篇。诗到好处，不止不必辨文人、诗人，就是理学诗也有好的，像上引程颐颇为自负的《寄王子真诗》，虽是说理，但颇有理趣。钱锺书先生曰：

> 程明道(颢)《秋日偶成》第二首云："道通天地有形外，思入风云变态中。"乃理趣好注脚。有形之外，无兆可求，不落迹象，难着文字；必须冥漠冲虚者结为风云变态，缩虚入实，即小见大。具此手眼，方许诗中有理。如朱子学道有入，得句云："等闲识得东风面，万紫千红总是春。"……诗虽凡近，略涵理趣，已大异于"先天一字无，后天着工夫"等坦直说理之韵语矣。[②]

这很好地说明了产生"理趣"的机制，"坦直说理"的诗，最多只能称着"韵语"。

南宋以降，直到清代，曾有不少人为理学诗喝彩，但真正可称佳构的实在不多，大多为坦直说理的韵语。比如朱熹《感兴诗》二十首，自序称"切于日用之实"，在理学当道的时代，真所谓好评如潮，"引无数英雄竞折腰"，较早的如宋人蔡模《文公朱先生感兴诗注序》曰："《三百篇》而后，非无能诗者，不过咏物陶情，舒其萧散闲雅之趣而已。独朱子奋然千有余载之后，不徒以诗为诗，而以理为诗，斋居之《感兴》是也。……今诵其诗，包罗众理，总括万变，排异端，又皆正其本而探

---

① 《洪百照诗集序》，《潜斋集》卷6，明万历间何之纶刊本。
② 《谈艺录》第69则，中华书局1984年版，第229页。

其源。”前引孙承恩《书朱文公感兴诗后》,不用说也是力挺朱子的。较近的如刘熙载《艺概》卷2:“朱子《感兴诗》二十篇,高峻寥旷,不在陈射洪(子昂)下。盖惟有理趣而无理障,是以至为难得。”但即便在朱子高踞神坛的时代,也并非众人皆迷,仍有头脑清醒的。方回有诗道:“晦庵《感兴诗》,本非得意作,近人辄效尤,以诗为道学。”①杨慎更不以为然:“或语予曰:‘朱文公《感兴诗》比陈子昂《感遇》诗有理致。’予曰:‘譬之青裙白发之节妇,乃与靓妆袨服之宫娥争妍取怜,埒材角妙,不惟取笑旁观,亦且自失所守。要之不可同日而语也。彼以《拟招》续《楚辞》(引者按:朱熹编《楚辞后语》,末篇为吕大临《拟招》),《感兴》续《文选》,无见于此矣,故曰离之则双美,合之则两伤。’要有契予言者。”②他虽以二者为“双美”,但却认为朱熹仿陈子昂为“自失所守”,因为理学与诗、骚原不同科,“不可同日而语”。无论明义理、切世用还是咏性情,理学家们否认诗有工拙之分,也不讲究格律、用韵、属对、比事、遣辞之善否,甚至认为“诗有工拙之论,而葩藻之词胜,言志之功隐”,那就成了应该淘汰的“诗人之诗”。在这种诗学思想指导下的创作,何来“理趣”?就以朱熹《斋居感兴二十首》论,绝非所谓“惟有理趣而无理障”,试举其第一首:

> 昆仑大无外,旁薄下深广。阴阳无停机,寒暑互来往。皇牺古神圣,妙契一俯仰。不待窥马图,人文已宣朗。浑然一理贯,昭晰非象罔。珍重无极翁,为我重指掌。③

组诗类皆如此,故刘熙载的话应该翻过来说,即“惟有理障而无理趣”。所谓“诗人诗”、“儒者诗”之辨,本欲以“儒者诗”自矜,适足贻笑大雅,理所当然地受到历代学者的批评。

宋代对“儒者诗”发出的最有力的攻击,自然是严羽,前文已引他在《沧浪诗话·辨体》中所说的“诗有别材,非关书也;诗有别趣,非关

① 《七十翁吟》之七,《桐江续集》卷22,影印文渊阁《四库全书》本。
② 《升庵诗话》卷11《感遇诗》,《历代诗话续编》中册,中华书局1983年校点本,第864页。
③ 《朱文公文集》卷1。

理也”之论，他断言诗与“理”无关。什么是“理”？郭绍虞注释引《师友诗传续录》：“宋人唯程、邵、朱诸子为诗好说理，在诗家谓之旁门。朱较胜。”钱锺书曰：“窃疑沧浪所谓‘非理’之‘理’，正指南宋道学之‘性理’……曰‘非理’，针砭濂洛风雅也。”①他们的理解是正确的，严羽的矛头所向，正是理学诗。按严羽的说法，所谓“明义理”的“儒者诗”，压根儿就不成立：“诗”与“理”不相关涉。则宋末“以诗为道学”的众多“明义理”的作品，实在可用朱熹之法“悉去之”了。当然，如果只是简单地说诗与“理”无涉，尚不足以服人，指出“儒者诗”的病根所在，也许更为重要。历代学者针对理学诗的批评甚多，如宋末大家刘克庄说：“三百年间，虽人各有集，集各有诗，诗各自为体，或尚理致，或负材力，或呈辨博，少者千篇，多至万首，要皆经义策论之有韵者尔，非诗也。”②他所说包括了文人诗和理学诗，不过仍停留在批评诗、文界限不分的层面。明李献吉曰：“宋人主理，作理语。诗何尝无理，若专作理语，何不作文而诗为耶？”③这就进了一步，实乃一针见血之论——诗并非不可说理，但不能坦直地用诗“专门”说理，因为那就改变了诗的基本属性，是不能称之为“诗”的。前引《庶斋老学丛谈》记张栻谓学者诗“涵泳愈久，愈觉深长”，接着他又说：“诗者纪一时之实，只要据眼前实说，古诗皆是道当时实事。今人做诗多爱装这言语，只要斗好，却不思一语不实便是欺，这上面欺，将何往不欺？”问题正出在“道实事”上。如果没有想象、夸张，没有修辞，也就没有诗歌。将修辞一概贬为“装这言语”，以想象、夸张等艺术手法为“不实”，为“欺”，那就等于戕杀了诗歌的生命。

对理学诗更有力的打击，来自元人袁桷，他在《书括苍周衡之诗编》中写道：

> 诗有经纬焉，诗之正也；有正变焉，后人阐之说也。滥觞于唐，以文为诗者韩吏部始，然而舂容激昂，于其近体犹规规然守绳

① 《谈艺录订补》，《谈艺录》第545页。
② 《竹溪诗跋》，《后村先生大全集》卷94。
③ 《缶音序》，《空同子集》卷52，影印文渊阁《四库全书》本。

> 墨，诗之法犹在也。宋世诸儒一切直致，谓理即诗也，取乎平近者为贵，禅人偈语似之矣，拟诸采诗之官，诚不若是浅。

他又在《跋吴子高诗》中说：

> 杨、刘弊绝，欧、梅与焉，于六艺经纬得之而有遗者也。江西大行，诗之法度益不能以振。陵夷渡南，糜烂而不可救，入于浮屠、老氏证道之言，弊孰能以救哉！[①]

前引袁宏道所说理学流为歌诀、偈诵，与袁桷之说后先契合。令理学家十分自负的"明义理"之诗，其实等同于证道的佛家偈语、道家歌诀，这恐怕令理学家感到极为难堪和不平，但事实就是如此，他们不是主张"文以载道"么？这种批评等于"揭老底"，可收釜底抽薪之效。不过还须说明，所谓"偈语"尚非新禅宗的公案偈语，后者十分强调"活句"，如云门宗德山缘密谓"但参活句，莫参死句。活句下荐得，永劫无滞。一尘一佛国，一叶一释迦，是死句。扬眉瞬目，举指竖拂，是死句。山河大地，更无诮讹，是死句。时有僧问：'如何是活句？'师曰：'波斯仰面看。'"[②]盖意止于言是死句，言在此而意在彼才是活句，因此胡应麟说"禅家戒事、理二障，作诗亦然"，[③]公案偈语往往"句不停意，用不停机，口角灵活，远迈道士之金丹歌诀"[④]；而理学家"道实事"的诗歌，恰恰病于事、理二障，故上引胡应麟《诗薮》说"禅家戒事、理二障"后，接着写道："余戏谓宋人诗病正坐此。苏、黄好用事，而为事使，事障也；程、邵好谈理，而为理缚，理障也。"诗涉理障，必然流于地地道道的"死句"。因此，袁桷所比的偈语，当是大乘教及旧禅宗，"唐以前如罗什《十喻》、惠远《报偈》、智藏《三教》、无名《释五苦》、庐山沙弥《问道叩玄》，或则喻空求本，或则观化决疑，虽涉句文，了无藻韵。居士林中为此体者，若王融《净行》、梁武帝《三教》《十喻》、简文

① 两文皆载《清容居士集》卷49。
② 《五灯会元》卷15《德山缘密禅师》，中华书局1984年校点本，第935页。
③ 胡应麟《诗薮·内编》卷2，上海古籍出版社1979年校点本，第35页。
④ 《谈艺录》第226页。

帝《十空》《四城门》之类,语套意陈,无当理趣”。[①] 前引张栻说“诗人之诗也,可惜不禁咀嚼”,“学者诗读着似质,却有无限滋味,涵泳愈久,愈觉深长”云云。不奈咀嚼的诗人诗确实不少,但对于大多数“学者诗”,特别是张栻标榜的“儒者诗”来说,所谓“无限滋味”云云,恐怕只是笑柄。其实张栻、朱熹等大儒并非不懂诗,朱熹无论在诗歌创作、批评方面,都堪称行家里手;即如张栻,他也曾说:“作诗不可直说破,须如诗人婉而成章。《楚词》最得诗人之意,如言‘沅有芷兮澧有兰,思公子兮未敢言’,思是人也而不言,则思之之意深,而不可以言语形容也。若说破如何思如何思,则意味浅矣。”[②]在这里,张栻的见解是卓越的,“味觉”也是正常的;但当他一心要为“学者诗”张本时,就闭目说着违背艺术良心的“派”话了。

宋人,甚至包括整个宋、明时期,诗界标新立异、分门别派成为常态,所谓“诗人诗”、“文人诗”与“儒者诗”之辨,只是在“学术”这个特定的视角下,对诗风新变与演进进行的一个非常宏观的归纳与描述。即便从这个角度审视,我们也不难发现:要开创新的局面,非新变不可;但不遵循文学规律的“新变”,不仅没有促进诗坛繁荣,反而造成古代诗歌的迅速衰落。这很值得文学史研究者认真总结。这里面的教训也许很多,笔者认为,从宋代的诗人诗、文人诗与儒者诗之分看,表面上似乎在不断扩大诗歌的疆域,但其实是在迅速缩小阵地和降低地位:“文人诗”、“儒者诗”近乎有韵散文甚至理学讲义,“诗”于是成了“文”的附庸;而在理学家眼中,诗不过是个明义理、切实用的“载道”工具,否则便是“闲言语”,没有存在的必要。这样,诗歌既失去了“诗教”时代高贵的光环,也没有了“缘情”之后抒情达意的普适性,而降为“文”或学术的侍妾,岂能不衰?其次,无视诗歌自身的特点,不断抛弃长期积累起来的艺术传统,“文人诗”已肇其端,“儒者诗”更登峰造极。宋、明时代连篇累牍的所谓“理学诗”,诗趣寥寥,而充斥篇

---

① 《谈艺录》第225页。
② 《性理大全书》卷56,影印文渊阁《四库全书》本。

帙的乃迂腐不堪的说理或说教，向这样的方向“新变”，诗不衰落，更待何为？总之，诗歌盖难与学术思潮截然“分家”，但学术不应直接干预诗歌创作，诗歌更不可成为学派的传声筒和学术的直白表达的工具，否则即便愿望再好，也会适得其反——这就是历史告诉我们的一个十分简单而朴素的道理。

（2008 年 7 月 25 日写定。原载《北京大学学报》2009 年第 2 期）

# 以道论诗与以诗言道：宋代理学家诗学观原论

## ——兼论“洛学兴而文字坏”

在我国古代诗歌史上，当某种不健康的潮流或新变才冒头时，总有明白人发表一些“不合时宜”的言论，虽挡不住风潮奔汛的大趋势，却给后人留下“不幸而言中”的感喟，让人佩服“真理往往掌握在少数人手里”的格言。南宋中期事功派代表人物叶适(1150—1223)，在理学诗文尚未成气候时，就断言“洛学兴而文字坏”，①大概即属此类。洛学，指以“二程”(颢、颐)为代表的道学，南宋后合“心学”而统称“理学”(以下为行文方便，无论南北宋皆称理学)；文字坏，指文学凋敝也。宋代的理学派虽称不喜作诗，却爱论诗，而论诗的目的是要“改造”诗——让诗歌理学化，故有“以诗言理学”之说(见后引)。近年来，研究宋代理学与诗歌的论著颇丰，成绩可观，但立论可商处似亦不少。比如有些论者先将理学家诗论“敲打”几下，然后便乐于用“二分法”得出模棱两可的结论，或过多地强调所谓发展变化，难免为其“评功摆好”(这几乎成为共相，本文恕不举例)。看来，如果不首先辨明理学家诗学观以“道”论诗、以诗言“道”这个“基本教义”，确立一个“原点”或基准，就很难肯定得在理，“分”得适当，也很难准确考量

---

① 周密《浩然斋雅谈》卷上：“宋之文治虽盛，然诸老率崇性理，卑艺文。朱氏主程而抑苏，吕氏《文鉴》去取多朱意，故文字多遗落者，极可惜。水心叶氏云‘洛学兴而文字坏’，至哉言乎！”

发展变化的幅度。而恰恰在这个最基础、最根本的节点上，目前的整体研究却很薄弱。本文拟从理学家的诗歌生成论、价值观及艺术论三方面试论之，并兼论叶适所谓“洛学兴而文字坏”，作为收结。

## 一、宋代理学家的诗歌生成论：诗源于道

某种文学观念，有时用形象的比喻，也许较用概念的细绎更易被人理解。宋代理学家有诗乃“天机自动，天籁自鸣”说，就是一例。“天机自动”、“天籁自鸣”描述的是自然现象，初与文学无关。两语皆出《庄子》。“天机”见《秋水》：“蚿谓蛇曰：‘吾以众足行，而不及子之无足，何也？’蛇曰：‘夫天机之所动，何可易邪？吾安用足哉！’”成玄英疏曰：“天然机关，有此动用，迟速有无，不可改易。无心任运，何用足哉！”“天籁”则出《齐物论》：“子游曰：地籁则众窍是已，人籁则比竹是已，敢问天籁。”子綦曰：“夫吹万不同，而使其自己也。”郭象注：“此天籁也。夫天籁者，岂复别有一物哉？即众窍、比竹之属，接夫有生之类，会而共成一天耳。……自己而然，则谓之天然。天然耳，非为也，故以天言之。”以“天机”、“天籁”论诗歌（有时兼及文），既是描述，又是比喻，指那些自然而然、非人力所能为的作品，可谓生动形象，过目难忘；但又决非这么简单，它的意蕴十分丰富，连理学义理、心学两派的诗论差异，也包含在这两个短语之中，故我们将它作为全文的一个观察和比照点先行揭出。

以“天机”、“天籁”论诗文，盖肇于宋人，现以叶适《答刘子至书》所引刘子至之言为最早：

> 近世独李季章（埴）、赵蹈中（汝谠）笔力浩大，能追古人，虽承平盛时，亦未易得。然子至遂谓“如天机自动，天籁自鸣，不待雕琢”。证此地位，则其不然。①

刘子至认为李、赵二人文章之所以“笔力浩大”，原因是他们的创作出于无心，自然而然，没有丝毫人工雕琢的痕迹，故谓“如天机自动”



① 《答刘子至书》，《水心先生文集》卷27，中华书局1983年版，第554页。

云云。

我们说“天机自动，天籁自鸣”只是个比喻，若换个说法，直白地将同样的意思表述出来，则较刘子至要早得多。程颐语录：

曰：“古者学为文否？”曰：“人见六经，便以为圣人亦作文，不知圣人亦摅发胸中所蕴，自成文耳。所谓有德者必有言也。”

曰：“游、夏称文学，何也？”曰：“游、夏亦何尝秉笔学为词章也？且如‘观乎天文以观时变，观乎人文以化成天下’，此岂词章之文也？”①

摅发胸中所蕴而“自成文”，并非秉笔有意为之，而是脱口成章，也就是“天机自动，天籁自鸣”。对于“有德者必有言”，程颐解释道：“孔子曰‘有德者必有言’，何也？和顺积于中，英华发于外也。故言则成文，动则成章。”②“有德者之言”，亦即程颐所谓圣贤“不得已”之言：

向之云无多为文与诗者，非止为伤心气也，直以不当轻作尔。圣贤之言，不得已也，盖有是言，则是理明；无是言，则天下之理有缺焉……然其包涵尽天下之理，亦甚约也。后之人始执卷，则以文章为先，平生所为，动多于圣人。然有之所无补，无之靡所阙，乃无用之赘言也。不止赘而已，既不得其要，则离真失正，反害于道必矣。诗之盛莫如唐，唐人善论文莫如韩愈。愈之所称，独高李、杜。二子之诗，存者千篇，皆吾弟所见也，可考而知也。③

圣贤之“言”，就是他们“自成”之“文”，这与始执卷便作文有着根本的区别——区别就在前者是“不得已”，后者是“有意”。“不得已”乃自然“流出”（见下引朱熹语），故谓之“自成”，归之于“天机”、“天籁”；“有意”乃无所承受，无根无源，故谓之“赘言”。不得已自成者是“明理”，有意而作的是“词章”——理学家要强调的就是这些。程颐举了“存者千篇”的李、杜诗，虽没有直接评价，听那口气，即便不说有

① 《河南程氏遗书》卷18，中华书局1981年校点本《二程集》，第239页。
② 同上卷25，《二程集》第320页。
③ 《答朱长文书》（或云程颢作），《文集》卷9，《二程集》，第600页。

害于“道”，至少也是“无用之赘言”。

值得注意的是，程颐所论为“言”而非“文”。“言”指六经所载圣人随事而发的语录，但因是“有德者”之言，所以是最好的“文”。何谓“有德”？陈淳《北溪字义》卷下曰：“德是行是道而实有得于吾心者，故谓之德。”又曰：“道与德不是判然二物。大抵道是公共底，德是实得于身，为我所有底。”“有德者必有言”是《论语》中的成句，其实“道”“德”是一“物”的两端，“德”是“道”的实化，“有德”即“有道”。故以“德”论“言”，就是以“道”论“文”。

朱熹前进了一步，所论由“言”而及咨嗟咏叹的“诗”，不再“言”、“文”不分：

> 人生而静，天之性也；感于物而动，性之欲也。夫既有欲矣，则不能无思；既有思矣，则不能无言；既有言矣，则言之所不能尽而发于咨嗟咏叹之余者，必有自然之音响节奏，而不能已焉。此诗之所以作也。①

“人生”四句，原出《礼记·乐记》，朱熹曾释首两句道：“此言性理之妙，人之所生而有之也。盖人受天命之中以生，其未感也，纯粹至善，万理具焉，所谓性也。”②“天命”、“性理”即“道”。“性理”感于物而形诸咨嗟咏叹，便有了诗。这样说来，产生诗的根本原因便是“天命”，是“性理”，“感”只是诱因而已。“性理”是“生而有之”，诗是有感而“自成文”，原是自然而然，所以具有“自然之音响节奏”。结合朱熹“这文皆是从道中流出”，以及他“道者，文之根本；文者，道之枝叶。惟其根本乎道，所以发之于文，皆道也。三代圣贤文章，皆从此心写出，文便是道”、“今人学文者……大意主乎学问以明理，则自然发为好文章，诗亦然”等论断，③则朱熹的诗歌生成论，可一言以蔽之：诗源于道；诗便是道（不合“道”的诗应当删去，详下节）。

---

① 《诗集传序》，《朱文公文集》卷76，《四部丛刊初编》本。

② 卫湜《礼记集说》卷92，影印文渊阁《四库全书》本。

③ 所引三则，皆见《朱子语类》卷139，中华书局1986年校点本，第3305—3309页。

朱熹之后，专以“天机自动，天籁自鸣”论诗、且论述最充分的，是宋季理学家包恢。包恢（1182—1268），字宏父，建昌南城（今江西南城）人，累官至刑部尚书，签书枢密院事。他学出朱、陆，而以陆九渊的心学为主。在《答曾子华论诗》中，包恢写道：

> 盖古人于诗不苟作，不多作，而或一诗之出，必极天下之至精，状理则理趣浑然，状事则事情昭然，状物则物态宛然，有穷智极力之所不能到者，犹造化自然之声也。盖天机自动，天籁自鸣，鼓以雷霆，预顺以动，发自中节，声自成文：此诗之至也。①

在《答傅当可论诗》中，他进一步阐发道：

> 诗家者流，以汪洋淡泊为高，其体有似造化之未发者，有似造化之已发者，而皆归于自然，不知所以然而然也。所谓造化之未发者，则冲漠有际，冥会无迹，空中之音，相中之色，欲有执着，曾不可得，而自有尸居而龙见、渊默而雷声者焉。所谓造化之已发者，真景见前，生意呈露。浑然天成，无补天之缝罅；物各傅物，无刻楮之痕迹。盖自有纯真而非影、全是而非是者焉。故观之虽若天下之至质，而实天下之至华；虽若天下之至枯，而实天下之至腴。②

这里，包恢以“造化”为诗之源头。何谓“造化”？该词出《庄子・大宗师》：“今一以天地为大炉，以造化为大冶。”则“造化”即宇宙的创造者，在理学语境中，也就是“道”。包恢将诗的产生分作“造化未发”和“已发”两个阶段，而皆“归于自然”。《老子》曰“道法自然”，“道”也就是自然。诗的酝酿阶段即“造化之未发”，那时诗人沉浸在没有任何执着的“冥会”境界；而一旦如程颐所说“不得已”而落笔，则是“造化之已发”，于是天机自动，真景毕现，浑然天成，无迹可寻，完全是“自成文”，是一片天籁之声。这样的诗，看似“至质”、“至枯”，实际

① 《敝帚稿略》卷2，影印文渊阁《四库全书》本。
② 同上。

上是"至华"、"至腴"——因为它出于"造化"(即出于"道"),是"自然而然",没有比它更好的了。

与包恢时代大致相同的诗论家严羽特尊盛唐诗,曰:"盛唐诸人惟在兴趣,羚羊挂角,无迹可求。故其妙处透彻玲珑,不可凑泊,如空中之音,相中之色,水中之月,镜中之象,言有尽而意无穷。"①包氏所谓"已发"、"未发"说,与此十分接近。他们所论对象虽不同,但暗中都在以禅喻诗,讲的是"妙悟",如胡应麟所说:"禅则一悟之后,万法皆空,棒喝怒呵,无非至理;诗则一悟之后,万象冥会,呻吟咳唾,动触天真。"②则包恢既以"道"论诗,这与程、朱相同;同时他又以禅喻诗,表现出南宋心学派的理论特色。

关于诗歌产生的根源,宋代理学家还有一些意同词异的表述方式。如真德秀(1178—1235)上继理学创始人张载的"气"论,认为诗文来自"气"。他说:

> "乾坤有清气,散入诗人脾",此唐贯休语也。予谓天地间清明纯粹之气盘薄充塞,无处不有,顾人所受何如耳。故德人得之以为德,材士得之以为材,好文者得之以为文,工诗者得之以为诗,皆是物也。然才德有厚薄,诗文有良窳,岂造物者之所畀有不同邪?……故古之君子,所以养其心者必正必清,必虚必明。惟其正也,故气之至正者入焉。清也、虚也、明也亦然。予尝有见于此久矣。方其外诱不接,内欲弗萌,灵襟湛然,奚虑奚营。当是时也,气象何如哉!……则诗与文有不足言者矣。③

在气论的基础上,真德秀将诗文分为非人力可为和人可"用力而至"的两类。其《日湖文集序》论"非人力可为"之诗时,写道("用力可至"的见下节):

> 自昔有意于文者,孰不欲媲《典》《谟》,俪《风》《雅》,以希后

① 《沧浪诗话·诗辨》,郭绍虞《沧浪诗话校释》,人民文学出版社1983年版,第26页。
② 《诗薮·内编》卷2,上海古籍出版社1979年校点本,第25页。
③ 《跋豫章黄量诗卷》,《西山先生文集》卷34,《四部丛刊初编》本。

世之传哉？卒之未有得其仿佛者。盖圣人之文，元气也，聚为日星光耀，发为风尘之奇变，皆自然而然，非用力可至也。①

张载认为宇宙由气构成，诗文创作的过程则是由气化到气动。气化的原动力乃内在的“道”：“由气化，有道之名。”②“道”是调节气动的，而“（气）动必有机，既谓之机，则动非自外也”。③ 诗文既来自“气”，也就是来自“道”，而气动之“机”非“自外也”——也就是“非人力可为”，若换成程颐、包恢的说法，便是“自成文”，便是“天机自动，天籁自鸣”。真德秀认为诗文之所以作，是“好文者”、“工诗者”得了“清明纯粹之气”，而圣人之诗文之所以独高，是由于他们所得乃最为纯全的天地“元气”，故它是“自然而然，非用力可至”的。

除气论外，黄震又用“太极”说以发其微：“一太极之妙，流行发见于万物，而人得其至精以为心。其机一触，森然胥会，发于声音，自然而然，其名曰诗。后世之为诗者虽不必皆然，亦未有不涵泳古今，沉潜义理，以养其所自出。”④太极，或谓是原始混沌之气，朱熹以为即“理”，⑤此谓“流行发见于万物”，当是指气，而气即“理”，故黄氏之说与真德秀大致相同。

综上所述，宋代理学家极力要建构起一套符合道学原理的诗歌生成论，尽管表述方式不尽相同，但“道”是不可动摇的共同基石，无论是“自成文”还是“天机自动，天籁自鸣”等，都是对“道”如何生成“诗”的过程描述。这种描述有个鲜明特点：圣人（或圣贤）处于诗歌创作的中间环节，其上位是“道”，其下位是作品，圣人犹如“转换器”，只要受“道”的“感”、“发”（摅发、已发）或“触”这样的动力，便“自成文”，或曰“自动”、“自鸣”，而“自成”之文也天然合“道”，圣人与道是一体的。除圣人（或圣贤）以外的凡人，由于没有得到处于上位的

---

① 《西山先生文集》卷34。
② 《正蒙·太和篇》，《张载集》，中华书局1978年校点本，第9页。
③ 《正蒙·参两篇》，《张载集》第11页。
④ 《书刘拙逸诗后（漫塘侄）》，《黄氏日抄》卷91，影印文渊阁《四库全书》本。
⑤ 见《周礼本义》卷7，影印文渊阁《四库全书》本。

"道",故其所作大多为无本之木,属"赘言",必须"择"(此点详下)。因此,这就得出了如前已述的结论:诗源于道;同时推出另一结论:诗便是道。当今学者多认为"自成文"及"天机自动,天籁自鸣"等是反对艺术创作中的人工参与,这固然不错,但似乎尚未深谙遮蔽在反对人工参与背后被"道"化了的定式思维。

## 二、宋代理学家的诗歌价值辨识:凡圣分等

程颐尝对文学价值作过这样的定位:作文害道,是"玩物丧志";学诗"甚妨事",并谓"某素不作诗,亦非是禁止不作,但不欲作此闲言语。且如今言能诗无如杜甫,如云'穿花蛱蝶深深见,点水蜻蜓款款飞',如此闲言语,道出做甚?某所以不常作诗"。[①] 作为学问家,作不作诗原是他的自由,但出于对理学的执着信仰,却对诗怀着天生的鄙夷,那就可议了。然而理学家们又时常陷入自相矛盾中:口上讲不作诗,实际上又难免作,有的甚至还留下大量作品,如理学集大成者朱熹,就作诗甚多。朱熹当年与朋友游南岳(衡山),曾约定不作诗,但到上山后,却又对大家说:"诗之作,本非有不善也,而吾人之所以深惩而痛绝之者,惧其流而生患耳,初亦岂有咎于诗哉!然今远别之期,近在朝夕,非言则无以写难喻之怀。然则前日矫枉过正之约,今亦可以罢矣。"于是在游山的七日之间,相互唱酬凡一百四十九首,编成《南岳唱酬集》。待登山结束时,朱熹却又摆出理学家的架势重申前约,称"戒惧警省之意,则不可忘也","其流几至于丧志",故"亦当所遏也"。[②] 左支右绌,终难自圆其说,仿佛有着双重人格。

集中反映理学家诗歌价值观的,是他们热衷于对诗歌进行分类、分等,并企图通过分类、分等来辨识凡圣,陟黜古人,以捍卫"诗源于道"这个根本。

上节我们探讨了理学家的诗歌生成论,但仅此显然还不够,如果

① 《河南程氏遗书》卷18,《二程集》第239页。

② 详见朱熹、张栻分别所作《南岳唱酬集序》,《南岳唱酬集》卷首,影印文渊阁《四库全书》本。

不将源于道的诗与其他所谓“赘言”剥离开来,不仅“以道论诗”不能服人,而且将留下巨大的理论漏洞。这就突显了分类、分等的重要性。朱熹《诗集传序》在回答诗“所以为教者何也”的问题时写道:

诗者,人心之感物而形于言之余也。心之所感有邪正,故言之所形有是非。惟圣人在上,则其所感者无不正,而其言皆足以为教。其或感之之杂,而所发不能无可择者,则上之人必思所以自反,而因有以劝惩之,是亦所以为教也。……至于列国之诗……降自昭、穆而后,浸以陵夷,至于东迁,而遂废不讲矣。孔子生于其时……去其重复,正其纷乱,而其善之不足以为法,恶之不足以为戒者,则亦刊而去之。

则诗虽人心之所“感”,朱熹认为感有“邪正”,于是他将诗分为两类三等:一类是圣人所感,乃“无不正”,故至高无上,这是第一等;第二类是凡人所感,则是“杂”,是应当“择”的,因而又分两等,其中好的仍可为教,差的便删去。在该《序》回答“风”、“雅”、“颂”之体为何不同时,朱熹又说:“自《邶》而下,则其国之治乱不同,人之贤否亦异,其所感而发者,有邪正是非之不齐,而所谓先王之风者,于此焉变矣。”“至于‘雅’之变者,亦皆一时贤人君子闵时之所为,而圣人取之。其忠厚恻怛之心,陈善闭邪之意,犹非后世能言之士所能及之。”①这就是说,《诗经》中“变风”有邪有正,“变雅”乃贤人君子所作,因其为“圣人”所取,应当归之于“正”。

朱熹在《答巩仲至书》中,进一步发挥了他为诗分等的思想,并将分等的范围扩大到后代作品,曰:

顷年学道未能专一之时,亦尝间考诗之原委,因知古今之诗,凡有三变。盖自《书》传所记,虞夏以来,下及魏、晋,自为一等;自晋、宋间颜、谢以后,下及唐初,自为一等;自沈、宋以后,定著律诗,下及今日,又为一等。然自唐初以前,其为诗者固有高下,而

① 郑玄《诗谱序》(《十三经注疏》本《毛诗正义》卷首)称:“孔子录懿王、夷王时诗,讫于陈灵公淫乱之事,谓之‘变风’、‘变雅’。”

> 法犹未变，至律诗出，而后诗之与法，始皆大变，以至今日，益巧益密，而无复古人之风矣。故尝妄欲抄取经史诸书所载韵语，下及《文选》汉魏古辞，以尽乎郭景纯、陶渊明之所作，自为一编，而附于《三百篇》《楚辞》之后，以为诗之根本准则。[1]

朱熹所谓“三变”，而愈“变”愈下，实际上也是将诗分为三等。第一等是上古韵语、《诗经》、《楚辞》直到魏、晋之诗，第二等是颜、谢以后至初唐的古诗，第三等便是唐初沈、宋以后的律诗（有“萧散之趣”的除外）。在“诗之根本准则”中，朱熹又分了两等：一是《诗经》《楚辞》，二是上古韵语，“下及《文选》汉魏古辞，以尽乎郭景纯、陶渊明之所作”，它们的位置是“附于《三百篇》《楚辞》之后”。朱熹之所以将《楚辞》与《诗经》并列，在晚年著《楚辞集注》时说明了原因，乃由于屈原“志行虽或过于中庸而不可以为法，然皆出于忠君爱国之诚心”；其词虽“驰骋于‘变风’、‘变雅’之末流”，但对“天性民彝之善，岂不足以交有所发，而增夫三纲五典之重”。[2] 就是说，《楚辞》只相当于《诗经》中“‘变风’、‘变雅’之末流”，并不与“正经”等同（甚至不及“变风”、“变雅”的中、上流），但可启发人的善性，增重三纲五常，故取焉。

在确定了诗的“根本准则”之后，朱熹接着写道：

> 又于其下二等之中择其近于古者，各为一编，以为之羽翼舆卫。（原注：且以李、杜言之，则如李之《古风》五十首，杜之秦蜀纪行、《遣兴》、《出塞》、《潼关》、《石壕》、《夏日》、《夏夜》诸篇，律诗则如王维、韦应物辈，亦自有萧散之趣，未至如今日之细碎卑冗无余味也。）其不合者则悉去之，不使其接于吾之耳目，而入于吾之胸次，要使方寸之中无一字世俗言语意思，则其为诗，不期于高远而自高远矣。

这便是他欲“择”诗时的实际操作了。可见即便是李、杜之诗，他所取的也很少，大部分是要“删去”的，原因是“不合”道。

---

① 《朱文公文集》卷64。

② 《楚辞集注目录跋》，《楚辞集注》卷首，上海古籍出版社1979年版。

包恢既以“造化自然”论诗，在前引《答曾子华论诗》中，他以“天机自动”、“天籁自鸣”为“诗之至”即第一等，并解释说：“帝出乎‘震’，非虞之歌、周之‘正风’、‘雅’、‘颂’，作乐荐上帝之盛，其孰能语于此哉！”“帝出乎‘震’”，即前引包恢所谓“鼓以雷霆”，指‘震卦’卦辞所谓“震惊百里”，孔颖达疏其义为“天之震雷……威震一国”。包恢是说，只有《虞歌》（指《南风》）和“正风”、“正雅”、“颂”才可以当“诗之至”，也只有它们才是“天机自动，天籁自鸣”的产物。

包恢在“诗之至”下又分两等，一是有所感触而发，这也算“自鸣”。在上引《答曾子华论诗》中，包恢继续写道：

> 所谓未尝为诗而不能不为诗，亦顾其所遇如何耳。或遇感触，或遇扣击，而后诗出焉，如《诗》之“变风”、“变雅”，与后世诗之高者是矣。此盖如草木本无声，因有所触而后鸣；金石本无声，因有所击而后鸣，无非自鸣也。

此等诗乃“未尝为诗而不能不为诗”之诗，以及“‘变风’、‘变雅’，与后世诗之高者”。包恢所谓“未尝为诗而不能不为诗”，是有所指的。苏轼《南行前集叙》曰：“昔之为文者，非能为之为工，乃不能不为之为工也。山川之有云雾，草木之有华实，充满勃郁而见于外，夫虽欲无有，其可得乎？自闻家君之论文，以为古之圣人，有所不能自已而作者。故轼与弟辙为文至多，而未尝敢有作文之意。”①则“未尝敢有作文之意”，即盘结于心非发不可，是“有所触而后鸣”。这是一种“自鸣”的方式，我们不要误解包氏所说为“自成文”。在包氏看来，《诗经》中的“变风”、“变雅”不能入“天机自动，天籁自鸣”之列，这与朱熹将它们排除在“正经”之外相同，只是他的否定成分多于朱熹。

最末一等，是既不出于“天机”、“天籁”，也无所触击而鸣：

> 如草木无所触而自发声，则为草木之妖矣；金石无所击而自发声，则为金石之妖矣。闻者或疑其为鬼物，而掩耳奔避之不暇

① 《苏轼文集》卷10，中华书局1986年校点本，第323页。

> 矣。世之为诗者鲜不类此。盖本无情而牵强以起其情,本无意而妄想以立其意,初非彼有所触而此乘之、彼有所击而此应之者,故言愈多而愈浮,词愈工而愈拙,无以异于草木、金石之妖声矣。

朱熹认为诗皆源于人的天性"感于物而动",即使"圣人"亦如此,不同的是圣人所感"无不正",其他人则有邪正是非之不同;包恢则强调"自动"、"自鸣",自然而然,无为而为,只有第二等诗才是有所"感触",第三等连触击也没有,有如"鬼物"之鸣。但"无情"、"无意"而勉强起情、立意,其实也是有因之果,比如名利驱动等,若谓其无所触击,便起因不明,显得有些诡秘,亦难自圆其说。

在理学家的诗歌价值体系中,朱熹从"下二等"中择出的可作"羽翼舆卫"的作品,大略相当于包恢《答曾子华论诗》所说的"变风"、"变雅"及"后世诗之高者",它们不出圣人之手,故属第二档次,处于不正不邪(或有正有邪,即"杂")的位置,是"用力可至"之诗,"以学而入"之诗,确定这类诗的价值,便要"揆之以志"了。包恢再在该文中写道:

> 在心为志,发言为诗。今人多容易看过,多不经思。诗自志出者也,不反求于志而徒外求于诗,犹表邪而求其影之正也,奚可得哉?志之所至,诗亦至焉,岂苟作者哉!后世诗之高者,或陶(渊明)与李、杜者难矣。陶之冲淡闲静,自谓是羲皇上人,此其志也。"种豆南山"之诗,其用志深矣;"羲农去我久"一篇,又直叹孔子之学不传而窃有志焉。惟其志如此,入其诗亦如此。……如李如杜,同此其选也。李之"宴坐寂不动,湛然冥真心",杜之"愿闻第一义,回向心地初",虽未免杂于异端(引者按:指佛、老),而其亦高于人几等矣,宜其诗至于泣鬼神,驱疟疠,非他人之所敢望也。

总之,要志高学正,方可入等,而"志"、"学"固然都要合乎圣人之道。

上节引真德秀《日湖文集序》,称有"非人力可为"之诗和"用力可至"之诗,则是将诗分为两大类。"非人力可为"已见上节,"用力而至”之诗，即朱熹、包恢所分的第二类。他说：

> 自是（指“圣人之文”，即非出于人力之作）以降，则视其资之厚薄，与所蓄之浅深，不得而遁焉。故祥顺之人其言婉，峭直之人其言劲……此气之所发者然也。家刑名者不能折孟氏之仁义，祖权谲者不能畅子思之中庸。沉涵六艺，咀其菁华，则其形著，亦不可掩。此学之所本者然也。是故致饰语言不若养其气，求工笔札不若励于学。气完而学粹，则虽崇德广业，亦自此进，况其外之文乎？此人之所可用力而至也。

这类诗，包恢认为“或遇感触”而来，真氏则以为也出自于“气”，只是没有“圣人”所得元气之纯正，而有厚薄之分。其诗的价值，视作者的“资”、“蓄”而定。“资”指人的资质（如祥顺、峭直等），“蓄”指“学之所本”，如是否“沉涵六经”之类。

在理学家的价值标准中，决定诗歌等级的，主要看是否出于圣人。“道”是圣人的“专利”，只有他们才有“自成文”、感于“正”和“天机自动，天籁自鸣”的资格。于是，“人”（圣贤）除了上节所说的“转换器”外，同时又是“分流器”，他可以将正与不正不邪、邪三者分开。凡《诗经》中的正风、正雅和颂，无论其篇什的内容和艺术价值如何，只因曾经圣贤之手，必定是“有德者之言”，必定是言“道”之作，也必然在上等。其他则越拙朴、越古的诗，就越趋近于“道”，所以只有魏晋以前的作品差可当之。于是，诗成了一个空洞的、形而上的神秘符号，分等就是将载道之诗与少载道、不载道之诗分开，它不是对诗歌品质的鉴别，而是对“凡圣”身份的认定。

在上述理学家的诗歌价值体系中，《诗经》始终占有极重要的地位。我们不否认《诗经》的价值，甚至怀着对中华文化、中国诗歌源头的敬畏；但理学家将《诗经》推到“道”的位置，而又对其中的变风、变雅及后代文学作出每况愈下的评判，像鲁迅笔下的“九斤老太”，一代不如一代，那就不再是出于艺术审美，而是一种宗教式的信仰崇拜，一种学派理念的宣泄，已不是一般意义上的论诗了。

## 三、宋代理学家的诗歌艺术论：诗无工拙

“好诗”乃“天机自动，天籁自鸣”，即全然出于无心，出于自然。若谓“无心”、“自然”不太具体、不易理解的话，则理学家曾提供了两个直观而形象的比喻。朱熹、吕祖谦撰《近思录》载程颢（明道）曰：“茂叔（周敦颐）窗前草不除去，问之，云：‘与自家意思一般。’”原注：“子厚（张载）观驴鸣，亦谓如此。”[①]清初学者茅星来注：“盖取其自得意也。”[②]朱熹门人问曰：“周子（敦颐）窗前草不除去，即是谓生意与自家一般？”朱答曰：“他也只是偶然见与自家意思相契。”又问：“横渠（张载）驴鸣是天机自动意思？”曰：“固是。……”[③]草生、驴鸣完全出于天然，出于无心，故理学家从中悟出自家生意，也就是所谓“天机自动，天籁自鸣”的道理。

人类的“天机自动，天籁自鸣”，恐怕只有婴儿啼哭、失智者的叫号了，而理学家认为第一等诗就是如此而得——这本来已颠覆了文艺学创作论的常识，在理学家所推尊的《诗经》中是决然找不到的；但他们认为这才是巧夺天工，十分完美，若有任何人工斧削，便失去自然之真。相反，“有所触而发”的诗，如上引包恢所说“后世诗之高者”，已多人工修饰；而无所触击即“无情”、“无意”的“妖声”，更是“言愈多而愈浮，词愈工而愈拙”。这极易推及另一结论：“诗无工拙”。朱熹《答杨宋卿》就是这么说的：

> 诗者，志之所之；在心为志，发言为诗。然则诗者，岂复有工拙哉？亦视其志之所向者高下如何耳。……至于格律之精粗，用韵、属对、比事、遣辞之善否，今以魏晋以前诸贤之作考之，盖未有用意于其间者，而况于古诗之流乎？近世作者，乃始留情于此，故诗有工拙之论，而葩藻之词胜，言志之功隐矣。[④]

---

① 见《程氏遗书》卷三，《二程集》第60页。
② 朱熹等《近思录集注》卷14，影印文渊阁《四库全书》本。
③ 《朱子语类》卷96，第2477页。
④ 《朱文公文集》卷30。

宋末理学家魏了翁(1178—1237)的言论与此相似:

> 诗以吟咏性情为主,不以声韵为工。以声韵为工,此晋宋以来之陋也。逮其后复有次韵,有用韵,有赋韵,有探韵,则又以迟速较工拙,以险易定能否,以抉摘前志为该洽,以破碎文体为新奇,转失诗人之旨,重以纂类之书充厨满几,而为士者乏体习持养之功,滋欲速好径之病,风流靡靡,未之能改也。①

魏了翁屡以此论诗,又如:"古之言诗以见志者,载于《鲁论》《左传》及子思、孟子诸书,与今之为诗事实、文义、音韵、章句之不合者盖什六七,而贯融精粗,偶事合变,不翅自其口出。大抵作者本诸性情之正,而说者亦以发其性情之实,不拘拘于文词也。"②因此,宋代理学家要么像程颐所说的"素不作诗",要么作诗不讲究音韵,不遵循艺术规律,不注意遣词造句等语言表达形式,像草生、驴鸣那样,任其所为。邵雍作诗,自称"兴来如宿构,未始用雕镌";③又曰:"平生无苦吟,书翰不求深。行笔因调性,成诗为写心。"④包恢曾将律诗与古诗进行比较,论律诗之弊道:"盖八句之律,一则所病有各一物一事,断续破碎,而前后气脉不相照应贯通,谓之不成章;二则所病有刻琢痕迹,止取对偶精切,反成短浅,而无真意余味,止可逐句观,不可成篇观。局于格律,遂乏风韵,此所以与古体异。"⑤而前引黄震《书刘拙逸诗后》称诗人乃得"太极"流行之"至精",而批评当时的江湖诗人"曲心苦思,既与造化迥隔;朝推暮吟,又未有以溉其本根,而诗于是始卑"。许月卿(1217—1286)也极力反对音韵之学,谓"人得阴阳之气正而且通,故有自然之声韵,有自然之律吕,初非勉强矫拂而为之也。勉强矫拂,则非自然之韵,则非自然之声。非自然之声,则非自然之气;非自然之气,则非自然之理。自谢庄、沈约、周颙以浮声切响创为声律之制,而

---

① 《古郫徐君诗史字韵序》,《鹤山先生大全集》卷52,《四部丛刊初编》本。

② 《钱氏诗集传序》,《鹤山先生大全集》卷54。

③ 《谈诗吟》,《击壤集》卷18,《四部丛刊初编》本。

④ 《无苦吟》,同上卷17。

⑤ 《书抚州吕通判(开)诗稿后》,《敝帚稿略》卷5。

古韵亡矣”。因此，他认为应当从“自然之人声”求韵。如何求呢？他说要像上古那样“肆口而言”。①

至于诗歌艺术，即如何求诗之“工”，更不在理学家的视野之中。程珌（1164—1242）认为，诗之工否不在诗艺，而在人之“本”。他说：“洙泗论学文之序，在于入孝出悌、爱众亲仁之后。然则非本不立，非文则无以行之耳，文非所先也。《诗》自既删之余，世之鸣其和，写其怨，陶冶一性而藻绘万象，森然于丹漆铅黄间者，胡可胜计，卒如春哢啾螗，时过则歇，无复遗响于人间者，非诗不工也，其大者不立也。”②这是以“德”代“艺”。真德秀编《文章正宗》，更明确地提出不以文之工拙定去取，其序曰：“夫士之于学，所以穷理而臻用也。文虽学之一事，要亦不外乎此。故今所辑，以明义理、切世用为主。其体本乎古，其指近乎经者，然后取焉；否则辞虽工亦不录。”方逢辰（1221—1291）说得更干脆：“诗不必工，工于诗者泥也。诸所以吟咏性情，足以寄吾之情性之妙可矣，奚必工？”③总之，由“自成文”及“天机自动，天籁自鸣”导出的理学家诗论，否定诗人在创作中的主观能动性，一切委之“自然而然”。他们反对雕琢、苦吟，反对严苛的声律音韵之学，也许有功于矫形式主义之弊，不能说全无道理和功绩；但这不是他们的本意，他们的本意在卫道，因为“道法自然”，雕镌自然就破坏了大道。这种理论，其实与以“道”论诗完全一致，因为圣贤与道原本一体，他们将上位的道“转换”为诗时，是没有任何加工的，是直白朴拙的，像未出山的玉璞；也只有原封原样、原汁原味，才是自然而然，才是“道”。

如果将上述“理论”运用到一般的文学批评，那显然也有违常识，因为将文学生产等同于自然界的草长驴鸣，取消艺术加工，在创作实践中根本办不到；而鄙夷诗歌艺术的任何进步，一概嗤之为舍本逐末，则必然走向另一极端，难免矫枉过正而成新弊。事实上，《诗经》作为

① 《百官箴·用韵》，《百官箴》卷2，影印文渊阁《四库全书》本。
② 《吴基仲诗集序》，《洺水集》卷8，影印文渊阁《四库全书》本。
③ 《邵英甫诗集序》，《蛟峰文集》卷6，影印文渊阁《四库全书》本。

一部乐歌总集，所收作品都是押韵的（上古韵），而其“遗辞之善”，恐怕也非毫无修润所能至。对于这些艺术、技术上的讲求，前引朱熹《答杨宋卿》说“以魏晋以前诸贤之作考之，盖未有用意于其间者”；若说魏晋之后踵事增华可，若谓魏晋以前“未有”，则并不符合事实。只是我们需再强调一次：理学家不是一般意义上的论诗，而是以“道”论诗，以诗言“道”。

令理学家们尴尬的是，除《诗经》外，诗歌史上再也找不出所谓“天机自动，天籁自鸣”的例子，他们只得退而求其次，欲在后世“凡人”诗叟中树起一个样板，作为“天机”、“天籁”的事实支撑。于是，陶渊明诗的“平淡萧散”便进入了理学家的视野，在对圣贤之外的文学屡屡摇头后，独独首肯陶诗，掀起一股尊陶、学陶热。肯定陶诗没有错，尊陶、学陶也不自理学家始，但理学家对陶自有不同的解读和说法。

杨时曰：“陶渊明诗所不可及者，冲淡深粹，出于自然。若曾用力学诗，然后知渊明诗非着力之所能成。”[①]朱熹曰：陶诗“其词意夷旷萧散，虽托楚声，而无其尤怨蹙切之病云”。[②]“萧散”意谓闲散，不着意而意在，近乎自然。陆九渊《与程帅》亦曰：“彭泽一源，来自天稷，与众殊趣，而淡泊平夷，玩嗜者少。”[③]黄震则谓：“诗本情，情本性，性本天，后之为诗者始凿之以为人焉。然陶渊明无志于世，其寄于诗也悠然而淡；杜子美负志不偶于世，其发于诗也慨然以感。虽未知其所学视古人果如何，而诗皆出于情性之正，未可例谓‘删后无诗’也。”[④]李幼武又说：“作诗须从陶、柳门廷中来乃佳。不如是，无以发萧散冲淡之极，不免于局促尘埃，无由到古人佳处也。”[⑤]总之，一向鄙夷诗歌的理学家们，对陶诗却情有独钟，忙不迭地顶礼膜拜，真德秀编《文章

① 《龟山集》卷10《语录》，影印文渊阁《四库全书》本。
② 《性理大全》卷63，影印文渊阁《四库全书》本。
③ 《陆九渊集》卷7，中华书局1980年校点本，第103页。
④ 《张史院诗跋》，《黄氏日抄》卷92，影印文渊阁《四库全书》本。
⑤ 《名臣言行录·外集》卷12，影印文渊阁《四库全书》本。

正宗》,就“增入陶诗甚多,如三谢之类,多不入”。[①] 他们众口一词地认为陶诗平淡自然,非人力所能成,而出于情性(请注意:理学家的“情性”不等于常说的“性情”,乃谓“情”源于“性”),本于天稷(“天稷”乃星座名,此代指天)——简言之,在他们看来,陶诗盖最接近于“天机自动,天籁自鸣”。更有甚者,在魏了翁看来,陶渊明虽辞世数百年,简直就是理学家的前身:

> 称美陶公者曰:“荣利不足以易其守也,声味不足以累其真也,文词不足以溺其志也。”然是亦近之,而公之所以悠然自得之趣,则未之深识也。《风》《雅》以降,诗人之词乐而不淫,哀而不伤,以物观物而不牵于物,吟咏情性而不累于情,孰有能如公者乎?有谢康乐(灵运)之志而勇退过之,有阮嗣宗(籍)之达而不至于放,有元次山(结)之漫而不着其迹,此岂小小进退所能窥其际邪?先儒所谓“经道之余,因闲观诗,因静照物,因时起志,因物寓言,因志发咏,因言成诗,因咏成声,因诗成音”者,陶公有焉。[②]

所谓“经道之余”云云的“先儒”指邵雍,那段话见其所作《击壤集序》,则陶、邵可谓古今同符了。其实邵雍早就以继陶自命,有诗道:“可怜六百余年外,复有闲人继后尘。”[③]

然而何谓平淡?苏轼《与二郎侄书》曾作过解释:“凡文字,少小时须令气象峥嵘,彩色绚烂。渐老渐熟,乃造平淡。其实不是平淡,绚烂之极也。”[④]则“平淡”是对“峥嵘”、“绚烂”的超越,是更高层次的绚烂,只有在文章“渐老渐熟”之后,才能臻此艺术境界,故他论陶诗有“质而实绮,癯而实腴”之语。[⑤] 元人王构也说:“大抵欲造平淡,当自

① 刘克庄《后村诗话》前集卷1,《后村先生大全集》卷173,《四部丛刊初编》本。
② 《费元甫陶靖节诗序》,《鹤山先生大全集》卷52。
③ 《读陶渊明〈归去来〉》,《击壤集》卷七。
④ 《苏轼佚文汇编》卷4引《侯鲭录》卷8,《苏轼文集》第2523页。
⑤ 见苏辙《子瞻和陶渊明诗集引》引苏轼书,《栾城后集》卷21,上海古籍出版社1987年校点本,第1102页。

组丽中来,落其纷华,然后可造平淡之境。如此,则平淡不足进矣。今之人多作拙易诗,而自以为平淡,识者未尝不绝倒也。”[①]由此观之,理学家称陶诗是“非着力之所能成”,实为理学眼光折射出来的幻象,而他们所看到和理解的“平淡”、“冲淡”,正是脱口而出、无需诗艺的“拙易”,乃“诗无工拙”论的翻版,并非真实的陶诗。艺术上的平淡、自然,人们也往往用“天籁”去形容,但与理学家的“天籁”不同,它是一种造诣,一种风格,一种艺术境界,不是“非着力之所能成”,而是非下苦功不能企及的。因此我们须记住:即便是论陶诗,理学家也是在论“道”,他们理解的平淡、自然、萧散之类,更多地是对“道”的描述,初与诗歌艺术无关。



## 四、宋代理学家以道论诗的恶果:“洛学兴而文字坏”

宋代理学家并不看重甚至经常否定包括诗歌在内的文学,但他们又不愿、也不能放弃这个阵地,而要将它理学化。如本文开头所说,叶适早就对此提出过尖锐的批评,谓“洛学兴而文字坏”。在叶适《答刘子至书》中,前已引刘子至认为李埴、赵汝说(蹈中)二人文章有“如天机自动,天籁自鸣,不待雕琢”,叶适接着说:

> 证此地位,则其不然。如子至,得从来下功之,方有今日,第其间尚有短乏未坚等,滓垢未明净者,以下功犹未深也。若便要放下,随语成章,则必有退落,反不逮雕刻把〔持者矣〕。切须审详,当使内外两进,未可内外两忘也。虽渊明诗,亦自有工拙,绝好者十居三四尔。

叶适并不认同刘子至对李、赵二氏的说法。他即以刘子至为例,认为他能有如今的文学成绩,正由于下了功夫;而仍有不少短处,正是下功夫还不够深。若就此止步,向慕所谓“天机自动,天籁自鸣”而“随语成章”,那必然退步,并提出“内外两进”的主张。叶适对陶诗也不苟同众说,认为“自有工拙”,“绝好”的不及一半,而不赞成将他描绘成

① 《修辞鉴衡》卷1,影印文渊阁《四库全书》本。

完美无瑕的诗神。

当时和后来批评理学诗学观的人(包括懂文学的理学家)还不少,都指出了以"道"论诗的危害。本文由于论题和篇幅所限,择录四条并略作评说。

第一条是宋末作家欧阳守道《吴叔椿诗集序》,他写道:

> 视世间用工于文者十不及一,至于诗,并其一之工无之。诗家不知其几千百,予不能成诵一篇也。案间有诗集,岂不展玩,然视诗如文,视文如诗,未尝用诗家法寻其所谓锻字炼句者。①

欧阳守道对宋季诗文的急遽衰落深为叹息,究其原因,他以为是抛弃了千百年来积累起来的"诗家法",诗歌拙易如文,无人肯在锻字炼句上下功夫。

第二条是刘克庄《跋吴帅卿杂著·恕斋诗存稿》,有曰:

> 近世贵理学而贱诗,间有篇咏,率是语录、讲义之押韵者耳。②

第三、四条是元初作家袁桷语,他写道:

> 诗有经纬焉,诗之正也;有正变焉,后人阐益之说也。……滥觞于唐,以文为诗者韩吏部始,然而春容激昂,于其近体犹规规然守绳墨,诗之法犹在也。宋世诸儒一切直致,谓理即诗也,取乎平近者为贵,禅人偈语似之矣,拟诸采诗之官,诚不若是浅。
>
> 杨、刘弊绝,欧、梅与焉,于六艺经纬得之而有遗者也。江西大行,诗之法度益不能以振。陵夷渡南,糜烂而不可救,入于浮屠、老氏证道之言,弊孰能以救哉!③

理学家论诗,犹如释、老(指道教)"证道",而所谓之"诗"率是押韵语录和讲义。这类理学化了的诗歌"一切直致",有如"禅人偈语",实乃

---

① 《巽斋文集》卷8,影印文渊阁《四库全书》本。

② 《后村先生大全集》卷111。

③ 《书括苍周衡之诗编》,《清容居士集》卷49,影印文渊阁《四库全书》本。

“证道之言”而非诗。刘、袁二氏之论，可谓入木三分。无须费辞，从上引已可看出“文字”是如何被理学家们破坏的。

理学家一方面鄙视诗歌，一方面又难耐技痒而时有制作。朱熹曰：“自有一等人乐于作诗，不知移以讲学，多少有益。”[①]但他又说：“作诗间以数句适怀亦不妨，但不用多作，盖便是陷溺尔。当其不应事时，平淡自摄，岂不胜如思量诗句？至如真味发溢，又却与寻常好吟者不同。”[②]何谓“真味发溢”？与“寻常好咏者”有何不同？在朱熹的理学语境中，“真味”显然是对“道”的体味和发明，溢而为“寓道”之什，这样的“诗”是多多益善，如王柏所吹捧的：“学道者不必求之诗可也，然亦道何往而不寓。今片言只字，虽出于肆笔脱口之下，皆足以见其精微之蕴，正大之情。”[③]这种诗，其实就是“语录、讲义之押韵者”，也就是方回所说的“以诗言理学”，[④]与“以道论诗歌”是一个硬币的两面，而这与“寻常好咏者”有着质的区别。

至此，再温习叶适“洛学兴而文字坏”的论断，有以哉！以道论诗，以诗言道，对传统诗学造成了极大的冲击。闻一多先生说，“诗的发展到北宋实际上已经完了……可能的调子都已唱完了”，“从此以后是小说戏剧的时代”。[⑤] 闻先生这里未论及理学，他所说的“完了”也是指诗歌发展的大趋势，因为“以诗言理学”还将在后宋时代继续，只是更加“唱”不出什么新调子，传统诗歌也将继续衰落下去，而这个大趋势，正是“洛学兴”造成的。不管论者们欲以什么理由赞美理学家诗论及其创作，或如有学者所说的要给以“理解的同情”——其实我们无意否认这样做的必要性，并且承认理学家也有好诗，他们的诗学观也在不断地发展变化，不必一概而论——但无论如何，都不能忘记这个带有宗教色彩的哲学派别的“基本教义”，以及他们的诗学“原

---

① 《朱子语类》卷140，第3333页。

② 《朱子语类》卷104，第2623页。

③ 《朱子诗选跋》，《鲁斋集》卷5，影印文渊阁《四库全书》本。

④ 《七十翁吟五言古体十首》之七，前四句曰：“晦庵《感兴诗》，本非得意作。近人辄效尤，以诗言理学。”《桐江续集》卷22，影印文渊阁《四库全书》本。

⑤ 《文学的历史动向》，《闻一多全集》第一卷，三联书店1982年版，第203页。

点”：理学家论诗乃论道，他们所倡导的是能够“证道”的理学诗，而不是传统文学意义上言志、缘情的“诗歌”。

（2010年3月21日初稿，5月9日改定。原载《四川大学学报》2011年第4期）

# 论南宋的文章“活法”

早在北宋徽宗初，后期江西派首领吕本中(1084—1145)就已提出诗歌“活法”论。[①] 南宋高宗绍兴三年(1133)，在作《夏均父(倪)集序》时，又集中阐述了同一论点，他写道：

> 学诗当识活法。所谓活法者，规矩备具，而能出于规矩之外；变化不测，而亦不背于规矩也。是道也，盖有定法而无定法，无定法而有定法。知是者，则可以与语活法矣。谢玄晖(朓)有言，“好诗流转圆美如弹丸”，此真活法也。近世惟豫章黄公(庭坚)，首变前作之弊，而后学者知所趋向，毕精尽知，左规右矩，庶几至于变化不测。[②]

在序中，吕本中认为诗歌“活法”的内涵是既要守“规矩”，又要有“变化”。换言之，即诗有“定法”，又无“定法”，无“定法”又有“定法”，“法”在似有似无之间。谢朓(字玄晖)所谓“好诗流转圆美如弹丸”，就是对这种没有定态、变动无常的诗法的形象比喻。据研究，吕本中的“活法”观念源于禅宗。考云门宗缘密禅师曾讨论过“死句”、“活句”问题，大致谓意在言内为死句，意在言外为活。[③] 则活法除富于变化外，还应当语言含蓄，富于张力，力求言有尽而意无穷，故宋庆元间

---

① 见吕本中《别后寄舍弟三十韵》，《东莱先生诗集》卷6，《四部丛刊续编》本。

② 刘克庄《江西诗派》引，《后村先生大全集》卷95。按此序当即王正德《余师录》卷3所引吕本中《远游堂诗集序》，仅个别文字有异。

③ 见《五灯会元》卷15，中华书局1984年校点本，第935页。

学者俞成尝引用吕本中序江西宗派诗，谓“惟意所出，万变不穷，是名活法”。[①] 只有如此，方能将“将死蛇弄得活”。[②] 诗歌如此，其实文章也一样。

吕本中曾说：“作文必要悟入处，悟入必自工夫中来，非侥幸可得也。如老苏（此指苏轼）之于文，鲁直之于诗，盖尽此理也。”[③]吕氏是诗人，他的“活法”论主要针对诗歌，但并不妨碍他将目光同时投向“文”（四六文、古文），作文同样需要“功夫”。从上引中可知，吕本中视黄庭坚是诗歌“活法”的样板，同时又视苏轼为文章“活法”的楷模。对诗歌“活法”论，学界已有较多研究，而对文章“活法”则几乎无人关注。事实上，与诗歌“活法”极大地影响了南宋诗坛一样，文章“活法”也深刻地影响了南宋文章学的发展，而且它的表现形态更丰富。本文试论之。

## 一、南宋文坛的“活法”思潮

我们知道，苏轼尝自评其文，以为“大略如行云流水，初无定质，但常行于所当行，常止于所不可不止，文理自然，姿态横生”云云[④]。又曰：“吾文如万斛泉源，不择地皆可出。在平地滔滔汩汩，虽一日千里无难。及其与山石曲折，随物赋形，而不可知也；所可知者，常行于所当行，常止于不可不止，如是而已矣。其他，虽吾亦不能知也。”[⑤]这些比喻式的论述，无不触及文章“活法”的核心，那就是“变”，而变的结果，便是“活”，故吕本中说苏文“盖尽此（悟入）理”。苏籀尝记其祖苏辙语曰：“予少作文，要使心如旋床，大事大圆成，小事小圆转，每句如圆珠。”[⑥]可见他与其兄一样，也极重文章活法，对如珠走盘般的

① 俞成《萤雪丛说》卷上《文章活法》，影印文渊阁《四库全书》本《说郛》卷15上。

② 此乃吕本中引禅家语，见张戒《岁寒堂诗话》卷上，中华书局1983年校点本《历代诗话续编》，第463页。

③ 《童蒙诗训》，《宋诗话辑佚》下册，中华书局1980年版，第594页。又见张镃《仕学规范》卷35引。

④ 《与谢民师推官书》，《苏轼文集》卷49，中华书局1986年校点本，第1418页。

⑤ 《自评文》（或题《文说》），《苏轼文集》卷66，第2069页。

⑥ 《栾城遗言》，影印文渊阁《四库全书》本。

孜孜追求,句句都不放过。

从上引可知,二苏皆深谙文章"活法"真谛,只差用"活法"这个术语。从现存文献看,鲜明举起文章"活法"旗帜的,是南宋初作家张孝祥(1132—1170)。他在《题杨梦锡客亭类稿后》中写道:

> 为文有活法,拘泥者窒之,则能今而不能古。梦锡之文,从昔不胶于俗,纵横运转如盘中丸,未始以一律拘,要其终亦不出于盘。盖其束发事远游,周览天下山川之胜以作其气,所与交者又皆当世知名士,文章安得不美耶?余官荆南,梦锡自交广以《客亭类稿》来,精深雄健,视昔时又过数驿,读之终篇,使人首益俯焉。①

今按:《客亭类稿》,包括《四六编》《杂著编》《古律编》,今残存十四卷,杨冠卿(字梦锡,1139—?)撰。孝祥谓其作品"纵横运转如盘中丸,未始以一律拘",盖就各体诗文而论,显然他的"活法"定义,与吕本中一脉相承。

庆元间学者俞成在所著《萤雪丛话》卷上写道:

> 文章一技,要自有活法。若胶古人之陈迹而不能点化其句语,此乃谓之死法。死法专祖蹈袭,则不能生于吾言之外;活法夺胎换骨,则不能毙于吾言之内。毙吾言者生吾言也,故为活法。伊川先生尝说《中庸》"'鸢飞戾天',须知天上者更有天;'鱼跃于渊',须知渊中更有地。会得这个道理,便活泼泼地。"②吴处厚尝作《剪刀赋》,第五隔对:"去爪为牺,救汤王之旱岁;断须烧药,活唐帝之功臣。"当时屡窜易,"唐帝"上一字不妥帖,因看游鳞,顿悟"活"字,不觉手舞足蹈。吕居仁尝序江西宗派诗,若言"灵均自得之,忽然有入,然后唯意所出,万变不穷,是名活法"。③杨万里又从而序之,若曰"学者属文,尝悟活法。所谓活法者,要当

① 《于湖居士文集》卷28,上海古籍出版社1980年版,第281页。

② 按所引乃综述程颐两段语录,见《河南程氏氏遗书》卷3《谢显道记忆平日语》,中华书局1981年校点本《二程集》第59、60页。

③ 按:今存赵彦卫《云麓漫抄》卷14引吕本中《江西诗社宗派图序》无此数句。

> 优游厌饫”。[①] 是皆有得于活法也如此。吁，有胸中之活法，蒙于伊川之说得之；有纸上之活法，蒙于（吴）处厚、（吕）居仁、（杨）万里之说得之。[②]

俞氏以为，所谓“死法”其实就是蹈袭，是胶着古人“陈迹”而不能“点化”；“活法”正相反，它是“夺胎换骨”，追求的是言外之意，即“点化”古人语使之具有新意，让“陈迹”获得生命，变得“活泼泼地”。俞氏自谓他的“活法”论受程颐（伊川先生）启发，而直接得之于吴处厚、吕本中和杨万里；前者是“胸中之活法”（哲学理念），后者是“纸上之活法”（写作方法）。俞氏在诸前辈“活法”论的基础上，对“活法”作了进一步的解释，又首次将视角移向科场时文。值得注意的是，他所举例文中有《剪刀赋》，则文章“活法”不仅适用于古文，也适用于四六文。

与俞成大致同时的学者王正德，尝在所辑《余师录》中引陈长方《步里客谈》，谓欧阳修称“晋无文章，只《归去来》一篇”，苏轼称“唐无文章，只《盘谷序》一篇”，然后论曰：“文章态度如风云变灭，水波成文，直因势而然。必欲执一时之迹以为定体，乃欲系风捕影也。”[③]所谓“态度”，指姿态、状态。陈长方是说，文章永远处于变动不居的状态，没有固定的体式。它像风云变灭般不可捉摸，如风生水起般存在于忽然之间。所谓“体”不过是“一时之迹”，转瞬即逝，因而不必执着。陈氏虽未用“活法”一词，但所论实即变化不测的“活法”，且将目光投向古文。

宋末学者陈模《怀古录》引曾樽斋（丰）云：“文字须要自我作古，其次师经，师古文又次之。”[④]再引樽斋云：“作古文须要不法度而自法

---

① 按：据文意，所引当出自杨万里序江西诗派语，然今传《诚斋集》卷79《江西宗派诗序》无此数句，其他文中亦未见。

② 俞成《萤雪丛说》卷上，影印文渊阁《四库全书》本《说郛》卷15上。

③ 《余师录》卷2，《历代文话》第1册，复旦大学出版社2007年版，第362页。欧、苏语见《东坡志林》卷7。

④ 《怀古录》卷下，《历代文话》第1册，第516页。按此三句及下引曾氏语，不见于今本曾丰《缘督集》。唯《缘督集》13《答刘师董书》有曰：“欧、苏之门无道时文之学者。无已，则古乎。尝谓古有曰：自我作古，真古也；自人作古，假而已矣。”

度。”又曰：“刘斯立《学易堂记》固是好，樽斋云：‘文法好处只用得一回新，盖常用则腐。’然岂特文法之体亦不可守常用一律，且如文字简古底，须要时出一二篇光明俊伟者参错乎其间，方是好看。”①曾丰所谓古文应“不法度而自法度”，陈模所谓文法之体“不可守常用一律”，仍然是说文法之变乃大原则，没有死法，只有活法，再好的“法”也不能“常用”。

元初理学家郝经尝作《答友人论文法书》，②虽书中彻底否定后人文法研究的言论有些偏激，但也不乏合理、正确的意见。比如他说“文有大法，无定法”，除所谓“大法”乃“圣人制作裁成”、后人不可能再有作为之说，为我们所不赞同外，其“无定法”的观念，不能不说是文法论的精髓。该书还说：“古之为文也，理明义熟，辞以达志尔。若源泉奋地而出，悠然而行，奔注曲折，自成态度，汇于江而注之海，不期于工而自工，无意于法而皆自为法。”他显然暗用了苏轼自论其文时的表述（见上引），又吸收了曾丰论文的精要，不能不令我们眼睛为之一亮——他虽是位尊经重道的理学夫子，但也有着为文求“活”的开明头脑。

元末明初学者曾鼎著《文式》，其卷上第九“取谕法”之末，引赵撝谦按曰：“作文之法甚多，因其甚难，是以甚多也，大略亦不过此。若夫学博心开之士出乎自然者，不求其法而自法，孔子曰：‘辞达而已矣。’亦奚法？”③赵氏既肯定了曾鼎所述之“法”，又跳开一步，以为文章出乎自然，何必有法？反映出他在对“法”有了充分认识之后的猛省。

综上所述，不难看出超越文法、摆脱“法度”羁绊的冲动，在南宋后的文坛和学界，已形成为一股不可抗拒的文学思潮。

文章“活法”的观念并不始于吕本中（比如上引二苏，皆早于吕氏），但在吕本中诗歌“活法”论的影响和推动下，文章家对“活法”的

① 《怀古录》卷下，《历代文话》第1册，第524—525页。

② 载《陵川集》卷23，影印文渊阁《四库全书》本。

③ 《历代文话》第2册，第1549页。

热切呼唤，已经此起彼伏，“调门”或许不如诗界高，但势头却一点也不逊色，而且由于文体的复杂性，它所涉及的面更广，内涵更丰富，理论成果也更大。如俞成的“点化”说，陈长文的文无定体说，曾丰的“自我作古”、“不法度而自法度”说，陈模的“不可守常”说，等等，既是对文章“死法”的当头棒喝，也是对“活法”论的进一步充实与发展。

“活法”是一种理念，它像一双无形的手，暗中主导着作家对写作方法的选择。比如“宋体四六”中的“荆公派”和“东坡派”，因前者主张“谨守法度”，组缀古语，而后者则“出于准绳之外”，融化故事，故四六作法很不相同，成就也大不相侔。这就是“死法”与“活法”的区别。① 总之，文章写作由无法到有法到死法，再由死法到活法，既是对“法”的发现与建构，也是对“法”的超越与拯救。它仿佛是个往复循环的过程，又似乎最终是对“法”的疏离，其实前后不在一个层次上：若没有对“法”的深入了解，也就无所谓“活法”。

## 二、“活法”论的“圆”文说

南宋学者论文章“活法”，又将它概括为一个字：圆；或两个字：圆活。这显然是由谢朓“好诗流转圆美如弹丸”简化而来，刘勰《龙心雕龙》即已以之论文（详下）。文章有圆有方，不限于古文、时文，甚至不以诗文为别，但南宋人更多地以“圆”或“圆活”论科举时文中的“论体文”。

据钱锺书先生考证，“圆”不仅是中国人的审美传统，西方亦如是。他说：“孔密娣女士曾在里昂大学作论文，考希腊哲人言形体，以圆为贵。……吾国先哲言道体道妙，亦以圆为象。”其下他举有大量例证，此略。需特别指出的，是钱锺书引明人李廷机《举业琐言》云：“行文者总不越规矩二字，规取其圆，矩取其方。故文艺中有著实精发、核事切理者，此矩处也；有水月镜花，浑融周匝，不露色相者，此规处也。今操觚家负奇者，大率矩多而规少，故文义方而不圆。”那么什

① 对此问题，笔者另有《论文章学视野中的“宋体四六”》详述，可参阅。

么是“圆”呢？钱氏曰：

> 余按彦和（刘勰）《文心》，亦偶有“思转自圆”（《体性》）、“骨采未圆”（《风骨》）等语。乃知“圆”者，词义周妥、完善无缺之谓，非仅音节调顺、字句光致而已。①

今按：论体文贵“圆”，在我国有悠久的传统。钱先生虽举了《文心雕龙》中个别论“圆”的句子，但似乎没有注意到该书《论说篇》有专门论“圆”之文：“其（指论体）义贵圆通，辞忌枝碎：必使心与理合，弥缝莫见其隙；辞共心密，敌人不知所乘，斯其要也。”则“圆”包括了两个构成要素：“义”与“辞”。在“义”方面，主观之“心”必须与客观之“理”契合，做到物我一体，天衣无缝，才算“圆通”；在“辞”方面，语言要能准确地表达出自己的思想，使人无懈可击，也才算“圆通”。而语言的准确，应该包括自然、流畅，若为文“难”，读来艰涩，文不达义，固不可谓“词共心密”，与圆通是背道而驰的。宋人虽要求论体文要“圆”，但却极少对“圆”的内涵作解释，刘勰之论及钱氏“词义周妥，完善无缺”二语，可帮助我们理解“圆”的含义。

陈傅良《止斋论诀》讲论体文“造语”时，曾提出三个要求，第一就是贵“圆转周旋”（另二贵为“过度精密”、“精奇警拔”）。朱熹《与刘子澄书》曰：“子静寄得对语（引者按：当指四六文）来，语意圆转浑浩，无凝滞处，亦是渠所得效验。”②这时诗学也重“圆”，严羽《沧浪诗话・诗法》曰：“下字贵响，造语贵圆。”明归有光要求“文势如贯珠”：“结上生下，是谓贯珠势也。”又谓“文势如走丸”：“转换圆活，略无滞碍，是谓走珠势也。”③盖即朱子之意，“结上生下”，谓文脉贯通，“语意圆转浑浩”；“转换圆活”，即行文畅达，“无凝滞处”。这就是宋、明学者常说的“文势”。

陈傅良所谓“圆转周流”，是造语在论体文中的作用，也是如何造

---

① 以上所引钱氏语，详见《谈艺录》第31则，中华书局1999年版，第111—114页。
② 《朱文公文集》卷35，《四部丛刊初编》本。
③ 《归震川先生论文章体则》，《历代文话》第2册，第1726页。

语的方法。那么更具体地说，如何造语下字才能“圆”呢？陈氏写道：

> 凡学造语圆转，必先取句语多反复论做一样子，看其如何说起，如何辨论，如何互说，如何引证，模仿其规模，则渐渐自然圆转。凡造语不能圆转者，最是无可说得。但犹将欲说人之子美，必言其父之余庆，又言其师教之有义方，然亦在于性质之良美；又言其交游之琢习，然欲施之远，犹在于涵养之不替。知如此推广，则圆转不穷矣。

陈氏认为文章中的圆转、周流，主要体现在“多反复”上，具体说来，有“说起”、“辨（通‘辩’）论”、“互说”、“引证”四个方面。也就是造句用字时，必须顾及文理、文脉，一定要立说在理，辩论合乎逻辑，而且要论据充足，文章彼此照应，方能收到圆通、圆满、圆融的效果。陈氏举例道，若欲说人家儿子嘉美，一定要说是他父祖立功积德之“余庆”，还要说是老师教育有方，当然也要肯定孩子天资良美，又不能忘记其交游的积极影响，最后寄望于继续努力，必能前途无量。——这就“圆”了，因为顾及到各个方面，做到了滴水不漏。由此观之，“圆”文的内涵虽可分“义”和“词”，其实两者是紧密结合在一起的。不过陈氏所举例子，是那个时代的套话，除圆通、圆满、圆融外，又难免流于“圆滑”的庸俗。

陈傅良所论文章“圆转”，显然不是“句”所能胜任，而只有通过上下文，某一段，甚至在前后呼应中体现出来，故又说到“周流”，即文气流贯而不滞塞。至于如何才能学得将文做“圆”，陈氏要人“先取句语多反复”的论体文做样子进行“模仿”。对初学举业的学子来说，这也许不失为一种方法，层次虽低，却可由此起步。在论体文中，论辩主要在讲题部分，故陈氏又在《止斋论诀·原题》中说：“大凡讲题，实事处须是反复铺叙，方得句语圆转。”这是做“圆”文的有效方法，即多侧面、多角度地“反复铺叙”某一事，尽量在“横”的方向开拓，以收行文曲折之致。



科举时文的论体文，必须四平八稳，故文章家特别强调“圆”。很难想象一篇片面、偏颇甚至破绽百出、文字艰涩、文意凝滞的文章,会得到考官的青睐。《论学绳尺·论诀》引福唐李先生(其名待考)《论家指要·论间架》就说:"策文方,论文圆。"故《论学绳尺》以是否"圆"作为衡文的重要标准之一,凡"圆"文皆得美评。如卷 4 评危科《为治顾力行何如论》曰:"熔意铸辞,圆转清峭,可以见骊塘先辈之妙笔。"又卷 5 评黄朴《经制述作如何论》:"文势圆转,意味深长,盖自吕东莱(祖谦)《七圣论》中来,老作也。"又卷 6 评冯椅《仁圣博施济众论》:"文势圆转,节节相应,深得论体。"就是经义,因为同属论体文,宋人也要求"圆",倪士毅《作义要诀》引弘斋曹氏(泾)曰:"原题之体,其文当圆,其体当似论。"

陈傅良的"圆"文说对后世影响很大,他本人几乎成了"圆"文的一个代号。元代作家陈栎在《送林先生序并诗》中写道:"三山林先生以雄文奥学来教于吾州,其于文无所不能,能无所不工。士友所得多见者,其圆文、讲篇,圆文如盘走珠,坂转丸,妙得止斋(按陈傅良字君举,号止斋)之胎骨也;讲篇如空中楼,鉴中象,妙得晦庵之精髓也。"[①]他又在《贺吴竹所授本邑教谕启》中称赞吴氏"圆文媲陈君举,读之若盘走珠;讲篇肖陆象山(九渊),闻者将汗流雨"。[②] 可见圆文的特点,与谢朓所说"好诗"如出一辙,圆文之"法"也就是文章"活法"。如果泥于"规矩",拘于"定格",是不可能把文写"圆"的。

## 三、写作中的"活法"操作

文章"活法"既是理论问题,而更重要的乃是实践,即如何把文章写得活络。无论诗文,"活法"的核心都是"变",但"变"不是难以捉摸的概念,而要通过文章曲折、波澜等实实在在地反映出来。因此,南宋学者并不时常以"活法"标榜,而是多以古文评点的方式,拈出经典作家作品中的各种"关键",为读者指示文章"活法"之所在,诸如文气,文势,字、句、章法的变化,间架结构的设置,以及过渡、转折、承接、

① 《定宇集》卷 2,影印文渊阁《四库全书》本。
② 同上卷 11。

照应、归结，等等，人人有法，篇篇不同，内容极为丰富。本文限于篇幅，难以尽言，只能略举如下三项以管窥焉。

### 1. 文意曲折

吕祖谦《丽泽文说》引吕本中曰：

> 文字贵曲折、斡旋。
>
> 凡作简短文字，必要转处多，凡一转，必有意思则可。
>
> 文字若缓，须多看杂文。杂文须多看他节奏紧处，若意思新，转处多，则自然不缓。善转者如短兵相接，盖谓不两行又转也。讲题若转多，恐碎了文字。须转虽多，只是一意方可。若使觉得碎，则不成文字。若铺叙处间架令新不陈，多警策句，则亦不缓。①

吕本中因遭元祐党禁，一生未参加科举考试，但为教子孙，仍对科举时文有精深的研究。他一再标举“转”，“转”就是曲折，就是“斡旋”，也就是“变”。“转”得越多，越能使文章层次丰富，内容充实，气势宏伟。因此，“转”乃是最重要的文章“活法”之一。吕本中的这一方法，大大启发了后来的学者和作家。陈模《怀古录》曰：

> 文字又有洋洋地平说，忽然回头来，变作千斤两许。东坡《晁错论》：“夫以七国之强而骤削之，其为变岂足怪哉！”又云：“乃为自全之计，欲使天子自将而己居守。却从下而忽起一句云：“且夫发七国之难者谁乎？”东莱批云：“如平波浅濑中，忽跳起一浪。”②

所谓“东莱批”，指吕祖谦在所编《古文关键》中的批语，《晁错论》见该书卷下。如果一味地“平说”，文章将死气沉沉，平庸无奇，而苏轼却“忽跳起一浪”，也就是来个大转折。原文为：“且夫发七国之难者

① 张镃《仕学规范》卷35引，《历代文话》第1册，第329页。

② 《历代文话》第1册，第510页。

谁乎？已欲求其名，安所逃其患？以自将之至危，与居守之至安。已为难首，择其至安，而遗天子以其至危，此忠臣义士所以愤惋而不平者也。”吕氏除上引批语外，又批道：“利害明白。”谓晁错既发削七国之难，却只为求名，不愿当大难，“而遗天子以至危”，结果是“未免于祸”。这种行文法，有如沉静的水面忽然掀起大浪，又有如平地里孤峰突现，令人惊骇。陈模这里是就文中某一部位立论，若就一篇文章论，应是一浪接着一浪，转了又转，方显曲折之致，故他又举东坡海外论《武王》，以为其文字“一浪一波处，譬如长江大河滚起，一波方下，又一浪起，盖其起伏处气势大”。①

陈模似乎犹不尽意，又举东坡海外论道：

> 东坡海外论，脱洒似《权书》，且句句转，疑论断决。如云：“（范）增之去善矣，不去，羽必杀增。”如云：“夫岂独非其意，将必力争而不听也。”都是架虚描摹事意，而敢于如此断当。其海外论尽如断公案相似，文字所以雄健。②
>
> 诚斋（杨万里）云：作文贵转多。《孟子》答陈相、《史记·伯夷传》、子由（苏辙）《上刘原父书》，皆有此法。故东坡海外论最高者，以句句转。退之（韩愈）《获麟解》亦然。③

陈模及杨万里皆提到苏轼海外论。陈氏所引“海外论”，乃《东坡志林》（五卷本卷5）《论古》十三篇中的第八篇《论范增》，《东坡续集》卷8题作《论项羽范增》。④ 陈氏以为该文“句句转”。宋代古文评点家极重此文，后代评论甚多，欲知宋人所谓文章以“转”求“活”的方法，从此文中可以悟出许多道理来。文不甚长，兹据《苏轼文集》全录于次，然后再看陈模及评点家的点评，遂能晓其究竟。文曰：

> 汉用陈平计，间疏楚君臣，项羽疑范增与汉有私，稍夺其权。

---

① 《历代文话》第1册，第515页。按《论武王》见《苏轼文集》卷5，《东坡志林》卷5题作《武王非圣人》。

② 《怀古录》，《历代文话》第1册，第519页。

③ 同上书，第525页。

④ 见《苏轼文集》卷5，中华书局1986年版，第162页。

增大怒曰:"天下事大定矣,君王自为之。愿赐骸骨归卒伍。"归未至彭城,疽发背死。

苏子曰:增之去善矣,不去,羽必杀增。独恨其不早耳。然则当以何事去?增劝羽杀沛公,羽不听,终以此失天下。当于是去耶?曰:否。增之欲杀沛公,人臣之分也,羽之不杀,犹有君人之度也。增曷为以此去哉!《易》曰:"知几其神乎!"《诗》曰:"相彼雨雪,先集维霰。"增之去,当于羽杀卿子冠军时也。

陈涉之得民也,以项燕、扶苏。项氏之兴也,以立楚怀王孙心,而诸侯叛之也,以弑义帝。且义帝之立,增为谋主矣,义帝之存亡,岂独为楚之盛衰,亦增之所与同福祸也。未有义帝亡而增独能久存者也。羽之杀卿子冠军也,是弑义帝之兆也。其弑义帝,则疑增之本也,岂必待陈平哉。物必先腐也,而后虫生之;人必先疑也,而后谗入之。陈平虽智,安能间无疑之主哉!

吾尝论:义帝,天下之贤主也。独遣沛公入关,而不遣项羽,识卿子冠军于稠人之中,而擢以为上将,不贤而能如是乎?羽既矫杀卿子冠军,义帝必不能堪,非羽弑帝,则帝杀羽,不待智者而后知也。增始劝项梁立义帝,诸侯以此服从,中道而弑之,非增之意也。夫岂独非其意,将必力争而不听也。不用其言,而杀其所立,项羽之疑增,必自是始矣。

方羽杀卿子冠军,增与羽比肩而事义帝,君臣之分未定也。为增计者,力能诛羽则诛之,不能则去之,岂不毅然大丈夫也哉?增年已七十,合则留,不合则去,不以此时明去就之分,而欲依羽以成功,陋矣。虽然,增,高帝之所畏也,增不去,项羽不亡。呜呼,增亦人杰也哉!

吕祖谦《古文关键》卷下收此文,评曰:"这一篇要看抑扬处。吾尝论一段前平平说来,忽换起放开说,见得语新意属,又见一伏一起处,渐次引入难(引者按:指责难)一段(即'苏子曰……独恨其不早耳'一小段)之曲折。若无陈涉之得民一段,便接(项)羽杀卿子一段去,则文字直了,无曲折,且义帝之立一段亦直了。惟有此二段,然后见曲折处。”吕氏着眼点是文章的曲折，故他在文章旁批中，多次点出“委曲”、“抑”、“扬”等“关键”来。

谢枋得《文章轨范》卷3亦收此文，文末评曰：“此是东坡海外文字，一句一字增减不得，句句有法，字字尽心，后生只熟读暗记此篇，义理融明，音律谐和，下笔作论必惊世绝俗。此论最好处，在方（项）羽杀卿子冠军时，（范）增与羽比肩事义帝一段，当与《晁错论》并观。”在“方羽杀卿子冠军，增与羽比肩而事义帝……岂不毅然大丈夫也哉”下，谢氏批曰：“此一段最妙，乃是无中生有、死中求活。”明归有光《归震川先生论文章体则》，有所谓“死中求活则”，曰：“凡文字议论已到至处，更出一段议论，不溺于题意之寻常，是谓死中求活，此文法之最妙者。如苏子瞻《范增论》方羽杀卿子冠军一说、《晁错论》‘当此之时’一段是也。”①文末谢氏又论曰：“凡作史评，断古人是非得失，存亡成败，如明官判断大公案，须要说得人心服，若只能责人，亦非高手。须要思量我若生此人之时，居此人之位，遇此人之事，当如何应变，当如何全身，必有至当不易之说。”对其结尾，谢氏尤大加赞赏，批曰：“结尾不贬尽范增，反许之为人杰，正如韩文公（愈）《争臣论》攻击不遗余力，结句乃曰‘阳子将不得为善人乎’？如此方是公论。若断人之过，攻人之恶，没人之善，皆非老手。”

清章禹功《古文析观详解》评此文道：“范增当羽矫杀卿子冠军，欲洁身而去，又恐将置君于何地，固非人臣之分。必待羽之弑义帝然后去，则已坐失机宜久矣。故‘知几’二字，是去就根本。文只就增去不能早处，层层驳入，段段回环。末用数语叫转，更得抑扬三昧。”②

综观诸家之评，知《论项羽范增》妙处甚多，但核心仍然是曲折和斡旋，也就是要善于“转”或“变”。不仅古文，时文亦如此。欧阳起鸣《论评活法》以为“论腰”是文章之“转”，曰：“变态极多，大凡转一转，发尽本题余意。或譬喻，或经句，或借反意相形，或立说断题，如平洋寸草中突出一小峰，则耸人耳目。到此处，文字要得苍而健，耸而新，

① 见《历代文话》第2册，第1734页。
② 《古文析观详解》卷6，清乾隆八年刻本。

若有腹无腰竟转尾,则文字直了,殊觉意味浅促。”①时文是要严格遵循“死法”即程式的,但论腰是腹与尾之间的一个层次,一个缓冲,也需要运以“活法”,添设曲折,既可使文章姿态横生,又增加了文意的厚度。

### 2. 句法灵活

南宋学者论文章“活法”,除文意曲折外,又讲究语言灵活多变,虽然也是“变”,但“变”法又有所不同。

首先是句法。谢枋得《文章轨范》卷2收韩愈《后二十九日复上宰相书》,其开头一段曰:

> 愈闻周公之辅相,其急于见贤也,方一食三吐其哺,方一沐三握其发。当是时,天下之贤才皆已举用,九字句。奸邪谗佞欺负之徒皆已除去,十二字句。四海皆已无虞,六字句。九夷八蛮之在荒服之外者皆已宾贡,十五字句。天灾时变昆虫草木之妖皆已销息,十四字句。天下之所谓礼乐刑政教化之具皆已修理,十七字句。风俗皆已敦厚,六字句。动植之物风雨霜露之所沾被者皆已得宜,十七字句。休征嘉瑞麟凤龟龙之属皆已备至,十四字句。

谢氏批注道:“此一段连下九个‘皆已’字,变化七样句法(按指七种字数不同的句型,谢氏已在文中注出)。字有多少,句有长短,文有反顺。起伏顿挫,如层澜、惊涛、怒波。读者但见其精神,不觉其重叠,此章法、句法也。”同上又收韩愈《送石洪处士序》,谢氏论之曰:“韩文公作文千变万化,不可捉摸,如雷电神鬼,使人不可测。”从文中多处批语可知,所谓“千变万化”,亦指句法灵活,而使文多起伏顿挫。后来归有光论古文体则,立所谓“句法长短错综则”,所据即此。② 又同书收《送温处士赴河阳军序》《送杨少尹序》,谢氏又评曰:“文有气力,有光焰,顿挫豪荡,读之快人意。”也是指句法。综观该书全卷之谢氏批

---

① 见《论学绳尺·行文要法》卷首,影印文渊阁《四库全书》本。

② 《归震川先生论文章体则》,《历代文话》第2册,第1725页。

注，他主张句子应长短错综不齐，文势或婉曲，或劲健；行文则时而舒缓，时而又如狂澜怒波；转换自如，层次丰富，等等。

为求语言灵活，除句子长短变化外，句型变化也很重要。宋人很重错综句，视角就是它的"变"。陈望道先生《修辞学发凡》第八篇之五述错综句，认为"构成错综，大约有四种重要方法：第一，抽换词面；第二，交蹉语次；第三，伸缩文身；第四，变化句式"。第二种"交蹉语次"，"是将语词的顺序安排得前后参差，使得说话前后不同"；这又有"反复"、"对偶"、"排比"三种形式，而"反复"就是陈骙《文则》所谓"交错"。《发凡》举《孟子·梁惠王上》曰："王何必曰利，亦有仁义而已矣。……王亦曰仁义而已矣，何必曰利？"陈望道在该节末的"附记"中说，这类错综的名称和议论很多，如沈括《梦溪笔谈》卷14所谓"相错成文"，陈善《扪虱新话》卷5所谓"错综其语"，《（苕溪）渔隐丛话》后集卷25引严有翼《艺苑雌黄》所谓"蹉对"，等等。《梦溪笔谈》举韩愈《罗池神铭》石本"春与猿吟兮，秋鹤与飞"，后句为错综。沈括谓"古人多用此格，如《楚辞》'吉日兮辰良'……盖欲相错成文，则语势矫耳"。[①] 屈原《九歌》之《东皇太一》开头"吉日兮辰良，穆将愉兮上皇"两句，宋元学者常举为错综的典型句例，元陈绎曾《文说》以为该句"倒一字，句法便健十倍"。

宋人常以为例的错综句，还有杜诗"红稻啄残鹦鹉粒"一联。释惠洪《冷斋夜话》曰："老杜云：'红稻啄残鹦鹉粒，碧梧栖老凤凰枝。'……以事不错综，则不成文章。若平直叙之，则曰：'鹦鹉啄残红稻粒，凤凰栖老碧梧枝。'以'红稻'于上，以'凤凰'于下者，错综之也。"[②]方颐孙《百段锦》卷上有"造句格"，多达二十一项，其中有所谓"啄鹦栖凤句"，举陈傅良《尧舜论》，然后论曰："'天下之机心也，莫之禁也犹火，而易扰也犹猛兽'（引者按：此三句为《尧舜论》中语），曷不曰'犹火之莫禁，犹猛兽之易扰'，而颠倒下者，恐与前句法相象，又无宛转。正如前辈（杜甫）诗云：'红稻啄残鹦鹉粒，碧梧栖老凤凰

① 《修辞学发凡》，复旦大学出版社2008年版，第166—172页。
② 今本《冷斋夜话》无，见魏庆之《诗人玉屑》卷3"错综句法"引。

枝。'乃以鹦鹉啄残红稻之余粒,凤凰常栖碧梧之老枝,颠倒下句,意思斡旋,不至白直木强。诗文之妙诀相类,观者知之。""颠倒下句",《文则》称"倒语之法",或称"倒句",也就是错综句法。元初魏天应编《论学绳尺》,卷首辑有"诸先辈论行文法",其中"用字法"也举错综句例,并说"以此推之,可知用字法",将此法看得很高。

### 3. 语言警策

吕本中尝曰:

> 陆士衡《文赋》云:"立片言以居要,乃一篇之警策。"此要论也。文章无警策则不足以传世,盖不能竦动世人。……老杜诗云:"句不惊人死不休。"所谓惊人句,即警策也。①

吕本中侄孙祖谦《古文关键》卷首《总论看文字法》,第四亦是"看警策、句法",曰:"如何是一篇警策,如何是下句下字有力处,如何是起头、换头佳处,如何是缴结有力处,如何是融化、屈折、剪截有力处,如何是实体贴题目处。"吕氏用了六个"如何是",把"一篇警策"放在首位,其下才是"句法"。本文第一节尝引陈傅良《止斋论诀》讲科举论体文"造语三贵",第三是"精奇警拔",曰:"既能学得过度精密处,便可取颜公栻、俞公烈等论熟读,学其造语警拔,则当于下字上着功夫。盖下字既工,则句语自然警拔矣。如此,则如丽服靓妆,燕歌赵舞,观者忘疲,而况但欲中有司之程度乎!"照此说来,造语欲"精奇警拔",下字是关键,因为所谓"精奇警拔",其实就是语句中某个(或某些)表现力特强的"字"所蕴含、呈现出来的意义效能。不过"精奇警拔"的内涵应该比"警策"更丰富,两者有共同点,但并不完全等同。

那么到底什么是"警策"呢?如果举文章实例说明,也许比理论阐释更能直观地说明这个问题。《古文关键》卷上欧阳修《朋党论》,在"然臣谓小人无朋,惟君子则有之"句旁,批曰:"惊人句。"在被政敌诬为"朋党"时,欧阳修不但不申辩,反而发出"小人无朋,惟君子则有



① 《仕学规范》卷35《作文四》引《吕氏童蒙训》。又见王正德《余师录》卷3引。

之"这种惊世骇俗、出人意料之论,而观下面的论证后,又不能不颔首称是,佩服其立论之高。吕祖谦又在《朋友论》"故为人君者,但当退小人之伪朋,用君子之真朋,则天下治矣"数句旁批:"警策有力处。"意思是不仅文意精彩,而且结论确然不可动摇,显得十分有力。要之,文章中语义高妙,道理深刻,能够振聋发聩的论点或结论,乃是吕本中所谓"警策"的内涵,所以他说"惊人句"也就是警策句。无论诗文,篇有警策方能使人蓦然惊醒,也才会有令人拍案叫绝、过目不忘的精彩,并对读者、社会产生重要影响(即吕本中所谓"竦动世人")。若从文法论,警策句其实也是文意的曲折或转折,只是它折转的幅度太大,远远超过一般人的认识或表达水平。

## 四、南宋文章"活法"的现实指向

文章既有"活法",与诗歌一样,就必然存在与之相对应的"死法"。我们知道,唐宋时期的科举时文,先是诗赋,接着是策、论、经义,都逐渐走向程式化,这个过程最终在南宋初完成。[①] 程式化建构起了一套凝固的"文字腔子",[②]举子必须循规蹈矩,严格执行,否则就将断送科举前程。场屋考试号称"较艺",但评判高下的标准乃是能否掌握死法之"技",所谓"较艺"其实就是"较技"。关于此点,笔者曾屡有论述,[③]本文不再赘。于是,程式法便成了"死法"。南宋的许多文法论著,都是为科举考试之需而作,有的直接就是场屋用书(如《止斋论祖·论诀》《声律关键》《论学绳尺》等),它们研究的就是时文程式法,也就是"死法"。

应当着重说明的是,"死法"并非什么十恶不赦的怪物,它自有存在的理由,绝非一否了之那么简单。这是因为,死法之"法"是学者们对文章结构、写作规律乃至审美习惯的认识与总结,是客观世界固有

---

① 关于策论、经义程式化的进程,请参拙文《论宋代科举时文的程式化》,《厦门大学学报》2005年第5期。

② "文字腔子",语出《朱子语类》卷139,乃批评吕祖谦的时文研究。

③ 详参拙著《宋代科举与文学》第十九章《宋代科举考试与文学发展的悖反》第一节,中华书局2008年版,第552页。

逻辑的反映，是人类智慧长期积累的结晶，具有相当高的价值，而并非无中生有的虚拟，更非考试机关的主观预设。启功先生曾说人们给“八股”二字加上各种谑谥、恶谥，其实是“冤案”，八股是一种文体的形式，“它本身并无善恶之可言”，[①]就是这个意思。因此，那些“法”自身并不错，作家理应遵循，没有规矩不成方圆——而错在人们把它用“死”了，即无论内容和作者写作个性如何，人人都得按程式操作，每个步骤皆不得增损，作文成了流水线生产，结果是千人一面，千篇一律，程式于是变为一成不变的“定格”，而受到社会的普遍诟病。

如果“定格”只用于科举考试，那也就罢了，但它必然会对整个文坛产生消极影响。南宋后期学者罗大经说：“杨东山（引者按：名长孺，杨万里之子）尝谓余曰：‘……渡江以来，汪（藻）、孙（觌）、洪（指“三洪”适、遵、迈）、周（必大），四六皆工，然皆不能作诗，其碑铭等文，亦只是词科（即博学宏词科）程文手段，终乏古意。近时真景元（德秀）亦然，但长于作奏疏。’”[②]元初作家刘埙曾分析词科之所以使人难以自拔的原因道：“盖词科之文自有一种体致，既用功之深，则他日虽欲变化气质，而自不觉其暗合。犹如工举业者力学古文，未尝不欲脱去举文畦径也，若且淘汰未尽，自然一言半语不免暗犯。故作古文而有举子语在其中者，谓之金盘盛狗矢。”[③]所谓“工举业者”，指工进士科时文。上述虽主要讲词科，但进士科影响更大。“死法”既然有存在的理由，那它一旦被认知，就不可能被否定或消灭；然而“死法”又确有很大的危害性，因此提出“活法”就势所必然。它具有鲜明的现实指向，反映了学界的强烈诉求，即一方面承认“死法”的价值，另一方面又厌倦了那种“依样画葫芦”的写作模式，而要寻求“将死蛇弄得活”的新途径，让活泼泼的文风也吹拂科场和文坛，于是吕本中“活法”诗论的旗帜，也在文坛被高高举起。

就文章体制论，古文之所以优于时文，正在于古文虽有法，但不是

---

① 见启功《说八股·引言》，启功等《说八股》，中华书局2000年版，第1页。

② 《鹤林玉露》丙编卷2，中华书局1983年校点本，第265页。

③ 《隐居通议》卷18中，影印文渊阁《四库全书》本。

死法,它可以随宜变化,寓"法"于无法之中,有如转圆走珠,没有定体。于是,北宋末作家唐庚适时地提出了时文"以古文为法"的口号。① 南宋以吕祖谦《古文关键》、谢枋得《文章轨范》为代表的古文评点本,用评点经典作家作品的方法,将时文"以古文为法"的构想付诸实践,从而架起了一座使古文通向时文的桥梁,它们固然有以古文作法证明程式法合理的一面,但更重要的功能,是欲教时文作者学习古文"活法",或者说用古文"活法"为时文程式的死法"输血",尽量使二者的利弊"对冲",提高时文的写作水平;同时又以"死法"反观古文,获得对古文文法的进一步认知,从而也提高古文的写作水平。不难发现,时文写作虽遵循程式化后的"死法",但在时文"以古文为法"的影响下,大量古文"活法"因素融入写作程序,所以仍不乏优秀之作;即便是僵死如明清八股文,在归有光等"以古文为时文"口号的影响下,也不是没有好作品,原因就在这里。与此相应,"活法"论也启迪着古文作者,使之成为更自觉的写作规范,又必然深刻地影响古文发展,其功绩不容低估。

时至宋末,又出现了一个新情况。欧阳起鸣著《论评活法》,《论学绳尺·行文要法》引其"论头"、"论项"、"论心"、"论腹"、"论腰"、"论尾"诸则,明明讲的是时文程式,却以"活法"名书。元代文章学家陈绎曾《文筌》之《古文谱四·制》,有"制法九十字",论古文的布置与行文,连同"改润法"十字,共一百字,他颇为自负,以为是"作文活法,变化之妙,尽在是矣"。但若考察他的方法,所谓"制法九十字",实际上就是九十种写作法,也就是细列文章所有"构件"的制作、施工方法,以回答"如何起,如何承接,如何收拾"等问题。② 这有如今天某些机关秘书,先已抄录制作了各种官场套话,需要时随取随用。欧阳起鸣、陈绎曾等显然有以"死法"充"活法",或变"活法"为"死法"之

① 关于宋代时文"以古文为法"的提出,详参拙文《论宋代时文的"以古文为法"》,《四川大学学报》2007 年第 4 期。

② 详见拙文《宋元文章学的行文论》,载王水照、朱刚主编《中国古代文章学的成立与展开》,复旦大学出版社 2011 年版。

嫌。这说明至宋末元初,标榜“活法”已成文章家的时髦,但也违背了“活法”的本意。诗亦如此。南宋作家周孚《寄周日新(小简)》曰:“切勿信言诗者说活法。夫前辈所谓‘活法’,盖读书博,用功深,不自知其所以然而然。故活法当自悟中入,悟自工夫中入。而今人乃作一等不工无味之辞,而曰‘吾诗无艰涩气,此活法也’。苟如此,则《三百六篇》并《离骚》可焚去矣。此非可造次。后山盖云:‘学诗如学仙,时至骨自换。’第勿匆遽,优而游之,餍而饫之,久则至矣。近年人倒以诗为容易,故卒不造古人藩域。”①谓活法乃读书多、用功深的收获,绝非偷懒的遮羞布。清桐城派古文家刘大櫆也说:“古人文章可告人者惟法耳。然不得其神而徒守其法,则死法而已。要在自家于读时微会之。”②晚清学者林纾论“文忌”之“拘牵”,也是讲这个道理:“何谓拘牵?牵于成见,拘于成法也。文人之手,不能无法;必终身束缚于成法之中,不自变化,纵使能成篇幅,然神木而形索,直是枯木朽株而已,不谓文也。”③因此,文章“活法”的精髓,永远是吕本中所说的既有定法又无定法,也就是自由灵活而不失“规矩”——其妙在此,其难亦在此。如果丢掉了这点,将活法模式化,“活法”又将成为死法。

(2011年7月10日写,7月22日改。原载《北京大学学报》2012年第2期)

---

① 《蠹斋铅刀编》卷18,影印文渊阁《四库全书》本。

② 见薛福成《论文集要》卷2《刘海峰论文偶记》,《历代文话》第6册,第5790页。

③ 《春觉斋论文论文十六忌》,《历代文话》第7册,第6409页。

# 从宋代台阁体的繁衍看<br>文学体派的形成机制

中国古代文学发展到宋代,出现了一个鲜明的特征:体、派比以往任何时期都多,体派意识也更强烈和自觉。宋初的台阁体"西昆体",以及西昆体作家群体"西昆派",就是其中较早的著名文学体派之一。本文拟由西昆体作家的审美观念及其变迁切入,较宏观地考察一代台阁文学由母体不断繁衍、变异和更新的过程。打开这扇窗,我们将会看到,宋初西昆体不仅是宋代台阁体的母体,而且经过一再"孵化"与变异,"馆阁气"或被削弱,或被加强,从而形成新的体派,融入文学主流之中,从而较具体、生动地揭示出文学体派形成的机制,而这种机制,笔者认为是文学继承与发展的原动力之一。

## 一、由西昆派诗人"研味前作"的审美发现说起

宋初"西昆体"诗歌虽非朝廷公用文字,而就其风格论,则是典型的台阁体。西昆体及西昆派诗人群体,由翰林学士、知制诰杨亿所编《西昆酬唱集》而得名,其作者多为馆阁学士,这是我们所熟知的,毋庸费词。西昆酬唱的缘起和宗旨,杨亿在《西昆酬唱集序》中说得很明白:"予景德中,忝佐修书之任……因以历览遗编,研味前作,挹其芳润,发于希慕,更迭唱和,互相切劘。"应当特别留意"研味前作,挹其芳润"两句,前句说他们的唱和是从书本中发掘题材和语料,后者是说以采摘前人作品中的"芳润"典故及词藻为表达手段。对杨亿来

说,他的“研味前作”更集中在李商隐,曾对玉溪(商隐自号玉溪子)诗有一番评论,道:

> 至道中,偶得《玉溪生诗》百余篇,意甚爱之,而未得其深趣。咸平、景德间,因演纶之暇,遍寻前代名公诗集,观富于才调,兼极雅丽,包蕴密致,演绎平畅,味无穷而久愈出,钻弥坚而酌不竭,曲尽万态之变,精索难言之要,使学者少窥其一斑,略得其余光,若涤肠而换骨矣。①

显然这是他发自内心的激动,是对偶像和诗神的膜拜,所以杨亿以李商隐诗为创作楷模。这里他说到了诗人的“才调”和作品的“雅丽”,加上前所谓“芳润”,遂构成西昆体艺术的基本特色。张方平在《题杨大年集后》诗中,用了一连串词语来形容和扩展杨亿作品中“雅丽”、“芳润”的形态,他写道:

> 天上灵仙谪,人间秀气涵。朱弦清庙瑟,美干豫章楠。富艳三千牍,从容八十函。典纯追古昔,雅正合《周南》。温粹琼瑶润,滋酞稼穑甘。微中缄海蚌,巧处吐春蚕。璀璨龙宫出,精深虎穴探。机衡成鵺鹰,嵩洛入烟岚。(自注:公劲正,不容权幸,谢病归阳翟,因就除知汝州。)寂忍修禅智,虚柔慕史聃。骥辕曾未骋,鸾驭不停骖。岩庙登何数,承明入独三。可怜经济意,旧客记高谈。(自注:门人黄鉴录公余论为《谈苑》。)②

富艳、从容、典纯、温粹、滋醲、璀璨、精深,等等,这些多视角的描绘,使我们对杨亿的昆体诗有了更丰富的审美想象和解读空间。张方平或有溢美之嫌,但今天所能读到的只是杨亿全部诗作中很小的一部分,故也不能遽言张氏所论全然失实。张方平以“富艳”居首,是符合实际的。杨亿评人之文道:“左氏之笔,微为富艳;相如之文,长于形似。”③又

---

① 《玉溪生诗》,宋江少虞编《事实类苑》卷34“玉溪生”条引,影印文渊阁《四库全书》本。

② 《乐全集》卷2,影印文渊阁《四库全书》本。

③ 《送元道宗秀才序》,《武夷新集》卷7,《浦城遗书》本。

谓其自作乃"雕篆之文"——"亦由凫鹤之质自然,胡能损益;姜桂之性素定,岂可变迁"①,谓其好雕篆为文乃出自本性,难以更改。要之,就现存篇什论,杨亿从"前作"特别是李商隐诗文中所得虽丰,但却不能践行,真正所用盖只两个字:富艳。世人对美的感受不尽相同,杨亿所认同并固守的审美价值,用他自己的话说,乃"争奇逞妍"、"铺锦列秀"②,这是对"富艳"更具体的表述。

明末清初诗评家冯班将晏殊的《寓意》诗与西昆体比较后说:"昆体多用富贵语。"③这是对杨亿及西昆派作品的另一种描述。无论是何题材,他们都喜欢用极华丽的词藻来表达,给人满目金玉的感官刺激。不过,当我们遍读现存杨亿及西昆派作家的作品后,会发现直接用金玉锦绣的并不太多,故对所谓"富贵语"不可拘泥地理解,它包括了用华词丽藻装饰着的各种诗歌意象,而内容却未必都是写多金或权重,如《西昆酬唱集》中《苦热》《属疾》之类无可聊奈事,也同样可以入诗,并以丽语出之。

这里举杨亿《南朝》诗来具体说明:

> 五鼓端门漏滴稀,夜签声断翠华飞。繁星晓埭闻鸡度,细雨春场射雉归。步试金莲波溅袜,歌翻玉树涕沾衣。龙盘王气终三百,犹得澄澜对敞扉。

方回将此诗收入所编《瀛奎律髓》,并略述所用事典道:"夜半至鸡鸣埭及射雉,乃齐事。金莲,潘妃事。玉树,陈后主事。此杂赋南朝耳。"④诗中用了许多典故,可参王仲荦先生的《西昆酬唱集注》,是即所谓"研味前作";而"金莲"、"玉树"皆实有其事⑤,意象华美,即所谓

---

① 《武夷新集序》,《武夷新集》卷首。

② 《广平公唱和集序》,《武夷新集》卷 7。

③ 《瀛奎律髓汇评》卷 5,上海古籍出版社 2005 年新一版,第 228 页。

④ 《瀛奎律髓汇评》卷 3,第 124 页。

⑤ 前事见《南史·齐东昏侯纪》:"又凿金为莲花以帖地,令潘妃行其上,曰:'此步步生莲华也。'"后事见《陈书·皇后传论》:"后主每引宾客对贵妃等游宴,则使诸贵人及女学士与狎客共赋新诗,互相赠答,采其尤艳丽者以为曲词,被以新声。其曲有《玉树》《后庭花》《临春乐》等,大指所归,皆美张贵妃、孔贵嫔之容色也。"

“撦其芳润”。方回总评此诗道:“组织华丽。”所谓“组织”,指从诸典籍中撦其华词丽藻,然后组合编织成诗,看起来珠联璧合,却缺乏完整的诗歌形象,也没有事之首尾逻辑,故王安石批评道:“杨、刘以其文词染当世,学者迷其端原,靡靡然穷日力以摹之,粉墨青朱,颠错丛庞,无文章黼黻之序。其属情藉事,不可考据也。”①“组织”有类宴席上的“拼盘”,因各不同质,故难有主脑和深度,所以连有同好的夏竦也不能不感叹:“杨文公文如锦绣屏风,但无骨耳。”②

诗文多用“富贵语”,是齐、梁以后台阁体的惯技,可谓源远流长,历来以负面评价居多,如杨炯《王勃集序》斥唐初台阁体“上官体”为“争构纤微,竞为雕刻,糅之金玉龙凤,乱之朱紫青黄”云云③,就是一例。杨、刘及西昆体也“在劫难逃”,它招来了后人的大量批评,有激烈的,也有较为理性的,如南宋初张表臣从审美角度的分析,就深中其弊,他说:“篇章以含蓄天成为上,破碎雕锼为下。如杨大年西昆体,非不佳也,而弄斤操斧太甚,所谓七日而混沌死也。”④客观地说,在宋初的历史背景中,西昆体的富艳有其积极的一面,田况之论不无道理,其曰:“杨亿在两禁,变文章之体,刘筠、钱惟演辈皆从而效之,以新诗更相属和。亿复编叙之,题曰《西昆酬唱集》。当时佻薄者谓之西昆体。其他赋颂章奏,虽颇伤于雕摘,然五代以来芜鄙之气,由兹尽矣。”⑤他将功、过说得很分明。所谓“芜鄙之气”,指五代时战乱频仍,人不读书,文风浅陋,如清代学者查慎行评苏轼诗“五季文章堕劫灰”句时所云:“诗至唐末,格调已极卑弱,降而五代,干戈扰攘,士生其际,救死扶伤之不暇,岂复知有文章?所以有‘五季文章堕劫灰’之叹也。”⑥这种文学衰落的局面,一直延续到宋初。大病须用猛药,杨、刘

① 《张刑部诗序》,《临川先生文集》卷84,《四部丛刊初编》本。
② 《东斋纪事》卷3,中华书局1980年校点本,第23页。
③ 《盈川集》卷3,《四部丛刊初编》本。
④ 《珊瑚钩诗话》卷1,《历代诗话》,中华书局1981年校点本,第455页。
⑤ 《儒林公议》卷上,影印文渊阁《四库全书》本。
⑥ 《补注东坡先生编年诗》卷36《金门寺中见李留台与二钱(惟演、易)唱和四绝句戏用其韵跋之》诗注,清康熙四十一年香雨斋刻本。

用“芳润”、“才调”、“雅丽”甚至“富艳”以疗“芜鄙”，不仅增加了诗歌的文化含量，更大大提升了作品的文学性，这对扭转五代以来的“不文”和新王朝的文学复兴，功不可没。

从西昆派的形成和昆体诗人的创作中，我们可以看出如下几点。其一，“研味前作”是他们文学活动的基础，而杨亿又从“前作”中特地拈出李商隐，并在他的带领下“更迭唱和”，于是形成一个风格大致相同的创作群体，所谓体、派于是形成。其二，西昆派由于把目光盯在“前作”上，而感兴趣的又主要是“富艳”，这种从故纸堆中讨生活的方式和搜奇猎艳的心态，使他们较缺少关注社会的现实情怀和采花酿蜜似的艺术创造精神，因而问题很多，价值有限，为后人留下了很大的改进空间。第三，在前引《玉溪生诗》中，杨亿除惊叹李商隐诗歌的词采外，对他的艺术表达才能尤为推崇，如谓其“包蕴密致，演绎平畅，味无穷而久愈出，钻弥坚而酌不竭，曲尽万态之变，精索难言之要”云云，从而构成了杨亿较系统的创作方法论。这些方法中，事典的繁富，语言的平畅有味，长于变化，善道精微难言之意，又构成了较完整的审美体系。杨亿虽远未达到这样的艺术高度，但他对“前作”的审美发现以及从中归纳出来的创作方法，却精辟周详，明晰可法。这说明西昆派不仅总结了传统文学书写的某些规律，更拥有繁衍孵化“前作”的丰富经验，尽管它自身因价值不高而必然要退出历史舞台，但却未必能够被消灭，甚至很可能拥有未来，当然前提是必须“变”。

## 二、西昆诗风之变：由“唯说气象”到“昆体工夫”

清初学者王士禛说：“宋人诗，至欧、梅、苏、黄、王介甫而波澜始大。前此杨(亿)、刘(筠)、钱思公(惟演)、文潞公(彦博)、胡文恭(宿)、赵清献(抃)辈，皆沿‘西昆体’。”[①]他又说：“宋初诸公竞尚‘西昆体’，世但知杨、刘、钱思公耳，如文忠烈(彦博)、赵清献诗，最工此体，人多不知，予既著之《池北偶谈》《居易录》二书，观李子田(蓘)

① 《带经堂诗话》卷1，人民文学出版社1982年版，第43页。

《艺圃集》载胡文恭武平(宿)诗二十八首,亦昆体之工丽者。”[①]翁方纲也说:“宋元宪(庠)、景文(祁)、王君玉(琪)并游晏元献之门,其诗格皆不免杨、刘之遗。虽以文潞公、赵清献,亦未尝不与诸人同调。”[②]这群诗人可以晏殊为代表,大多有馆阁经历,不少人累官宰辅,是朝廷的高级官僚,而当他们以“文人”身份出现时,又是标准的台阁作家。因他们有着与杨亿、刘筠相近的审美趣味,学界或称之为“后期西昆派”。

后期西昆派中的不少作家,也喜用富贵语,如晚出的王珪(1019—1085),就是位说富贵的能手。葛立方《韵语阳秋》卷1曰:

> 人言居富贵之中者,则能道富贵语,亦犹居贫贱者工于说饥寒也。王岐公(珪)被遇四朝,目濡耳染,莫非富贵,则其诗章虽欲不富贵,得乎?故岐公之诗,当时有“至宝丹”之喻[③],如“宝藏发函金作界,仙醪传羽玉为台”,“梦回金殿风光别,吟到银河月影低”等句甚多。

《四库全书简明目录》卷15著录王珪《华阳集》,《提要》道:“珪不出国门,坐致卿相,无壮游胜览拓其心胸,亦无羁恨哀吟形于笔墨,故其文多台阁之体,其诗善言富贵,当时谓之‘至宝丹’。然论其词华,则固二宋之亚也。”二宋,即宋庠、宋祁兄弟。不过,像王珪这样的仅属个案,后期西昆派中的大多数诗人(包括二宋),尽管审美观念与前期大致相近,但也有着不小的变化,特别是其中的代表作家晏殊。吴处厚《青箱杂记》卷5说:

> 晏元献公虽起田里,而文章富贵,出于天然。尝览李庆孙《富贵曲》云:“轴装曲谱金书字,树记花名玉篆牌。”公曰:“此乃乞儿相,未尝谙富贵者。”故公每吟咏富贵,不言金玉锦绣,而唯

---

① 《带经堂诗话》卷9,第213页。

② 《石洲诗话》卷3,人民文学出版社1981年版,第82页。

③ 《四库全书》本《华阳集·附录》卷9:“岐公诗喜用金璧珠碧以为富贵,其兄谓之至宝丹也。”

说其气象，若“楼台侧畔杨花过，帘幕中间燕子飞”、“梨花院落溶溶月，柳絮池塘淡淡风”之类是也。故公自以此句语人曰：“穷儿家有这景致也无？”

晏殊不是反对诗说“富贵”，而是要能道出“真”富贵。何谓真富贵？他说：“不言金玉锦绣，而唯说其气象。”下句“其”字，指代的仍是富贵，可见他与杨、刘等并无本质区别，只是更换了角度，不再说富贵本身，而用烘托替代直白，用模糊化的“气象”替代赤裸裸的炫耀。这有如中国的传统绘画，写真虽然逼真，但写意更能传神，因而层次更高。京师人见惯了荣华富贵，没必要将它挂在嘴上，只有“气象”才更能呈现富贵的本质，而金玉锦绣只是表象，自以为光鲜，实乃寒碜，像过去四川穷人戏说缺穿的歇后语：“叫花子卖米——就这一升（身）。”所以说是“乞儿相”。而真正有品位的是自然随意，配搭宜体，反映出自身的涵养和气质来——人如此，诗文亦如此。

上引《青箱杂记》卷5，吴处厚接着写道：

公风骨清羸，不喜肉食，尤嫌肥膻，每读韦应物诗，爱之曰：“全没些脂腻气。”故公于文章尤负赏识，集梁《文选》以后迄于唐，别为《集选》五卷，而诗之选尤精，凡格调猥俗而脂腻者皆不载也。公之佳句，宋莒公（庠）皆题于斋壁，若“无可奈何花落去，似曾相识燕归来”、“静寻啄木藏身处，闲见游丝到地时”、“楼台冷落收灯夜，门巷萧条扫雪天”、“已定复摇春水色，似红如白野棠花”之类，莒公常谓此数联使后之诗人无复措词也。

这里，晏殊又提出了另一个美学范畴：脂腻气。脂腻，即所谓“肥膻”，盖谓臃肿肥胖，吴处厚说晏殊善选诗，凡“格调猥俗而脂腻者皆不载”，则“脂腻”当指过分堆砌华词丽藻，犹如人身之余脂赘肉，令人生厌。杨、刘的西昆体，就有这种毛病。

宋人颇喜解读晏殊的上述“美学原理”，如《苕溪渔隐丛话》前集卷26《晏元献》引《漫叟诗话》云：

江为有诗：“吟登萧寺旃檀阁，醉倚王家玳瑁筵。”或谓作此诗者，决非贵族。（以下载晏殊评“轴装曲谱金书字，树记花名玉篆牌”，已见上引《青箱杂记》，略）《云斋广录》载近时人诗一联云：“珠帘绣户迟迟日，柳絮梨花寂寂春。”虽用珠绣，其气象岂不富贵，不害其为佳句也。（欧阳修）《归田录》云：“晏元献喜评诗，尝曰‘老觉腰金重，慵便玉枕凉’未是富贵语，不如‘笙歌归院落，灯火下楼台’，此善言富贵者也。人皆以为知言。”①

“笙歌归院落”二句，出白居易诗。周必大《二老堂诗话》曰：“《白乐天集》第十五卷《宴散》诗云：‘小宴追凉散，平桥步月回。笙歌归院落，灯火下楼台。残暑蝉催尽，新秋雁载来。将何迎睡兴，临睡举残杯。’此诗殊未睹富贵气象，第二联偶经晏元献公拈出，乃迥然不同。”②明代诗论家胡应麟道：“诗最贵丽，而丽非金玉锦绣也。晏同叔以‘笙歌院落’为三昧，固高出至宝丹一等。……丽语必格高气逸，韵远思深，乃为上乘。”③此说是。

由“多用富贵语”到“唯说气象”，固然是诗人们审美观念的转型，更可看作是杨、刘西昆体的华丽“转身”。它虽然仍保存着“说富贵”的“基因”，却与前者处在不同的艺术层次，具有鲜明的革新意义。严格说来，后期西昆派不过是青出于蓝的“昆二代”，但却是个颇具灵气的新体派。

不过，用“气象”来“说富贵”，与欧、梅领导的诗歌革新运动仍难契合，所以经过“孵化”的“昆二代”，也由主流文学而逐渐边缘化，他们必须尽快找到与欧、梅“新体”的共同点，方有生存空间；而欧、梅也必须与传统“接轨”，才能夺得主流地位，从而使革新获得更广泛的社会承认。于是，“喜剧”性的场面出现了。欧阳修《六一诗话》载：

---

① 《苕溪渔隐丛话》前集卷26《晏元献》，人民文学出版社1984年版，第175页。

② 陈师道《后山诗话》看法不同，曰：“白乐天云‘笙歌归院落，灯火下楼台’，又云‘归来未放笙歌散，画戟门前蜡烛红’，非富贵语，看人富贵者也。”《历代诗话》本，第303页。

③ 《诗薮》内篇卷5，上海古籍出版社1979年版，第97页。

晏元献公文章擅天下，尤善为诗，而多称引后进，一时名士往往出其门。圣俞平生所作诗多矣，然公独爱其两联，云："寒鱼独着底，白鹭已飞前。"又"絮暖鮆鱼繁，露添莼菜紫"。余尝于圣俞家见公自书手简，再三称赏此二联，余疑而问之，圣俞曰："此非我之极致，岂公偶自得意于其间乎？"乃知自古文士，不独知己难得，而知人亦难也。

这里，讲"气象"的晏殊不再"说富贵"，而赞扬起"草根"诗人梅尧臣意境平淡的诗风来，后者却似乎并不"买账"。不过，梅尧臣虽不以晏丞相为知己，却并不妨碍他暗中吸收西昆派的诗论精髓。《六一诗话》又载："圣俞尝语余曰：'诗家虽率意，而造语亦难。若意新语工，得前人所未道者，斯为善也。必能状难写之景如在目前，含不尽之意见于言外，然后为至矣。'"这与前引杨亿《玉溪生诗》所谓"味无穷而久愈出，钻弥坚而酌不竭，曲尽万态之变，精索难言之要"，岂不合若符契？同上书又载欧阳修曰："杨大年与钱、刘数公唱和，自《西昆集》出，时人争效之，诗体一变。而先生老辈患其多用故事，至于语僻难晓，殊不知自是学者之弊。如子仪（刘筠）《新蝉》云：'风来玉宇乌先转，露下金茎鹤未知。'虽用故事，何害为佳句也。又如'峭帆横渡官桥柳，迭鼓惊飞海岸鸥'，其不用故事，又岂不佳乎？盖其雄文博学，笔力有余，故无施而不可。"双方互通款曲，于是达成一致，"昆二代"找到了自己的归宿，改革派则壮大了队伍和声势。故后期西昆派中不少诗人的平淡之作，已与欧、梅没有太大区别了。体派的兴衰迁转，真令人有些目不暇接。

宋神宗时代，黄庭坚登上诗坛，以其创作成就和人格魅力，逐渐形成宋代规模最大、历时最久的诗派——"江西诗派"。此派极盛于两宋之交，余波直至明、清。它虽以新、奇自立，冷静的学者却发现它仍有"前世今生"的脉络可寻。南宋初学者朱弁说：

李义山（商隐）拟老杜诗云……置杜集中亦无愧矣。然未似老杜沉涵汪洋，笔力有余也。义山亦自觉，故别立门户成一家。

后人挹其余波，号西昆体，句律太严，无自然态度。黄鲁直深悟此理，乃独用昆体工夫，而造老杜浑成之地，今之诗人少有及者。此禅家所谓更高一着也。[①]

宋末诗人赵汝回曰："近世论诗……本朝有江西体，江西起于变昆。"[②]又方回评黄庭坚《咏雪奉呈广平公》诗，谓"山谷之奇，有昆体之变，而不袭其组织"。[③] 清初诗论家吴乔也说："鲁直（黄庭坚）好奇，兼喜使事，实阴效钱、杨而变其音节，致多矫柔诘屈，不能自然。然气清味洌，胸中亦自有权衡，故佳篇尚多。"[④]说山谷诗用"昆体功夫"，是"变昆"，乍听有些难以接受，甚至匪夷所思，但这里的"体"指风格而非派别，若深思之，又不得不承认其言之有据。黄庭坚等江西诗人的诗歌内涵固然与昆派作家迥然有别，因此他们的作品不属"台阁体"；但就审美观论，杨亿"研味前作"仍被看作是诗歌创作的不二法门和基本"功夫"，故他们特喜"使事"，甚至说"无一字无来处"[⑤]；然而如杨、刘那样简单地"挹其芳润"以"组织"典故，又未免层次过低，痕迹太露，于是需要"变"。如何"变"呢？上引诸家已有发明：一是变其"音节"，改律为古；二是用"点化"（"夺胎换骨"、"点铁成金"之类）取代"组织"，用清洌化其浓艳——这就是"变昆"的"功夫"之所在，江西派理论家吕本中称之为"活法"。用此"活法"创作出来的诗歌，无疑不致过于雕镌堆砌，较杨、刘显得味道绵长，但又不难发现其"母体"——昆体——资书为诗的胎记。

综上所述，可知以晏殊为代表的后期西昆派诗人群体，以喜"说富贵"表明他们仍然流淌着西昆派的"血液"，而到以黄庭坚为代表的江西诗派，虽自称学杜，但从他们用事的癖好中，又不难发现昆体的影子。要之，无论是"唯说气象"还是点化旧文，最重要的是必须

① 《风月堂诗话》卷下，《宝颜堂秘笈》本。
② 《云泉诗后序》，陈起编《江湖小集》卷55薛嵎《云泉诗》卷末。
③ 《瀛奎律髓汇评》卷21，中册，第886页。
④ 吴乔《围炉诗话》卷5，郭绍虞《清诗话续编》，上海古籍出版社1999年版，第638页。
⑤ 《答洪驹父书》三首其二："杜作诗，退之作文，无一字无来处，盖后人读书少，故谓韩、杜自作此语耳。"见嘉靖本《豫章黄先生文集》卷19。

"变"。社会在变,审美观在变,故随着时间、空间的推移,决定了"变"是文学发展的永恒规律——只要能变,就能诞育新体派,克服其母体的弊端,取得自己的创新成就。或者说,西昆体由于出自台阁作家之手,汇聚了"前作"中丰富的文化资源,因而具有很强的繁衍孵化能力,若能较前人"更高一着",虽然原理、"工夫"是旧的,却不妨碍自己别开生面或开宗立派,甚至成为主流文学的劲旅,比如江西诗派。

## 三、昆体四六之变:由"裁割纂组"到"组缀裁剪"

下面我们将由西昆派诗歌说到文章。吴处厚《青箱杂记》卷5论文章分"两等"时,称"王安国常语余曰:'文章格调,须是官样。'"吴氏接着揣摩道:"岂安国言'官样',亦谓有馆阁气耶?"吴氏的理解是对的,"官样文章"的主要特征就是"馆阁气",亦即台阁气。同时,吴氏将杨亿、宋绶、宋庠、胡宿等所撰制诏称为"朝廷台阁之文"(详见下节引),则他所谓"台阁体",主要指各种朝廷应用文字(属传统的广义文学范畴),代言制诰是其大宗,其他还有青词、斋文、祭文及奉旨所撰铭、碑、墓志,等等①。因此,研究宋代台阁作家的审美观念,不能不涉及"文章"——这里特指四六文。

邵博曰:"本朝四六,以刘筠、杨大年为体,必谨四字六字律令,故曰四六。然其敝类俳语,可鄙。"②杨、刘诗称西昆体,他们的四六文也被习惯地称作"西昆体",如孙觌《送删定侄倅越序》曰:"声律之学,盛于杨、刘,号西昆体。一时学者师慕,骈四俪六,枝青配白,捻须鬣,琢肺肝,镌磨锻炼,以求合均度。故有言浮于其意,意有不尽于言。"③虽邵氏以为"可鄙",孙觌的批评更严厉,但当时学者对这种"官样文章"却十分热衷,因为能作"朝廷之文"关系着仕途前程;若能知制诰、入

---

① 馆阁所撰文字名目之详,可参李裕民先生所辑《杨文公谈苑》之"学士文章"一则,上海古籍出版社1993年版,第7页。

② 《邵氏闻见后录》卷16,中华书局1983年校点本,第124页。

③ 《鸿庆居士文集》卷31,《常州先哲遗书》本。

翰林，用四六文代皇帝“立言”，那更是文人的无尚荣光①。杨亿曾长期任翰林学士，所作制诰不少，尝编有《内外制》等集，但后来几乎全部亡佚。李邴《初寮集序略》曰：

> 本朝承五季之后，杨、刘之学盛于一时，其裁割纂组之工极矣。石介愤然以杨公破碎圣人，为世巨害，著论排之甚力。然当时文宗巨儒，司翰墨之职者，亦必循本朝故事。如近世张公安道（方平）高简粹纯，王公禹玉（珪）温润典裁，元公厚之（绛）精丽稳密，苏东坡先生雄深秀伟，皆制词之杰然者。譬之王良、造父，策骥騄而骋康庄，一日千里，而节以和銮，驰之蚁封，亦必中度，岂能彼而不能此哉？②

在李邴看来，杨、刘四六虽纂组太甚而为人诟病，但后世文章大家的四六作品，皆难免要“循本朝故事”，虽风格各异，但如高超的骑手驾驭千里马，只要对它“节以和銮”，驰之蚁封（山丘）是不会出事的。元初作家郝经也说：“李唐以来，对属切律，遂为四六，谓之官样。或为高古以则先汉，依放《盘》《诰》则以为野而非制。故皆模写陈烂，谨守程序，不遗步骤。至于作者如韩、柳、欧、苏，亦不敢自作，强勉为之，而世谓之画葫芦。行之千有余年，弗可改已。”③总之，官府所用四六文是个高度程式化的文体，向来以中规中矩为要，不允许有如今天所说的“写作自由”。

杨亿、刘筠之后，欧阳修领导古文运动，对昆体四六进行大刀阔斧的改革，尤其是石介主持太学，作《怪说》对杨亿进行猛烈抨击，士子们只好改弦易辙，“其有杨、刘体者，人戏之曰：‘莫太昆否？’”④从此，

---

① 如《东轩笔录》卷2记夏侯嘉正之言曰：吾得“知制诰一日，无恨矣”。又吴泳《与洪平斋（咨夔）书》（其二），则从另一面说明此点，曰：“夫文章合下有两等：山林草泽之文，其气槁枯；朝廷台阁之文，其气温润。譬如按乐，教坊则婉媚风流，外道则粗野嘲哳。如某者，粗野嘲哳之为也，不惟不能作官样文章，亦无日过花砖之梦。”（《鹤林集》卷28）

② 王安中《初寮集》卷首，影印文渊阁《四库全书》本。

③ 郝经《述拟》，《陵川集》卷31，明正德刊本。

④ 朱熹《五朝名臣言行录》卷10引《吕氏家塾记》。

昆体式微并退出文坛,四六文不再以裁割纂组为工,而“以文体(即古文体制)为对属”。[①] 所谓“以文体为对属”,即用散文句式制作对偶句。这是个了不起的大变革,而经欧阳修改造后的四六文,史称“宋体四六”[②]。但由于各人对以文体对属理念的理解和艺术传承的选择不同,四六作家队伍出现了分化。杨囦道《云庄四六余话》中述之曰:

皇朝四六,荆公谨守法度,东坡雄深浩博,出于准绳之外,由是分为两派。近时汪浮溪(藻)、周益公(必大)诸人类荆公,孙仲益(觌)、杨诚斋(万里)诸人类东坡。大抵制诰笺表贵乎谨严,启疏杂著不妨宏肆,自各有体,非名世大手笔未易兼之。[③]

晚宋学者吴子良也有类似的论述,称“二苏四六尚议论,有气焰,而荆公则以辞趣典雅为主,能兼之者欧公耳”云云[④]。这说明,自欧阳修改“昆体”为“宋体”后,后学效之,四六文逐渐形成以苏轼、王安石为代表的两派,东坡派的特点是“出于准绳之外”(即打破法度),“尚议论,有气焰”;荆公派则主张“典雅”,更多地是继承前、后西昆体的“新规”,特点是“谨守法度”,与东坡派正好相反[⑤],这里只略论荆公派的审美观念,因为它与前述“昆体”有些关系。

元代文论家陈绎曾尝论“宋体四六”两派源流道:

务欲辞简意明而已,此唐人四六故规,而苏子瞻氏之所取则也。后世益以文华,加之工致,又欲新奇,于是以用事亲切为精妙,属对巧的为奇崛,此宋人四六之新规,而王介甫氏之所取法也。变而为法凡二:一曰剪截,二曰融化。能者得之,则兼古通今,信奇法也;不能者用之,则贪用事而晦其意,务属对而涩其辞,四六之本意失之远矣,又何以文为哉?[⑥]

① 见陈师道《后山诗话》,《历代诗话》本,第310页。
② 语出陈绎曾《文筌·古文谱·四六附说》,《四库全书续编》影印清抄本。
③ 王水照编《历代文话》第1册,复旦大学出版社2007年版,第119页。
④ 《荆溪林下偶谈》卷2,《历代文话》第1册,第554页。
⑤ 关于四六文之东坡、荆公两派,详参拙文《论文章学视野中的“宋体四六”》(载浙江大学文学院编《中文学术前沿》第三辑,浙江大学出版社2011年版,本书已收入)。
⑥ 《文筌·古文谱·四六附说》。

荆公派的“典雅”究竟何所指？叶适尝做过考究，其曰：“余尝考次自秦、汉至唐及本朝景祐以前词人，虽工拙特殊，而质实近情之意终犹未失。惟欧阳修欲驱诏令复古，始变旧体。王安石思出修上，未尝直指正言，但取经史见语错重组缀，有如自然，谓之典雅，而欲以此求合于三代之文，何其谬也！”①叶氏所考荆公派的所谓“典雅”，简言之就是“取经史见（现）语错重组缀”，而这种重组又必须严格遵守四六文的“法度”。曾季狸《艇斋诗话》曰：“荆公诗及四六，法度甚严。汤进之丞相尝云：‘经对经，史对史，释氏事对释氏事，道家事对道家事。’”②这还不算极致，极致是除上述外，还要取古人全句、长句为对。如杨万里《诚斋诗话》所举王安中（字履道）《贺唐秘校及第启》云：“得知千载，上赖古书；作吏一行，便废此事。”诚斋指出：“前二语用渊明诗‘得知千载事，上赖古人书’，剪去两字。后二句，用嵇康书‘一行作吏，此事便废’，而皆倒易二字。”诚斋所指出处乃略文，王应麟《困学纪闻》引此启，清代学者翁元圻注详引了出处原文，可参读③。由此可窥所谓组缀“全句”之一斑。关于昆体的“裁割纂组”，前文已论，而它与荆公派“组缀”、“裁剪”法的区别，是在摒弃昆体割裂古语而采“全句”的同时，又用“裁剪”的方式对原句进行适当的改造，比如增减或倒易文字等。宋人谢伋《四六谈麈》对此有详论，并说：“四六之工，在于裁剪，若全句对全句，亦何以见工？”④

东坡派则要简单得多，前引邵博谓杨亿、刘筠“必谨四字、六字律令，故曰四六”，然后写道：

> 至苏东坡于四六，如曰：“禹治兖州之野，十有三载乃同；汉筑宣防之宫，三十余年而定。方其决也，本吏失其防，而非天意；及其复也，盖天助有德，而非人功。”其力挽天河以涤之，偶俪甚

---

① 《习学记言序目》卷48，影印文渊阁《四库全书》本。

② 《历代诗话续编》上册，中华书局1983年校点本，第310页。

③ 见《困学纪闻》卷19《评文》，上海古籍出版社2008年校点本，第2040页。

④ 见《历代文话》第1册，第34页。

恶之气一除，而四六之法亡矣。[①]

从所举例句可以看出，苏轼不用“古语”，虽仍称“四六”，但那只是外在形式，而对仗、用韵不严格，多用虚字以增加文势，与古文的书写方式很接近。《诚斋诗话》曰：“敬夫（张栻）因举东坡《贺册后表》云：‘上符天造，日月为之光明；下逮海隅，夫妇无有愁叹。’曰：‘此全不用古人一字，而气象塞乎天地矣。’”[②]所谓“不用古人一字”，是说不引典籍原句，但不等于不用古事，例文中的禹、汉事就出自经史，然苏轼只用其意，而改用自己的语言表述，这就叫“融化”[③]，即不在古语对偶上斤斤计较，而是在文意表达上下功夫。

要之，组缀经史全句、长句的“典雅”，与融化古语、“不用古人一字”的文体对属，构成荆公、东坡两派审美的核心。谢伋《四六谈麈》认为组缀典籍成句“起于（真宗）咸平王相（旦），人多效之”；“宣和间，多用全文长句为对”，而“至今（指绍兴间）未能全变”。[④] 王铚《四六话》卷上则称夏英公（竦）上继杨、刘“昆体”，但洗去了他们的“衰陋气”，变得“深厚广大”，而王安石“亦出英公，但化之以义理而已”。[⑤] 这表明，王安石四六虽称继欧阳修之“典雅”，但他的基本法则乃另有师承，盖与西昆体有割不断的血缘关系。“组缀”经史现句，与昆体的“组织”前作丽语，本质上如出一辙，只是前者的“古人语”出于经史，不再“挹其芳润”，故少了镶金镂玉的淫靡，换了副仿佛“三代”的面孔。清初学者王夫之说：“对偶语出于诗赋，然西汉、盛唐皆以意为主，灵活不滞。唯沈约、许浑一流人，以取青妃白，自矜整炼，大手笔所不屑也。宋人则又集古句为对偶，要亦就彼法中改头换面，其陋一

---

① 《邵氏闻见后录》卷16，中华书局1983年校点本，第124页。按所引欧氏四六，原题为《亳州谢表》，见《欧阳文忠公集》卷93；东坡四六原题《徐州贺河平表》，见《苏轼文集》卷23，引文乃节录。

② 《历代诗话续编》上册，第153页。

③ 关于“融化”，其详可参刘克庄《宋希仁四六序》《跋方汝玉行卷》，分别见《四部丛刊》本《后村先生大全集》卷97、106。

④ 《历代文话》第1册，第34页。

⑤ 《历代文话》第1册，第9页。

尔。"[1]对荆公派而言,此可谓是一语中的的诛心之论。所谓"典雅",其实就是将"裁割纂组"改为"集句"式的拼凑,且要固守杨、刘一派的"法度"。这种方法无异强化了"馆阁气",与其上推至晚唐,不如说也是"变昆",是昆体四六繁衍出来的别种。由昆体四六的式微到改头换面、借尸还魂般的"再生",为我们提供了又一个体派新陈代谢的例证。当然,尽管后人可以数落荆公派的许多"不是",但在当时,它仍然具有以变异求革新的意义,至少是扫除了昆体的华靡和雕琢。只是既有东坡派自铸伟词的突破,却又向杨、刘回归,进一步退两步,弄得弊端丛生,难免落得宋人的激烈批评[2];而欲靠组合经史现句以追复"三代之文",塑造自己的"周公"形象,又多少有点"政治秀"的味道。

## 四、"身份"认同是宋代文学体派延续的心理"脐带"

在论述了宋代台阁诗文的审美正变和繁衍孵化之后,我们有必要进一步考察宋代学者对台阁作家审美取向形成原因的认知,也许可以探得文学体派衍生的"密码"。宋人解读诗文风格的形成,除传统的"气"论外[3],"身份"论更引人注目。吴处厚在元祐二年(1087)撰成的《青箱杂记》,论述了他的"新发现":形成文学艺术审美取向的主要因素,是作家的身份。他写道:

> 余尝究之,文章虽皆出于心术,而实有两等:有山林草野之文,有朝廷台阁之文。山林草野之文,则其气枯槁憔悴,乃道不得行,著书立言者之所尚也。朝廷台阁之文,则其气温润丰缛,乃得位于时,演纶视草者之所尚也。故本朝杨大年、宋宣献(绶)、宋

---

① 《夕堂永日绪论外编》第9则,《历代文话》第4册,第3269页。

② 荆公派四六的弊病及宋人对它的批评,参前揭拙文《论文章学视野中的"宋体四六"》,此不引录。

③ 如王正德《余师录》卷4引李方叔语,即为此类:"(气)充其体于立意之始,从其志于造语之际;生之于心,应之于口。心在和平,则温润典雅;心在恭敬,则矜庄威重。大焉,可使如雷霆之奋,鼓扬万物;小焉,可使如络脉之行。出入无间者,气也。……文章之无气,虽知视听臭味,而血气不充于内,手足不卫于外,若奄奄病人,支离憔悴,生意消削。"宋代作家李廌、李正民皆字方叔。所引文字,两人现存文集及笔记中皆无之,此不详指何人,当以李廌的可能性较大。

莒公(庠)、胡武平(宿)所撰制诏,皆婉美淳厚,过于前世燕、许、常、杨远甚,而其为人,亦各类其文章。王安国常语余曰:"文章格调,须是官样。"岂安国言"官样",亦谓有馆阁气耶?又今世乐艺,亦有两般格调:若教坊格调,则婉媚风流;外道格调,则粗野嘲哳。至于村歌社舞,则又甚焉。兹亦与文章相类。①

吴氏本人虽出身进士,但他并没有跻身馆阁的机缘,而长期担任中低级职官,当然也不在"山林草野"之列②。他发现,"文章格调"类其人,人的身份、地位不同,审美观亦大异。因此,他将文章分为"朝廷台阁之文"和"山林草野之文"两等,前者"其气温润丰缛",后者则"枯槁憔悴"。吴氏的说法,虽对后者略带揶揄,但总体说来还算客观。吴处厚"身份论"引起后代文论家的关注。元末学者曾鼎《文式》卷上"第十八"专论"气象",实即对吴处厚"朝廷台阁"、"山林草野"两等说的细化和扩展,此不具论。

事实上,不同阶级或阶层的人群,由于生活环境、思想情感的不同,其审美趣味、欣赏水准确有不小的差别。《王直方诗话》记载过这样一个故事:"禹玉(王珪)诗多使珍宝,如黄金,必以白玉为对。有人云:诗能穷人,且试强作些富贵语,看如何?其人搜索一日,云:'只得一联,曰:胫脡化为红玳瑁,眼睛变作碧琉璃。'为之绝倒。"③正说明了这个道理。但吴氏理论过于宏观,因此也有缺陷,那就是他只看到山林草野与朝廷台阁之异,其实二者内部也非铁板一块,同样存在差异。即同一阶层或群体的人们,虽然审美价值观大致接近,但不可能完全相同,而就个体论,有的甚至相去甚远。比如台阁作家,他们的共同理念是要展示作为馆阁学士的身份高贵和知识博洽,总是有意无意、或明或暗地延续着资书用事的传统,而作为职业需要或习惯,又特别重视"典雅"和"法度",故难免生弊;而在后继者的潜意识中,又总想超越,往往避开或纠正前辈的不足,即便同是台阁诗格或"官样文

---

① 《青箱杂记》卷5,中华书局1985年校点本,第46页。

② 吴处厚的生平简历,可参《青箱杂记》校点者李裕民之《校点说明》。

③ 《华阳集·附录》卷7引,影印文渊阁《四库全书》本。

章”,在遵循法度的前提下又力求变革。于是,两者间即便有着相同的“血缘”,却不一定认“亲”。

吴处厚的“身份论”,可使我们透过历史迷雾,甚至穿越时空,看到那些深藏在体派张皇后面的秘密。比如西昆派,宋代有这样一个故事:“祥符、天禧中,杨大年、钱文僖、晏元献、刘子仪以文章立朝,为诗皆宗尚李义山,号‘西昆体’,后进多窃义山语句。赐宴,优人有为义山者,衣服败敝,告人曰:‘我为诸馆职挦撦至此。’闻者欢笑。”①杨亿“研味前作”却最终选择了李商隐,诸馆职对他如此推崇,不能不说与义山也曾前后担任秘书省校书郎和正字之“馆职”无关。而作为江西派首领的黄庭坚,在少数“眼尖”的学者看来,其诗就是“变昆”,但大多数读者难免一头雾水,而他本人是绝不会承认的。不过只要稍加考察,也不难发现其中的隐秘。山谷过世后,其外甥洪炎为之编集,序称“断自《退听》(按:指黄庭坚自编自序之《退听堂录》)而后……亦鲁直之本意也”,原因是早年所作,“不若入馆之后为全粹也”。所谓“入馆”,即选编《退听堂录》时,“鲁直时为校书郎,稍迁佐著作”②,据《山谷年谱》,庭坚入馆为校书郎在元祐元年(1086)初。所谓“佐著作”,即著作佐郎。这使我们豁然明白:黄庭坚在为自己诗歌作最后估价和定位时,正是抱持着十分鲜明的馆阁观念,认为在馆阁时期的作品最雅正,可以传久,其他都可以“藏拙”了。这恰恰说明,他虽是个虔诚的佛教(禅宗)信徒,却对自己历官馆阁的“身份”特别看重。明乎此,山谷诗为何为“变昆”,甚至诗苑文坛为何体分派别,就好理解了。荆公派四六力图用“典雅”使皇家恩威焕汗,用经史全句表达儒家的政治理念,也就顺理成章了:这本来就是馆阁文人的传统和“天职”。因此,从台阁文学繁衍孵化的路径看,若说身份为文学体派生成的“密码”,当不为过。道理其实很简单:在文学体派的“继承”与“被继承”中,作家的选择往往有迹可循,而这种选择的“标底”,或者说连结二者的心理“脐带”,“身份”常常起着关键作用。

---

① 刘攽《中山诗话》,《历代诗话》,中华书局1981年校点本,第287页。

② 洪炎《豫章先生文集序》,《豫章先生文集》卷首。

综上所论，从对宋代“西昆体”这个台阁文学重要体派的探讨中，我们至少可以得出如下三点结论。一是台阁作家非常重视从典籍中获得写作资源，顽强地坚持着“典雅”的写作方向，这是由他们的“身份”决定的。推及其他体派也不例外，如宋初主要由中高级官员组成的“白体诗派”，由隐逸方外诗人组成的“晚唐诗派”，宋末游士的“江湖诗派”，等等。当然，“身份”不必只是政治身份，如江西派同时认同地域和诗歌风格，理学派恪守哲学信仰，等等。不过也必须指出，身份只是提供了选择的可能性，并没有必然性，不能将它绝对化或机械化，“转益多师”也是中国文学的优秀传统。二是宋代作家多集官僚和文人于一身，主流文学中的重要作家，许多都有馆阁经历，但这不一定意味着保守落后，恰好相反，他们中不少人随着审美观念的变迁而力求突破和创新。如杨、刘诗用富艳革五代之芜鄙不文，晏殊用“气象”取代前期西昆体金玉锦绣的铺陈，黄庭坚用点化改变杨、刘组织堆垛的陋习，荆公派四六用“组缀”经史全句铲除昆体的雕琢华靡，东坡派的废尽旧法，等等，虽然成就功过不一，但无不站在时代的前列，甚至成为文学革新的领袖。三是透过本文对台阁体的讨论，我们不仅可以发现文学史上“西昆”这一特定体派，也可由此类推其他体派、不同母体乃至整个文学领域，虽然因果并非一律，但不停地由“研味前作”（往往根据身份认同）——“择其××”（根据群体爱好）——“更迭唱和”（或编行如《西昆酬唱集》一类的体派专集），可谓是个基本模式。这个模式的特点是不断地进行学习、繁衍，同时又不断地变异、创新，形成相互关联又彼此区别的网络。这种通过体派以达到继承、创新，通过继承、创新以实现文学的多样化和持续性发展，既是宋代文学体派林立的形成机制，也是推动文学繁荣的强大动力，对后来的元、明、清文学影响深远，虽然也有不少弊病（此点本文不论），但总体说来是积极的，应当给予适当的肯定。

（2012年五一节初稿，9月13日改定。原载《北京大学学报》2013年第2期）

# 略论文章学研究的资源开发

2003年在武汉大学举行的“文学遗产论坛”上，赵昌平先生发表了题为《回归文章学》的重要论文（载《文学遗产》2003年第6期），力倡文学研究向文章学回归。他所说的“文章学”是广义的，指一切文体的“文章”。本文则想提出另一个问题，即就狭义的“文章”——再传统不过的古代散文——研究而论，“回归”之后该怎么办？这是基于这样一个事实：多年以来，许多学者（比如《文学遗产》的负责人）都曾就当前古代文学研究中诗学、词学等过热，而文章学（主要指散文，下同）过冷的现象，大声疾呼加强文章研究。但就我所知，收效似乎很有限，这由学术论文、专著的简单数量统计即可看出，同时也广泛地反映在高校博、硕士论文的选题中。因此不揣冒昧，想谈谈文章学研究；而在我看来，当前的关键不是“知”（加强散文研究，估计谁都会赞同），而是“行”，“行”的首要任务则是文章学研究资源开发问题，目的是想提供改变冷热不均的一个思路。

## 一、文章学研究被冷落的原因

在给博士生授课时，笔者曾多次鼓动学生留意文章学，并以《关注文章学》为题，在另一所高校讲演过。因为每到博、硕士研究生作学位论文选题时，这边厢是一股脑儿涌向诗学、词学这块“热土”、“熟土”，而文章学则很少有人问津；那边厢却是“题难选”的叫苦不迭。要知道，今天的博、硕代表了明天，这是不是预示着“冷”、“热”一边倒的现状还将持续下去？有人问："文章"研究为什么这样冷？我对此未作专门探究，根据直观的感受，或者有以下几个原因。

一是从历史上看，六朝以后诗词研究就"热"于散文，形成了一个"传统"。魏晋时期，诗、文研究是大体相当的，挚虞的《文章流别集》和《流别论》就很早，那时还没有专门的诗学著作。梁代刘勰的《文心雕龙》，也是各体文并重。但自齐梁以后，特别是唐、宋以降，研究者似乎对诗歌、词曲情有独钟，诗评、诗格、诗话、词话之类著作如雨后春笋般涌现，而文章研究著作却很少，即是有也很快失传，如唐五代王瑜卿《文旨》一卷、王正范《文章龟鉴》五卷、孙郃《文格》二卷、倪宥《文章龟鉴》一卷、冯鉴《修文要诀》二卷等，仅见于《宋史·艺文志》。至于散见于文集、笔记中的诗评、诗论，也远远多于文评、文论。

二是研究资料的整理，诗词甚至韵文(赋、四六)更绝对多于散文。各种诗话、词话早已汇集为丛编，就是散见于文集、笔记中的资料也已辑出另行，随手可得。今人所编诗词汇评，更精细到人头和篇章，极便利之能事。相对而言，文章学研究资料的整理，大多还是空白。

三是诗学、词学甚至赋学、四六学可资参考的研究成果多，学术积累丰厚，已经是"熟地"，进行再研究相对容易。

四是诗、词、曲乃美文，一般篇幅较短，容易引起阅读、欣赏和背诵的兴趣。在面试研究生时，若问喜欢古代文学哪些门类，十有八九都会说"唐诗"、"宋词"。是的，喜欢古代文学的年轻人，大都是由"唐诗"、"宋词"启蒙的。诗词研究具有先天的诱惑，而文章似乎没有这样的吸引力。也许还可以说出一些"冷"的理由，我认为主要有以上四点。应该说，这些都是客观存在的事实，不怪年轻学生厚此薄彼，虽然有些是不够理性的。但如果老是维持这个现状，让占古代文学大半壁江山的"文章"研究永远"冷"下去，那将是历史性的失误，既不利于古代文学研究的全面开展和健康发展，也不利于人才培养。

要改变文章学研究"冷"的现状，摆脱目前的困境，也许有许多事可做，但我觉得应首先扭转文章学研究资源匮乏的局面。上述四点中，有些非理性的观点可以进行引导，但"硬件"则非解决不可，要知道“巧妇难为无米之炊”。因此,本文拟将文章学研究中的资源开发作为探讨的问题。

## 二、文章学资源开发的途径

如果说当前可利用的文章学资源相当匮乏,其实只是一个视角,因为最大的资源是作品本身,而现存的古代作品中,文无疑是最大宗。但若只停留于此,则有“大而无当”之嫌,于事无补,故本文所谈的文章学资源开发并不指此。那么路在何方?我认为,有大量的、“现存”的文章学资源长期被忽视或轻视,那就是——科举用书。

一个客观的历史事实是,六朝特别是唐、宋以后,文章学研究滞后于诗赋研究,而待学者们开始重视研究文章时,就与科举考试纠缠交结,血肉相连。这是个历史的契机,因为与其说是主动地“开始重视”文章研究,毋宁说是被动地、功利性地为了满足科举考试的需要,原因正是“文”(策、论、经义)在宋代科举考试中的地位迅速提高,刺激了学者对文章学研究的兴趣和热情(此前诗学、赋学发达,也与科举相关)。但同时,这也留下了历史的“遗憾”,此点下文再谈。

王水照先生在《文话:古代文学批评的重要学术资源》一文中说:“文章学之成立,殆在宋代,其主要标志在于专论文章的独立著作开始涌现。”[①]笔者赞同这一说法,并认为文章学当成立于南宋孝宗朝,标志是陈骙《文则》、陈傅良《止斋论诀》、吕祖谦《古文关键》等的相继问世,直至元末,是文章学蓬勃发展的时期。王先生在该文中将“文话”著作分为四类:一是颇见系统性与原则性之理论专著,二是具有说部性质、随笔式的著作,三为“辑”而不述之资料汇编式著作,四为有评有点之文章选集。但“文话”类著作中称得上“文章学著作”的,只是其中的一部分。笔者在清理宋、元文章学著作后,将文章学论著分为两大类:评点类、专著类。应当说明,文章学著作并非全是科举用书,如孝宗时陈骙著《文则》,就是登第后“恣阅古人之作”的心

① 载《四川大学学报》2005年第1期,该文是《历代文话前言》的节录。

得。由宋入元的学者李涂所著《文章精义》，也非科举书。不过本文主要讨论科举用书。

评点类之“评”，又称“批”，即简短的评论语，可分眉批（评）、夹批（评）、旁批（评）、总批（评）；“点”概指“圈”和“点”，“点”又包括“抹”（长旁线）、“撇”（短旁绕）、“截”（横线）等。评点本多由总集出，其中的“论”及评点（或评注），纯是研究文章作法，故此类书介于总集和“诗文评”之间，目录书一般归于总集类（也有著录于诗文评的，如吕祖谦《古文关键》二十卷，《宋史·艺文志八》就著录于“文史类”，亦即“诗文评”类）。

评点类又可分为两小类。一是古文评点，如吕祖谦《古文关键》二卷（蔡文子注本分为二十卷），楼昉《迂斋先生标注崇古文诀》二十卷，谢枋得《叠山先生批点文章轨范》七卷等。二是时文评点，如陈傅良著、方逢辰批点《蛟峰批点止斋论祖》二卷，李诚《批点分类诚斋先生文脍》前集十二卷、后集十二卷，饶辉《圈点龙川水心二先生文粹》前集二十卷、后集二十一卷，林子长注、魏天应编《论学绳尺》十卷，无名氏《精选皇宋策学绳尺》十卷，等等。

至于专著，目录书归入“诗文评”。陈亮有《书作论法》，编于《龙川集》卷16“题跋”类，当是《作论法》一书之书后，而该书久佚。曹泾（1234—1315）尝著《义说》，今仅见元倪士毅《作义要诀》引录。现存宋人著作三种。一是郑起潜著《声律关键》八卷，书前淳祐元年（1241）正月札子，郑氏自称为学官时，“尝刊赋格，自《三元衡鉴》、二李及乾、淳以来诸老之作，参以近体，古今奇正，粹为一编，总以五诀，分为八韵，至于一句，亦各有法，名曰《声律关键》”。则该书乃研究场屋律赋作法。开首即“五诀”：一认题，二命意，三择事，四琢句，五压韵。又论“句法”、“破题”，然后是八韵（场屋律赋规定用八韵），每韵论说后举佳赋例句若干（本文所说的文章学专指古文，则此书可以排除）。二是方颐孙撰《太学新编黼藻文章百段锦》（不分卷），全书分遣文、造句、议论、状情、用事、比方、援引、辩折、说理、妆点、推演、忖度、布置、过度、譬喻、下字、结尾，凡十七格，每格又分若干小类，摘录范文一篇(或二篇,最多三篇),然后加以评论,在评论中揭示写作方法。三是王应麟撰《词学指南》四卷,卷1为备考之法,分"编题"、"作文法"、"语忌"、"诵书"、"编文"五项。卷2至卷4论各体文:卷2制、诰、诏;卷3表、露布、檄;卷4箴、铭、记、赞、颂、序。各体文皆有详细的作法及范文。元人所著更多,清钱大昕《补元史艺文志》卷四著录于"科举类"的有涂缙生《易义矜式》《易主意》,王充耘《书义矜式》六卷、《书义主意》六卷,欧阳起鸣《论范》六卷等二十多种;著录于"文史类"的有冯翼《文章旨要》八卷、程时登《文章原委》等,已散佚。这时期重要的文章学家是陈绎曾,他现存三种:《文说》一卷;《文筌》八卷[①];《文式》二卷。除陈绎曾外,《补元史艺文志》著录陈栎门人倪士毅《尚书作义要诀》四卷,已佚,今存《作义要诀》一卷,专论科场经义程式法,很有价值。

综观宋、元文章学著作,盖有三个特点。

一是内容十分详备,可粗分为如下数项:1. 作家修养论;2. 认题立意论;3. 文体论;4. 篇章结构论;5. 行文方法论;6. 修辞论;7. 句法论;8. 字法论;9. 风格审美论。以上包括了文章学研究几乎所有的范畴。

二是对文章法则的辨析细致入微。如《百段锦》的《援引格》有"援引省文"一项,引苏轼《范文正公集序》:"淮阴侯见高帝于汉中,论刘、项短长,画取三秦如指诸掌。及佐帝定天下,汉中之言无一不酬者。诸葛孔明卧草庐,与先主论曹操、孙权,规取刘璋,因蜀之资,以争天下,终身不易其言。此岂口传耳授,尝试为之,而侥幸其或成者哉!"然后按曰:"韩信与高帝语累五百字,今但以'论刘、项短长,画取三秦'九个字包含;孔明与先主语有三百字,今只用'论曹操'至'争天下'十七字包尽。其善于省文如此。盖东坡笔雄识高而然。"为说明文章引书从省的法则,著者不仅查了原书,而且以具体字数作对比,不得不服其研究的深入细致。这还算是一个比较简单的例子,如果我们



① 《续修四库全书》影印清李上苏家抄本不分卷。

仔细阅读方逢辰批点的《止斋论祖》,他对“论”体文程式的剖析,何处是破题,如何承题、讲题,怎样“缴”,怎样“结”,以及原文程式的利弊得失等,若不是自己娴于为文,又对范文结构进行过深入揣摩、研究和消化,几不可以措手。

三是密切结合作品。评点本不必说,就是研究论著,在探讨文法理论的同时,大都选节了范文或摘取大量例句,将文章法与作品紧密结合起来,不空谈理论,使学之者有极为直观的感受。这是宋、元文章学著作的一个显著特点。如《论学绳尺·论诀》引林图南《论行文法》,列举了十五种论“体”,作者又一一举例说明。今天我们对其中的一些“体”已相当陌生,就是当时,也未必人人明白,赖作者所举文例和按语,读者方能了解其内涵。

以上只就宋(实际上只是南宋)、元科举用书而论。笔者曾在拙文《论宋元时期的文章学》中,①对宋元文章学著作有这样的评价:“宋元时期的文章学是一大笔宝贵的文学遗产,也是一方亟待开垦的沃土。可以这样说:这时期的文章学不仅前无古人,就其全面创新度而论,也是后无来者——无论是明、清的文法著作和古文评点,还是桐城派古文义法论,都难以与之相埒。”明、清科举用书存量要大得多,虽如《儒林外史》中马二先生、匡超人之流的恶选或迂腐不堪的高头讲章不少,但在“以古文为时文”思潮的影响下,也有许多精华,为扩展和丰富文章学作出了自己的贡献。总之,现存文章学著作所蕴含的文章学知识和资料十分丰富,如果加上文集、笔记等著作中散见的论述,其总量未必少于诗学、赋学。

当然,宋元时期的文章学也有不少局限,如有的太过繁琐。对文章的精细解构固然必要,但过于细碎,就显得支离,反而失去了实用性。如《文筌·古文谱四》之“制法九十字”、“收润法十字”,两者多达一百字(每“字”为一项),这恐怕是任何人都不可能掌握的,就算“法”再好,也只能是脱离实际的空谈。这与南宋诗法、赋法流于繁琐

① 载《四川大学学报》2006年第2期。

正同。

## 三、破除文章学资源开发的几点认识障碍

前面说过，科举的需要是文章学成立和发展的历史契机，同时也留下了一个历史的遗憾——人们对科举制度和科举考试的批评，使得文章学自诞生起，自身即陷入了泥潭，可谓浑身沾满了污淖。科举开启了文章学，同时也连累了文章学。因此，在开发和利用科举用书这笔巨大的文章学资源的时候，必须首先破除思想和认识上的种种障碍。

### 1. 纠正对科举制度的偏见

由于长期运作中的积弊，科举制度已在一百多年前被废止。中国的科举制存在了约一千三百年，同时也被批评了一千多年，被废止后仍被人嘲骂，甚至被妖魔化，比如有人将它写进《黑二十四史》。作为为科举服务的科举用书，自然也跟着倒霉，大量文章学资源长期被冷落和尘封。但理性的声音也一直不绝，如孙中山先生就曾指出："自世卿贵族门阀举荐制度推翻，唐宋厉行考试，明清峻法执行，无论试诗赋、策论、八股文，人才辈出；虽所试科目不合时用，制度则昭若日月。"[①]近二十年来，史学界对科举制度的研究取得了长足进展，许多偏见已得到纠正。当前学界普遍认为，从制度上说科举是很先进的，有学者称它为古代中国的"第五大发明"，甚至要为其"平反"。是否"平反"可由历史学家去讨论，但科举作为古代文官的考试和选拔制度，绝非上世纪初人们所说的那么坏，这是可以肯定的，《范进中举》不能作为对它进行宣判的依据。古代文学研究应当吸收当代史学研究的成果，否则就会流于孤陋和封闭。事实上，许多被视为至宝的诗学、赋学著作，当年也是科举用书，如从日本引回的唐佚名《赋谱》，即为研究场屋律赋程式的专著。既然如此，若轻视甚至藐视同是科举用

① 《与刘成禺对话》，《孙中山全集》第一卷。

书的文章学著作,就毫无道理。总之,当前发掘和研究作为科举用书的文章学文献,时代环境已经成熟,学术氛围也已形成。

2. 文章学原理没有科举、非科举之别

宋元文章学家与此前文论家最大的不同,是他们在对古文、时文文体进行剖析的基础上,总结出了一整套写作技巧和法则,使学之者由"得失寸心知"的领悟式感受,进入到可以"与君细论文"的确切表达与条陈。比如《止斋论诀》对科举"论"体文程式的透视与解析,《文筌·古文谱》从"养气法"、"识题法"直至"式"、"制"、"体"、"格"、"律"的条分缕析等,无不全面、系统地揭示出实实在在的文章法度,而从前的古文家文论多以象喻的方式进行模糊描述,如苏轼的"行云流水"之类。且不说宋元人研究的科举文体是策、论等古文,就是八股文,启功先生说"它本身并无善恶之可言","由(科举)积弊而引起的谑谥,不但这种文体不负责,还可以说它是这种文体本身被人加上的冤案"①。要之,宋元文章学揭示的是"文章"写作的客观规律,没有科举、非科举的分别,甚至没有古今之别——其中的精华部分,就是在今天也不过时。

3. 程式、文法不能简单地否定

场屋时文必须谨依程式和法度,不能越雷池半步。不必讳言,宋元文章学著作起了把文章程式固化为"定式"、将"活法"变成"死法"的作用,当然有其消极面。但是不能简单地否定程式和法度,没有格式、不遵文法的文字,显然不能称为"文章"。所以只要剥去文章学著作中不合理的外壳,就会呈露出它闪闪发光的合理的内核。元人郝经《答友人论文法书》中反对专门研究文法,但他关于"文有大法,无定法"的论述却极为精彩:"文有大法,无定法,观前人之法而自为之,而自立其法。"又曰:"文固有法,不必志于法,法当立诸已,不当尼诸人。"②清

① 《说八股》,中华书局2000年版,第1页。
② 《陵川集》卷23,影印文渊阁《四库全书》本。

人魏禧也说得很好:“天下之法,贵于一定,然天下实无一定之法。古之立法者因天下之不定,而生其一定;后之用法者因古人之一定,而生其不定,盖匪独兵唯然也。”①其实将程式、文法变为定式、死法,即所谓“泥于法”,并不是程式和“法”自身的错,而是用“法”之不当。任何真理,只要超越了限度或过于拘执,都可能流为谬误。

### 4. “时文”与古文互通

还有一点必须明白: 科举用书的目的固在教人写好时文,但在宋元人看来,时文与古文是互通的,并没有不可逾越的鸿沟,因此有“古文评点”一类。看看《文章轨范》的小序,一切都豁然如释了。该书收三国至唐、宋作家十三人的古文凡六十九篇,以韩、柳、欧、苏文为多。卷2“王”字集小序曰:“初学熟此,必雄于文。千万人场屋中,有司亦当刮目。”卷3“将”字集小序曰:“场屋程文论,当用此样文法。”又卷5“有”字集小序道:“此集皆谨严简洁之文。场屋中日晷有限,巧迟者不如拙速。论、策结尾略用此法度,主司亦必以异人待之。”由此可知,编者纯为举子设想,是典型的科举用书;但也可见,编者们是主张以古文文法写作时文的。早在北宋末,唐庚(1071—1121)就提出时文应“以古文为法”,他说:“自顷以来,此道(指文章)几废,场屋之间,人自为体,立意造语,无复法度。宜诏有司,以古文为法。所谓古文,虽不用偶俪,而散语之中,暗有声调,其步骤驰骋,亦皆有节奏,非但如今日苟然而已。”②南宋自吕祖谦创评点古文之法以教举子,无论是否受过唐庚的影响,客观上正是这一思想的延续和实践。到明代,唐宋派古文家就高唱“以古文为时文”之说,即在八股文固有的程式下,运以古文作法和文气。明万历八年(1580)敖鲲(1530—1586)在所编《古文崇正》十二卷的序中,就曾明确地提出古文关乎举业,称所辑古文“足为举业法程”,又谓“刻中惟苏(轼)文几四之一,以其于举业尤最为近”云云。到清代,这几乎成为共识。元人刘将孙曰:“文字无二

---

① 《答曾君有书》,《魏叔子文集》卷5。

② 《上蔡司空(京)书》,《唐先生文集》卷15,影印宋刊本。

法。自韩退之创为‘古文’之名,而后之谈文者必以经、赋、策、论为时文,碑、铭、叙、题、赞、箴、颂为古文。不知辞达而已矣,时文之精,即古文之理也。……若终极而论,亦本无所谓古文,虽退之政未免时文耳。”①这是通达之论。

总之,只要解放思想,破除文章学资源开发的认识障碍,文章学研究的路子是很宽广的。

## 四、文章学资源开发的急务与前景

当前文章学资源开发的急务,首先是文献调查。由于科举用书长期以来的遭遇,这部分文献的家底尚需摸清。宋、元两代情况大体清楚,明、清则不甚了了。二是文献辑录,主要指散见于文集、笔记等书中的文章学资料。三是文献整理。王水照先生主编的《历代文话》,笔者虽尚未见,据知其中许多就是科举文法书。《历代文话》的出版,必将大大推动文章学研究。但这仅仅是开始,需要整理的尚多。四是研究,这是终极目标,也就回到本文所谈的问题了。以上各项不一定要循序渐进,可以齐头并进。

笔者在拙文《论宋元时期的文章学》的末尾写道:“可以预言,与诗学、词学、赋学等古代文学研究中的‘显学’一样,文章学应该也必然会成为传统文学研究中的一个热点。这不仅是总结文学遗产的需要,而且较之诗学、词学、赋学等来,它值得、也更容易转换成现实的理论资源,以满足现代文化建设的需要。因为古之文言文、今之白话文,就文章学原理而论,更是‘无二法’。”不过由于长期以来所形成的惯性,以及审美习惯、学术积累等方面的制约,短期内文章学恐怕尚难成为所谓的“热点”,但只要脚踏实地地去做,至少畸冷畸热的失衡现象可以逐渐得到改变。

(2006年7月20日写成。原载《文学遗产》2007年第2期)

---

① 《题曾同父文后》,《养吾斋集》卷25,影印文渊阁《四库全书》本。

# 论宋代时文的"以古文为法"

明代后期,一些著名的古文和八股文作家大力倡导"以古文为时文",影响很大。清乾隆初古文家方苞编《钦定四书文》,在《凡例》第一条中写道:"明人制艺(即八股文)……至正(德)、嘉(靖)作者,始能以古文为时文,融液经史,使题之意蕴隐显曲畅,为明文之极盛。"又在《正嘉四书文》卷2归有光《五十有五而志于学》后评曰:"以古文为时文,自唐荆川(顺之)始,而归震川(有光)又恢之以闳肆。"对于明、清的"以古文为时文",研究明清文学及教育、科举的学者们津津乐道,在相关著述中常有论说,但却很少有人考察"以古文为时文"这个口号的源头。其实早在北宋末,就有作家提出类似主张,而到南宋,时文"以古文为法"成为潮流,而且取得了很大成绩。本文试论之,意在厘清古文、时文发展中一段互相交集影响的历史。

## 一、时文"以古文为法"的提出

所谓"时文",乃相对"古文"而言。章祖程《题白石樵唱》曰:"先生(林景熙)少工举业,有场屋声。时文既废,倡为古文,发为骚章,往往尤臻其奥。"[①]刘埙《题古心文后》亦曰:"予幼独酷好公时文,每见一篇,熟玩不释,梦寐犹记。今见公古文,尤喜,手钞焉。"[②]启功先生

---

① 《霁山集》附录,中华书局1960年校点本。

② 《水云村稿》卷7,影印文渊阁《四库全书》本。

《说八股·八股文的各种异称》也说：八股文相对“古文”称为“时文”。[1] “时文”的意思，即按时下官方规定并流行的格式写作、专用于“举业”的文章。盖时文主要有两个特点：一是流行于一时；二是在流行的时期内，又有着基本固定的程式。彭龟年在绍熙元年(1190)四月所上《乞寝罢版行时文疏》中说：“夫谓之时文，政以与时高下，初无定制也。前或以为是，后或以为非；今或出于此，后或出于彼，止随一时之去取以为能否。”[2]所谓“与时高下”，就是文章体式随着考官的爱好而变化，而考官的爱好又受时代风气的影响，这有些像今天“时装”的概念，故常为人所诟病。古文则不同，像韩愈在《答李翊书》中所说，“气盛则言之短长与声之高下者皆宜”，既不随时高下，也没有定式。

在科举时文的发展过程中，明人“以古文为时文”只是“流”，而其源头实在宋代，今天可考的是北宋徽宗时作家唐庚，他曾提出时文“以古文为法”。唐庚(1071—1121)，字子西，眉州丹棱(今四川丹棱)人，绍圣元年(1094)进士。在《上蔡司空(京)书》中，他写道：

> 迩来士大夫崇尚经术，以义理相高，而忽略文章，不以为意。……唐世韩退之、柳子厚，近世欧阳永叔、尹师鲁、王深父辈，皆有文在人间，其词何尝不合于经？其旨何尝不入于道？行之于世岂得无补，而可以忽略，都不加意乎？窃观阁下辅政，既以经术取士，又使习律习射，而医、算、书、画皆置博士。此其用意，岂独遗文章乎？而自顷以来，此道几废，场屋之间，人自为体，立意造语，无复法度。宜诏有司，以古文为法。所谓古文，虽不用偶俪，而散语之中，暗有声调，其步骤驰骋，亦皆有节奏，非但如今日苟然而已。今士大夫间亦有知此道者，而时所不尚，皆相率遁去，不能自见于世。宜稍稍收聚而进用之，使学者知所趋向。不过数年，文体自变，使后世论宋朝古文复兴，自阁下始，此亦阁下之所

---

① 《说八股》，中华书局2000年版，第6页。
② 《止堂集》卷4，影印文渊阁《四库全书》本。

愿也。①

唐庚在书中自谓“处师儒之任”,又谓“十五年前,吕丞相(大防)用事,当此之时,某为布衣诸生”云云。考吕大防元祐三年(1088)拜相,绍圣元年(1094)罢,而唐庚元祐七、八年为太学诸生,绍圣元年登进士第。若以元祐七年(1092)下推十五年,为崇宁五年(1106);若以元祐八年(1093)下推,则为大观元年(1107),时为凤州教授(参马德富编《唐庚年谱》),作书论“场屋”文风,正是他职事内事,故书当作于大观初。又据《宋史·徽宗纪一》,崇宁三年五月己卯,“蔡京为守司空”。唐庚所论,主要针对“经术”即经义考试问题。徽宗时代,经义已高度程式化,从破题到结尾,有一套定式,并已走上骈俪之路。清梁章钜《制艺丛话》卷1指出明代八股文“排偶之体,北宋时即有之”,于是引《宋史·选举志一》所载:“大观四年(1110),臣僚言:场屋之文,专尚俪偶,题虽无两意,必欲厘为二,以就对偶,其超诣理趣者,反指以为淡薄。请择考官而戒饬之,取其有理致,而黜其强为对偶者,庶几稍救文弊。”唐庚就当时重视义理而忽略文章的倾向提出批评,旗帜鲜明地主张时文应当“以古文为法”,也就是以韩、柳、欧文为法。前一年即崇宁五年(1106)正月,徽宗诏毁《元祐党人碑》,恢复贬谪者的仕籍。“元祐党祸”虽稍弛禁,但尚未平反,故他没有提及苏轼,然下文称“知此道”(指古文)的士大夫“皆相率遁去”,并建议“稍稍收聚而进用之”,其实就是指的元祐党人,唐庚建议启用他们。就本质论,时文、古文并无根本区别,正如元人刘将孙所说:“文字无二法。自韩退之创为‘古文’之名,而后之谈文者必以经、赋、论、策为时文,碑、铭、叙、题、赞、箴、颂为古文,不知辞达而已矣,时文之精,即古文之理也。”②因为古文、时文在文法、文理层面具有同一性,这就决定了二者可以相互取法。宋代的主要时文如策、论、经义等,北宋前期本来就是用古文写作,只是后来逐渐程式化,成了所谓“时文”的官定写作模式,而与

① 《唐先生文集》卷15,《北京图书馆古籍珍本丛刊》影印宋刻本。

② 《题曾同父文后》,《养吾斋集》卷25,影印文渊阁《四库全书》本。

古文拉开了距离。因时文专用于科场,是博利禄的敲门砖,故普遍为人所鄙。

唐庚擅文,尤善学东坡,当时有“小东坡”之称。《文献通考》卷237引乡人雁湖李氏(壁)曰:“唐子西文采风流,人谓为‘小东坡’。”又引刘夷叔(望之)曰:“唐子西善学东坡,量力从事,虽少,自成一家。其诗工于属对,缘此遂无古意,然其品在少游上。”再引竹溪林氏(希逸)曰:“唐子西学东坡者也。得其气骨而未尽其变态之妙,间有直致处,然无一点尘俗,亦佳作也。”特别是他的论体文,可谓是“以古文之法”写作时文的典范,当时就受到太学生和举子的欢迎,其友人郑总在《唐眉山先生文集序》中说:“太学之士得其文,甲乙相传,爱而录之。爱之多而不胜录也,鬻书之家遂丐其本而刻焉。”[①]李淦《文章精义》也指出:“唐子西文极庄重缜密,虽幅尺稍狭,无长江大河一泻千里之势,然最利初学。”[②]因此之故,在南宋人编著的类书、文法书中,唐庚文成了常被征引的范文。由此看来,唐庚提出时文“以古文为法”绝非偶然,而是他自己写作心得的总结。

据上引唐庚《上蔡司空书》,可知“以古文为法”的内涵包括古文之“词”(合于经)、“旨”(入于道),以及散语中的“声调”、“步骤”等技巧,显然不赞成时文的偶俪化倾向,而是要用古文改造时文。早在唐庚向蔡京上此书之前,黄庭坚(1045—1105)在《答王子飞书》中论及陈师道作文“深知古人之关键,其论事救首救尾,如常山之蛇”。他又在《答洪驹父(刍)书》(二)中,向他这位刚登进士第不久、正担任晋州州学教授的外甥说:“诸文亦皆好,但少古人绳墨耳。可更熟读司马子长、韩退之文章。凡作一文,皆须有宗有趣,终始关键,有开有阖,如四渎虽纳百川,或汇而为广泽,汪洋千里,要自发源注海耳。”[③]这说明,当时注意到古文自有“法度”的并非唐庚一人,故他说“今士大夫间亦有知此道者”;但明确地提出时文“以古文为法”的却是唐

① 《唐先生文集》卷首。
② 《文章精义》,人民文学出版社1960年校点本,第77则。
③ 《黄庭坚全集·正集》卷18,四川大学出版社2001年版,第467页。

庚，这点应当肯定。南宋人研究古文，主要在“步骤”、“关键”、“开阖”等技法上，我们将在下面论及；而明人的“以古文为时文”，也是讲技法，并将它应用到八股文写作，内涵上没有什么不同。

## 二、时文“以古文为法”与文学回归欧苏

唐庚欲时文“以古文为法”，并标举韩、柳、欧，以期扭转当时“忽略文章”的偏向。但徽宗时科场流行王安石“道德性命”之学，特别崇尚老庄，而举子诋元祐、媚时相成为必具的“立场”。接着发生了“靖康之难”，政权南渡，而高宗时代秦桧专权，重新抬出“王学”，实行政治高压，文坛的谀佞之风较徽宗时有过之而无不及。方回《读宏词总类跋》曰：“绍兴二十三年癸酉(1153)，钓台陆时雍守建昌军，刊《宏词总类》，以秦桧之文冠其首，作序谀之。……自绍圣创学(按：指设宏词科)以至靖康之乱，凡有司之命题，与试者之作文，无非力诋元祐，以媚时相，四六率是愈工，而祖宗时正气扫地。”[①]词科的风气，是当时整个科场的缩影。谀佞之风是高压政治的副产物，蔡京、秦桧时期的举子像人质似的，一进科场就必须写着言不由衷的歌功颂德的废话，用来交换“科名”。这时期的时文已经完全堕落，根本不可能谈“以古文为法”，因为古文家、古文的儒家文化品格，与奸相们的所作所为水火不容。

绍兴二十五年(1155)秦桧病死，政治风向开始转变。二十七年(丁丑，1157)是贡举年，是年三月十四日，高宗御笔宣示殿试官道：“对策中有指陈时事、鲠亮切直者，并置上列，无失忠谠，无尚谄谀，用称朕取士之意。”十六日，又戒励有司“抑谄谀，进忠亮”。[②] 王十朋“以‘权’为对，大略曰：‘揽权者，非欲衡石程书如秦皇，传餐听政如隋文，强明自任、不任宰相如唐德宗，精于吏事、以察为明如唐宣宗，盖欲陛下惩既往而戒未然，威福一出于上而已。……法之至公者莫如选士，名器之至重者莫如科第。往岁权臣子孙、门客类窃巍科，有司以国

---

① 《桐江集》卷3，影印《宛委别藏》本。

② 《宋会要辑稿·选举》八之四三。

家名器为媚权臣之具，而欲得人，可乎？愿陛下正身以为本，任贤以为助，博采兼听以收其效。'几万余言。上嘉其经学淹通，议论醇正，遂擢为第一。学者争传诵其策，以拟古晁、董。"王十朋在对策中不仅直接抨击了秦桧及其死党，也批评了高宗不能揽权和任贤的错误，气势充沛，极有胆魄，是很好的古文。王十朋以状元及第，象征着一个新时代的开始，表明以高宗为总后台，秦桧及其死党多年精心构筑、苦心经营的思想文化堤防已经崩溃，"天下以此占上意好恶"，高宗转而"思与草野奇杰士共起世务"，故"取能伸直节、吐敢言者"①，这一榜也被后人盛称为"丁丑榜"。

绍兴三十一年（1161）二月二十三日，国子录邹樗上言：

> 多士程试，拘于时忌之说，蓄缩畏避，务为无用空言。至有发明胸臆、援证古今者，苟涉疑误，辄以时忌目之，不得与选，使人抱遗材之恨。欲望布告中外，应场屋程文有涉疑误被黜污者，依理考校，不许以时忌绳之，庶使去取精确，文风丕变。从之。②

不再以"时忌绳之"，而求"文风丕变"，无异于绍兴以来专制堤防的彻底崩溃。

绍兴三十二年（1162）六月高宗退位，皇太子赵昚继位，是为宋孝宗。孝宗早对秦桧的投降路线和权力野心不满，颇有恢复之志，是南宋最有作为的皇帝。隆兴元年（1163）是贡举年，孝宗于二月十一日下诏继续打击科场的谀佞风气："令省试诸科进士务取学术深淳，文词剀切，策画优长，其阿媚阘茸者可行黜落。"③孝宗喜文，又特喜苏轼文。乾道九年（1173）正月，他作《苏轼文集序》（原题《御制文集序》），称轼"忠言谠论，立朝大节，一时廷臣无出其右"，文章则"雄视百代，自作一家，浑涵光芒，至是而大成矣"，并毫不掩饰自己的喜爱之情："朕万机余暇，䌷绎诗书，他人之文，或得或失，多所取舍；至于

---

① 《宋史》卷387《王十朋传》。其《御试策》全文，载《梅溪先生文集》卷1。
② 《宋会要辑稿·选举》四之三四。
③ 《宋会要辑稿·选举》四之三六。

轼所著，读之终日，亹亹忘倦，常置左右，以为矜式，可谓一代文章之宗也欤！”[①]因赠苏轼为太师，在《赠太师制》中，有“人传元祐之学，家有眉山之书”语[②]。苏轼文集在元祐党祸中被禁，当时已是愈禁愈传，这时更是“上之所好，下更甚焉”，苏轼及其父洵、弟辙的各种版本的文集大量刊行，各种三苏文选也相继问世，如流传至今的《重广眉山三苏先生文集》八十卷、《三苏先生文粹》七十卷、《标题三苏文》六十二卷、《重广分门三苏先生文粹》一百卷，等等。在这种背景下，场屋时文“丕变”的时机成熟了，“以古文为法”的时代真正到来，而苏轼的作品，理所当然地成为取法典范之首选。

接着，陈亮编《欧阳文忠公文粹》二十卷，并作《后叙》道：

> 二圣相承，又四十余年，天下之治大略举矣，而科举之文犹未还嘉祐之盛。盖非独学者不能上承圣意，而科制已非祖宗之旧，而况上论三代？是以公之文学者，虽私诵习之，而未以为急也。故予姑掇其通于时文者，以与朋友共之。由是而不止，则不独尽究公之文，而三代、两汉之书，盖将自求之而不可御矣。先王之法度犹将望之，而况于文乎？则其犯是不韪，得罪于世之君子而不辞也。[③]

所谓“二圣相承，又四十余年”，“二圣”指高宗、孝宗，故此书当编于孝宗乾道至淳熙初。二十卷中计有论、策问三卷，书五卷，札子一卷，奏状一卷，序三卷，记二卷，杂著一卷，碑铭二卷，墓铭、墓表二卷，共选文一百三十篇。从入选范围可以看出，取法古文是全方位的，即欧文各体都可以“通于时文”。陈亮编纂此书的目的是明确的，那就是通过学习欧文，使“科举之文”追还“嘉祐之盛”。这就在苏轼之外，树立起了另一个古文典范。

淳熙五年(1178)六月十一日，礼部侍郎郑丙言：

---

① 《经进东坡文集事略》卷首，《四部丛刊初编》影印宋刊本。

② 见宋孝宗《赠苏文忠公太师敕》，清宋荦《施注苏诗》卷首。

③ 《欧阳文忠公文粹》卷末，影印文渊阁《四库全书》本。

> 恭闻陛下恢崇儒术，深烛文弊，延策多士，率取直言，置之前列。今岁秋举，窃虑远方之士未悉圣意，尚循旧习，或事谀佞。望申敕中外：场屋取士，务求实学纯正之文，无取迎合谀佞之说。从之。①

前引绍兴末邹樗所论在破除"时忌"，郑丙则直指"谀佞"之风。高、孝两帝的多次诏谕，以及邹、郑两道被皇帝采纳的重要奏章，在"破"字上下够了功夫，而欧、苏也足以担当"立"的典范。破旧立新，双管齐下，从而促进了科场学风、文风的"丕变"：不仅要变绍兴，而且要度越绍圣、熙宁而上之，接轨元祐、嘉祐，回归欧、苏。由此看来，科场革新必须具备较为宽松的政治气候和相对自由的学术环境，而时文的"以古文为法"，必然导致学术和文学范式的转型。

## 三、古文评点是古文通向时文的桥梁

孝宗时代，在欧、苏古文成为文坛典范的大背景下，吕祖谦（1137—1181）创造了古文"评点"之法，著《古文关键》二卷（蔡文子注本分为二十卷）。此书的目的是用古文文法教学子，故清康熙刻本张云章《序》说："东莱吕子《关键》一编，当时多传习之。……观其标抹评释，亦偶以是教学者，乃举一反三之意。且后卷论、策为多，又取便于科举，原非有意采辑成书，以传久远也。"该书卷首载《古文关键总论》，有"看文字法"、"看韩文法"、"看柳文法"、"看欧文法"、"看苏文法"、"看诸家文法"（包括曾巩、苏辙、王安石等七家）、"论作文法"、"论文字病"，凡八项。文有旁批点评，具体提示作法。《古文关键》实际上将韩、柳、欧、苏古文系统定为科举时文主要取法的对象，无论他是否受唐庚的影响，客观上正是继承和实践着时文"以古文为法"的思想。旧署吕祖谦编著的，还有《东莱标注三苏文集》《东莱集注类编观澜文集》等。从此，古文评点成了科举用书一个重要的门类，明、清两代亦然，长期、直接影响着科场的学风与文风。更重要的

① 《宋会要辑稿·选举》五之五。

是,评点本成了“古文”通向“时文”的桥梁,“以古文为法”不再是一句空洞的口号,学者通过评点,可以将古文文法、技法说得清楚明白;攻举业者只要领会这些法门并将它移植到时文写作中去,就可使时文“义理”、“文章”两臻其美,程式化的平庸因此而变得精彩。

接着,吕祖谦门人楼昉编《迂斋先生标注崇古文诀》二十卷,收文一百六十八篇,元刻本分为三十五卷,收文一百九十三篇。门人陈森《后序》,谓楼氏编此书的目的是“以惠四明学者。迨分教金华,横经璧水,传授浸广,天下始知所宗师”;又谓此书的特点是古文“一经指摘,关键瞭然”。刘克庄亦有序,称楼氏“以古文倡莆东”,所选“尊先秦而不陋汉唐,尚欧、曾而并取伊洛”,还特别提到经楼氏“指授成进士名者甚众”。[1] 由是观之,所谓楼氏“以古文倡”,实际上是教举子用古文之法作时文。后来,王霆震编《新刻诸儒批点古文集成》七十八卷,《四库提要》谓“凡吕祖谦之《古文关键》,真德秀之《文章正宗》,楼昉之《迂斋古文标注》,一圈一点,无不具载”。又刘震孙编《新刊诸儒批点古今文章正印》前集十八卷、后集十八卷、续集二十卷、别集二十卷,与王霆震本性质相似。虽真德秀《文章正宗》是理学文学选本而不属科举用书,但宋季科举已完全纳入理学的轨道,故编者也将其阑入。直到宋末,谢枋得(1226—1289)编《叠山先生批点文章轨范》,分别以“侯王将相有种乎”七字分卷,前二卷为“放胆文”,后五卷为“小心文”,收三国至唐、宋作家十三人之文凡六十九篇,而以韩、柳、欧、苏文为多。卷2“王”字集小序曰:“初学熟此,必雄于文。千万人场屋中,有司亦当刮目。”卷3“将”字集小序曰:“场屋程文论,当用此样文法。”又卷5“有”字集小序道:“此集皆谨严简洁之文。场屋中日晷有限,巧迟者不如拙速。论、策结尾略用此法度,主司亦必以异人待之。”由此可知,是书纯为举子设想,是典型的“以古文为法”的科举用书。除上述外,还有编者、编纂年代不详的《二十先生回澜文鉴》二十卷、后集二十卷,原题“承奉郎连州签书判官厅公事虞祖南承之评次、

---

① 《后村先生大全集》卷96,《四部丛刊初编》本。

幔亭虞夔君举笺注”，疑即虞祖南编，而两虞氏生平事迹待考。该书今存抄配宋麻沙刊本前集十五卷、后集八卷，为丁丙旧物，其《善本书室藏书志》卷38著录，略曰：“所采二十先生为司马温公（光）、范文正公（仲淹）、孙明复（复）、王荆公（安石）、石徂徕（介）、汪龙溪（藻）、洪容斋（遵）、张南轩（栻）、朱文公（熹）、吕东莱（祖谦）、周益公（必大）、杨诚斋（万里）、刘屏山（子翚）、郑艮轩（湜）、林拙斋（之奇）、刘谦斋（穆元）、张晋庵（震）、方鉴轩（恬）、戴少望（溪）、陈顺斋（公显）之文，凡一百篇，略注音之反切，文之柱意起伏，事之来历。每篇各有评论。”该本今藏南京图书馆。从所注“柱意起伏，事之来历”及“每篇各有评论”看，该书无疑也是为举子应试而作，只是入选者大多为理学家，是编者在教人“以古文为法”的同时，又特别强调师法理学家之文。

除用古文评点之法将古文引入时文外，南宋人还撰写了不少古文文法研究专著，编纂了大量类书，唐宋古文大家的文章成为这些著作主要的资料来源。如《太学新编黼藻文章百段锦》（不分卷），方颐孙撰。《四库总目·诗文评类存目》著录，《提要》谓“颐孙福州人，理宗时为太学笃信斋长。其始末则未详也”；又谓“盖当时科举之学”。今人所编《四库存目丛书》、《续修四库全书》之“诗文评”类已收入。书前有淳祐己酉（九年，1249）建安梅轩陈岳崧卿序，略曰：“古文之编，书市前后凡几出矣。务简者本末不伦，求详者枝叶愈蔓，驳乎无以议为也。乡先生方君府博，莆中之文章巨擘，萤窗雪几间裒集前哲之雄议博论，取其切于用者百有余篇，以《百段锦》名之，条分派别，数体具备，亦有助于学为文也。”编著者欲用“古文”助科举之“学”，宗旨是很明确的。全书分遣文、造句、议论、状情、用事、比方、援引、辩折、说理、妆点、推演、忖度、布置、过度、譬喻、下字、结尾，凡十七格，每格又分若干小类，摘录范文一篇（或二篇，最多三篇），然后加以评论，在评论中揭示写作方法。如开首“遣文格”，分十一小类，首为“四节交辩”，摘苏轼《灾异议》，将其中的“交辩”分为四节，至第四节“归本意说”，评曰：“前辈作文字，多先设为问答，反覆诘难，其说既穷，然后断以己见。若直头便把自家说提起,恐人未遽以为然。唐庚《祸福论》文势类此,今录于后。”引起下一小节“五节问难”,即摘录唐庚文。所摘范文共百余篇,主要为宋代古文家的作品。如“遣文格”,共引文十二篇,其中苏轼文四篇,张耒文一篇,唐庚文一篇,吕祖谦文二篇,等等。而接着的“造句格”,共引文二十六篇,欧阳修文二篇,苏洵文三篇,苏轼文多达六篇。如此等等。

## 四、时文“以古文为法”的影响

唐庚提出的时文“以古文为法”理论,特别是这个理论在孝宗以后的广泛应用,不仅纠正了王安石时代以一家之说(《三经新义》《字说》等)指导科举考试的弊病,更扫除了徽宗、高宗时代奸相专政刮起的文坛谀佞之风,而当用古文长期积累的法度将时文“包装”起来后,科举时文便不至过于简陋,而容易得到社会的认同——对于科举制度和科举考试来说,这些都是极为重要的。“以古文为法”虽然消除不了场屋时文固有的弊病,但却消弭了自神宗熙宁初到高宗绍兴末长达一个世纪中学界对科举文体的批评、争议甚至对立,使南宋的考试科目保持稳定,时文水平也显著提高,其影响是巨大而深远的。

首先,“以古文为法”的实践,造就了以“乾淳体”为代表的时文高峰。陆游《老学庵笔记》卷8载:“建炎以来,尚苏氏文章,学者翕然从之,而蜀士尤盛。亦有语曰:‘苏文熟,吃羊肉;苏文生,吃菜羹。’”所谓“吃羊肉”,比喻士人因熟读苏文而科场告捷。苏文在元祐党祸中虽已禁之不住,但真正成为官方认可的范文并走入科举,则是孝宗以后的事。欧文亦如此,吴子良《荆溪林下偶谈》卷3说:“淳熙间,欧文盛行,陈君举(傅良)、陈同甫(亮)尤宗之。”周密也说:“南渡以来,太学文体之变,乾、淳之文师淳厚,时人谓之‘乾淳体’,人材淳古,亦如其文。”[①]又方回《读陈同甫文集二跋》曰:“或问陈同甫(亮)之文何如?予曰:时文之雄也。《酌古论》纵横上下,取古人成败之迹,断以

① 《癸辛杂识》后集《太学文变》,中华书局1988年校点本,第65页。

已见，拾《战国策》《史记》之遗语，而传以苏文之体，乾、淳间场屋之所尚也。”[①]包括陈傅良、吕祖谦、陈亮、叶适在内的“浙东学派”诸君子，是乾道、淳熙时代文风回归欧、苏的主要作家，代表作有陈傅良《止斋论祖》、陈亮《酌古论》、叶适《进卷》等。“乾淳体”的渊源，正是韩、柳、欧、苏文之体。在《蛟峰批点止斋论祖》中，蛟峰方逢辰屡屡指出陈傅良学韩、苏之处，如卷1《甲之体》的《仲尼不为已甚》，批曰：“旁引用事，全法三苏、昌黎。”又《为治顾力行何如》批：“全篇用韩文法。”等等。饶辉编《圈点龙川水心二先生文粹》前集二十卷后集二十一卷，今存宋刊本（藏台北“中央图书馆”），所选为陈亮（龙川）、叶适（水心）文，尤以科举时文（策、策问、论）为多。叶适的《进卷》，后世刊本书名就叫《策场标准集》，它在科场中的地位不言而喻。宋末魏天应编、林子长注《批点分格类意句解论学绳尺》十卷，多为乾、淳作家及其后学的科场得隽之作，明何乔新《论学绳尺序》评之曰：“若此书所载，则皆南宋科举之士所作者也。予窃评之，其才气俊逸，若青冥空旷，秋隼孤骞，而迫之以风也；其体制古雅，若殷彝在庭，竹书出冢，虽不识者亦知其为宝也；其文采缛丽，又如洛阳名园，而姚黄魏紫浓艳眩目也。”虽未免誉之太甚，但是书所收，确乎是南宋场屋以古文之法写作论体文的硕果。

其次，有了高宗、孝宗“更化”的政治环境，在时文“以古文为法”口号的鼓动下，乾淳时期回归欧、苏不仅成为科场潮流，时文因而焕然一新，而且文坛诗、文、词也大家辈出，整个社会的精神面貌为之一振，真正出现了“中兴”气象。这是南宋唯一可以比肩嘉祐、元祐的时期，当时就有“小元祐”的美称。赵彦卫《云麓漫抄》卷8曰：“淳熙中，尚苏氏，文多宏放。”罗大经《鹤林玉露》甲编卷2《二苏》亦曰：“孝宗最重大苏之文，御制序赞，特赠太师，学者翕然诵读。所谓‘人传元祐之学，家有眉山之书’，盖纪实也。”又吴潜《鹤山集后序》也说：“自孝宗为《苏文忠公文集》御制一赞，谓‘忠言谠论，不顾身害’。洋洋圣谟，

① 方回《桐江集》卷2，影印《宛委别藏》本。

风动四方，于是人文大兴，上足以接庆历、元祐之盛。"①

再次，时文"以古文为法"的口号，并不意味着时文只是单向"取法"，同时古文也取法于时文，两者是互动的。科举时文的程式既是限制思想的桎梏，但它同时又在一定程度上反映了文章学的原理。笔者曾在拙文《南宋评点本缘起发覆》中指出，南宋人的古文评点实际上是用"时文"的程式和方法去反观古文大师们的代表作，试图让时文向古文看齐，并从古文名作中找出时文的写作规律。但他们所讨论的，却是"于古文、时文都适用的写作法则，既有理论高度又有可操作性，从此不仅将时文、也将古文的创作置于理论指导之下，具有极重要的文章学意义。……古文评点家揭示了许多文章学规律，其中的精华部分，就是在今天也不过时。"②古文、时文在文法、技法上的双向交流，无疑促进了各自的发展，也缩短了两者的距离。

但是，南宋时文"以古文为法"的潮流并非都是积极的，它自身具有着严重的先天缺陷，那就是时文取法古文的，只是纯文法、技法。范温《潜溪诗眼》曰："句法之学，自是一家功夫。昔尝问山谷：'耕田欲雨刈欲晴，去得顺风来者怨。'山谷云：'不如"千岩无人万壑静，十步回头五步坐。"'此专论句法，不论义理，盖七言诗四字、三字作两节也。"③他讲的虽是诗，其实文章亦然。笔者在《南宋评点本缘起发覆》中引上述《诗眼》，认为南宋评点家仿照江西派的诗法之学，"古文评点大多不管内容，专论技法，进行所谓纯形式的批评，其源当出于此"。唐庚在提出时文"以古文为法"时，论及了古文之词"合于经"、旨"入于道"的问题，但显然更重视的是古文的声调、步骤、节奏。南宋古文评点家也讲"立意"，但他们的"立意"是指如何体贴时文题目的题意，而倾其全力研究的是字法、句法、章法、篇法，所强调的是技法。如吕祖谦《古文关键》的《总论看文法》曰："学文须熟看韩、柳、欧、苏，见文字体式，然后遍考古人用意下句处。……第一看大概、主

---

① 《鹤山先生大全文集》卷末，《四部丛刊初编》本。

② 见拙编论文集《宋代科举与文学考论》，大象出版社 2006 年版，第 300 页。

③ 《宋诗话辑佚》上册"句法"，中华书局 1980 年版，第 330 页。

张。第二看文势、规模。第三看纲目、关键。如何是主意首尾相应，如何是一篇铺叙次第，如何是抑扬开阖处。第四看警策句法。如何是一篇警策，如何是下句下字有力处，如何是起头换头佳处，如何是缴结有力处，如何是融化屈折剪截有力，如何是实体贴题目处。"造成这种局面不能怪古文评点家，首倡时文"以古文为法"的唐庚更没有责任。因为科场时文是高度功利化了的文体，内容必须绝对符合官方意识形态，这是社会毋庸置疑的价值和法律基准，不需要学者们特别去"教"的。

将古文文法注入时文，可以使时文技法更高超，文字更精妙，但从文学论，这是以"末"教人，韩、柳、欧、苏古文作品中的思想光彩已从学者们的视野中黯然淡出。朱熹曾批评吕祖谦"留意科举文字之久，出入苏氏父子波澜，新巧之外更求新巧，坏了心路，遂一向不以苏学为非，左遮右拦，阳挤阴助"①。吕祖谦也承认这点，回答说："所论永嘉文体一节，乃往年为学官时病痛，数年来，深知其缴绕狭细，深害心术，故每与士子语，未尝不以平正朴实为先。"②朱熹以理学家的立场排斥"苏学"固然非是，但他"新巧之外更求新巧"的批评却是中肯的。所以，时文虽在"以古文为法"后变得更加精巧，但其文学价值却并不因此而得到提升。像李涂在《文章精义》中所说："古人文字，规模间架，声音节奏，皆可学，惟妙处不可学。譬如幻师塑土木偶，耳目口鼻，俨然似人，而其中无精神魂魄，不能活泼泼地，岂人也哉？此须是读书时，一心两眼，痛下工夫，务要得他好处，则一旦临文，惟我操纵，惟我捭阖，一茎草可以化丈六金身：此自学之得，难以笔舌传也。"③韩、柳、欧、苏敢于嬉笑怒骂、"不平则鸣"的精神，那才是活泼泼的"妙处"，但这是攻举业、作时文的举子不可学、也学不到的；而时文妄说利害、陈陈相因的浅薄习气，仍然为人所鄙。故举子在成就"功名"后，力图要扔掉这块"敲门砖"，但时文的印记仿佛已刻在灵魂深处，

① 《朱文公文集》卷31，《四部丛刊初编》本。
② 《与朱侍讲(熹)书》，《东莱吕太史别集》卷8，《续金华丛书》本。
③ 《文章精义》，第101则。

不时要现出“丑”来,如刘埙在《隐居通议》卷18中所说:“工举业者力学古文,未尝不欲脱去举文畦径也,若且淘汰未尽,自然一言半语不免暗犯。故作古文而有举子语在其中者,谓之金盘盛狗矢。”

明代正德、嘉靖时代,唐宋派古文家高倡“以古文为时文”,造就了制艺的极盛局面,已见本文开头引方苞之论。这显然是上接宋人坠绪。唐顺之、归有光等人的“以古文为时文”,也与宋人一样,强调的仍是技法,如香港学者邝健行先生所说:“(明人)‘以古文为时文’,不表示要改变时文的结构形式……只表示在维持原有格式的基础上运以古文的作法和融入古文的风格。”①明代学者为配合“以古文为时文”,唐宋古文大家特别是“八大家”作品的选编本大量涌现,如万历八年(1580)敖鲲(1530—1586)在所编《古文崇正》十二卷的序中,就曾明确地提出古文关乎举业,称所辑古文“足为举业法程”,又谓“刻中惟苏(轼)文几四之一,以其于举业尤最为近”云云。总之,由宋人的时文“以古文为法”,到明人的“以古文为时文”,古文、时文,这一尊一卑的文体,在科举体制下结缘,成了一对并不般配的“欢喜冤家”。

(2006年秋写。原载《四川大学学报》2007年第4期)

---

① 《明代唐宋派古文四大家“以古文为时文”说》,载所著《科举考试文体论稿:律赋与八股文》,台湾书店1999年版。

# 王安石“道德性命”之学及其对科举的影响

北宋中后期(神宗至徽宗)是个政治动荡的时代。围绕着王安石变法及后来一帮政治野心家的“绍述”,新旧两党展开了激烈的斗争。两党之间除对变法的认识不同外,学术思想的差异是深层原因。王安石继承、发展了仁宗后期即已流行的道德性命之学,为其变法运动服务,以达到“一道德”的政治目标,并用所著《三经新义》《字说》及《老子注》、《庄子注》、佛经注疏等强力介入学校教育和科举考试,影响和控制了科场学风、文风达数十年之久,使科举成了整个斗争的重要战场。对此问题进行研究和评价,具有相当的难度,故学界少有人涉足,近年唯见两位青年学者曾分别论及。① 本文考述并揭示王安石“道德性命论”及其实质,以及它对北宋中后期科举考试的介入和控制,并论旧党对科场道德性命之学的反击。当日在道德性命论指导下写作的时文,尚有极少篇章流传至今,亦略为举论,以窥当时学风、文风之一斑。

## 一、“道德”、“性命”及王安石的“道德性命论”著作

唐代中期,韩愈作《原道》文,提出著名的“道统论”。他又在《原

① 林岩的博士论文《北宋科举与文学之研究》,刘成国的博士后研究报告《荆公新学研究》,都在相关章节论及王安石的道德性命之学。蒙二君不弃,以论文及由论文修改出版的专著相赠,本文写作前曾参读,特此说明并致谢。

性》中推出“性三品”说，其门人李翱则作有《复性书》。这些论著开启了儒家对“道德”及“性命”之学的研究。因为佛教徒向来认为儒教只能“治世”，不能“治心”，故称儒书为“外典”，佛书为“内典”。韩愈、李翱讨论心性问题，目的在表明儒家“圣人”早就有了人性论，并非不能治心，从而以“人性论”与“佛性论”相对抗。在儒家的传统思想中，对“人性”的理解很不相同，孟子尝言“性善”，荀子言“性恶”，而扬雄认为“性善恶混”（有善有恶）。这只是问题的开始，并未触及“道德”范畴，而北宋初学者们所讨论的“道德性命”这个新命题，远比性善性恶要复杂得多。

宋代的道德性命之学并非肇于王安石。柳开临终时，门人张景整理其平日言论，写成《默书》一文，其中就说“有命有性，有性有情，得其性理之静”云云。① 但什么是“有命有性”，性、命、情的内在联系如何，他并没有说。到仁宗时代，道学家在研讨“性命”的同时又引入“道德”的概念，将“道德性命”结合在一起，欲构建一个新的宇宙观，用以解释世界。张载说：“道德性命是常在不死之物也。己身则死，此则常在。”②说得简明些，他认为所谓“道德”、“性命”，最核心的是“道”，“道”是形而上的本体，是宇宙的普遍规律，是永恒的存在（“常在不死”）。王安石则认为：“先王之道德出于性命之理，而性命之理出于人心，《诗》《书》能循而达之。”③他是说，道德性命的本质是人心，其“理”来自“先王”，从儒家经典《诗》《书》中就可求得。他又说：“道德、性命，其宗一也。道有君子有小人，德有吉有凶，则命有顺有逆，性有善有恶。”④这是将道德、性命合而为一，而“道”、“德”、“性”、“命”四者又各分为二，相互对立。他还说：“道者，万物莫不由之者也；命者，万物莫不听之者也；器者，道之散时者也。命之运，由于道。听于命而不知者，百姓也。由于道、听于命而知之者，君子也。道万物

---

① 载《河东先生集》卷1，《四部丛刊初编》本。
② 《张载集 · 经学理窟 · 义理》，中华书局1978年校点本，第273页。
③ 《虔州学记》，《临川先生文集》卷82。
④ 《再答龚深父论语孟子书》，《临川先生文集》卷72。

而无所由，命万物而无所听，唯天下之至神为能与于此。”①这是说，“道”是天生的，它统率万物；“命”是人的秉受，它来源于“道”。“命”各不相同，所以有君子、百姓之别，而“器”——即宇宙间纷纷攘攘的万事万物，皆因所得“道”不同所致，即理学家所谓“理一分殊”。

南宋理学家陈淳释“性”曰：“二程（颢、颐）得濂溪（周敦颐）先生《太极图》发端，方始说得分明极至，更无去处。其言曰：‘性即理也。理则自尧舜至于涂人，一也。’此语最是简切端的。”②又有人说陆九渊的心学“是道德、性命，形而上者；晦翁（朱熹）之学是名物、度数，形而下者”。③ 可见理学家对“道德性命”概念的界定并不完全一致。“道德性命”实际上包含了“体”、“用”两个层面。“道”、“性”是“体”，是形而上的宇宙观；“德”、“命”是“用”，是本体在世界万事万物中的呈现。在理学家那里，“道德性命”又可高度概括并抽象为“理”，也就是形而上的“道”。其他学派的道德性命论，所讨论的也是“体”、“用”问题，不同的是对“体”、“用”的解释有差异。

北宋道学的开创者如周敦颐、张载、二程等都曾对“道德性命”之学进行过深入研究，并用“太极”这个概念表述“道”的本体，建构起一套精致的客观唯心论。南宋间更是“道德性命之说几满天下”。④ 但对“道德性命”感兴趣的又不止道学家。仁宗后期，学者谈“性命”成为时髦，如李诩曾作《性诠》三篇并寄给欧阳修，欧在回信中称“今世之言性者多矣”、“世之学者多言性”云云，⑤可睹一时风会。它标志着宋代学术的转型，即由章句之学转向义理之学，由对儒家社会伦理的阐释转向对宇宙本体的探求。在这个转变中，王安石不是始作俑者，但却起着重要的作用。他早年著《王氏杂说》（又称《淮南杂说》）十卷，晁公武《郡斋读书志》卷 12 著录并引蔡卞（原误“京”）《王安石

---

① 《洪范传》，《临川先生文集》卷 65。
② 《北溪字义》卷上《性》，中华书局 1983 年校点本。
③ 《陆九渊集》卷 31《语录》上，中华书局 1980 年校点本，第 419 页。
④ 王十朋《策问（第十五）》，《梅溪先生文集》卷 14，《四部丛刊初编》本。
⑤ 《答李诩第二书》，《欧阳修文忠集》卷 47，《四部丛刊初编》本。

传》曰：

> 自先王泽竭，国异家殊。由汉迄唐，源流浸深。宋兴，文物盛矣，然不知道德性命之理。安石奋乎百世之下，追尧舜三代，通乎昼夜阴阳所不能测而入于神。初著《杂说》数万言，世谓其言与孟轲相上下。于是天下之士始原道德之意，窥性命之端云。

则王氏不仅研究“道德性命之理”，更重要的是将它追溯到“尧舜三代”；且“通乎昼夜阴阳所不能测而入于神”，欲将其抽象到更深的哲学层次。这大大激发了“天下之士”对“道德性命”之学的浓厚兴趣。陆佃就是个实例，他在《傅君(常)墓志铭》中自述道：

> 嘉祐、治平间……淮之南学士大夫宗安定先生(胡瑗)之学，予独疑焉。及得荆公《淮南杂说》与其《洪范传》，心独谓然，于是愿扫临川先生之门。后余见公，亦骤见称奖。语器言道，朝虚而往，暮实而归，觉平日就师十年，不如从公之一日也。①

王安石《淮南杂说》久佚，现存《原性》、《性说》、②《性论》、《性命论》③等多篇论文，对“性”、“命”问题作了专门探讨，基本赞成扬雄之说，但同时受佛教影响很深，如他在《答蒋颖叔书》中写道：“所谓性者，若四大是也；所谓无性者，若如来藏是也。虽无性而非断绝，故曰一性所谓无性；曰一性所谓无性，则其实非有非无。此可以意通，难以言了也。”④故后来陈渊尝对高宗说：“《孟子》七篇，专发明性善，而安石取扬雄善恶混之言，至于无善无恶。又溺于佛，其失性远矣。”⑤“非有非无”，“无善无恶”，即禅宗“不落两边”的思维方式。陈淳说：“今世有一种杜撰等人，爱高谈性命，大抵全用浮屠作用是性之意，而文以圣人之言，都不成模样。”⑥他可能并非指专王学之徒，但从而可见援佛入

---

① 《陶山集》卷一五，影印文渊阁《四库全书》本。
② 两篇载《临川先生文集》卷68。
③ 两篇载《圣宋文选》卷10。
④ 《临川先生文集》卷78。
⑤ 《宋史》卷376《陈渊传》。
⑥ 《北溪字义》卷上，第10页。

儒以谈性命,在宋代早已存在。

王安石为"穷研"道德性命之学,除上述《杂说》和若干专题论文外,还著有《老子注》二卷(《郡斋读书志》卷11),《庄子解》四卷(《读书附志》卷上),以及《金刚经注》一卷(《读书志》卷16著录《金刚经会解》一卷,汇集了包括王安石注在内的五家注本),《楞严经疏解》十卷(《读书附志》卷上),《维摩诘经注》三卷(《宋史·艺文志四》)等,现皆失传,唯《老子注》近人、今人有辑本。① 安石子王雱亦有《老子注》二卷(《郡斋读书志》卷11),原本不传,今《正统道藏·洞神部·玉诀类》载《道德真经集注》十卷(附音释),乃集河上公、唐明皇、王弼、王雱四家之注,有王雱自序(当从其《老子注》中转录),谓"书(指《老子注》)成于熙宁三年(1070)七月十二日"。卷首有元符元年(1098)十月梁迥所作《后序》,称王雱"深于道德性命之学,而老氏之书,复训厥旨,明微触隐,自成一家之说";又谓"太守张公深达夫道德性命之理,以文章作人,以经术训多士。常患夫执经者不知道,乃命黉舍之学者参其四说,无复加损,刊集以行于时而广其教"。王雱又著《南华真经新传》二十卷拾遗一卷,今存(《南华真经》即《庄子》),亦载于上引《正统道藏》,自序道:"世之读庄子之书者,不知庄子为书之意,而反以为虚怪高阔之论。岂知庄子患拘近之世不知道之始终,而故为书而言道之尽矣。夫道不可尽也,而庄子尽之,非得已焉者矣。……吾甚伤不知庄子之意,故因其书而解焉。"又无名氏刊板序曰:"宾友谓予曰:'方今朝廷复以经术造士,欲使天下皆知性命道德之所归,而《庄子》之书实载斯道,而王氏又尝发明奥义,深解妙旨,计其为书,岂无意于传示天下后世哉!今子既得王氏之说,反以秘而不传,则使庄氏之旨,终亦晦而不显也。与其独善于一身,曷若共传于天下与示后世乎?'予敬闻其说,乃以其书亲加校对,以授于崔氏之书肆,使命工刊行焉。"可以推想,王雱注《老》《庄》,必得其父亲的指授和审读,至少在观点上是一脉相承的。上述诸书,既是王安石"道德

① 蒙文通《道书辑校十种》,巴蜀书社2001年版;容肇祖《王安石老子注辑本》,中华书局1979年排印本。

性命论”的思想载体，也是王氏所创“新学”的哲学基础。

## 二、王安石“道德性命论”的佛老渊源

韩愈《原道》曾提出儒家之“道”的传承体系，他说：“尧以是（道）传之舜，舜以是传之禹，禹以是传之汤，汤以是传之文、武、周公，文、武、周公传之孔子，孔子传之孟轲。轲之死，不得其传焉。荀与扬也，择之而不精，语焉而不详。”这个体系，后人名之曰“道统”。[①] 宋初古文运动继承了中唐以来复兴儒学的传统，以柳开、孙复、石介为代表的一派古文家进一步强化“道统论”，并将“道统”统系延伸到韩愈，于是韩愈在北宋前期的学术思想界享有崇高的地位。王安石不以为然，他在所作《涟水军淳化院经藏记》中，直接向“道统论”发难：

> 道之不一久矣。人善其所见，以为教于天下而传之后世。后世学者，或徇乎身之所然，或诱乎世之所趋，或得乎心之所好，于是圣人之大体，分裂而为八九。博闻该见有志之士，补苴调胹，冀以就完，而力不足，又无可为之地，故终不得。盖有见于无思无为、退藏于密、寂然不动者，中国之老、庄，西域之佛也。……当士之夸漫盗夺、有己而无物者多于世，则超然高蹈，其为有似乎吾之仁义者，岂非所谓贤于彼而可与言者邪？[②]

韩愈认为有一脉相承的“道”，只是到孟子之后就“不得其传”；而王安石则断言“道”早已“不一”，而并非“不传”。在《与丁元珍书》中，他认为“古者一道德以同俗……今家异道，人殊德”云云，[③]在他看来，“圣人之大体，分裂而为八九”，其中包括了“中国之老、庄，西域之佛”。因为当儒士沦落到“夸漫盗夺”的时候，佛老则“超然高蹈”，有似于儒家的“仁义”。显然，在王安石的哲学思想中，“道”虽传自尧

① 据刘成国考证，“道统”一词最早见于北宋末年的李若水，其《忠愍集》卷1《上何右丞书》谓：“艺祖以勇智之资，不世出之才，祛迷援溺，整皇纲于既纷，续道统于已绝。”见所著《荆公新学研究》第三章注(1)，上海古籍出版社2006年版。

② 《临川先生文集》卷83。

③ 《临川先生文集》卷75。

舜、先王,但又绝非仅此,它超越于学派之外,并非儒家的“专利”,自从道德“分裂而为八九”之后,佛、老在“八九”中即占有份额,它们也是得“道”、传“道”者。对“道”的“不一”,虽也曾有“博闻该见有志之士”试图使之“完”,然而“终不得”。因此,王安石有志于改变“道之不一”的现状,提出“一道德”的口号,以恢复“道”的完整性。于是他一反韩愈的思想路线,将佛、老纳入了“一道德”的范围。

为了证明佛、老也得“道”,王安石极力为佛、老辨诬、翻案和“平反”。他认为世之“学儒者”、“好庄子之言者”其实都误读了庄子,并不真正懂得庄子之意。那么什么才是“庄子之意”呢?他在《庄子(上)》一文中说:

> 昔先王之泽,至庄子之时竭矣,天下之俗,谲诈大作,质朴并散……庄子病之,思其说以矫天下之弊而归之于正也。其心过虑,以为仁义礼乐皆不足以正之,故同是非,齐彼我,一利害,则以足乎心为得,此其所以矫天下之弊者也。既以其说矫弊矣,又惧来世之遂实吾说而不见天地之纯、古人之大体也,于是又伤其心于卒章以自解,故其篇曰:“《诗》以道志,《书》以道事,《礼》以道行,《乐》以道和,《易》以道阴阳,《春秋》以道名分。”由此而观之,庄子岂不知圣人者哉![1]

原来,庄子嘲笑仁义礼乐,提出“齐物”之论,不过是为“矫天下之弊”的不得已的做法,他的真实意图是在卒章推崇六经,所以说他是“知圣人”的。王安石还在所作《荀卿(上)》中说:“杨墨之道,未尝不称尧舜也,未尝皆不合于尧舜也。……荀卿之书,备仁义忠信之道,具礼乐刑政之纪,上祖尧舜,下法周孔,岂不美哉!”[2]又曰:“杨、墨之道,得圣人之一而废其百是;圣人之道,兼杨、墨而无可无不可者是也。”[3]于是,不仅佛、老,就是儒家所反对的杨、墨也“未尝皆不合于尧舜”,“圣

---

① 《临川先生文集》卷68。
② 《圣宋文选》卷10,复印影宋写本。
③ 《杨墨》,《临川先生文集》卷68。

人之道”其实也“兼杨、墨”，更不要说韩愈颇有微词的荀子了：他的书“岂不美哉”！既然圣人、经典为各家各派所共尊，那么只标榜儒家“道统”，就没有意义。

王雱自称“于性命之理，自少有所得”，①他在《南华真经新传序》中也说：

> 世之读庄子之书者，不知庄子为书之意，而反以为虚怪高阔之论。岂知庄子患拘近之士不知道之始终，而故为书而言道之尽矣。夫道不可尽也，而庄子尽之，非得已焉者也。盖亦矫当时之枉而归之于正，故不得不高其言，而尽于道。道之尽则入于妙，岂浅见之士得知之，宜乎见非其书也。吾甚伤不知庄子之意，故因其书而解焉。

这与其父的论调如出一辙。他又在《老子注解序》中称老子为“圣人”：“末世为学，蔽于前世之绪余，乱于诸子之异论，智不足以明真伪，乃或以圣人（指老子）之经与杨、墨之书比。虽有读者，而烛理不深，乃复高言矫世，去理弥远。……圣人之言既为难尽，而又知之所及，辞有不胜。览者以意逆志，则吾之所发已过半矣。”王雱还说：“窃尝考《论语》《孟子》之终篇，皆称尧、舜、禹、汤圣人之事业，盖以为举是书而加之政，则其效可以为比也。老子，大圣人也，而所遇之变适当反本尽性之时，故独明道德之意，以收敛事物之散而一之于朴。诚举是书以加之政，则化民成俗，此篇其效也，故经之义终焉。”②则无论是《论》《孟》还是《老子》，只要“加之政”，其效果都可以比于“尧、舜、禹、汤圣人之事业”，只是老子所处时代不同，故他能敛散为一，“独明道德之意”。

王安石虽以儒者自居，但其学术中显然掺杂着浓厚的佛老思想。他认为人们误读了老庄，如庄子嘲笑仁义礼乐是为了“矫天下之弊”，其说未必错，至少可以讨论，当代有学者称老子批判社会弊害是“彻

---

① 《答吴子经书》，《国朝二百家名贤文粹》卷109，复印宋刊残本。
② 《老子注》第八十章，影印正统《道藏·洞神部·玉诀类》。

底反对文明的异化”,就与王安石的观点一致。[1] “道”是客观的,超学派的,这说法也不错。本文前面说过,理学家对“道德性命”的研究,集中在“体”、“用”两个层面,而其他学派也是讨论“体”、“用”,与理学家是一致的,不同的是对“体”、“用”的解释各异。王安石从佛、老书中寻求思想资源,与道学家走到了一块儿;所不同的,是他没有更前进一步,像道学家那样建构起一个形而上的、各学派都能认同的本体论来——比如道学家的“太极说”,而笼统地认为“道”源于“圣人”,这就难免留下很大空间,使老、庄轻而易举地成了“圣人”,并让向来被儒家视为“异端”的佛老之“道”去“一道德”。如果仅将“一道德”理解为“统一思想”,虽也不算错,但还嫌过于简单和表层了,王安石的“一道德”,其实是欲用老、佛的道德性命论去“总贯”包括儒家和诸子百家之学,扭转“学术不一”的局面,修复早已分裂的“道”,从而实现“道之全”。[2] 这样一来,所谓“道德性命”之学便以老庄之学和佛学(主要是禅学)为主,而佛、老的道德性命论俨然成为“一道德”的主体,而旧党所极力反对的,正于在此。

熙宁元年(1068),道学家程颢上《请修学校尊师儒取士札子》[3]。次年五月,吕公著作《上神宗答诏论学校贡举之法》,也都提出过“一道德”的主张。[4] 他们所“一”之“道德”,乃道学家之“道德”,标榜的是“先王之道”,虽也是熔儒释道为一炉的宇宙本体论,但却是经过精致加工后的理论体系,与王安石直取佛、老者不同。

王安石的“道德性命论”以及他“一道德”的主张,特别是他以老、佛为“圣人”,显然是正统儒学家、道学家(近代称新儒学)所绝对不能接受的,故他的这一思想,在宋代即遭致许多批评。理学大师朱熹指出:“王氏之学,正以其学不足以知道,而以老、释之所谓道者为道,是以改之(指变法)而其弊反甚于前日也。”又曰:“(王安石)知俗学不

---

① 见邹昌林《中国礼文化》下篇第一章,社会科学文献出版社 2002 年版。

② “道之全”语出《答韩求仁书》,《临川先生文集》卷 72。

③ 程颐《河南程氏文集》卷 1,中华书局 1981 年校点本。

④ 见赵汝愚编《诸臣奏议》卷 78,影印文渊阁《四库全书》本。

知道之弊，而不知其学未足以知道，于是以老、释之似，乱周、孔之实，虽新学制，颁经义，黜诗赋，而学者之弊反有甚于前日。"①朱熹又论佛、老性命论与道学家性命论之不同，曰："彼老子、浮屠之说，固有疑于圣贤者矣，然其实不同者，则此以性命为真实，而彼以性命为空虚也。……是以自吾之说而修之，则体用一原，显微无间，而治心、修身、齐家、治国，无一事之非理；由彼之说，则其本末横分，中外断绝，虽有所谓朗彻灵通、虚静明妙者，而无所救于灭理乱伦之罪、颠倒运用之失也，……鲜有不作而害于政事者。"②撇开对变法的评价不说，朱熹认为王安石"以老、释之所谓道者为道"，以及辨"性命"论内涵的区别（"真实"与"空虚"），是颇中要害的，我们不得不承认王安石道德性命论与儒家的道论及人性论，二者相去甚远。自汉代董仲舒废黜百家、独尊儒术以来，各主要朝代的统治者至少在名义上都以儒家思想为统治思想，王安石欲改变这个传统，"动作"实在太大，因而成功的希望很渺茫。

## 三、"道德性命论"主导科举及旧党的反击

在认识了王安石道德性命之学的实质后，我们遂可进一步探讨它对北宋中后期科举及相关思想文化的影响，以及旧党对科场王氏学术、学风的反击与斗争。

熙宁初，王安石在神宗的支持下，开始了大刀阔斧的"变法"运动，将"一道德"放在十分重要的位置，并把希望寄托在教育和科举上。他首先实施罢诗赋，用经义取士。熙宁二年(1069)五月，在讨论变科举法时，苏轼上《议学校贡举状》，明确反对罢诗赋。神宗读他疏状后，说："'吾固疑此，今得轼议，释然矣。'他日以问王安石，安石曰：'不然。今人材乏少，且其学术不一，一人一义，十人十义，朝廷欲有所为，异论纷然，莫有承听。此盖朝廷不能一道德故也。故一道德，则

---

① 《与吕东莱论白鹿洞书院书》，《朱文公文集》卷34，《四部丛刊初编》本。

② 《戊申封事》，《朱文公文集》卷11。

修学校,欲修学校,则贡举法不可不变。'"[1]神宗相信王安石,议论遂定。安石先后主持并亲自撰写《三经新义》(包括《周礼义》二十二卷、《诗义》二十卷、《书义》十三卷)及《字说》等,颁诸学校,作为基本教材,诸生"惟以《新传》模仿敷衍其语耳";同时也作为考试时定去取的标准,"四方寒士未能习熟《新传》而用旧疏义,一切擯黜"。[2] 南宋时真德秀曰:"初,王荆公尽屏先儒以为浅陋,独用己意著《三经新说(义)》,离析字画偏旁,谓之道德性命之学。"[3]在现存《三经新义》的各辑本中,我们还可读到不少论"道"或谈"性命"的内容。上引《道德真经集注》《南华真经新传》两书中的王雱序及各刊板序,也都高调地传达着这一思想:"知性命道德之所归"是"经术造士"的终极目标,因此刊行《老》《庄》之书,就是为了"造士"。这就将"道德性命论"直接引入并用以主导科举了。

徽宗时,陈瓘(1057—1124)在所著《尊尧集序》描述道:

> "臣闻先王所谓道德者,性命之理而已矣",此安石之精义也。有《三经》焉,有《字说》焉,有《日录》焉,皆性命之理也。蔡卞、蹇序辰、邓洵武等用心纯一,主行其教,所谓"大有为"者,亦性命之理而已矣;其所谓"继述"者,亦性命之理而已矣;其所谓"一道德"者,亦以性命之理而一之也;其所谓"同风俗"者,亦以性命之理而同之也。[4]

则在陈氏看来,王安石的性命之学不仅渗透到所有的新学著作之中,而且广泛地影响了后来的政治路线和思想文化的方方面面,包括"一道德"在内。由此可以说,"道德性命论"是王安石变法的哲学基础。

前引朱熹在批判王安石之"道"时,已提到"新学制,颁经义,黜诗赋"等问题;事实上,这些还只是制度层面的,而更深刻的则是王氏新

---

① 马端临《文献通考》卷31《选举四》,中华书局1986年影印本。
② 见《续资治通鉴长编》卷237"熙宁五年八月戊戌"条注引林希《野史》。
③ 《西山读书记》卷31,影印文渊阁《四库全书》本。
④ 邵博《邵氏闻见后录》卷23,中华书局1983年校点本。

学在意识形态层面对科举学风、文风的影响，他们通过在学校推行《三经新义》和《字说》，刊行所注解的《老》《庄》及佛经，直接控制了科举考试。故朱熹又在《读两陈谏议墨迹》中说："若其（指王安石）释经之病，则亦以自处太高，而不能明理胜私之故，故于圣贤之言既不能虚心静虑以求其立言之本意，于诸儒之异同又不能反复详密以辨其为说之是非，但以己意穿凿附丽。……至于天命人心、日用事物之所以然，既已不能反求诸身以验其实，则一切举而归之于佛、老。"①指责王氏"一切举而归之于佛、老"，据上所论绝非厚诬，而是证据确凿的事实。其结果，如金人赵秉文所说："自韩子（愈）言仁义而不及道德，王氏所以有道德性命之说也。然学韩而不至，不失为儒者；学王而不至，其弊必至于佛、老，流而为申、韩。"②

王安石以"道德性命论"为理论基础的"新学"，以及"新学"对科举考试的垄断，必然引起政治反对派和不同学派的强烈反弹。熙宁初王安石变法运动伊始，以司马光为代表的"旧党"即将矛头对准了"道德性命论"。前已言及，在熙宁二年朝廷讨论变科举法时，苏轼就在所上《议学校贡举状》中写道：

> 昔王衍好老庄，天下皆师之，风俗凌夷，以至南渡。王缙好佛，舍人事而修异教，大历之政，至今为笑。故孔子罕言命，以为知者少也。子贡曰："夫子之文章，可得而闻也；夫子之言性与天道，不可得而闻也。"夫性命之说，自子贡不得闻，而今之学者耻不言性命，此可信也哉！今士大夫至以佛老为圣人，鬻书于市者，非庄老之书不售也。读其文，浩然无当而不可穷；观其貌，超然无著而不可挹。此岂真能然哉！……臣愿陛下明敕有司，试之以法言，取之实学。博通经术者，虽朴不废；稍涉浮诞者，虽工必黜。③

司马光在所上《论风俗札子》中也说：

---

① 《朱文公文集》卷70。
② 《原教》，《闲闲老人滏水文集》卷1，影印文渊阁《四库全书》本。
③ 《苏轼文集》卷25，中华书局2004年校点本。

> 窃见近岁公卿大夫好为高奇之论，喜诵老庄之言，流及科场，亦相习尚，新进后生，未知臧否，口传耳剽，翕然成风。……且性者，子贡之所不及；命者，孔子之所罕言。今之举人，发口秉笔，先论性命，乃至流荡忘返，遂入老庄。纵虚无之谈，骋荒唐之辞，以此欺惑考官，猎取名第。禄利所在，众心所趋，如水赴壑，不可禁遏。……伏望朝廷特下诏书，以此诫励内外公卿大夫，仍指挥礼部贡院，豫先晓示进士，将来程试，若有僻经妄说，其言涉老庄者，虽复文辞高妙，亦行黜落，庶几不至疑误后学，败乱风俗。①

如果说熙宁前道德性命论影响科举，与王安石的干系不大的话，那么熙宁后在科场的进一步泛滥，他就负有不可推卸的责任了。苏轼所说"昔王衍好老庄，天下皆师之，风俗凌夷，以至南渡"，并非什么靖康谶言，而是王氏所注《老》《庄》书中，就涉及玄学的范畴，如王注《老》曰："道一也，而为说者有二。所谓二者何也？有、无是也。无者道之本，而所谓妙者是也；有则道之末，所谓徼者是也。故道之本，出于冲虚杳渺之际；而其末也，散于形名度数之间。是二者，其为道者一也。"②我们知道，所谓"有无之辨"，正是玄学哲学思想的核心。佛学也一样。当年清谈家的座上宾，正是大倡"空论"的高僧。士大夫群起谈性命，必然流为魏晋式的清谈之风。但在熙、丰时期，主流舆论和话语权在王氏"新学"一边，故旧党的反对并没有多大效果，加之各以意气用事，反而愈演愈烈。

元祐初旧党执政，王安石新学立刻成为被攻击的对象。刘挚上《论取士并乞复贤良科疏》，请求严禁道德性命说，矛头直指经义，而主张恢复以诗赋取士。他写道：

> 今之治经，以应科举，则与古异矣。以阴阳性命为之说，以泛滥荒诞为之辞，专诵熙宁所颁《新经》《字说》，而佐以庄、列、佛氏之书不可诘之论，争相夸高。场屋之间，虽群辈百千，而混用一

① 《温国文正司马公文集》卷45，《四部丛刊初编》本。

② 王安石《老子注》，蒙文通《道书校辑十种》，巴蜀书社2001年版。

律，主司临之，珉玉朱紫，困于眩惑。其中虽有真知圣人本指，该通先儒旧说，苟不合于所谓《新经》《字说》之学者，一切皆在所弃之列而已。①

在当时的政治背景下，所奏很快就有了结果。元祐元年（1086）六月十二日诏曰："自今科场程试毋得引用《字说》。"②又次年正月十五日又诏："自今举人程试，并许用古今诸儒之说，或出己见，毋引申、韩、释氏之书。考试官于经义、论、策通定去留，毋于《老》《列》《庄子》出题。"③《续资治通鉴长编》卷394记此诏时，引吕大防《吕公著神道碑》曰："自熙宁四年（1071）始改科举，罢词赋等，用王安石经义以取士，又以释氏之说解圣人之经。学者既不博观群书，无修辞属文之意，或窃诵他人已成之书写之以干进，由此科举益轻，而文词之官渐艰其选。……公著乃于经义之外益以诗赋，……又禁有司不得以老、庄之书出题，而学者不得以申、韩、佛书为说，经义参用古今诸儒之学，不得专用王氏。"

但到哲宗亲政以后，又一反元祐之政，罢诗赋，恢复经义取士。绍圣二年（1095）正月十三日，国子监司业龚原言："续降敕节文：'论题并于子、史书出，唯不得于《老》《列》《庄子》出题。'缘祖宗以来科场出题，于诸子书并无简择，乞删除前条。从之。"④这就废除了不得在《老》《列》《庄》出题的旧规，从此科场王氏学不仅得以延续，又随着党争变为党禁，尊佛老演为崇道教，而更为变本加厉了。政和二年（1112）正月二十四日，臣僚言："（举子以）蝇头细字，缀成小册，引试既毕，遗编蠹简，几至堆积。兼鬻书者以《三经新义》并《庄》《老子说》等作小册刊印，可置掌握，人竞求买，以备场屋检阅之用。……印行小字《三经义》，亦乞严降睿旨，禁止施行。"徽宗"从之"。⑤ 由此可

① 《忠肃集》卷4，中华书局2002年校点本。
② 《宋会要辑稿·选举》三之四九，中华书局1957年影印本。
③ 《宋会要辑稿·选举》三之五〇。
④ 《宋会要辑稿·选举》三之五六。
⑤ 《宋会要辑稿·选举》四之七。

见《三经新义》及《老》《庄》等书刊售之多,对科举影响之大,徽宗“从之”的只是不准挟带作弊而已。几乎不必考证,当时书肆最流行的《老》《庄》书,必是王氏父子注本。重和元年(1118)八月辛酉,徽宗“诏颁《御注道德经》”;九月丙戌,“诏太学、辟雍各置《内经》《道德经》《庄子》《列子》博士二员”。[①] 宣和五年(1123),在国子祭酒蒋存诚的请求下,将《御注冲虚至德真经》(《列子》)、《御注南华真经》颁之学校。[②] 这样,尊老、庄之风可谓登峰造极,老、庄之学俨然成了官学。王明清《挥麈后录》卷11载:“政和(按:据上引徽宗颁《御注》时间,“政和”当为“重和”之误)初,方允迪将就廷试,前期闻《御注老子》新颁赐宰执,欲得之以备对。会允迪与薛肇明(昂)有连,亟从问之,乃云无有也。一日入薛书室,试启书箧,忽见之,尽能记忆。洎廷试,果以问,毛达可友得对策,大喜,即欲置魁选。”可见“御注”对科举考试的巨大影响力。直到宋钦宗继位后,杨时上书论王安石之非,方才废黜“王学”,并于靖康元年(1126)四月己未诏“科举依祖宗法,以诗赋取士,禁用《庄》《老》及王安石《字说》”。[③] “士之习王氏学取科第者,已数十年,不复知其非,忽闻以为邪说,议论纷然”,[④]可见王氏学影响之深。接着北宋灭亡,宗社播迁,王氏新学正式退出历史舞台。

## 四、北宋末“道德性命”时文论略

自仁宗后期起,到钦宗下诏禁用《老》《庄》,道德性命之论流行科场达七八十年。如《古今源流至论》前集卷四所说:“国朝自熙宁之间,黄茅白苇,几遍天下,牵合虚无,名曰时学;荒唐诞怪,名曰时文。王氏作之于前,吕氏(原注:吕惠卿)述之于后,虽当时能文之士,亦靡然丕变也。”而敷衍其说的科举时文,当年虽“几遍天下”,今天却极为罕见。殿试对策,可从《宋会要辑稿》所载各科策题推想举子对策之

① 《宋史》卷21《徽宗纪三》。晁氏《读书志》卷11著录“《御注老子》二卷”,解题谓“或云郑居中视草,未详”。

② 《宋会要辑稿·职官》二八之二三。

③ 李埴《皇宋十朝纲要》卷19,《续修四库全书》本。

④ 《宋史》卷428《杨时传》。

大概。如政和五年(1115)制策曰:

> 古之圣人,以道莅天下,处无为之事,行不言之教,用之不穷,而物自化。朕昧是道,君临万方,夙兴夜寐,欲推而行之,神而明之。然物或行或随,或嘘或吹,或强或羸,或载或隳。相生相成,相形相倾,莫之能一,此道之所以难行,奸轨乱常,所以难化。如之何而解其纷、合其异乎?昔之言道者曰"天法道",又曰"道之大原出于天,道非阴阳",又曰"一阴一阳之谓道"。道无为,而曰生之长之,成之养之;道无名,而曰可名以大,可名以小。道一而已,其言之不同,何也?尧、舜三代以是而帝,以是而王。由汉以来,时君世主,莫或知此。朕方近述于千载之后,齐万殊之见,明同异之论,以解蔽蒙之习,未知其方。子大夫无流于浮伪,为朕详言之。①

题中多引《老》《庄》二书,无疑所论纯是老、庄之"道"。由此我们不难想象当年举子的对策文,必是像前引苏轼所说"浩然无当而不可穷",或如司马光所言"纵虚无之谈,骋荒唐之辞",否则没有别的"文章"可做。

至于经义和"论",幸刘安节《刘左史集》卷3尚收有这类时文,使其不至于绝迹。刘安节为元符三年(1100)进士,他习举业时正值"绍述"转折期,王氏学是必考课。《四库提要》称其所作经义"明白条畅,盖当时太学之程式",但馆臣及后来学界似乎从未有人意识到,那其中正有被旧党严厉批评的所谓"荒诞之辞"。这里举经义、论各一篇,不嫌祸梨灾枣,以便"奇文共赏"。

**合而言之道也**

> 《易》曰:"一阴一阳之谓道。继之者善也,成之者性也。"则性既分于道矣,而仁又出于性,此仁与道之所以分也。道无方也,分于仁则有方;道无数也,分于仁则有数。盖禀阴阳之气以有生,



① 《宋会要辑稿·选举》七之三四。

则域于方而丽于数,人人所不能逃也。人与人相与分于阴阳之气以有生,虽曰于物为灵,其出于道,亦不可谓之全矣。虽然,道一也,散而为分,不失吾(按:疑是“夫”之误)一;合而为一,不遗夫万。则夫人之于仁,独可以自异于道乎?盖不合于道,累于形者之过也。人能忘形以合于心,忘心以合于道,则天地万物且将与吾混然为一,不知吾之为天地万物耶?天地万物之为吾耶?进乎此,则天而不人矣,且得谓之人乎?《孟子》曰:“仁者人也,合而言之道也。”此之谓欤?

这是一篇“孟子义”,“合而言之道也”句出《孟子·尽心下》,原文为:“孟子曰:‘仁也者,人也。合而言之,道也。’”作者论人之“性”,认为它是由“道”所分,而“仁”又出于“性”,故无方无数的“道”就体现在“仁”上。人是分于阴阳之气才有生命的,故人对于“道”来说,并没有得其“全”,因此人之于“仁”,不能异于道,而不合于道则是“累于形”之过。于是作者得出结论:人必须“忘形”、“忘心”,达到“天地万物且将与吾混然为一”的境界,也就是《庄子·齐物论》所说“天地与我并生,而万物与我为一”。显然,“援道入儒”是这篇经义的主旨。

### 论行于万物者道

形而上者谓之道,形而下者谓之器。形,一也,而名二者,即形之上下而言之也。世之昧者不知其一,乃以虚空旷荡而言道,故终日言道而不及物;以形名象数而言物,故终日言物而不及道。道与物离而为二,不能相通,则非特不知道,亦不知物矣。

盖有道必有物,无物则非道;有物必有道,无道则非物。是物也者论其形,而道也者所以运乎物者也。明乎此,则庄周之论得矣。盖道生一,一生二,二生三,三生万物。自一以及万,皆道之所生也。一名于道,必生以及物,而不能自已,则其散诸物也。天地之所覆载,日月星之所照临,河岳之所融结,动植之所生成,果且有已乎哉?道行不已,物之形所以生;物生不已,道之用所以著。今夫仰观乎天,则天积气也。然其日星之回旋,云汉之卷舒,

> 风雨之散润，寒暑之运行，一往一来，一盈一缩，若有运转而不能自已者，是岂积气之所能为哉，道实行于天下矣。俯察乎地，则地积形也，然其山川之兴云，薮泽之通气，草木之华实，鸟兽之蕃息，一消一息，一化一生，若有机缄而不能自已者，是岂积形之所能为哉，道实行于地矣。中察乎人，则人也者又积形积气之委也。然其耳目之视听，口鼻之嘘吸，手足之举运，一静一动，一作一止，若有关键而不知其主之者，是又岂积气积形之委所能为哉，道实行于人矣。三才者，万物之大者也，而道实周流其中焉。
>
> 举三才以该万物，则道之为道可睹矣。孔子曰："立天之道曰阴与阳，立地之道曰柔与刚，立人之道曰仁与义。"道一也，即其所行于天、地、人而言之，故分而为三焉。号物之数谓之万，以一而分三，以三而分万，则物各有道矣。物各有道，则道亦万也，而不害其为一者，万物之生本于一故也。道非一则不能运万物，万物非各有一则不能以自运。人知一之为万，而不知万之为一，则并行而不悖于道，岂不昭然矣乎！
>
> 呜呼，道之行于万物也如此，而或者昧之，谓道在天耶，仰而视之，见天而不见道，是直以形求之尔。胡不反求诸身乎？彼其食息视听之所以然者，孰主张是，孰纲维是？是必有尸之者矣。诚能斋心沐形，去智与故，以神求之，则廓然心悟，瞬然目明，向之所见无非物，今之所见无非道矣。见无非道，则是道在我也；道在我也者，所以行道，非道行于我者也。呜呼，论至于此，圣人之于天道之事也，学者可不勉乎哉！

本文的中心论点是庄子关于"道"与"物"的关系，即"有道必有物"、"有物必有道"，从而反对将道与物割裂开来，言物不及道、言道不及物。《庄子·天地》曰："形非道不生，生非德不明。存形穷生，立德明道，非王德者邪？"而"道生一，一生二，二生三，三生万物"数句出《老子》，是所谓"有道必有物"、"有物必有道"的理论根据。而最后，作者"反求诸身"，从"食息视听"中"心悟"到"向之所见无非物，今之所见无非道"，又与禅悟合辙了。

赵秉文在《书东坡寄无尽公书后》中写道:"自王氏之学兴,士大夫非道德性命不谈,往往高自贤圣,而无近思笃行之实,视其貌惝恍而不可亲,听其言汪洋而不可穷,叩其中枵然而无有也。"[①]这与前引苏轼、司马光的批评相同。读了上举两文,我们当会对这些反对或批评的意见有更深切的体会和全面的理解,也会对王安石熙宁变法中的科制改革有更深入的认识。两文固然不能代表数十年间科举时文的全部,但科举新法的反对者们一再强烈地对"虚无之谈"进行反制,说明将佛老引入"经术造士"之中,后果的确相当严重。我们并非说不可以研究道德性命理论,也不是主张回到简单的排佛老的老路,只是王安石熙宁二年力主罢诗赋时打着儒学和"讲求天下正理"的旗号,并曾对神宗说:"经术者所以经世务也,果不足以经世务,则经术何所赖焉?"[②]他又说:"今以少壮时正当讲求天下正理,乃闭门学作诗赋,及其入官,世事皆所不习,此乃科法败坏人材,致不如古。"[③]在事关教育和人才选拔这样的大问题上,若流于阴阳佛老,玄学清谈,将佛老的体用观作为主流学术,"为士者非性命之说不谈,非庄老之书不读",[④]讲习、写作的尽是虚无荒诞之词,并让这种人"入官",岂不更有"何所赖焉"之叹?后来徽宗酷信道教,国家危亡之际还指望道士创造奇迹,不能说与这股思潮无关。因此我们认为,"道德性命论"介入科举,影响是相当消极的。当今不少学者肯定王安石以经义取代诗赋,如有人说考经义"客观上鼓励人们对儒家经典及其思想有所创见、发挥",是"文化思想发展的重要保证",甚至说司马光、苏轼等人"在捍卫儒家道统,倡导以道德和以儒家经术取士问题上","与王安石的观点还是一致的",云云。[⑤] 但是,当考经义与"道德性命论"结合起来时,又将何说?我们不知道这些论者是有意对王安石"道德性命"之

---

① 《信道教说》,《闲闲老人滏水文集》卷1。

② 杨仲良《续通鉴长编纪事本末》卷五九《王安石事迹上》,影印《宛委别藏》本。

③ 马端临《文献通考》卷31《选举四》。

④ 见《靖康要录》卷5载钦宗靖康元年(1126)四月二十三日臣僚上言。

⑤ 王炳照、徐勇主编《中国科举制度研究》第四章《科举制度与独尊儒术的封建文化》,河北人民出版社2002年版,第140—141页。

学避而不谈，还是对它的内涵一无所知？

综观北宋中后期“道德性命论”的流行和泛滥，特别是王安石用它主导学校教育和科举考试，并用以“造士”取人，后来又被“绍述”派利用进行文化专制，我们似乎可以总结出一条历史教训：正在研究中的学术，应当与现实政治保持一定的距离。如果像王安石那样，贸然用他并不成熟的“理论”推动包括科举改制在内的社会变革，风险无疑很大。应该说，王安石用经义代替诗赋并非毫无道理，所著《三经新义》《字说》也并非全无学术，其悲剧在于，他身前无力、身后更无法操控科举考试这架“马车”，科场于是长期以《三经新义》《字说》为“时学”，“以荒唐诞怪、非昔是今、无所统纪者谓之时文”，“驱天下之人务时学、以时文邀时官”[1]，对当时学风、文风以至政风的戕害难以估量，其最终被废止乃理所当然。这当然也影响到对他“变法”的评价，但二者毕竟不完全相同，似可分而论之。

（原载《江西师范大学学报》2008年第1期）



① 语出钱景谌《答兖守赵度支书》，《邵氏闻见录》卷12。

# 论赋体类书及类事赋

唐、宋时期出现了一种特殊的类书——赋体类书；或者说人们将“赋”原本就具有的类事功能发挥到极致，从而使它变成了类书。赋体类书一般是由多篇类事赋组成的多卷本赋集，而单篇、短篇的类事之赋，若说它是“类书”，似乎有些名不符实，故本文称之为“类事赋”，以与吴淑的赋体类书《事类赋》书名相区别。

现存吴淑《事类赋》三十卷，有赋一百篇，实际上就是一部大型类书。周笃文、林岫先生《论吴淑〈事类赋〉》称该书“是一部以赋体形式精心结撰的类书”，“是一部百科全书式的著作。全文以整个文化为对象，以事隶赋，分门别类作艺术化的处理……成为文士案头必备的要籍”，而且它“是一部文采动人的佳构”，云云。① 近年的一些赋学论著，还指出该书是科举考试的产物。应该说，学界对《事类赋》的定性基本是正确的，但对于吴淑最初的撰写动机，或者说该书最基本的功能与用途，它产生之原因、背景等方面的真相，似乎还没有完全揭开，尤其是未能进一步看到它代表了典籍中的一个“族类”——如果考察书目，便可发现唐、宋两代的赋体类书及类事赋远不止《事类赋》一种。我们认为，赋体类书及类事赋是科举用书中的一个类别，是漫长的科举时代的流行书，是整个科举文化的一部分。本文以现存宋人所撰赋体类书和类事赋为重点，对此试作探讨。

---

① 《文史哲》1990 年第 5 期。

## 一、见于书目著述的赋体类书及类事赋

《四库总目·〈事类赋〉提要》曰:“唐以来诸本骈青妃白、排比对偶者,自徐坚《初学记》始。……其联而为赋者,则自(吴)淑始。”按:吴淑(947—1002),字正仪,润州丹阳(今属江苏镇江)人。南唐时以校书郎直内史。入宋,试学士院,授大理评事,预修《太平御览》《太平广记》《文苑英华》。历太府寺丞、著作佐郎。始置秘阁,以本官充校理。尝献《九弦琴五弦阮颂》,太宗赏其学问优博。迁水部员外郎。至道二年(996),兼掌起居舍人,预修《太宗实录》,再迁职方员外郎。咸平五年卒,年五十六。《宋史》卷441有传。所著《事类赋》二十卷,淳化四年(993)太宗命其自作注,于是扩编为三十卷。书目皆著录注释本,如赵希弁《读书附志》卷上著录《补注事类赋》三十卷,陈振孙《直斋书录解题》卷14著录《事类赋》三十卷,书名略异,实即一书。今国家图书馆藏有宋绍兴十六年(1146)浙东茶盐司刻本三十卷。馆臣以为将事类“联而成赋”始于吴淑,误,事实上在吴淑之前,早就有人这么做了,馆臣不之知,今天更鲜有提起者。因此,我们有必要从考察书目及著述记载入手,弄清楚赋体类书及类事赋“家族”的基本情况。

1. 杨筠《鲁史分门属类赋》三卷。晁公武《郡斋读书志》卷14“类书类”著录,称其“以《左氏》事类分十门,各为律赋一篇。乾德四年(966)奏御,诏褒之”。也就是说,三卷中共有赋十篇。郑樵《通志》卷70著录为二卷,崔升撰。朱彝尊《经义考》卷179著录三卷本,按曰:“是书《宋艺文志》作崔升撰,杨均注。”今按《宋史》著录是书凡三次:卷202《艺文志一》“经类·春秋类”:“崔升《鲁史分门属类赋》三卷,杨均注。”卷207《艺文志六》“类事类”:“《鲁史分门属类赋》一卷。”属“并不知作者”之书;卷208《艺文志七》“别集类”:“崔升《鲁史分门属类赋》一卷。”综观之,该书盖无注为一卷,注本分为三卷,以崔升著、杨均(或作“筠”,不详孰是)注为得其实,有的书目录作者,有的录注者,有的则有注者而佚作者,故著录小有差异。奏御既在乾德四年,崔

升至迟是五代人；若"奏御"者是他人（比如其子孙），那也可能是唐人，刘长卿有《送崔升归上都》诗，[①]不详是其人否。

2. 宋傅霖《刑统赋》一卷。《郡斋读书志》卷8著录二卷本，称"皇朝傅霖撰，或人为之注"。朱彝尊《刑统赋解跋》曰："霖自题'左宣德郎、律学博士'，未审宋何朝人。"[②]《四库全书·子部·法家类存目》著录二卷本，《提要》曰："（傅）霖里贯未详，官律学博士。法家书之存于今者，惟《唐律》最古。周显德中，窦仪等因之作《刑统》，宋建隆四年（963）颁行。霖以为不便记诵，乃韵而赋之，并自为注。晁公武《读书志》称'或人为之注'，盖未审也。"

3. 裴光辅《春秋机要赋》一卷。《宋史》卷202《艺文志一》"经类·春秋类"著录。据《古今事文类聚·前集》卷29引《科举记》、徐松《登科记考》卷13，唐贞元八年（792），韩愈同榜进士有裴光辅，不详是否一人。

4. 尹玉羽《春秋字源赋》2卷。杨文举注，《宋史》卷202《艺文志一》"经类·春秋类"著录。王应麟《玉海》卷59曰："咸平四年（1001）正月乙酉，知河南府李至上之，以赋送秘阁。"朱彝尊《经义考》卷178按曰："尹玉羽，京兆长安人，以孝行闻。杜门隐居，刘鄩辟为保大军节度推官。仕后唐（923—936）至光禄少卿，晋高祖召之，辞以老，退归秦中。《春秋》二书之外，又著《自然经》五卷，《武库集》五十卷。其行事散见《册府元龟》。"

5. 尹玉羽《春秋音义赋》十卷。冉遂良注，《宋史》卷202《艺文志一》"经类·春秋类"著录。

6. 李象《续春秋机要赋》。《宋史》卷202《艺文志一》"经类·春秋类"著录。李象，其人无考。

7. 玉霄《春秋囊括赋集注》一卷。《宋史》卷202《艺文志一》"经类春秋类"著录。玉霄，《经义考》卷177著录时阙其姓，作"某氏玉霄"。而明朱睦㮮《授经图义例》卷16作"王霄"，或是（盖"王"字讹

---

① 载《刘随州文集》卷2，《四部丛刊初编》本。

② 《曝书亭集》卷52，《四部丛刊初编》本。

为“玉”），其人无考。

8. 毛友《左传类对赋》六卷。《宋史·艺文志六》“类事类”著录，排在宋人著作中，而同书卷209《艺文志八》于“文史类”著录，又排在和凝、王维之间。《宋志》由于抄自多部国史艺文志，故编次混乱。考北宋徽宗朝衢州人毛友，字达可，仕至翰林学士，著文名，有文集四十卷。宣和间知镇江府，靖康初知杭州，当即其人。见《靖康要录》卷2、《乾道临安志》卷3、《宋史·艺文志八》等。

9. 陈正中《周易卦象赋》一卷。《经义考》卷22著录。陈氏其人无考。

10. 黄宗旦《易卦象赋》一卷。《经义考》卷22著录，并谓陈正中及黄氏的两卦象赋“见《绍兴书目》”。王禹偁门下士有黄宗旦，咸平元年（998）进士，或即其人。

11. 吴暾《麟经赋》一卷。《经义考》卷195著录，引《严州府志》曰：“暾字朝阳，淳安人。泰定（1324—1328）中登第，仕峡路。”

12. 徐晋卿《春秋经传类对赋》一卷。皇祐三年（1051）自序道：“余读五经，酷好《春秋》；治《春秋三传》，雅尚《左氏》。然义理牵合，卷帙繁多，顾兹谀闻，难以殚记。乃于暇日撰成录赋一篇，凡一百五十韵，计一万五千言。”朱彝尊《经义考》卷180著录。

13. 李宗道《春秋十赋》。王应麟《困学纪闻》卷19称“李宗道《春秋十赋》，属对之工”云云（见后引）。考仁宗天圣二年（1024）授六举进士、八举诸科李宗道等百二十八人官，[1]或即其人。

14. 王应麟《词学指南》卷2（《玉海》卷202）称“节镇须记地名，每镇须地名两三件，若止记一件，恐声律虚实不同，难作对也”，其下载《节镇赋》一篇，当是其自作。

综上所考，除《事类赋》外，现仍完整传世的单篇，唯宋人傅霖《刑统赋》（载《历代赋汇·补遗》卷7）、徐晋卿《春秋经传类对赋》（载《历代赋汇》卷61）、王应麟《节镇赋》三篇，以及李宗道的《春秋十赋》片



① 见《宋会要辑稿·选举》七之一四、《记纂渊海》卷37。

断(见后引),其余皆久佚。《经义考》卷24著录"《大易赋》一篇,存",今考该赋为郑刚中作,载其所著《北山集》卷10,主要谈《易》理而非类事。因此,上述失传作品中,如《麟经赋》之类,题目与《大易赋》相类,是否一定为类事之赋,尚难断言。

## 二、赋体类书及类事赋的早期用途

现在,我们再回头讨论本文开头提到的一个十分重要的问题:赋体类书及类事赋诞生的动因,或者说它最早的用途到底是什么?虽然开头已说明了它是科举用书,但依据何在?甚至可以进一步追问:是科举中的何种考试刺激和催生了这类书籍的出笼?

宋末元初人马端临回答了这些问题。按其所著《文献通考》卷29《选举二》曰:

> 凡举司课试之法,帖经者以所试经掩其两端,中间开唯一行,裁纸为帖,凡帖三字,随时增损,可否不一。或得四、或得五、或得六为通。后举人积多,故其法益难,务欲落之,至有帖孤章绝句、疑似参互者以惑之,甚者或上抵其注,下余一二字,使寻之难知,谓之"倒拔"。既甚难矣,而举人则有驱悬孤绝、索幽隐为诗赋而诵习之,不过十数篇,则难者悉详矣,其于平文大义,或多墙面焉。

原来,类事赋是用来对付帖经考试的。事情一旦挑明,道理就显得很简单:"帖经"犹如今天语文考试中的填空,要写出"帖"住的内容,就必须背得出上下文,而考官"务欲落之",不惜用"孤章绝句、疑似参互"的内容进行误导,使举子"寻之难知",然后将其落榜。举子为了对付考官,于是"发明"了一个妙法:专门将那些"孤章绝句、疑似参互"而难以背诵的文字编写成诗赋,然后"难者悉详矣"。这因为,赋体是韵文,具有便于记诵的特点,正如吴淑在《进事类赋状》中所说:"伏以类书之作,相沿颇多,盖无纲条,率难记诵。今综而成赋,则焕焉可观。"从本文第一节所考书目著录可知,类事之赋的源头在帖经最为盛行的唐代,多集中在《春秋》及《三传》,以及《周易》等经典,证明了马氏之说的正确。这其实就是化难为简之法,有如学中医的背《本草歌诀》《汤头歌诀》一样。现代考试中,有时考生还将难记的内容编成"顺口溜",实乃其遗法。事实上,为了便于记诵,类事成赋只是方法之一,还有排比成韵语的,如王应麟《词学指南》卷1引《中兴馆阁书目》:"陆贽《备举文言》三十卷,摘经史为偶对,类事共四百五十二门。"由此看来,前述所有的类事之赋,无疑都是为了满足科举考试之需而作,但又不止用于帖经,因为帖经至宋而逐步减少,至熙宁而废。像吴淑《事类赋》,显然与帖经了不相干,它是一部主要供作律赋、律诗时检用的类书,故南宋初边敦德在重刊序中述其重刊的理由时说:"四声之作,起于齐、梁,而盛于隋、唐,今遂以为取士之阶。其协辞比事,法度纤密,足以抑天下豪杰之气。至于源流派别,凡有补于对偶声韵者,岂可靳而不传?"

赋体除便于记诵外,还有积聚知识、征实考信的传统。班固论司马相如赋,就有"多识博物,有可观采"之褒。① 左思《三都赋序》自谓"其山川城邑,则稽之地图;其鸟兽草木,则验之方志"云云。赋体铺张扬厉的写法很适合类事,许多即便不是比事之赋,照样可兼类书之用,如北宋作家王观《扬州赋》,自序即称"因摭类次第而赋之"。元陈绎曾《文筌·汉赋体》论赋之"引类",以为"篇内泛览群物,各以类聚,此赋之敷衍者也,务欲包括无遗",于是举了应当"包括"的天文、地理、时令、鸟兽等十九目,实际上就是把赋当作类书看。清袁枚说:"古无类书,无志书,又无字汇,故《三都》《两京》赋,言木则若干,言鸟则若干,必待搜辑群书,广采风土,然后成文。果能才藻富艳,便倾动一时。洛阳所以纸贵者,直是家置一本,当类书、郡志读耳。"②但类事赋与一般的辞赋又有区别,钱锺书以为吴淑等的类事赋,"浮声切响,花对叶当,翰藻虽工,而以数典为主,充读者之腹笥";至于一般的赋,他引挚虞《文章流别论》说:"赋以情义为主,事类为佐。"③

① 《汉书》卷100《叙传下》,中华书局1982年版,第4255页。
② 《随园诗话》卷1,江苏古籍出版社2000年校点本,第6页。
③ 《管锥编》第3册第124则,中华书局1979年版,第1151页。

现可考的赋体类书及类事赋种类不多，如前所言，主要集中在《春秋》经传和《周易》；北宋明法科和熙宁后的“新科明法”，以及在官人试刑法，都要考《刑统》，故有《刑统赋》及众多的注本。但根据科举考试科目的设置，恐怕当时诸经皆有赋，应不止限于《春秋》等少数经传。熙宁二年(1069)五月，苏轼上《议学校贡举状》，有曰：“近世士人纂类经史，缀缉时务，谓之策括，待问条目，搜抉略尽，临时剽窃，窜易首尾，以眩有司，有司莫能辨也。”①元祐元年(1086)闰二月二日，刘挚上《论取士并乞复贤良科疏》，亦曰：“经义之题，出于所治一经，一经之中，可为题者，举子皆能类集，裒括其类，豫为义说，左右逢之。”②他们所谓“纂类经史”或按经“裒括其类”，说的就是类书，应该也包括了类事诗赋。经义之类的考试方法虽与帖经不同，但要求背诵则是一致的。《经义考》卷221著录“亡名氏《论语对偶》二卷，未见”，按曰：“《论语对偶》，不知谁氏所撰，见吴兴书估目录，索之，则已售矣。大约与徐氏《春秋类对赋》相似，然不敢臆定也。”《论语对偶》是何书虽难臆测，但宋、元间若有人类集《论语》之事为赋(唐代《论语》尚不是“经”)，当毫不奇怪。王应麟以为节镇难记，遂作《节镇赋》，若照此推之，则唐宋时代凡难以记诵的科举材料，恐怕都会有人撰成诗赋。只是这类文字会被师长斥为偷惰者所为，无法摆上桌面，更难入著述之林，故罕见著录，日久终归湮灭，世无传本罢了。我们还可推想，唐宋时代“悬孤绝、索幽隐”以及其他便利举子记诵的诗赋，应该十分流行，数量必定相当庞大，现据文献可考的，盖仅“冰山一角”而已(本文只谈类事赋，类事诗尚待考)，大量的已被历史的浪潮淘汰得无影无踪了。这绝非臆想妄测，比如现存方逢辰《林上舍体物赋料序》称：“上庠林君采长于赋，月书季考，每先诸子鸣。一日出示一编曰《体物赋料》，自天文、地理至草木、鱼禽，合二十门，凡涉体物字面收拾几尽。阁笔寸晷者得是编，触起春云秋涛之思，或可以化无而为有矣。”③不

---

① 《苏轼文集》卷25，中华书局1986年校点本，第723页。

② 《忠肃集》卷4，中华书局2002年校点本，第93页。

③ 《林上舍体物赋料序》，《蛟峰文集》卷4，影印文渊阁《四库全书》本。

知这位太学上舍生的书稿曾否付梓,如果当时有书坊刊印并有幸流传至今,不又是一部主要用于科场的、典型的赋体类书么?

## 三、赋体类书及类事赋的类别和撰写原则

赋体类书及类事赋的功能既是以赋类事,按其类事的范围和撰写方法之不同,又可分为专题类事、综合类事两大类,前者可以徐晋卿《春秋经传类对赋》为代表,后者的代表自然是吴淑《事类赋》。兹分别述之。

徐晋卿在《春秋经传类对赋》自序中,称所作赋长达一百五十韵(前已引),然后述其写作原则道:

> 欲包罗经传,牢笼善恶,则引其辞以倡之;欲错综名迹,源统起末,则简其句以包之;欲按其典实,故表其年以证之;欲循其格式,故比其韵以属之。首尾贯穿,十得其九。命曰《春秋经传类对》,将使就其所穷,可以寻其枝叶;举其宏纲,可以提其枢要也。

他的写作原则,用四个"欲…则(或'故')…"表达。其一是"欲包罗经传,牢笼善恶",就是说想要在赋中将《春秋》及《左传》(因其"雅尚《左氏》",故"传"实指《左传》)的主要内容概括起来,还要将善善恶恶的所谓"《春秋》笔法"揭示出来,那就必须在赋中"引其辞以倡之",决不能离开原著而另生枝叶。如果赋中摘引的不是原文、原意,那对帖经考试就没有用处。专题性类事赋的概括度和信息量要足够大,否则就"不够用",所以徐氏称所作"首尾贯穿,十得其九"。其二,《春秋》《左传》是史,赋要将典章制度、历史事件的始末叙述清楚,又不能照抄原书,就必须按"史"的脉络,"简其句"进行高度概括。其三,《春秋》是编年体史书,因而又必须不遗年代,故曰"欲按其典实,故表其年以证之"。其四,既称"赋",还应当遵循赋的体式,所以要"比其韵以属之"。总之,微观上既要能"寻其枝叶",宏观上又要"提其枢要",才能适合并满足考试的需要。



为了对徐氏的埋论有更直观的了解,我们不妨节录《春秋经传类

对赋》中的一段。该赋开篇有一小段,交待了《春秋》经传的总体情况:“运及姬世,天生仲尼。修鲁国之史册,遵周公之典彝。莫不编年示法,系日摛词。左丘明《传》之释义,杜元凯《注》之质疑。十二公之事言,用传后世;五十条之凡例,式据前规。”然后进入正文:

> 有惠夫人,实生桓子。当平王迁都之末,是隐公即位之始。乃有伯乐献麋(原注:宣公十二年),郤至奉使(原注:成公十七年)。许绝太岳之禋(原注:隐公十一年),郑废泰山之祀(原注:隐公八年)。帅师入极,讥无骇克胜之由(原注:隐公二年);求好于邾,贵仪父会盟之美(原注:隐公元年)。问族众仲(原注:隐公八年),询名申濡(原注:桓公六年)。子驷请息肩于晋(原注:襄公二年),荀息谋假道于虞(原注:僖公二年)。天弃商而久矣(原注:僖公二十二年),神亡虢以宜乎(原注:庄公三十二年)。……

王士祯《居易录》卷一三以为徐氏此赋“似连珠体”,并记元至大戊申(元年,1308)长沙教授区斗英跋:“是赋乃徐秘书所作。江陵路总管太原赵嘉山得善本,授之郡庠,俾锓梓以淑诸生。”王士祯又谓“予观其比事属辞,颇自斐然,然无关经传要义。大抵宋人著述,如《事类赋》《蒙求》之类,皆类俳体,取便记诵云尔”。王氏的理解是正确的,这类书的确“无关经传要义”,其功能就是“便记诵”,可以“淑诸生”。

吴淑所著综合性的《事类赋》,包括天、岁时、地、宝货、乐、服用、什物、饮食、禽、兽、草木、果、鳞介、虫等十四个部类;每类又有若干子目,如“天部”有天、日、月、星等,凡十二小类。全书共一百个子目,也就有赋一百篇。宋代各科的考试,都特别强调记诵,有着根深蒂固的“记诵情结”,而考官又往往出偏题、怪题,其要求的记诵量,往往超过人们记忆功能的极限,故宋人斥之为“穷以所未知,强以所不能”。[1]基于此,综合性的类事赋,概括面一定要宽,涉猎一定要博,才能满足

---

① 语出淳熙十二年(1185)二月二十六日起居舍人、兼国史院编修、兼权直学士院李巘上言,见《宋会要辑稿・选举》一一之三六。

举子的需要。《四库总目·事类赋提要》曰:“淑本徐铉之婿,学有渊源,又预修《太平御览》《文苑英华》两大书,见闻尤博。故赋既工雅,又注与赋出自一手,事无舛误,故传诵至今。观其《进书状》称‘凡谶纬之书,及谢承《后汉书》、张璠《汉纪》、《续汉书》、《帝系谱》、徐整《长历》、《玄中记》、《物理论》,皆今所遗逸,而著述之家相承为用,不忍弃去,亦复存之’云云,则自此逸书数种外,皆采自本书,非辗转捃撦者比,其精审益为可贵,不得以习见忽之矣。”就是说,吴淑具备了撰写综合性类事赋要求“宽”、“博”的良好条件。据统计,该书引书达四千余种,信息量之大十分惊人。兹节录《天(赋)》之一小段,以见一斑:

> 太始之初,玄黄混并。及一气之肇判,生有形于无形。于是地居下而阴浊,天在上而轻清。斯盖群阳之精,积气而成。澒洞苍莽,不可为象;溟涬鸿蒙,莫知其终。其气浩旰,其体穹隆。观文以察时变,垂象而见吉凶。大哉乾元,万物资始。定辰极于保斗,验日星于磨蚁。其运也,转如车毂;其速也,流如弩矢。半覆地上,半居地下。或似卵以含黄,或若奁而抑水。方既见于王充,安亦闻于虞喜。……

此小段中,原注引书达二十多种,所引如王蕃《浑天说》、姚信《昕天论》、虞昺《穹天说》、贺道养《浑天记》等文,后皆散佚,有着重要的文献价值。宋高宗绍兴丙寅(十六年,1146),边敦德在重刊是书序中说:“今观其书,骈四俪六,文约事备,经史、百家、传记、方外之说,靡所不有,其视李峤《单题诗》、丁晋公(谓)《青衿集》,用功盖万万矣。”明嘉靖时人李濂也在《事类赋序》中说:“吴氏此书,聚博为约,最便近学。且檃括成赋,谐以音韵,诚类书之优者也。展而阅之,亦穷理格物之一助。惜乎赋体皆俳,匪古之轨,盖遵当时取士之制云尔。”①这些评价都是很公允的。

以赋类事,作者为了“聚博为约”,难免离句摘字,读者(特别是初



① 黄宗羲编《明文海》卷216,影印文渊阁《四库全书》本。

学)又难免不晓其义,因此必须辅之以注释。上节已考,宋太祖乾德时进呈的《鲁史分门属类赋》三卷,就是注释本。吴淑的《事类赋》,太宗当时就命他自作注。吴淑在《进注〈事类赋〉状》中写道:

> 右,臣先进所著一字题赋百首,退惟芜累,方积兢忧,遽奉训词,俾加注释。……然而所征既繁,必资笺注。仰圣谟之所及,在陋学以何称。今并于逐句之下,以事解释,随所称引,本于何书,庶令学者知其所自。又集类之体,要在易知,聊存解释,不复备举,必不可去,亦具存之。

专题性的类事赋也一样,像傅霖《刑统赋》,除自注外,后人注本尤多,《四库提要》述之曰:"其后(指作者自注后)注者不一家,金泰和中,李祐之有《删要》;元至治中,程仁寿有《直解》《或问》二书;至元中,练进有四言《纂注》,尹忠有《精要》;至正中,张汝楫有《略注》,并见《永乐大典》中。此本(指所著录的两淮盐政采进本)则元祐中东原郄氏为韵释,其乡人王亮又为增注,然于(傅)霖自注则削去之,已非完本。"

## 四、赋体类书及类事赋的表达特征与影响

明白了赋体类书及类事赋最基本的用途是科举备考,我们还可进一步研究它的表达特征和影响。类事赋具有双重身份:一方面它是考试用的类书,另一方面,它又是赋体之一种,作者主观上仍是力求将它写得像"赋",因此在表达技巧上颇具独特性。

类事赋是将本无"纲条"的内容"综而成赋",以充分发挥便"记诵"的功能,因此对属一定要工,读之者方能朗朗上口,这才能起到化难为易的效果。王应麟《困学纪闻》卷一九认为李宗道《春秋十赋》的对属就很工,并摘录例文:

> 越椒熊虎之状,弗杀,必灭若敖;伯石豺狼之声,非是,莫丧羊舌。王子争囚而州犁上下,伯舆合要而范宣左右。鲁昭之马将为椟,卫懿之鹤有乘轩。于奚辞邑,而卫人假之器;晋侯请隧,而襄

王与之田。星已一终鲁君之岁，亥有二首绛老之年。作楚宫，见襄公之欲楚；效夷言，知卫侯之死夷。鸡惮牺而断其尾，象有齿以焚其身。虞不腊矣，吴其沼乎。好鲁以弓，请谨守宝；赐郑以金，盟无铸兵。蛇出泉台，声姜薨；鸟鸣亳社，伯姬卒。

《春秋十赋》久佚，赖此我们尚能读到其中的片段。今按所述皆见《左传》，所谓“《春秋》”，实以《传》为主。兹揭“越椒”至“羊舌”数句的出处，以见其体例。《左传・宣公四年》：“初，楚司马子良生子越椒，子文曰：‘必杀之。是子也，熊虎之状，而豺狼之声，弗杀，必灭若敖氏矣。谚曰：狼子野心。是乃狼也，其可畜乎？’子良不可（杜预注：“子文，子良之兄。”），子文以为大戚。及将死，聚其族曰：‘椒也知政，乃速行矣，无及于难。’”又《左传・昭公二十八年》：“六月，晋杀祁盈及杨食我……遂灭祁氏、羊舌氏。初，叔向欲娶于申公巫臣氏，其母欲娶其党，叔向曰：‘吾母多而庶鲜，吾惩舅氏矣。’其母曰：‘子灵之妻杀三夫（杜预注：“子灵，巫臣妻夏姬也。”）……可无惩乎？……’叔向惧，不敢取，平公强使取之，生伯石。伯石始生，子容之母走谒诸姑，曰：‘长叔姒生男。’姑视之，及堂，闻其声而还，曰：‘是豺狼之声也。狼子野心，非是，莫丧羊舌氏矣。’遂弗视。”将这些枯燥涣散、艰深难记的史实整合（即所谓“综”）成偶句“越椒熊虎之状，弗杀，必灭若敖；伯石豺狼之声，非是，莫丧羊舌”，对属的确甚工。既要类事，又要偶对，可知类事赋的编写绝非容易。

不过，从文学的角度看，专题性的类事赋虽可做到对属工整，但内容绝无创意，文字很难有文采，现存《春秋经传类对赋》《刑统赋》《节镇赋》及上引《春秋十赋》片段都说明了这点。因为这类赋所概括的是专书如经籍、法典等，它只是固有内容的整合、原书文字的重组，作者没有创作任务，也没有语言修饰和文字雕润的空间，像上引《春秋十赋》，就只能在《左传》已有的文句中摘取词语，这就是古人常批评的“灭裂”。显然，这类赋虽称之为“赋”，其实它不是文学作品，也没有文学性可言，其性质纯粹就是有韵的类书。



综合类的赋体类书及类事赋稍有不同。这类赋因为没有特别的内容规定性，于是作者可以利用自由引用典故的“权利”，选择那些最能引发读者美好联想的故事，甚至可以掇集华丽的词藻，然后用音韵、对偶等赋体所固有的形式，把事类组织、描摹得文采斐然。吴淑《事类赋》将此发挥到了极致，故前引李濂序称之为“类书之优者”。如《月（赋）》，真难相信它出自“类书”：

> 惟彼阴灵，三五阙而三五盈。流素彩而冰静，湛寒光而雪凝。顾兔腾精而夜逸，蟾蜍绚彩以宵惊。容仙桂之托植，仰天星而助明。乍喜哉生，还欣始明。经八日而光就，历三月而时成。吕锜射之而占姓，阚泽梦之而见名。……

其次，作者还可利用内容没有特别指定性的特点，走笔所至，创造出一些优美的意境。如《春（赋）》：

> ……农祥晨正，土膏脉起。望三素之云，饮八风之水。既布令于五时，复伤心于千里。风已解冻，鱼方上冰。戴胜降桑而翔集，王雎鼓翼以嘤鸣。若夫孔门浴沂之咏，老氏登台之乐，知盛德之在木，见平秩于东作。雨润榆荚，云飞白鹤。既荐鲔以乘舟，亦先雷而奋铎。……

风和日丽，鸟翔鱼跃，虽然知道这是在“类事”，但我们仍能感受到一派盎然的春意。这种类事赋，不仅可以助记诵，而且可使读者得到美的愉悦，在阅读的享受中记住那些乏味的知识和一连串互不相贯的典故。当然，像前引钱锺书所说，这类赋“翰藻虽工，而以数典为主”，并不因有文采而改变其基本性质，但也不妨让它游移而“两栖”——像吴淑《事类赋》之类，虽撰写者主观上是在编著类书，但部分文采斐然的篇章，又不必过分囿于“身份”，将它绝对排斥在“文学”的家族之外。

再次，综合性的赋体类书更多地顾及“赋”体，选择事典往往以是否有利于赋的内容、音韵、对偶等的构撰为去取，或者说更注重“文章”，而不求类事的穷尽。这与专题性的类事赋不同，也区别于一般类书的编写。因此，如果我们将吴淑《事类赋》与徐晋卿《春秋经传类对赋》相比较，差异之大可一目了然：前者文词雅丽，后者质木无味，前者自然更“像”赋，而后者则更接近类书。如果再将《事类赋》与一般类书相比较，就每一小类（《事类赋》为一篇赋）而言，《事类赋》为顾及声韵对偶，往往用一些并不重要的事典、语典凑合，类事的典型性不及一般类书。这说明，赋体类书（特别是综合性的赋体类书）虽有类书的功能，但较之类书，它毕竟受“赋体”的牵制。因此，就记诵论，赋体类书具有明显的优势；但就类事的浩博、完整论，它又有较大的局限性。两者各有其长，可并行而不悖。

要之，类事赋是类书之一种，其创作目的是“类事”而不是体物和抒情，因此它基本上不属于文学作品；但既有了“赋”的体式，赋苑自然也就多了一个品种，故一般赋集、文章总集也将它收入。类事赋（还有“类事诗”）是科举考试的产物，是举子对付考试的一个“发明”，因此它本身已超越了一般的“赋”或“诗”，而成为科举时代的一种文化现象。清陈森《品花宝鉴》第五十五回《凤凰山下谒骚坛，翡翠巢边寻旧家》写屈道翁、侯石翁的一段对话，就提及事类赋。屈道翁道：“第一是梅铁庵的令郎名子玉，号庾香，竟是人中鸾凤，今年若考宏词，是必中的。”侯石翁笑道：“宏词科也没有什么稀奇，熟读事类赋三部，就取得中宏词。”他所说的“事类赋”，当即“类事之赋”，盖不仅指吴淑《事类赋》，否则无“三部”之多。屈、侯二人的对话说明，类事诗赋大大方便了举子，有了它，再难、再重要的考试也就变得“没有什么稀奇”了。屈、侯二人的对话还透露出一个信息：赋体类书在清代仍为宏词科举子所普遍使用。虽然从文献学的角度看，吴淑《事类赋》之类不失为重要文献典籍，但就考试制度史论，它当时显然具有对抗制度的性质。但这种现象比较特殊，一方面它既有对抗倾向，另一方面却又并不公然违规，表现出文人才士以巧克“敌”制胜的智慧，所以虽为关注科举问题的人士所忧虑，但统治者似乎并不愿多加干涉。不过，正如前引《通考》所说，举子习诵类事诗赋可使“难者悉详”，然而“如其于平文大义，或多墙面焉”——只会死记硬背而不晓“大义”，即便登进士、中宏词，这种“人才”的实际本领也就可想而知，而科举考试的有效性自然就立刻打了折扣。因此,类事诗赋的流行,即便不算是科举时代的消极文化现象,至少也是“亚消极”的。

最后,我们还应指出,科举时代的士子们一旦离开场屋,类事诗赋也就完成了“历史使命”,但那些被背得滚瓜烂熟的玩意儿却不可能一下子丢掉,只要提笔作诗文,就会自觉不自觉地涌上心头,跃上笔头,从而或明或暗地影响着一个时代的文学面貌。宋人诗文多用典,又特喜用僻典,究其原因,在这里当能找到一些蛛丝马迹。

(2007 年冬改定。原载《四川大学学报》2008 年第 5 期)

# 试论我国科举制度延续千年的原因

我国科举制度发轫于隋代，到清光绪三十一年（1905）废除，中间除元朝前期曾停废外，一直袭用不辍，即便朝代更迭，也没有太大变化，前后持续了约一千三百年之久。一种制度能如此稳定，历史上并不多见，不能不说是个奇迹。其原因安在？颇发人深思。近二十多年来，学界对科举研究的热度不减，但探索这个问题的似乎不多。这无疑是个难题，原因可能太复杂，也许可以轻松地说出几条“理由”，但要真中肯綮却不容易。厦门大学刘海峰教授在所著《科举学导论》第六章《科举存废论》第一节中有所论述，他以“存废原因”为小题，概括了自己和学界的主要观点：“一、与贤能治国、精英统治的儒家理论相符合”；“二、标榜公平竞争，具有客观标准”；“三、牢笼天下英才，有利于巩固统治秩序”。[1] 浙江大学龚延明教授则提出两点：“取士大权掌握在中央，有利于君主集权”；“以文取士”。[2] 他们说得都不错，也有代表性。不过笔者认为，科举千年不辍的原因，可从封建政治和科举自身两方面去寻求，但后者更重要，也更能说明问题。因为前此无论是察举还是九品中正制，初衷也未必不欲举贤能、揽英才，“中央”也并非无权。故本文提出大众参与、公平竞争、前程美好、举业官学化

---

① 《科举学导论》，华中师范大学出版社2005年版，第112—115页。

② 《关于科举制定义再商榷》，载《中国古代职官科举研究》，中华书局2006年版，第331—337页。

四点，其中与时贤论点一致的，予以补证。自知仍难中肯綮，更非原因之全部，特献鄙说以就正于方家。



## 一、大众参与，使科举拥有广泛的群众基础

如何选拔人才参与管理，是国家政治的基本制度之一。上古有所谓“乡举里选”，常被后世学者理想化，具体情况虽因文献缺略而不得其详，但至少有一点应该与汉代的察举制、魏晋六朝的九品中正制相同，那就是被举者属“他举”（由他人选拔），自己没有主动权，命运掌握在他人之手。科举最基本的原则是“投牒自举”，彻底打破了“他举”的传统。何谓“投牒自举”？此语最早盖见于《旧唐书》卷119《杨绾传》，杨绾在所上《条奏贡举之弊疏》中说，“今之取人，令投牒自举”云云（详下引）。说得明白点，即读书人只要“投牒”（“牒”有如今天的申请书，包括递交“家状”等相关材料），就可参加县、州的发解试，甚至可以升到省试、殿试（宋以后）。《新唐书》卷44《选举志》曰：“唐制：取士各科，多因隋旧，然其大要有三。由学馆者曰生徒，由州县者曰乡贡，皆升于有司而进退之。”唐宋时代，以“怀牒自列于州县”的私学“乡贡”最盛，这相当于现在的自学考试。韩愈曾述逐级升贡的流程道：

> 始自县考试定其可举者，然后升于州若府，其不能中科者，不与是数焉。州若府总其属之所升，又考试之若县，加详察焉，定其可举者，然后贡于天子而升之有司，其不能中科者，不与是数焉，谓之乡贡。①

宋代虽取消了县一级的考试，增加了殿试，但“乡贡”的基本方法是相同的，只有到明、清时代，才以贡于学校的“生徒”为主。五代人牛希济曾形容乡贡的盛况道：“郡国所送，群众千万。孟冬之月，集于京师，麻衣如雪，满于九衢。”②这是“投牒自举”的结果，其热烈火爆的场

---

① 《赠张童子序》，《韩昌黎文集注释》卷4，三秦出版社2004年版，第378页。

② 《荐士论》，《全唐文》卷846，中华书局影印本。

面，是暗箱操作的“他举”时代绝对看不到的。

唐代由于录取人数少，进士每科才十多二十人，多的年份也不过三十余人，故即便是“投牒自举”，群众的动员面还有限。几乎让全体读书人都参与其中的是宋代。宋太宗果断地扩大录取规模，使科举朝大众化方向迈出了一大步，是科举史上的一件大事。《续资治通鉴长编》卷18于太宗太平兴国二年春正月记曰：

> 上初即位，以疆宇至远，吏员益众，思广振淹滞，以资其阙。顾谓侍臣曰：“朕欲博求俊乂于科场中，非敢望拔十得五，止得一二，亦可为致治之具矣。”先是，诸道所发贡士凡五千三百余人……礼部上所试合格人名。戊辰，上御讲武殿，内出诗赋题覆试进士，赋韵平侧相间，依次用。命翰林学士李昉、扈蒙定其优劣为三等，得河南吕蒙正以下一百九人。庚午，覆试诸科，得二百七人，并赐及第。又诏礼部阅贡籍，得十五举以上进士及诸科一百八十四人，并赐出身。九经七人不中格，上怜其老，特赐同《三传》出身。凡五百人。

李若谷于仁宗天圣五年(1027)上《议贡举》曰：“皇朝开宝以前，岁取进士不过三十人，经学不过五十人。自克复伪国，吏员益众，始有廷试广收人之制。”[①]又《燕翼诒谋录》卷1：“国初，进士尚仍唐制，每岁多不过二三十人。太平兴国二年(977)，太宗皇帝以郡县阙官颇多，放进士几五百人，比旧二十倍。”这同时表明了宋代官僚队伍的补充，几乎完全依赖于科举，而扩大录取规模，也大大提升了科举对政权的重要性和影响力。据初步统计和估算，有宋一代共举行过一百一十八榜科举考试，各种科目登第人数，大致在十万至十一万之间。[②] 省试一般十多名才有一人中选，则被州郡发解过的举子，当有百多万之众；而参加州郡发解试的学子，每州动辄数千人(大州甚至过万)，中选的比例更小，往往数十名取一。那么有宋三百多年间，参加过科举考试的，

---

① 《时政十议》，《隆平集》卷7，影印文渊阁《四库全书》本。

② 《宋登科记考札记》，见龚延明《中国古代职官科举研究》第343页。

累计盖以数千万计。虽然这些数字都是估算(准确统计已无可能),但说大众参与其中,当是事实。下及明、清,科举皆为国家第一考,从通都大邑到偏远乡村,无不有年轻学子为其守更熬夜,动员面之广,绝非"察举"或"九品中正"可与伦比。

当然,任何一个新生事物的出现,一个新制度的建构,都不会是一帆风顺的,"投牒自举"也是如此。最著名的,是上已言及的唐代宗宝应二年(763)杨绾上疏。他写道:"自古哲后,皆侧席待贤;今之取人,令投牒自举,非经国之体也。望请依古制,县令察孝廉,审知其乡闾有孝友信义廉耻之行,加以经业,才堪试策者,著之于州。"其下他设计了一整套如何复"古制"的运行流程,此略。总之,杨绾是欲退到上古的"乡举里选"和汉代的察举制。当时有不少人附和其说,但最后被否决。[①] 至宋代,也时有复古的论调。他们虽也道出了"投牒自举"的某些弊端,但以倒退的方式除弊,既不合时宜,也难以操作,注定要失败。马端临说得好:"大抵须有乡举里选底风俗,然后方行得乡举里选之制。所以杨绾复乡举里选,未几停罢,缘是未有这风俗。"[②]时移事易,倒退是没有出路的。

要之,由"他举"到"自举",是选举制度的一个质的飞跃。它不仅是封建时代人才录用方式的进步,也是社会政治的一个进步,表明了在皇权独揽的同时,将权力有限度地向民众开放,普通人的价值和尊严得到一次提升。从此,至少在理论上,科举给所有士子——无论他出身贵胄还是寒族,提供了靠个人努力和自身能力进入国家权力机关的机会,作为一种选举制度,它由此也获得了"群众万千"的社会基础。任何制度只要有了大众的参与,其自身也便具有了合理性和稳定性。

## 二、公平竞争,使科举获得社会的广泛信任

凡将科举制与从前察举制、九品中正制相比较的,都要提到科举

---

① 事详《旧唐书》卷119《杨绾传》。

② 《文献通考》卷32《选举五》,中华书局1986年影印本。

的公平性。这的确是科举制最大的优越性之所在。追求公平，是社会最基本的价值观，也是千百年来人们最美好的理想，但在人才选拔上，“公平”却来之非易。由“他举”到“自举”，破除了人与人之间“身份”的差别，本身就是一种公平，而最能体现科举公平原则的，则是考试。所谓察举特别是九品中正制，一般也有考试，但却并不重要，只要荐举官“心证”已定，即便考得很差，照样录取；相反，哪怕考得再好，也没有用，“举秀才，不知书”的汉代民谣①，是我们所熟悉的。左思《咏史》诗曰：“郁郁涧底松，离离山上苗。以彼径寸茎，荫此百尺条。世胄蹑高位，英俊沉下僚。地势使之然，由来非一朝。……”就是表达对门阀制度下寒士备受压抑的不平。而科举则不同，它以考试为中心，用“考试”将举子推上同一个竞争平台，在考试面前人人平等，用规范的方式比较客观、公正地选拔人才。在封建社会制度中，这是少有的值得肯定的亮点之一。

实现科举考试的公平，主要有如下数途。

一是坚持以考试为中心、以文章为去取的原则。唐代科举已重视考试，但较之后世，它还没有将考试成绩作为决定去取的唯一条件。尤其是中唐以后，“公荐”盛行，取人重“誉望”（即社会名望及美誉度），而考场上文章的好坏反倒不重要。“公荐”即当权者或社会名流向主司（知举官）及与主司关系密切的人推荐进士人选，或用各种方式为举子制造声势，当时称之为“通榜”。为了获取“誉望”，名列“公荐”，社会上用行卷的方式请托权要之风很盛。李肇《唐国史补》卷下记唐代举子有“造请权要谓之关节，激扬声价谓之往还”的说法。这样，“公荐”必然流于“私荐”。这实际上是荐举制在一定程度上的复辟，是对公平原则的严重破坏，表明当时的科举制度还不完善。“公荐”、“采誉望”为权力过多地介入考试开了方便之门，正如苏轼所说：“唐之通榜，故是弊法。虽有以名取人、厌服众论之美，亦有贿赂公行、权要请托之害。至使恩去王室，权归私门，降及中叶，结为朋党之

---

① 语见《太平御览》卷496引《桓灵谚》。

论。通榜取人,又岂足尚哉?”①

到宋代,这种状况逐渐得到改正。宋建国伊始,太祖首先拿“公荐”开刀。《宋会要辑稿·选举》三之二载:建隆四年(963)正月二十八日,“诏礼部贡举人,今后朝臣不得更发公荐,违者重置其罪”。原注:“故事:每岁知举将赴贡闱,台阁近臣得公荐所知者,至是禁止之。”到真宗时,朝廷又狠刹请托风。景德元年(1004)九月十七日,“令御史台喻馆阁台省官,有以简札贡举人姓名嘱请者,即密以闻,当加严断;其隐匿不言、因事彰露,亦当重行朝典”。② 景德四年(1007)闰五月二十五日,又诏榜贡院门曰:“国家儒学斯崇,材能是选,眷惟较艺,务在推公。而近岁有司罔精辨论,尚存请托,有失拟伦。……今乡赋咸臻,礼闱方启,俾司文柄,慎择春官,用革弊源,别申条制,靡间单平之选,庶无徼幸之人。”③真宗又诏臣下制订了《考试进士新格》等条制,确立了以考试为中心、以文章为去取的原则,从此使科举考试走上规范化之路,为实现公正建立起了强有力的制度保障。

二是保证卷面成绩的真实性,杜绝阅卷过程中的人为因素。要做到考试成绩真实,防止考场中挟带、代笔等作弊,固然很重要,但举子在考场中毕竟处于弱势地位,只要加强管理,严明纪律,辅之以惩罚,是不难克服的;而影响考试公平更重要、最恶劣的,是手握公权力的官员,特别是考官接受请托而徇私舞弊。为此,宋代实行考官锁院制,试卷糊名、誊录制,取得了很好的效果。

所谓“锁院”,又称“锁宿”,即朝廷任命的权知举、权同知举及其他考官名单一经公布,就须马上搬到贡院住宿,不得与外界接触。《宋会要辑稿·选举》一之四:“自端拱元年(988)试士罢,进士击鼓诉不公后,次年苏易简知贡举,固请御试。是年(淳化三年,992)又知贡举,既受诏,径赴贡院,以避请求,后遂为例。”“锁院”制断绝了考官接受请托的机会,无疑是个良法。

---

① 《议学校贡举状》,《苏轼文集》卷25,中华书局1996年校点本。

② 《宋会要辑稿·选举》三之七,中华书局1957年影印本。

③ 《宋会要辑稿·选举》三之八。

也是淳化三年,宋太宗将唐代制科曾用过的糊名制移植到常科(进士及诸科)殿试。[1] 所谓糊名,又叫封弥、弥封,即糊住考卷上举子姓名等个人信息,而易以别的号码(宋人用一个字或几个字拼凑成字形,称“字号”)。在现代考试中,试卷密封的原理和方法,就是从此而来,我们并不陌生。真宗咸平间,省试实行糊名制。景德四年(1007),晁迥、陈彭年等受诏制订《考试进士新格》,将糊名法制化。《续资治通鉴长编》卷 112 载:明道二年(1033)七月乙亥,仁宗“诏诸州,自今考试举人,并封弥卷首,乃委转运司所部选词学并公勤者为考试、监门、封弥官”。从此之后,几乎所有重要的考试,都实行糊名。

但只糊名易号,仍无法确保安全,因为欲作弊的考官还可用其他方法获知考者信息,比如辨认笔迹、约定暗号等,于是宋人又“发明”了另一“高招”——“誊录”。誊录又称“易书”,即组织书手将举子们的考卷重抄一遍,考官评阅的是经人誊录过的卷子。陈均《皇朝编年纲目备要》卷八:真宗大中祥符八年(1015)三月,“是岁,礼部初置誊录院”。其他宋代文献如《玉海》卷 116、《宋史 · 选举志一》等所记同。州郡发解试实行誊录制,则迟至仁宗景祐间。各级考试实行糊名、誊录制后,考官评卷时不再能够上下其手,营私舞弊,有效地扼制了请托之风,中唐至宋初盛行的行卷风也从此止息,有力地保障了阅卷的公平和成绩的真实,也使科举制度更加精密和完善。

三是通过时文的程式化以达到评卷的标准化。在宋代考试的各主要科目中,诗、赋在唐代已有固定的程式,到宋代更严,如律赋需八韵、三百六十字以上成,又规定若韵字平仄相间,则依次用韵,等等。策、论、经义,历来认为最“难考”,因为没有统一掌握的标准。自北宋后期到南宋初,这些文体都实现了程式化。[2] 比如论体文有冒子(包括破题、承题、小讲、入题)、原题、讲题(大讲)、使证、结尾(论尾)。进策与此相类。经义则有冒子(也包括破题、接题、小讲、入题)、原题、

---

① 李焘《续资治通鉴长编》卷 33。

② 各体时文的程式化过程及其程式,比较复杂,此文不能详述,请详见拙文《论宋代科举时文的程序化》,载《厦门大学学报》2005 年第 5 期。

大讲、余意、原经、结尾。举子必须按程式作文。元倪士毅《作义要诀自序》在叙述经义程式之后说：宋人经义“篇篇按此次序。其文多拘于捉对，大抵冗长繁复可厌”。从此，程式成了定式、定格，所有的科场文字都必须用同一个“模子”，而其中的经义，发展下去就是明、清刻板的八股文。科场时文程式化，将科举所用的文学体裁工具化，成为专门用于考试的文体而远离文学，虽极大地限制了人们的思想，但也解决了“难考”的“老大难”问题：严格的程式使难有客观标准的文章，变得可以“量化”了——程式既是写作时必须严格遵守的格式，也是最易发现、不容置辩的“硬伤”，而计“硬伤”的成绩评定，自然就显得更“公平”、“公正”。

总之，以考试的方法选拔人才，之所以优于先前的察举或九品中正制，正在于它以“考试”为唯一的手段，用相对公正的方式厘定高下优劣，进行竞争和选拔。当然，“公平”只是相对的，更遑论“理想”了。这有如今天的“高考”，所考科目及考试方法未必都合理，但它优于“推荐制”，是全社会都能接受的，不要说目前，即便在可预见的将来，似乎还没有别的更好的“法”可以取代。

上述各项，特别是糊名、誊录，实施时也遇到不小的阻力，不少人质疑这些方法只重一日之“文”，而不管举子的“履行”。但如果废弥封、誊录，由官吏察“履行”，则暗箱操作，贿赂公行，乃必然之势，整个科举考试的公正性也就大打折扣。因此，当时的有识之士对以糊名、誊录为标志的制度变革，都给予了很高的评价。庆历二年（1042）二月五日，富弼论省试、殿试之短长，认为“省试有三长”，第一“长”就包括了“糊名、誊录，上下相警，不能容毫厘之私”，所以他认为“至公之道过于隋、唐”。[1] 欧阳修于治平元年（1064）上《论逐路取人札子》亦曰：“窃以国家取士之制，比于前世，最号至公。……尽聚诸路贡士，混合为一，而惟才是择，又糊名、誊录而考之，使主司莫知为何方之人，谁氏之子，不得有所憎爱薄厚于其间。故议者谓国家科场之制，虽未

① 《宋会要辑稿·选举》三之二二。

复古法，而便于今世，其无情如造化，至公如权衡，祖宗以来不可易之制也。”[①]南宋宁宗庆元元年（1195）五月四日，权礼部侍郎许及之言：“乡举里选之法不复行于后世，糊名考校虽未足以尽得天下之英才，其间教师宿儒穷年皓首、见摈有司而不怨者，服场屋之公也。”[②]在宋人眼里，糊名、誊录制度承载和维护了“至公”的理念和原则，是他们的两大创举，并为此而深感自豪。的确，在封建专制的社会制度下，以考试为中心，以文章为去取，以锁院、糊名、誊录为基本方法，最大限度地保证了科举考试的公正性，是考试制度的重大进步，故历明、清而不改，从而保证了科举制度的长期延续。

## 三、前程美好，科名成为士子为之奋斗的目标

登科举子的出路如何，既标志着统治者对科举的重视度，也关系到它的吸引力。质言之，科举若要持续发展，长盛不衰，登科者一定要有美好的前程，否则将被冷落而无人问津，难以为继。正是在这点上，科举以名利为诱饵，给了登第者最丰厚的回报，“书中自有黄金屋”、“书中有女颜如玉”，[③]成了读书人的信条，像商人逐利一样，为它可以熬尽青灯、皓首黄册而不悔。

不过，有科名便有美好前程，仍有个历史的发展过程，中唐以前未必得第就能“发达”，老大青袍、奔走衣食的进士大有人在。唐代先以明经、后以进士科为贵，但及第后只是取得出身，须再经吏部“关试”后方才授官，一般职位也不高。这是由于唐前期士族地主和贵戚集团力量还很强大，政权主要由他们把持的缘故。进士科登第后真正能够“发达”，是在上述势力衰微之后，具体地说，在贞元、元和之际这个时期，大部分高级官员开始由进士出身者担任，进士科成为高级官吏的主要来源。[④]《唐国史补》卷下曰：“进士为时所尚久矣，是故俊乂实集

① 《欧阳文忠公集》卷113，《四部丛刊初编》本。

② 《宋会要辑稿·选举》五之一三。

③ 宋真宗（旧题）《劝学诗》，《诸儒注解古文珍宝》前集卷上，复印韩国藏本。

④ 关于这个问题，可详参吴宗国《唐代科举制度》第八章《科举在选举中地位的变化》第一节《进士科与高级官吏的选拔》，辽宁大学出版社1997年版，第164—184页。

其中，由此出者，终身为闻人……贤士得其大者，故位极人臣常十有二三，登显列者十有六七。”

到宋代，科举继承了中唐以后的传统，出路极好。宋代也以进士科为贵，而科第出身几乎成了仕途唯一的“准入证”，获取科名后的荣誉也远超唐代，如尹洙所说：“状元登第，虽将兵数十万，恢复幽蓟，逐强虏于穷漠，凯歌劳还，献捷太庙，其荣也不可及也。”①南宋人项安世曾作《拟对学士院试策》，论科举在宋代社会生活中的地位，略曰：

> 科举之法，此今日不可如何之法也。自太平兴国以来，科名日重，实用日轻，以至于今。二百余年，举天下之人才一限于科目之内，入是科者，虽梼杌、饕餮必官之，出是科者，虽周公、孔子必弃之。习之既久，上不以为疑，下不以为怨，一出其外，而有所取舍，则上蓄缩而不安，下睥睨而不服。共知其弊，而甘心守之，不敢复论矣。②

元初作家刘埙在《答友人论时文书》中也说：

> 夫士禀虚灵清贵之性，当务光明斩大之学。然为昔之士，沉薶于卑近而不获超卓于高远者，盖宋朝束缚天下英俊，使归于一途，非工时文，无以发身而行志；虽有明籍之材，雄杰之士，亦必折抑而局于此，不为此不名为士，不得齿荐绅大夫。是以皇皇焉，竭蹶以趋，白头黄册，翡翠兰苕，至有终老而不识高明之境者，可哀也。③

他们虽都对科举持批评态度，但也由此可见统治者对科举的重视，而举子拼命追求“科名”，就毫不奇怪了。据统计，北宋九十二名宰相中，科举出身者达八十三人，占总数百分之九十；在一百七十六名副宰相（参知政事）中，科举出身者达一百六十二人，占总数的百分之九十

① 《儒林公议》，影印文渊阁《四库全书》本。
② 《宋会要辑稿·选举》四之四三。
③ 《水云村稿》卷11，影印文渊阁《四库全书》本。

二。[①] 明代“中外文臣皆由科举而进,非科举者毋得与官”;“非进士不入翰林,非翰林不入内阁,南北礼部尚书、侍郎及吏部右侍郎非翰林不任”。[②] 清代高级官员中,进士出身者占百分之四十五,御史中进士出身者占百分之九十一。[③] 这些粗略的数字,说明宋代以后,登第举子在官场占有绝对的垄断地位。

当然,欲实现“举天下之人才一限于科目之内”、用科举“束缚天下英俊”,单举上述仕途亨达者尚不能完全说明问题,必须在高级官僚科名至上的同时,也给科第出身的一般士人以真正的实惠。宋代举子在登第后不用再到吏部“关试”就直接授官。从太宗时代开始,“第一、第二等进士及九经授将作监丞(引者按:从八品)、大理评事(引者按:正九品),通判诸州,其次皆优等注拟”。[④] 不仅起点高,而且晋升快。后来随登第人数的增加和冗官现象的严重,各时期授官拟职的情况不完全相同。[⑤] 明、清又有差异,此时期甚至乡试登第(俗称“举人”)即可入仕,本文限于篇幅不能详述。总之,在科举时代,上至宰辅,下至州县官吏,几乎都是有“出身”之人。他们握有各级官府的实权,同时享受着优裕的物质生活,所谓“黄金屋”、“颜如玉”云云,对他们来说已经不再是“空头支票”,而是“好梦成真”。

科举既给登第举子带来了美好的前程,同时也得到这部分握有实权的既得利益者的坚决拥护。由此不难理解历代读书人何以对它趋之若鹜,而科举制度与既得利益集团根深蒂固的关系,则使其基础和地位更加牢固,获取了延续千年的无穷力量。

## 四、举业官学化,科举满足了封建统治的需要

我国古代的所谓“科举”,其实不是教育,许多学者都指出它接近

---

① 见张希清《中国科举考试制度》,新华出版社 1993 年版,第 144 页。

② 《明史》卷 70《选举志二》,中华书局 1974 年校点本。

③ 余明贤《清代都察院之研究》,转引自《科举学导论》第 157 页。

④ 详见《宋会要辑稿·选举》一之四。

⑤ 详参拙文《宋代登第进士的恩例与庆典》,载《宋代科举与文学考论》,大象出版社 2006 年版。

西方的学位制。科举的任务是“择士”(前述杨绾疏谓“凡国之大柄,莫先择士”),即选拔治国之才,而教育是“养士”。自然“择士”与政治的关系更为密切。科举要生存、发展,必须满足统治阶级政治和意识形态的需要。只有如此,它才可能获得长久延续下去的理由。

以进士科而论,唐宋时最被人诟病的,是诗赋浮靡,无益治道。杨绾疏就尖锐地指出,自从高宗朝刘思立奏请“进士加杂文(引者按:杂文谓箴、铭、论、表之类,天宝后专用诗赋,见徐松《登科记》卷1)”,“明经填贴,从此积弊,浸转成俗。幼能就学,皆诵当代之诗;长而博文,不越诸家之集。递相党与,用致虚声。《六经》则未尝开卷,《三史》则皆同挂壁,况复征以孔门之道,责其君子之儒者哉!”他的意思是,士子习诗赋而废《六经》,就“择士”的目的而论,是不合格的。入宋后,批评的声音更多,如真宗天禧元年(1017)九月癸亥,右正言鲁宗道上言道:“进士所试诗赋,不近治道。”真宗谓辅臣曰:“前已降诏,进士兼取策论……可申明之。”[①]另一方面,唐五代及宋初科场诗赋题目相当随意,即宋人叶梦得所说的“不皆有所出,或自以意为之”,[②]诸如节令、景物、器物、故事等,皆可为题。仁宗景祐五年(1038)正月八日,知制诰李淑上言,主张只能在国子监有印本的经、子、史书中出题,诏可。[③] 庆历四年(1044)宋祁等详定贡举条制时也规定:“诗、赋、论于《九经》、诸子、史内出题,其策题即通问历代书史及时务,并不得于偏僻小处文字中(出)。”[④]要之,从仁宗时代起,通过“兼取策论”、限制出题范围等措施,在进士科考试中尊经重史,使之更接近“治道”,以满足封建统治对人才的要求。

但在部分重儒的官僚学者看来,这还远不够。司马光于英宗治平二年(1065)十二月十七日上《选人试经义札子》,反对以诗赋取士,其理由就是诗赋于“治民”无用,他说:“(举子)就使自能作诗,施于治

---

① 《续资治通鉴长编》卷90。

② 叶梦得《石林燕语》卷8,中华书局1994年校点本。

③ 《宋会要辑稿·选举》三之一八。

④ 《宋会要辑稿·选举》三之二五。

民，亦无所用，不可以此，便为殿最。”①王安石熙宁变法实行科制改革，用经义取代诗赋，所持理由相同。《文献通考》卷31《选举四》载：“神宗熙宁二年（1069），议更贡举法，罢诗赋、明经、诸科，以经义、论策试进士。”下谓“初”，王安石请“兴建学校以复古，其明经、诸科欲行废罢”。诏两制、两省、御史台、三司、三馆议之。韩维请罢诗赋，各习大经。直史馆苏轼上议，宜仍旧。赵抃是轼言。安石曰：“若谓此科尝多得人，自缘仕进别无他路，其间不容无贤。若谓科法已善，则未也。今以少壮时正当讲求天下正理，乃闭门学作诗赋；及其入官，世事皆所不习，此乃科法败坏人才，致不如古。”虽然当时有不少人反对，但在神宗的支持下，变法的决心已下，于是熙宁三年（1070）首先在殿试中罢诗赋，熙宁六年（1073）在省试中罢诗赋，而代之以经义取士，实现了唐以来反对以诗赋取士的一派人的意愿。南宋上继元祐，走折中道路，即分“经义进士”和“诗赋进士”。明、清两代用八股制艺取士，实际上就是宋代的经义，只是程式更加板滞，行文完全偶对。由用诗赋取士到以经义取士，决不简单地只是考试科目的变更，而是一步步地使“举业”（科场时文）向官学靠拢，最终完全官学化。

南宋后期至明、清时代，由于理学的官学化，“举业”也不可能例外。理学创立于北宋中期，经过长期曲折的发展，至南宋理宗淳祐元年（1241）正月诏以周敦颐、张载、程颢、程颐、朱熹五人从祀孔子，是为理学升至官学的标志。从此理学逐渐占领了学术文化阵地，自然也包括科举阵地，程朱义理成为举子诗文的思想准的，而朱熹《四书》则是考官出题的渊薮，决科射策者非《四书》不读，不许越雷池一步。明代科举“专取四子书（按即《四书》）及《易》、《书》、《诗》、《春秋》、《礼记》五经命题试士，盖太祖与刘基所定。其文略仿宋经义，然代古人语气为之，体用排偶，谓之八股，通谓之制艺”。“《四书》主朱子《集注》，《易》主程传、朱子《本义》；《书》主蔡氏传及古注疏，《诗》主朱子



① 《温国文正司马公文集》卷35，《四部丛刊初编》本。

《集传》;《春秋》主左氏、公羊、谷梁三传及胡安国、张洽传;《礼记》主古注疏。"[①]可见考试科目的官学色彩极重。"有清科目取士承明制,用八股文。取四子书及《易》《书》《诗》《春秋》《礼记》五经命题,谓之制艺。"清康熙二年(1663)曾废制艺,但仅"行止两科而罢"。乾隆三年(1738),兵部侍郎舒赫德上言主张改移考试条款,实欲废八股,甚至废科举。章下礼部覆奏,称"时艺所论,皆孔孟之绪言,精微之奥旨……虽曰小技,而文武干济、英伟特达之才,未尝不出乎其中"。这就道出了"时艺"不可废的原由:八股文题目都出自《四书》,纯乎官学,蕴含着统治阶级的意识形态,废八股就有废官学的危险。时大学士鄂尔泰当国,力持议驳,"科举制艺得以不废"。[②] 要之,举业官学化意味着科举承载着统治阶级的意志,其背后有着强大的权力支撑,无疑成为科举延续千年的重要原因之一。

综上所论,正因为科举既有大众参与,拥有深厚的群众基础,又具备精密完善的制度保障,基本实现了公平竞争,从而得到社会的广泛认同。加之登第举子前程似锦,有着难以抗拒的吸引力和诱惑力,而官学化后的科场时文又满足了统治阶级的需要——这些因素一起构筑了科举制度不可动摇的基础。尽管上述诸项都只是"理论上"的(事实上贫苦民众未必有机会读书,更不用说"参与";而权力介入科举仍是常事,加之科场作弊频繁,"公平"只是相对约而言之,等等),实际上弊病甚多,最后积重难返,无可挽回地将其送入坟墓,但较之以前的选举制度,科举的确是先进的,具有难以取代性——如鄂尔泰所云:"人知其弊而守之不变者,非不欲变,诚以变之而未有良法美意以善其后。"[③]一言以蔽之:由于科举制度自身的完善程度很高,在长期的封建社会里,没有别的什么方法可以取代,因此只能代代相袭,延续了一千三百年之久。这说明一种较为科学合理的制度,其生命力是十分顽强的。科举寿终正寝虽已百年之久,但直到现在,它的某些制度、

① 《明史》卷70《选举志二》。
② 《清史稿》卷108《选举志三》,中华书局1977年校点本。
③ 李调元《淡墨集》卷13,转引自《科举学导论》第116页。

原则和做法，仍然值得我们借鉴和参考——事实上，今天考试中的许多理念和方式，就继承了科举制中的合理成份。

（2008 年 12 月 17 日写定。原载《湖北招生考试理论》2009 年第 2 期）

# 科举守护神"文昌梓潼帝君"及其社会文化意义

数年前,笔者发表了拙文《科名前定: 宋代科举制度下的社会心态》①,曾引起学界同行及读者的兴趣。所谓"科名前定",即举子的科场成败,在进入考场之前就已由各种神灵在冥冥中决定了,举子个人的努力是无济于事的。该文指出:"在极重'科名'的宋代,由'科名至上'衍生出来的'科名前定',是宋代科举制度下社会心态的凝结点,一个无论是'金榜题名'者、'名落孙山'者,也无论是富家贵儿、孤寒单族,甚至与科举毫无干系的人们都接受或不得不接受的理念。""前定"故事始传于唐代,由宋初学者将它上升到"理论"并著书公开宣扬。唐、宋间能"前定"科名的鬼神以及作为人、神"中介"的巫卜,可谓形形色色,既泛且"杂",而且神灵大多以托梦的方式与举子"交流",让人有无所适从之叹,模式化的简单故事也难以上升为人们持久的信念,因此在客观上,举子们亟需一个科举的主宰神,而统治者更需一个国家的科举守护神。

这个"神"由于现实的需要,终于在宋、元之际被"造"出来了——它就是"文昌梓潼帝君"。从此国家有了科举神,并形成了源远流长的文昌崇拜文化。这实际上是"科名前定论"在另一种形式下的继续。对梓潼神的研究,近年来成果比较丰富,但它在科举背景下的转

① 载《文史哲》2004 年第 2 期。

型，它与“科名前定”论及前定科名诸神之关系，尤其是它在科举时代的社会文化意义，尚少有涉及。本文试为论之。

## 一、“梓潼神”的来历与发迹

“文昌梓潼帝君”的来历，须从“梓潼神”谈起。梓潼是四川北部的一个县（今属绵阳市），初置于汉武帝元鼎元年（116），因境内有潼江、江边多梓树而得名。梓潼神即梓潼县的一个地方神，其庙在县城北十余公里外的七曲山。

梓潼神有着悠久的历史。传说越西（今四川西昌一带）氐人张亚子（或作“恶子”、“垩子”）因报仇杀人，举家奉母逃至梓潼七曲山避难，死后为神。据说其神尝指点姚苌还秦，对前秦的建立有功，故姚苌为之立庙。崔鸿《十六国春秋·后秦录》载：前秦建元十二年（376），羌人姚苌至七曲山，“见一神人谓之曰：‘君早还秦，秦无主，其在君乎！’苌请其姓氏，曰‘张亚子也’，言讫不见。至据秦称帝，即其地立张相公庙祠之”。又一说云：东晋孝武帝宁康二年（374），蜀人张育抗击苻坚，自称蜀王，建元“黑龙”。后战死，遂为“雷砥”之神，也在梓潼七曲山有祠。[①] 因此学界多认为梓潼神是由张亚子、张育两个现实人物整合而成。后世传说的张亚子神，又有雷神的影子，如常璩《华阳国志》卷2载：“梓潼县有五妇山，故五丁士所拽蛇崩山处也。有善板祠，一曰恶子。岁上雷杼十枚，岁尽不复见，云雷取去。”[②]

梓潼神的“神格”提升和名声大噪，与唐、宋皇帝的加封有关。

由于“安史之乱”和黄巢起义，唐玄宗、僖宗曾先后仓皇逃蜀。天宝十年（751），监察御史王岳灵入蜀，“撰《张亚子庙碑》”。[③] 五年后玄宗逃蜀，途经七曲山，封张亚子为左丞。僖宗广明二年（881），黄巢

① 张育事迹，略见《晋书》卷9《孝武帝纪》、卷113《苻坚传上》。

② 有关梓潼神来历的传说甚多，情况复杂。后世道书如《文昌帝君传》《文昌帝君化书》等说张亚子始祖是黄帝之子，子孙为吴之显姓等，更为傅会无稽之谈。可参读《中华文昌文化——国际文昌学术研究论文集》，巴蜀书社2004年版。本文有关梓潼神、文昌帝君的某些史料，参考了该书的部分内容。

③ 见计有功《唐诗纪事》卷15。

起义军占领长安,僖宗避乱入蜀,又封张亚子为“济顺王”(见下引《文献通考》),当时侍御史王铎有《谒梓潼张恶子庙》诗曰:

盛唐圣主解青萍,欲振新封济顺名。夜雨龙抛三尺匣,青云凤入九重城。(原注:时僖宗幸蜀,人情术士皆云春内必还京。)剑门喜气随雷动,玉垒韶光待贼平。惟报关东诸将相,柱天功业赖阴兵。

判度支萧遘有和诗,末有后人注曰:“时僖宗解剑赠神,故二公赋诗。”①《太平广记》卷312《陷河神》载:“僖宗幸蜀日,其神自庙出十余里,列伏迎驾,白雾之中,仿佛见其形,因解佩剑赐之,祝令效顺,指期贼平。”唐帝的两次加封,使区区梓潼小神由“左丞”骤迁为“王”,成了神界的“暴发户”。

入宋,据说梓潼神又在真宗咸平间平定王均起义的战争中立功,被封为“英显王”。马端临《文献通考》卷90《郊社考》卷23述曰:

英显王庙,在剑州,即梓潼神张亚子。仕晋战没,人为立庙。唐玄宗西狩,追命左丞。僖宗入蜀,封济顺王。咸平中,王均为乱,官军进讨,忽有人登梯冲指贼大呼曰:“梓潼神遣我来,九月二十日城陷,尔辈悉当夷灭!”贼射之,倏不见。及期果克城,招安使雷有终以闻,诏改王号,修饰祠宇,仍令少府造衣冠、法物、祭器。②

按《续资治通鉴长编》卷49,咸平四年(1001)七月丙子,“封剑州梓潼神济顺王为英显王”。这样,梓潼神在新王朝仍享受着“王”爵的神格待遇。

要之,梓潼神原只不过是一介地方小神,其来历毫无特别之处。由唐入宋,传说该神曾帮助过两位唐皇帝逃难和赵宋官军平乱——这其实不过是另有目的或急于邀功的官僚随机编造的谎言罢了,尤

① 计有功《唐诗纪事》卷65,上海古籍出版社1987年版,第983页。
② 对梓潼神发迹过程的综述,还可参高承《事物纪原》卷7。

其是唐代两位逃亡皇帝,当时非常需要这种无稽的神话为自己助威,也为惊魂甫定的随从们壮胆,——但梓潼神却由此发迹,在蜀中偏远的七曲山上穿戴王爵衣冠,成了威名显赫的皇权守护神。由此看来,梓潼神的走运,完全是皇权介入的结果。

宋、元之际,道教又将梓潼神纳入自己的神灵体系,并尊之为"帝君",撰造了诸如《文昌大洞仙经》《元始天尊说梓潼帝君本愿经》等经籍达二十多种(多收入正统《道藏》及《藏外道书》),使之在道教神仙系统中拥有崇高的地位。如《元始天尊说梓潼帝君本愿经》载元始天尊说:"迩者蜀有大神,号曰'梓潼',居昊天之佐,齐太乙之尊,位高南极,德被十方。掌混元之轮回,司仕流之桂禄。……"[①]于是对梓潼神的崇敬又上升为宗教信仰。实际上,道教之所以将梓潼神纳入自己的神系,也是看到了皇权介入后的梓潼神有很高的"含金量",可以用来"包装"和"炒作",以拉近与统治者的关系。

## 二、由普济神到专司"桂禄"

本文不讨论道教系统的"梓潼帝君",而着重探讨从宋代开始能为举子"前定"科名的梓潼神。

梓潼神的原型,无论是张亚子还是张育,都与"文"无关,若以它在唐及宋初的几次靖难平乱"功绩"论,倒像是个十足的武神。梓潼神早先是个普济型的神灵,如唐孙樵《祭梓潼神君文》,述其会昌五年(845)夜过七曲山时,路滑天黑,"须臾有光,来马足前"。大中四年(850)他又"冒暑还秦,午及山足,猛雨如雹",乞神后"回风大发","讫四十里,雨不沾衣"。[②] 即使成为皇权守护神的"济顺王"、"英显王"后,它仍是个普济神,如文同《祭梓潼神文》称"某此奉明诏,出守仁寿……愿神阴启默导,时赐敬拂,赠虑口述,无使悖谬"。[③] 又《新编分门古今类事》卷19《崧卿患痈》引《灵应集》:"临邛倪崧卿,初任梓

---

① 《道藏》第1册,中华书局影印明正统本,第816页。

② 孙樵《孙可之集》卷9,影印文渊阁《四库全书》本。

③ 《丹渊集》卷35,《四部丛刊初编》本。

州尉，迎侍其父，忽病痈，痈甚而未溃。崧卿斋戒默祈于英显神君，夜梦神君投药于怀，既寤而疮不痛，数日自消。后归临邛，一日，忽有一道人叩门，语其父曰：'……公有阴德，故获神佑，不尔，此难不起，自此宜不忘神言。'"又南宋人王质(1135—1189)《祭梓潼神文》，也求在"某有沈冤"、"某有窃愤"等时，能得到神的帮助。总之，无论官民，有急难时皆可乞梓潼神保佑，[①]而"神"也惩恶扬善，助人为乐。

但从徽宗以后，梓潼神在"普济"的同时，功能逐渐发生变化。我们先择录有关文献，再作分析。

《说郛》(涵芬楼校本)卷30《隽永录》引王铚《来岁状元赋》，谓大中祥符中西蜀二子"既得举，贫甚，干索旁郡，乃能办行。已迫岁，始发乡里，惧引保后时，穷日夜以行。至剑门张恶子庙，号英显王，其灵响震三川，过者必祷焉。二子过庙已昏晚，大风雪，苦寒，不可夜行。遂祷于神，各占其得失，且祈梦为信。草草就庙庑下席地而寝"。作者接着写道：二子既祷，入夜，见一神曰："帝命吾侪作来岁状元赋，当议题。"一神曰："以《铸鼎象物》为题。""既而诸神皆赋一韵，且各删润，雕改商确，又久之，遂毕，朗然诵之，曰：'当召作状元者魂魄授之。'"二子尽记其赋，无一字忘，以为科名可得。至御试，果是《铸鼎象物赋》，二子却"懵然一字不能上口"，皆被黜。于是"二子叹息，始悟凡得失皆有假手者，遂罢笔入山，不复事笔砚"。[②] 在现存文献中，这是纪年最早的有关梓潼神干预科举的故事。

《新编分门古今类事》卷8《梦兆门下・刘悦第三》引《灵应集》：

> 刘悦，字圣与，天彭人。蔡嶷榜第三人，与常瑰同年，又相善。方集英赐第，圣与叹息，若有所感，瑰因询之，圣与曰："人生得丧果素定，非人力也。——悦七年前过梓潼神君祠，宿于祠下，梦与举子数百人趋禁中，听唱名于集英殿。俄有一卫士遽曰：'公第三人及第。'悦时名涛，因问曰：'刘涛耶?'卫士曰：'无刘涛，乃刘

---

① 《雪山集》卷11，影印文渊阁《四库全书》本。

② 此事又见叶梦得《岩下放言》。

> 悦。'语未毕,胪传刘悦矣,遂惊觉。虽知其神,而未敢改名。会元祐诏书,若与上书邪等人同姓名者听改名。时上书有彰信军进士名刘涛,悦因改今名焉。今日至庭中,无一而非昔日梦中所见者。初闻第一人第二人已赐第,不觉正衣冠以待,及蒙恩,果第三人,而心实安然,若久已得之者。信乎,得丧果前定,非人力也。"崇宁五年(1106),悦归过梓潼,既书其事,又请常瑰为记。

又同上《孙铉策题》引《灵应集》:

> 大观元年(1107),孙铉岁贡辟雍,乞梦于英显神君。是夕梦赴试,有一人赍策题而立,因就读之,见第一题问某事,余皆如之,其人曰:"'锡燕津亭,郡国举宾兴之礼;计偕给食,多士忘奔赴之劳。'用之可以取高第。"既觉,记之于书。及就试,则所问策题皆协于梦,如其言用之,果中优选。岂特人之富贵前定,而文章亦自有阴相之者。

又同上《文缜状元》引《灵应集》:

> 何㮚文缜,政和间被贡,宿梓潼,梦一吏赍黄敕投其中,云:"何㮚可特授承事郎、秘书省校书郎。"次年文缜果大魁多士。前此状头多除学官,惟文缜独除馆职。暨受敕,衔位与梦中所见一字不差。嗟夫!科名前定如此,士而不安义命,可乎?

在《新编分门古今类事》卷8《梦兆门下》中,除上引三事外,还有《元珍赠诗》《彦同文学》《士美金堂》《允蹈甲门》《何某二子》等则,也是谈梓潼神前定科名。蔡絛《铁围山谈丛》卷4记梓潼神若以风雨送举子,"则必殿魁"(详后引)。南宋作家洪迈《夷坚甲志》卷18《席帽覆首》、《夷坚乙志》卷5《梓潼梦》(罗彦国事)等,亦记徽宗时梓潼神君预兆科名灵验事。

分析上引材料,可得出如下三个结论。

一是举子向梓潼神"占得失",从文献上看,最早在真宗大中祥符间,而以徽宗朝的"故事"最为集中。梓潼神最初只是个普济型的神灵，乞科名也是一种需求，故偶有举子拜谒（如《来岁状元赋》所记蜀中二子），原不足怪。但至少在北宋前期，该神并无主文之说。仁宗至和三年（1056）宋祁知成都，行次梓潼作《张亚子庙》诗，自注："今封英显王。"诗云："伟哉真丈夫，庙食此山隅。生作百夫特，死为南面孤。鹿庖偿旧约，雷杼验幽符。潼水无时腐，英名相与俱。"①宋祁科场得意，若该神主文，必在诗中言及，而竟无片语。这就是说，最初向梓潼神乞举，盖并未将它视为专司"桂禄"（"桂"指科举，"禄"指仕禄）的科举神，只是一种例行的祷告。我们知道，宋真宗崇信道教，而徽宗更是个狂热的道教徒，在他的推动下，一时"道风"大盛，而现存梓潼神"前定"科名及"灵验"故事，正集中在徽宗时代。这不能不引起我们的注意，并得出如下结论：梓潼神向科举神方向转移，与徽宗时道教盛行这个社会大背景有关。我们还可推测，《新编分门古今类事》书中一再征引的《灵应集》，很可能编行于徽宗时，所载或多为梓潼神前定科第的"灵应"故事，②正是此书促成了梓潼神的角色转换，并推动着更多的举子走向梓潼神庙。

二是向梓潼神乞举的基本上都是蜀中士子，方式也大致相同，即赴举路过七曲山时向该神祈祷，这使我们有兴趣把视点投向一个特定的地方：七曲山。七曲山位于古金马道上，该道唐以来就一直是由北出入蜀地的必经之路。在宋代，蜀中举子赴开封省试，大多得走金马道，则顺路向梓潼神乞灵助考，便是极自然而又平常的事，并由此形成了一个以举子为主的相对稳定的信奉群体。祖籍四川的元初作家虞集说："曩蜀全盛时，俗尚祷祠，鬼神之宫相望，然多民间商贾、里巷男女师巫所共尊信而已，独所谓七曲神君者，学士大夫乃祠之，以为是司禄主文治科第之神云。"③

---

① 《景文集》卷8，影印文渊阁《四库全书》本。

② 七曲山梓潼神祖庭即称"灵应庙"。按《新编分门古今类事》引《灵应集》凡五则，有四则（《刘悦第三》《孙铉策题》《文缜状元》《何某二子》）言前定科第事，只一则（《崧卿病痈》）不关科第。

③ 《四川顺庆路蓬州相如县大文昌万寿宫记》，《道园学古录》卷46，影印文渊阁《四库全书》本。

在宋人的观念里，似乎凡神都能“前定”科名，原不厚此薄彼；但由于梓潼神特殊的地理位置，于是有更多的“表现”机会；在古代，交通要道也是信息通道，于是梓潼神比其他“神灵”获得更多的宣传机会——总之，优越的地理位置为梓潼神向专司科举倾斜和转化，提供了有利条件，这符合造“神”的一般规律。

三是梓潼神因拥有御赐的“王”爵，故它多预示进士高第，尤其是状元。上引资料中，从神负责拟来岁状元赋，到授何臬中状元后的职衔（其他人也是登甲科、获优选），都在证明该神在“前定”科名诸神中不寻常的地位。《铁围山谈丛》甚至总结出一条“规律”：梓潼神“素号异甚，士大夫过之，得风雨送，必至宰相；进士过之，得风雨则必殿魁”。[①] 这使梓潼神在“前定”科名的“档次”上占据了高端的位置，进而使它在与预知“科名”的诸多无名小神的“竞争”中夺“魁”。

综上所述，道教盛行的社会文化背景，稳定的信奉群体及居高的神界地位，使梓潼神在北宋末已大体完成了由纯粹的普济神向专司“桂禄”的科举神转变。

## 三、梓潼神的东传

北宋时期，梓潼神最多不过是蜀中举子信奉的科举神，而随着东部官员入蜀任职，对此方逐渐有所了解，如上引《铁围山谈丛》即是一例。陆游《老学庵笔记》卷2载：“李知几少时祈梦于梓潼神。是夕，梦至成都天宁观，有道士指织女支机石曰：‘以是为名字则及第矣。’李遂改名石，字知几。是举过省。”[②]看来陆游也对梓潼神的灵异感兴趣。但东部举子距蜀太远，似乎很少有直接拜祭信奉此神的，而当时朝廷仍视之为皇权保护神，如高宗二十九年（1159）加封英显王为“英显武烈忠佑广济王”。[③] 直到它作为科举神而出蜀东传，其司“桂禄”

---

① 蔡絛《铁围山谈丛》卷4，中华书局1983年校点本，第64页。

② 《老学庵笔记》卷2，中华书局1979年校点本，第18页。按：李石（1108—1181），字知几，号方舟，资州银山（今四川资中）人。著《方舟集》五十卷、《后集》二十卷，今存《永乐大典》本《方舟集》二十四卷。

③ 见《英显武烈忠佑广济王像碑》，阮元《两浙金石志》卷9。

的“身份”才普遍被人们所了解和接受。

梓潼神的正式东传,盖与宋末蒙古兵侵蜀有关。由宋入元的马廷鸾尝作《梓潼帝君祠记》,其中一段话颇值得注意,他说:

> 梓潼当两蜀之冲,帝君故蜀神也。五季不纲,神弗受职。宋兴,乾德三年(965)平蜀,明年丁卯(乾德五年),五星聚奎,文明之祥,芳郁万世,君之灵响暴震西土久矣,而尤为文士所宗。今世所传《化书》,吾不能知其说,惟石林叶公《燕语》称,凡蜀之士以贡入京师者,必祷于祠下,以问得失,无一不验者(引者按:今本叶梦得《石林燕语》无此条)。自吾有敌难,岷峨凄怆,君之灵与江俱东,今东南丛祠,所在崇建,自行朝之祠于吴山者,天华龙烛,昼夜严供,四方士子并走乞灵,亦宜也。①

“自吾有敌难,岷峨凄怆”数句,指理宗端平元年(1234)灭金之次年,蒙古兵大举攻宋,其中一路进入蜀地,梓潼神也随着士大夫的流动向东转移,成了“流寓”神,而且所展示出来的已不再是蜀中普济的地方神或皇权守护神,而是以科举神的身份呈现在南宋“全国”人民面前。马氏所说“行朝之祠于吴山”,指建于杭州吴山的梓潼帝君庙。吴自牧《梦粱录》卷14《外郡行祠》载:“梓潼帝君庙,在吴山承天观。此蜀中神,专掌注禄籍,凡四方之士求名赴选者悉祷之。封王爵曰‘惠文忠武孝德仁圣王’。”同书卷19《社会》又载:“二月初三日梓潼帝君诞辰,川蜀仕宦之人,就观(引者按:指承天观)建会。”

宋末,也像宋初极力鼓吹科名由阴司神灵“前定”的多为进士一样,这时一些科场得志者纷纷撰文,为“梓潼帝君”在东部登场鸣锣开道。如宝祐元年(1253)状元姚勉在所作《明州奉化县梓潼帝君殿记》中,论证了作为科举神的梓潼帝君的重要性:“科目之设,士敝敝然日趋于文,置德行之艺为何等事。糊名考校,懵不知贤否谁孰,眩有司目则得,焉论行。而潜搜冥索而得之者,往往皆文行相称士,士浮浅儇薄者鲜克有成,成亦莫克远到。若是者人无所置力矣,意必有主张是者,

① 《碧梧玩芳集》卷17,影印文渊阁《四库全书》本。

不曰寄之天乎！主宰之谓帝，妙用之谓神，欧阳公所谓朱衣吏首肯者，未必无是事也。[①] 矧梓潼神君庙食西蜀，启封王社，载在祠典，昭不可泯者哉，祠之者宜遍天下也，岂独奉化！”[②]宝祐四年（1256）状元文天祥借诸生之口也说：“今三岁大比，试者以文进。将文而已乎，意必有造命之神执其予夺于形声之表者，盖元皇（指梓潼神）也。士之所自为，行为上，文次之；神所校壹是法，合此者陟，违此者黜。人谓选举之权属之有司，不知神之定之久矣。”[③]可见宋季“梓潼帝君”实际上已取代了唐、宋以来“前定”科名诸神的位置，始于北宋后期的由诸神向“一神”的转型，此时已基本完成并定型。

## 四、文昌帝君：梓潼神与文昌神的合一

在中国的传统文化中，原有主文禄之神，时代比梓潼神早得多，那就是所谓“文昌星神”。《史记》卷27《天官书》：“斗魁戴匡六星曰文昌宫：一曰上将，二曰次将，三曰贵相，四曰司命，五曰司中，六曰司禄。在斗魁中，贵人之牢。”唐司马贞《索隐》引《文耀钩》曰：“文昌宫为天府。”又引《春秋元命苞》，称“贵相理文绪，司禄赏功进士”。后世称文昌宫为“文星”、“文曲星”，专司人间功名禄位。

约南宋孝宗时期，道教徒杜撰了“上帝命梓潼神掌文昌府”的说法。蜀中道士刘安胜又假托“鸾笔降书”，撰造《高上大洞文昌司禄紫阳宝箓》一书，首次明确地尊奉张亚子为主文运、司禄籍的“文昌帝君”。[④] 文昌神与梓潼神从此合而为一了，并逐渐得到人们的认同。姚勉尝作《文昌醮宿建词语》，称“大比兴贤，又值设科之岁；前期卜日，用严事帝之忱。……伏愿天鉴积诚，神钦宿戒。朱衣豫送，早标仙

① 按，《古今事文类聚》前集卷25引《侯鲭录》：“欧阳公知贡举日，每遇考试卷，坐后常觉一朱衣人时复劳取酬点头，然后其文入格；不尔，则不复可考。始疑侍史，及回视也，一无所见。因语其事于同列，为之三叹。”“朱衣吏”代表主科名之“神”。

② 《雪坡集》卷33，影印文渊阁《四库全书》本。

③ 《龙泉县太霄观梓潼祠记》，《文山集》卷13，影印文渊阁《四库全书》本。

④ 详参王兴平《刘安胜与文昌经》，载《中华文昌文化——国际文昌学术研究论文集》，巴蜀书社2004年版。

籍之姓名;紫诏鼎来,同奋亨衢之步武。”[①]疑所谓“文昌”实际上指的就是合文昌、梓潼而一的“文昌帝君”;设若只是文昌星神,则该神既不称“帝”,也没有“朱衣豫送”颁赐科名的“历史”。

元仁宗重开科举,于延祐三年(1316)正式敕封梓潼神为“辅元开化文昌司禄宏仁帝君”,制诰略曰:

> 蜀七曲山文昌宫梓潼帝君,光分张宿,友咏周诗。[②] 相予泰运,则以忠孝而左右斯民;炳我坤文,则以科名而选造多士。每遇救于灾患,彰感应于劝惩。贡举之令再颁,考察之籍先定。贲饰虽加于涣汗,徽称未究于朕心。于戏!予欲文才辈出,尔丕炳江汉之灵;予欲文治宣昭,尔浚发奎壁之府。庶臻嘉号,以答宠光。可加封“辅元开化文昌司禄宏仁帝君”,主者施行。[③]

这就让“梓潼帝君”正式入主“文昌宫”,也等于将文昌星神与梓潼神正式叠合为一个神了。

有明沿前代之旧,文昌梓潼神香火甚盛。陆容在天顺六年(1462)所作《文昌道院记》中说:“凡学宫之旁,皆肖而祀之,以为是司禄、主文、治科第者宜如是也,牲帛相望,莫以为非。”[④]但明中叶以后,名儒大吏对文昌神列入祠典颇有异议,认为主文、主科举非孔子莫属,主张文昌神应废祭毁祠,让梓潼神重新回到蜀地。弘治元年(1488),礼部左侍郎倪岳上《正祠典疏》,略曰:

> 按文昌六星在北斗魁前,为天之六府。道家谓上帝命梓潼神掌文昌府及人间禄籍,故元加号为“辅元开化文昌司禄宏仁帝君”,而天下学校亦多立祠以祀之。京师有庙,在北安门外,景泰

---

① 《雪坡集》卷47。

② 另一说谓文昌梓潼神乃张宿之精,即《诗经·小雅·六月》中“张仲孝友”句中的张仲,故云。

③ 《玉清无极总真文昌大洞仙经》,《道藏》第2册,第612页。按清周城《宋东京考》卷15《祠·桂香祠》曰:“在太学内,祀文昌司禄宏仁帝君,左右桂、禄二籍仙官。后太学徙而祠存,乃改称梓潼庙。”然元代方有“文昌司禄宏仁帝君”之称,北宋断无其祠,也无梓潼庙。其说不知所据,待考。

④ 黄宗羲《明文海》卷369,影印文渊阁《四库全书》本。

> 五年(1454)间辟而新之,敕赐“文昌宫”额,岁以二月初三日为帝君诞生之辰,遣官致祭。今议得道家谓梓潼以孝德忠仁显灵于蜀,庙食其地,于礼为宜,祠之京师,不合祀典。至于文昌之星,与梓潼无干,乃合而为一,诚出傅会。所有前项祭祀状,乞罢免,仍行天下学校,如旧有文昌祠者,亦合拆毁。[1]

时礼部尚书周洪谟也主张“梓潼显灵于蜀,庙食其地为宜。文昌六星与之无涉,宜敕罢免。其祠在天下学校者,俱宜拆毁”。[2] 清初学者陆陇其(1630—1692)也说:“文昌者,天神也,梓潼者,人鬼也,合文昌、梓潼而一之,不经甚矣。”[3]毛奇龄(1623—1716)更认为“文昌魁星之祀并未尝有,即孔庙殷祭亦未之及,此固在礼官常制之外,不足辨者”,又说梓潼神“小之又小,固无赖道士所为,不足道耳”。[4] 尽管有如此尖刻的议论,但文昌梓潼神在明、清大多数时候仍得到官方的认可,在人们心目中,它仍是科举主宰神,民间和士流更是普遍崇奉,即便一时不在祠典,地位也并未发生大的动摇。如王士祯《池北偶谈》卷22谓“宣城自本朝来科甲久不振”,但自康熙己未(十八年,1679)以后,施闰章等五人先后入翰林,“或谓宣城有文昌阁,久颓废,甫新之,五君遂相次入翰林云”。《儒林外史》卷42写南京乡试道:“放过了炮,至公堂上摆出香案来。……布政司书办跪请三界伏魔大帝关圣帝君进场来镇压,请周将军进场来巡场。……跪请七曲文昌开化梓潼帝君进场来主试,请魁星老爷进场来放光。”举子出考场后,又要供文昌帝君、关夫子的纸马祭献。《儒林外史》的作者吴敬梓(1701—1754)主要活动于雍正、乾隆朝,可见那时文昌神虽不在祀典,却仍然走红。

嘉庆六年(1801),清朝廷在北京地安门外重建文昌帝君庙竣工,嘉庆皇帝“躬谒九拜,诏称:‘帝君主持文运,崇圣辟邪,海内尊奉,与

---

① 黄训《名臣经济录》卷29,影印文渊阁《四库全书》本。
② 详见《明史》卷50《礼志四·诸神祠》,中华书局1974年校点本。
③ 《新修文昌祠记》,《三鱼堂文集》卷10,影印文渊阁《四库全书》本。
④ 毛奇龄《经问》卷3,影印文渊阁《四库全书》本。

关圣同,允宜列入祠典。'……礼官遂定议:岁春祭以二月初三诞日,秋祭,仲秋诹吉将事,遣大臣往。……祠典如关帝。咸丰六年(1856),跻中祠。……直省文昌庙,有司以时飨祠。无祠庙者,设位公所祭之。"①从此文昌崇拜重炽,直到清末,各府县大多建有文昌庙。梓潼神诞辰的二月初三,实际上成了读书人的"圣诞节",各地例有祭祀活动,统称"文昌会"。道光间苏州吴县学者顾禄在所著《清嘉录》卷2"文昌会"中记曰:

> (二月)三日为文昌帝君诞,大吏致祭于竹堂寺畔之庙。庙属长洲境,故长邑宰亦祭于此。他邑有其庙者,各邑宰为之主祀。余如道官、法院、会馆、善堂供帝君之像者,俱修崇醮录。谓帝君掌文昌府事,主人间禄籍,士大夫酬答尤虔,虽贫者亦备份烧香,纷集殿庭,谓之"文昌会"。

从"梓潼神"到"文昌帝君",科举神初发迹于民间,然后跻身于庙堂,其信仰自下而上,其"合理性"则不需要论证,比如究竟是孔子还是文昌帝君更适合主文和主科举,本来道理是清楚的,但似乎又没有"道理"可讲——神巫信仰往往超越理性逻辑。因此,用行政命令不可能改变文昌帝君在科举中的地位,故儒家学者虽揭穿了"文昌神"的不经和傅会,却无法禁止它的流行。这就是"传统"和"文化"的力量。

值得特别注意的是,随着文昌梓潼帝君在科举中地位的确立,宋代"科名前定"论的多神崇拜也就基本结束了。虽求神占卜未必就此绝迹,但盘桓于鬼宫神祠前的举子毕竟少多了,故寄生在科举考试机体之上、以人神"中介"面目生存的庞大的巫卜群体如道士、僧人、日者、相人之流,也渐渐从科举文化的视野中淡出。

文昌梓潼神的影响甚至越过国门,在海外华人圈得到普遍信奉,并波及朝鲜、日本、越南等国,构成带有国际性的"文昌文化",②对此

---

① 详见《清史稿》卷86《礼志·吉礼》,中华书局1977年校点本。

② 关于文昌在国外的传播,可参考王兴平《文昌文化在国外的传播和影响》(台湾《高市文献》第10卷第2期)、《文昌文化在日本的传播和影响》(《中国道教》2000年第2期)、《文昌文化在东南亚的传播》(《上海道教》2000年第3期)等。

本文不赘。

## 五、简要的结语

综上所论,我们认为文昌梓潼帝君的产生,其原因与宋代被认为能预示举子命运与前途的诸多神灵一样,都是“科名前定论”的产物。由科举考试的神圣性衍生的神秘性,举子命运的不确定性,以及严重的场屋作弊和权力运作所引发的尖锐的社会矛盾,加上登第进士的自我神化,是科名由“神”前定的认识根源和社会基础。王质曾在《祭梓潼神文》中写道:“物情多私,圣人弗凭。于是有托,度量权衡。又不可信,则求诸神。是非纷纶,至神乃定。”[①]“圣人”靠不住,主考官的“度量衡”信不过——在一个诚信丧失的社会里,人们毋宁相信“神”,这就是“前定”论虽明显荒谬,而大众却宁愿接受的原因。但是,多神性既让人无所适从,神力大小的差异和地域的阻隔又令人觉得不公,神圣的国家考试居然被认为掌握在“朱衣吏”或僧道杂流之手,这让统治者觉得尴尬和难堪,故将“前定”科名之事由一神统管,就显得十分必要;而在这“一神”的选择中,僻在蜀中的梓潼神在民俗、皇权、社会变迁、道教等多种因素和力量的推动下有幸“中选”,成了后代科场冥冥中的“主试”。从此每位举子都“公平”地分享着文昌梓潼帝君的庇护,并接受由它“前定”的科名或“下第”的结局——不管你情愿与否。这实际上是把“科名前定论”推向了更高的层次,这就是“文昌梓潼帝君”出现的社会文化意义。

笔者曾在拙文《科名前定:宋代科举制度下的社会心态》中说,“科名前定论”给统治阶级帮了大忙:“它不仅为科举制度、也为统治者自身涂上了神圣的色彩,而且成了上上下下化解矛盾的润滑剂,治疗心理创伤的麻醉药,甚至是掩盖社会阴暗面的遮羞布,故虽显然谬妄,却能长盛不衰。”自从“前定”科名的诸神转型为“文昌梓潼帝君”一神之后,其性质并没有改变,所以统治者对这个科举神欣然接受,并

---



① 《雪山集》卷11,影印文渊阁《四库全书》本。

让出象征性的“主试”宝座。只是在贡院的隆隆炮声中请出帝君“进场主试”时,更多了几分滑稽,而绝大多数举子实际“分享”到的,恐怕并不是“神”所赐予的惊喜,而是一杯廉价的“心灵鸡汤”。

(2008 年 2 月 21 日元宵节写成。原载《厦门大学学报》2009 年第 5 期)

# 试论王应麟《词学指南》的价值

王应麟(1223—1296),字伯厚,号深宁居士,又号厚斋,南宋庆元府鄞县(今浙江宁波)人。淳祐元年(1241)进士。他鄙薄当时事举子业者得到科名后便一切委弃,而以通制度典故为"通儒",誓以博学宏词科自见,遂于宝祐四年(1256)中是科。历通判台州,擢秘书郎,迁著作佐郎。累迁中书舍人兼直学士院,转礼部尚书兼给事中。平生著述宏富,有《深宁集》一百卷,久佚,现有辑本流传。各类著作多达二十余种。《宋史》卷438有传。

北宋熙宁间王安石变法,对科举制度进行改革,罢诗赋而用经义取士。这种改革的负面影响,是专习经义造成了文士写作水平普遍下降,文化历史知识严重匮乏,而冲击最大的,是朝廷、官府常用的四六应用文体的写作乏人,于是绍圣二年(1095)哲宗不得不下诏设置"宏词科",专门选拔四六应用人才,实际上是对科举罢诗赋之流弊的补救。徽宗大观四年(1110)五月,改为"词学兼茂科";高宗绍兴三年(1133)七月,又改为"博学宏词科",前后通称"词科"。对两次改名的原因,王应麟解释说:"盖是科之设,绍圣颛取华藻,大观俶尚淹博,爰暨中兴,程式始备,科目虽袭唐旧,而所试文则异矣。"[①]再说得明白些,就是"博学宏词科"更注重"博学",也就是更看重考生的"记诵"功夫。[②]

---

① 王应麟《词学指南序》,《词学指南》卷首,王水照编《历代文话》本。

② 有关宋代词科的设置、考试等诸问题,请参拙文《宋代词科制度考论》,载拙编《宋代科举与文学考论》,大象出版社2006年版。

《词学指南》(以下简称《指南》)是王应麟专门研究宋代词科的一部学术专著。该书所记考试题目止于宋度宗咸淳十年(甲戌,1274),则是书当完成于入元之后。这时科举已废,其写作目的盖有总结宋代词科以保存"国粹",为将来恢复传统之用的深意。原本单行,后附刻于《玉海》之末,即《玉海》二百卷,附《词科指南》四卷,为卷201至卷204。是书主要探讨词科备考和考试中各体文的写作法,并保存了许多难得的词科史料。因后代科举不设"词科",而近代以来科举名声又很"臭",故向不为学界所重,极少有学者专门"光顾"。[①] 但此书在文献学、文章学及宋代词科史研究方面有着独特的价值,不应该受到如此冷遇。本文试为论之。

## 一、"编题""编文",总结了宋代类书的编纂方法

词科在大观间由"宏词科"改为"词学兼茂科",绍兴初又改为"博学宏词科",实际上就是由考试重"文"(词章)向重"学"(知识)跨出了两大步。所谓重"学",重知识,说白了就是重"记诵"(即背诵)。宋代其他科目考试也是如此,如制科考试,几乎要求举子背诵所有重要的经、史、子文献,甚至包括经典注疏,当时就有人批评这是"穷以所未知,强以所不能"。[②] 而词科自改为"博学宏词科"后,重背诵的强度丝毫不减制科。考试政策决定了举子备考方法的取向。欲应改制后的词科考试,必须面对现实,用长时间、下大力气诵书、编题、编文。

《指南》卷1论应词科考试的知识储备和资料准备,即如何编题、诵书、编文等,主要指示学者如何类辑资料。这里专谈编题、编文,并由此通观宋代众多科举所用类书的编纂。

《指南》卷1首论"编题",引东莱先生(吕祖谦)曰:

> 编题只是经、子、两《汉》、《唐书》、实录内编。初编时须广,宁泛滥,不可有遗失,再取其体面者分门编入。再所编者,并须覆

① 侧闻中山大学有一篇研究《词学指南》的硕士论文,未见。
② 见《宋会要辑稿·选举》一一之三六载淳熙十二年(1185)二月二十六日李巘奏。

> 诵,不可一字遗忘。所以两次编者,盖一次便分门,则史书浩博,难照顾,又一次编则文字不多,易检阅,如宣室、石渠、公车、敖仓之类,出处最多,只一次编必不能尽。记题目须预先半年,皆合成诵,临试半年覆试,庶几于场屋中不忘。

吕祖谦是说,类编资料应分两步走,即先从他所框定的那些经、子、史书中进行"初编",然后再分门编。所谓"编题",据所举"宣室"、"石渠"等例,即指所设小类名目,也就是常说的类书子目。然后再取小类中"体面者"分门编入——这里的"体面",当是"脸面"的意思,也就是最符合门目原义、最能概括该目内容的标题文字,它像人的眼目脸面一样,是一种标识。初编的原则是"广"取,再编方是过细。之所以要分两次编而不是一次便分门,他说这是因为资料浩博,分两步便"文字不多",有利于彼此"照顾"。吕祖谦曾于隆兴元年(1163)中进士、博学宏词两科,对科举时文有很深的研究,影响很大,上述编题法自当是他的经验之谈。王应麟补充说:"凡作工夫须立定课程(原注:日日有常,不可间断)。日须诵文字一篇,或量力念半篇,或二三百字(原注:须分两册,一册编题,一册编语,卷帙太多,编六七板亦得)。"他还说:"编题用工数年,虽不能全无缺遗,然大概备矣。"总之用功须勤,不能间断,方可成功。

王应麟再引西山先生(真德秀)道:

> 始须将累举程文熟读,要见如何命题用事,如何作文。既识梗概,然后理会编题。经史诸子悉用遍观,其间可以出题引用并随手抄写,未须分门,且从头看,凡可用者悉抄上册。如《尚书》则《舜典》"望秩"、"禋宗"、"九官"之类皆录。一书毕,复理会一书,以详且精为先,不可少有遗缺。

他是说,先要熟读科场时文,摸清其写作特点和路数,这样的"编题"方能有的放矢。真德秀也认为资料类辑应分两步,先是编题并遍观群书,"随手抄写",这时"未须分门";待"详且精"、"少有遗缺"之后才分门。辑录文字既要"遍观",又要一本一本地精读。真氏不仅是宋末著名理学家，而且也曾在开禧元年（1205）中博学宏词科，所论无疑也是自己备考的心得。

王应麟接着指出，读书、编题要掌握重点，“经书《周礼》题目最多，官名皆可作箴，制度名物皆可为铭为记。其次则《礼记》外三经皆有之，功夫多在三《礼》。有题目处须参注疏。次及《国语》、《战国策》、《史记》、两《汉书》……本朝题目须是盛德大业、礼乐文物、崇儒右文等事方可出（不必泛记）……（以下言子书、集部书的重点，此略）”

总之，考试时凡可引用处“皆当遍阅搜寻，如前法编类，不可缺略。俟诸书悉已抄过，然后分为门目”，“先理会一门竟，然后以次编纂。如谓历法，则凡经、史、百家所载历事悉萃为一处，而以年代先后为次第，如黄帝历为先，颛帝历次之，夏、商、周、鲁历又次之，本朝历又次之。它可类推。”

在“编文”中，王应麟又引吕祖谦语，列举了“皆须分门节”的一些重要典籍（如《左传》《汉书》）、文章总集（如《文选》）、著名作家文集（如韩柳欧苏等）。“编文”即分门节录文字，这是具体操作，某些内容该入何门类，有时很棘手。王应麟提出了一些具体处理的意见：“如《左氏》‘三辰旂旗’之类皆可入车旗；如《二京》《三都赋》所言居处皆可入宫室；如西汉乐章之类皆可入郊庙、礼乐等处；如韩文《上尊号表》《潮州谢表》皆可节入歌功颂德……余以类推。”至于“备四六之用”的资料类辑，可“长句作一处节（如‘乃心罔不在王室’、‘学有缉熙于光明’之类），四字作一处（如‘迄用有成’、‘熙帝之载’之类），两字作一处（如‘畴古’、‘若时’、‘燕及’之类）”。

以上是王应麟所述资料类编方法的主要内容。由此可见，他所论包括了师门前贤及自己的见解，带有总结性质，尤其重实际操作。那么其理论指导实践的成效如何呢？盖所编《玉海》是最好的证明。大型类书《玉海》，其实就是王氏当年为应博学宏词科考试而类辑的资料。该书规模巨大，卷帙浩繁，在二百卷中凡分“天文”、“律历”、“地理”、“帝学”等等二十一门。又分二百四十余类，如“天文”分“天文图”、“天文书”、“仪象”、“圭景”四类。每类再分若干小类，如“天文图”共有三十一小类，包括“中宫”，“二十八舍”，“周易分野星图”，汉天文图籍，以及晋、梁、唐各代图籍，最后是北、南两宋图籍，以《黄裳天文图》殿尾。确定类、小类名目，就是所谓“编题”；每小类要摘录大量文献资料为其内容，这就是“编文”。如果说这是“地毯”似的搜索和类辑资料，那毫不言过，由此也可看出词科考试重“记诵”的强度，举子几乎是无书不读，无条目不记。

王应麟编《玉海》是为了自用，并非有意要编书传后，到元代后至元六年（1340）方才刊行。《玉海》虽是应试用的“类编”书，目的或不甚“崇高”，却有很高的学术价值。《四库提要》曰：“其作此书，即为词科应用而设，故胪列条目率巨典鸿章，其采录故实亦皆吉祥善事，与他类书体例迥殊。然所引自经史子集、百家传记，无不赅具，而宋一代之掌故，率本诸实录、国史、日历，尤多后来《宋史》所未详。其贯穿奥博，唐宋诸大类书未有能过之者。”他还编有《小学绀珠》十卷，《四库提要》称该书“分门隶事，与诸类书同”。如此看来，《玉海》是在广泛吸收和借鉴前人经验的基础上纂辑成书的，可谓代表了宋代类书编纂的最高水平；而王应麟所总结的类书编纂理论，自然也代表了宋代类书编纂理论的最高水平。

宋代是个“盛产”类书的时代。究其原因，岳珂说得很明白：

> 自国家取士场屋，世以决科之学为先，故凡类书条目、撮载纲要之书，稍可以便检阅者，今汗牛充栋矣。建阳书肆，方日辑月刊，时异而岁不同，以翼速售；而四方转致传习，率携以入棘围，务以眩有司，谓之怀挟，视为故常。[①]

当日市场上的类书可谓“汗牛充栋”，流传至今的也有数十部之多，著名且质量较高的，如潘自牧《记纂渊海》一百卷，章如愚《群书考索》前集六十六卷、后集六十五卷，谢维新《古今合璧事类备要》前集六十九卷、后集八十一卷、续集五十六卷、别集九十四卷、外集六十六卷等，也为数不少。[②] 不过宋代像王应麟这样亲自动手、下功夫自编自用的却

① 《愧郯录》卷9《场屋类编之书》，影印文渊阁《四库全书》本。
② 参见拙著《宋代科举与文学》第十四章《宋代的科举用书》，中华书局2008年版。

并不多,更多的是书坊请人类辑成书以射利。这些书动辄数十百卷,往往相互抄袭,错误百出。举子在这种类书中讨生活以应付考试,国家则用考试取才,实在误人误国,所以当时有识之士对"编类"多持批评甚至反对的态度,它实际上是学风浮躁、败坏的产物。但是,既然作为文化遗产流传了下来,就不能简单地一"骂"了之,在超越了科举功利之后,它们中许多仍有使用或研究价值,而如《玉海》,就更不可小觑。

类书因多出于书坊,故很少有编者或他人的序跋,即便有,往往也对该书是如何编纂"出笼"的秘而不宣。如刘达可编《璧水群英待问会元》九十卷,有淳祐乙巳(五年,1245)友人建安陈子和序,只是称赞其书"条分缕析,纲举目张,每一门必附之以十数条类,每一类又附之以三四节目,宁贵乎尽而无遗,宁取乎备而无略"云云。实际上,所谓"璧水群英"即指学校诸生,"待问"指科举考试时对答策问题。于是,通过王应麟在《指南》中所揭示的编类过程和方法,我们很自然地可以联想并循此而考察宋代为数众多、卷帙纷繁的类书的编纂方法及用途。比如《直斋书录解题》卷14《类书类》著录洪迈《经子法语》二十四卷、《左传法语》六卷直至《南史精语》十卷等共八种凡一百零五卷,陈振孙谓"皆所以备遗忘",只是洪氏"多取句法"。洪迈曾中博学宏词科,那么这些书显然也是他精读经、史、子书后分类编题、编文而成,同样是为了词科备考,王应麟应该曾经参考。《玉海》之所以"与他类书体例迥殊",在于它是以"博览天下之书以著于一书"①的功夫编纂出来的,门径较洪迈更宽,内容极其丰富,编录十分严谨,故质量更上乘,文献价值也更高;至于书肆那些"以翼速售"的可谓汗牛充栋的东西,与它完全不可同日而语。

## 二、词科十二体"体式",丰富了宋代文章学

本文开头说过,绍兴三年(1133)七月,宋高宗诏改"词学兼茂科"为"博学宏词科"。按绍兴法规定,考试"以制、诰、诏书、表、露布、檄、

① 薛元德《玉海后序》语,见《玉海》卷末。

箴、铭、记、赞、颂、序十二件为题,古今杂出六题,分为三场,每场一古一今"。[1] 就是说,每次考试并非十二种文体都要全考,而是只考三场、每场二题,共考六题,即六种文体。每次到底考哪六种,则由出题官随机决定。所谓"每场一今一古","古"指历代故事,"今"指本朝故事。如《夏禹九鼎铭》,这是"古",即"历代故事";而如《代宰臣以下谢赐御制冬祀庆成诗表》,这是"今",即"本朝故事"。

词科考试十二种文体的写作法,由于词科久废,后代学者很少有人关心。其实这是失误。十二体写作法研究的是文章学,而文章学的一些基本原理,是没有科举甚至古今之别的;况现存宋代文献中,当年科场十二种文体的作品还有不少流传至今,作为文化和文学遗产,也有研究的必要。

《指南》卷2引西山先生真德秀曰:"词科之文,谓之古则不可,要之与时文亦夐不同,盖十二体各有规式。"这是说,词科的十二种考试文体既非古体,也不同于时文,它有自己特殊的"规式"。故王应麟又引真氏曰:"凡作文之法,见行程文可为体式,须多读古文,则笔端自然可观。""规式"也就是"体式",本文统一用常见的"体式"一词。他再引陈晦语曰:"读古文未多,终是文字体轻语弱,更多将古文涵泳方得。"总之,宋人强调"时文以古文为法",而词科之文尤然。在宋代科举考试中,唯词科文体可说是"学以致用",翻开宋人文集,多有"十二体"之文,若作过代言之官的就更多了。

绍兴博学宏词科的十二种文体,又可分为三类:一是四六文,包括制、表、露布、檄四种(其中表、檄等,汉、晋以前用散文,晋以后改用骈文);二是四六或散体皆可,包括诏、诰二种;三是只能用散文的二种:序、记;四是韵语:箴、铭、赞、颂。十二种文体中,王应麟引真德秀语,认为"所急者制、表、记、序、箴、铭、赞、颂八者而已。若诏、诰,则罕曾出题,檄、露布,又军兴方用,皆尚可缓"。在"所急"的八种中,王应麟又引平斋洪公(咨夔)曰:"制、表,如科举之本经,所关尤重。"



① 见《宋会要辑稿·选举》一二之一一、《容斋三笔》卷10《词学科目》。

并举例道:“隆兴元年(1163)陈自修试颂及露布,冠绝一场,偶表、制中有疵,因不取。”[①]这就是说,在词科考试中,制、表乃重中之重。这道理很简单:词科考试既以搜罗“词臣”为目标,而制是为皇帝代言,表则常被皇帝“御览”,两种乃词臣用得最多、最受关注的文体,自然也最“重”。

本文限于篇幅,无法全面考察王应麟所论的十二种“体式”,唯从文章学的角度,分别选取四六、散文两体各二种,前者举所谓“重中之重”的制、表,后者举记、序,略引各家论述,以见王应麟对词科文体“体式”的研究。

1. “制”及其体式

“制”是皇帝的命令,秦以前称“命”,秦代改为“制”。它是所谓“王言”的一种,宋代用于官员除授和罢免。臣下作制是代皇帝立言,这对于封建时代的文人来说,是一件极为荣耀的事,所以对其写作也特别留意。此种文体,宋代例用四六,因为“制用四六,以便于宣读”。[②]

“制”成为考试文体之一,始于唐代翰林学士的入院试。宋代词科所试制,《指南》卷2载其格式为:

> 门下:……云云(“云云”为内容之省,为醒目,今在前加删节号。下同)。具官某,……云云。于戏!……云云。可授某官,主者施行。

制词的写作,真德秀以为三处最为重要,即破题、叙新除处、戒词。他说:

> 曰制曰诰,是王言也,贵乎典雅温润,用字不可深僻,造语不可尖新。制词三处最要用功。一曰破题,要包尽题目,而不粗露(首四句体贴)。二曰叙新除处欲其精当,而忌语太繁(推原所为

① 《词学指南》卷1。
② 《词学指南》卷2。

之官,除授之意,用古事为一联尤好。……)。三曰戒词,"于戏"而下是也,用事欲其精切(须要古事或古语为联,切于本题,有丁宁告戒之意。……)。三处乃一篇眼目灯窗。……若夫褒辞,则亦须切当,文武宗室各用得体,平时先要准备。

关于破题,王应麟引吕祖谦曰:

制破题四句,或兼说新旧官,或只说新官。如自资政殿学士提举宫观、建节,上两句说提举宫观,下两句说建节,此兼说新旧官也。若四句,只大概说藩屏方面之意,此只说新官也。其四句下散语,须叙自旧官迁新官之意,如"眷时旧德,肃侍燕朝"之类。

破题又叫"制头",王氏进一步指出:"制头四句,能包尽题意为佳(如题目有'检校少保',又有'仪同三司',又换节,又带军职,又作帅,四句中能包括尽此数件是也)。若铺排不尽,则当择题中体面重者说,其余轻者于散语中说亦无害(轻者如军职、三司是也)。制起须用四六联,不可用七字。"又曰:"制头四句说除授之职,其下散语一段略说除授之意。……然只是大概说意,不可说得太深。"可见他们的目光都首先集中在破题,要点是必须"包尽题意"。如《指南》举孙觌《镇洮军节度使除大尉制》为例,其破题曰:"门下:价藩经武,久资戎翰之良;帅阃畴用,增重本兵之寄。"王氏批注曰:"此制包尽前后任,又下语稳。"意思是"价藩经武,久资戎翰之良"两句说镇洮军节度使,而"帅阃畴用,增重本兵之寄"两句则说新除的大(太)尉一职,故四句"包尽"了题意。宋人特重破题,这固然与时文程式有关,但作文以开头最重要,也最难,它是全文的纲领,关系到文章的成败,今天写作也是如此,只是不必一定要"包尽题意"那么死板。

除破题外,制也特别讲究语言,必须典重、温润,用词下字不可轻率,因为它代表的是皇帝、国家,一定要严肃而有分寸。何谓"典重"(或"典雅")?王应麟曰:"制辞须用典重之语,仍须多用《诗》《书》中语言,及择汉以前文字中典雅者用,若晋、宋间语及诗中语不典者,不可用。"又引叶适(水心)曰:"荆公(王安石)取经史语组缀有如自然,谓之典雅,自是后进相率效之。”则所谓典重、典雅,即多用经籍、古书语,既具权威性,又有来历,雅致可诵。四六的特点是用事多,用事之法,王应麟引刘克庄(后村)曰:“四六家以书为料,料少而独恃才思,未免轻疏;料多而不善融化,流为重浊。二者胥失之。”则“料”少固不可,“料”多也未必就好,而是要“融化”如同己出,不能生搬硬套。王应麟还特别指出,欲写好制词,熟读前辈四六大家如王安石、苏轼、汪藻、周必大等人的作品,“则下笔自中程度”;但也要注意:“场屋拟制与敭庭之文又不同,须全依定格。”这是说,考场的拟制与朝廷实际所行之制还有所区别,考场有考场的“定格”,举子必须严格遵守。

制又可分文臣除授制、除帅制、宰相制、中书舍人召试制等数类,大体格式相同,内容略有变化而已。

### 2. “表”及其体式

“表”是臣下向皇帝上书陈事所用的文体。《指南》卷 3 列“贺”、“谢”、“进书”、“进贡”、“陈请”数类。明代学者徐师曾《文体明辨序说》曰:“古者献言于君,皆称上书。汉定礼仪,乃有四品,其三曰表,然但用以陈请而已。后世因之,其用浸广,于是有论谏,有陈劝(劝进),有陈乞(待罪同),有进(进书)献(献物),有推荐,有庆贺,有慰安,有辞(辞官)解(解官),有陈谢(谢官、谢上、谢赐),有讼理,有弹劾。所施既殊,故其词亦异。至论其体,则汉、晋多用散文,唐、宋多用四六。而唐、宋之体又自不同:唐人声律时有出入,而不失乎雄浑之风;宋人声律极其精切,而有得乎明畅之旨,盖各有所长也。”《指南》载贺表格式为:

> 臣某言(或云“臣某等言”):恭睹(守臣表云“恭闻”)某月日……云云者(祥瑞表云“伏睹太史局奏……云云者”,守臣表云“伏睹都进奏院报……云云者”)。……云云。臣某欢抃欢抃,顿首顿首。窃以……云云。恭惟皇帝陛下……云云。臣……云云。臣无任瞻天望圣、激切屏营之至,谨奉表称贺以闻。臣某欢抃欢

抃，顿首顿首。谨言。

年月日，具官臣姓某上表。

同时还列有谢表及进书表、进贤表、陈请表的格式，此略。要之，表的类别甚多，已如上引徐氏所述。因内容、格式有差异，作法亦略有不同，故王应麟引真德秀曰："表章工夫最宜用力。先要识体制，贺、谢、进物，体各不同。"虽因表的用途不同，写法略异，但总的要点是一样的，也是特重破题。王应麟说："一表中眼目，全在破题二十字，须要见尽题目，又忌体贴太露。……贴题目处须字字精确。且如进书表，实录要见实录，不可移于日历；国史要见国史，不可移于玉牒，乃为工也。"所谓"体贴"，也就是切题，从王应麟所举汤思退《代守臣谢赐御书〈周易〉〈尚书〉表》中可以直观地说明。该表破题曰："宸章帝藻，粲如琬琰之传；神画圣谟，较若天人之备。"王氏批注曰："此表头'神画圣谟'及'天人之备'，便见《易》与《书》之意，如此方切题，不可泛泛说御书经书也。"

至于表的语言，王应麟说："大抵表文以简洁精致为先。用事不要深僻，造语不可尖新，铺叙不要繁冗：此表之大纲也。"又说："四六有作流丽语者，须典而不浮。"在《指南》卷 3 中，王应麟分起联、"窃以"用事、推原、铺叙形容、用事形容、末联六个表文的重要部位，分别摘录了前辈名家（绝大多数为宋代作家，前代仅举唐李吉甫等）的大量偶句以为范例，教人模仿学习。

从制、表的体式和作法可以看出，作为"王言"的制，以及上皇帝的表，文章都是千篇一律，程式十分严格。故倪思（正父）曰："文章以体制为先，精工次之。失其体制，虽浮声切响，抽黄对白，极其精工，不可谓之文矣。凡文皆然，而王言尤不可以不知体制。"[1]特别是制，文字必须典雅温润，具有"朝廷气象"，又要高度准确和凝炼，因此对作者写作水平的要求很高，一般人难以胜任。

---

① 《词学指南》卷 2。

### 3. “记”及其体式

在词科考试中，记、序是“十二体”中只能用古文写作的两种文体。记者，记事之文也，其起源较晚，《指南》卷4引真德秀语，谓其“至唐始盛”；又曰：“记以善叙事为主。前辈谓《禹贡》《顾命》乃记之祖，以其叙事有法故也。后人作记，未免杂以论体。……事多，贵乎善剪截，不然则繁冗矣；事少，贵乎铺张，不然则枯瘠矣。”记因为用古文，故不像制、表那样有个“套子”，也就是没有太严格的程式，但基本的格式仍是有的，《指南》载记体文的“今题式”：

> 曾子开（肇）《重修御史台记》首云：“元祐三年新作御史台，有诏臣某为之记，……云云。”末云：“辄因承诏诵其所闻，以告在位者，使有以仰称列圣褒大崇显之意焉。”
>
> 东莱（吕祖谦）《隆儒殿记》首云：“仁宗皇帝皇祐纪元之三载，……云云。”末云：“臣既述其事，谨待制旨而勒之石。”

以下尚有周必大《选德殿记》例，此略。王氏引吕祖谦曰：“记、序有混作一段说者，有分两节说者。如未央宫，先略说高帝、萧何定天下作宫一段，乃说‘为之记曰’。”王应麟说得更详：“作记，有叙其事于首者，如宫殿经始于某年某月，落成于某年某月之类，先说在头一段，然后人为之记曰云云。周子充（必大）《汉未央宫记》首云‘汉高帝……云云。八年，萧何始治未央宫，……云云’是也。有叙其事于尾者，如詹叔羲《汉城长安记》云：‘城肇功于元年正月，已事于五年九月，云云。为门者十有二，南北则象斗形，云云。洪景伯（适）《唐勤政务本楼记》末云‘楼成于开元二年之九月’云云是也。”

除上述外，《指南》卷4还节引了宋代多位名家的论述，如引真德秀曰：

> 记、序用散文，须拣择韩、柳及前辈文与此科之文相类者熟读（举韩柳记体文例，此略）。……作文贵乎严整，不可稍类时文（原注：须忌之乎者也虚字、重字太多）。

> 记、序以简重整严为主，而忌堆叠窒塞；以清新华润为工，而忌浮靡纤丽。

总之，记体文是散文，是古文，严谨而又灵活，文学性较强，与时文有区别。

4. “序”及其体式

《指南》卷4王应麟曰：“序者，序典籍所以作也。”序的渊源甚远，学者多追溯《诗》序。真德秀论“序”曰：“序多以典籍文书为题，序所以作之意。此科所试，其体颇与记相类，姑当以程文为式，而措词立意，则以古文为法可也。”其“今题式”为：

> 周必大《皇朝文鉴序》，首云“臣闻……云云，赐名《皇朝文鉴》，而命臣为之序……云云”。末云“臣虽不肖，尚当执笔，以颂作成之效云”。
>
> 韩驹《国朝会要序》，首云“臣闻……云云”。末云“若其条贯舛谬，辞语浅薄，臣之罪也，无所逃戾。冒昧圣览，惟陛下幸赦之”。

序因其体与记相似，故作法也多见于上文论“记”。王氏又引东莱先生吕祖谦曰：

> 作记、序，若要起头省力，且就题说起。谓如《太宗金鉴书序》，则便“太宗皇帝云云”，说鉴治乱、贤不肖之意；若《花萼相映楼记》，则便说“唐玄宗皇帝云云”，说兄弟友悌之意，不可泛说功德，须便入题意。

吕氏的意思是说，记、序的起头最好是从题目说起，不可泛说，这样一下笔便直接入题，显得“省力”。再引真德秀曰：“序多以典籍文书为题，序所以作之意。此科所试，其体颇与记相类。姑当以程文为式，而措辞立意则以古文为法可也。”序的功能是说明典籍写作缘起，故与记相近。词科中“序”是用散文，与“记”一样，也应当“以古文为法”。



综上所述，王应麟溯源探流，对宋代词科考试中的四种文体的文体特征及作法，引各家之说并参以自己的写作心得，作了深入的探讨。其中制、表二体，现虽早已废而不用，但对我们阅读古书仍很有帮助，而记、序二体，现时仍在使用，特别以序为常见。在十二体中，即便现在有的文体不用或很少使用，但并不等于已完全丧失了现实的价值。比如制、表二体，前者与当今某些政府文告（命令、通知等）有相似之处，后者则相当于报告、贺词之类，名目不同，功能大致仍在，其写作方法依然很有参考价值。比如制诰文的“典雅温润，用字不可深僻，造语不可尖新”，对政府公文来说，这仍是适用的；而表文以“简洁精致为先，用事不要深僻，造语不可尖新，铺叙不要繁冗”，报告、贺词之类当以为法。当然，各体体式中那些繁缛的程式、歌德颂圣的内容，是应当摒弃的。对词科十二体的体式研究，王应麟不是最早的，如《指南》所引诸家皆在其先，但像他这样具有系统、完整，带有总结性质的论述，在宋代恐无第二人；虽然他讨论的是科场文字，但所提示的文法则是共通的，这无疑丰富了宋代的文章学，其贡献和价值不可忽视。

还应特别指出的是，王应麟在十二体体式研究中，征引了大量宋代学者的言论，尤以吕祖谦（东莱先生）、真德秀（西山先生）为重要；但据检索，现存吕、真二人著作中皆无其文。其他论者也大抵类似。因此，这些言论不仅对研究词科、也对研究这些学者的文学和文章学思想极为珍贵。又，《指南》在论说中摘录了十二体文的大量断句，又在部分文体论说之后附有署名范文数篇。大多数断句、例文出处仅见此书，为宋文辑佚提供了宝贵资料。则《指南》即便是论文章学的部分，其文献学价值也不容低估。

## 三、历科题目及题名，记载了宋代的词科史

“博学宏词”的名目虽源于唐代的制科，但宋代的“博学宏词科”连同其前身“宏词科”、“词学兼茂科”，却是宋代所独具的一个科目，就其内涵论，可谓前无古人、后无来者。[①] 但相对进士科来说，此科的

① 对此，参拙著《宋代科举与文学》第一章第四节《词科的设置》，中华书局2008年版，第30页。

文献史料却并不多。《词学指南》一书不仅对词科考试中各体文的体式作法论之甚详，并附有不少例文；尤其是在论述每一个文体的体式之后，都以“题”为目，详载了各年份的题目，极有参考价值。这里简述之，只以制、记两体为例。

制题起于政和辛卯（元年，1111），题为《雄武军节度使开府仪同三司除侍中（制）》（词科试“制”乃大观四年新增，此前不考，故无其题），止于咸淳甲戌（十年，1274），题为《资政殿大学士宣奉奉大夫……授宁武军节度使……（制）》，共载题六十一道，各题皆有具体的考试年份。其中除五道是“词学科”题目外，[1]词科共有五十六道。也就是说，词科共考制题五十六次。

记题起于绍圣丁丑（四年，1097），题为《籍田记》，也止于咸淳甲戌，题为《周采地记》，共录题六十九道，各题亦皆有考试年份。其中四道为词学科，则词科考记共六十五次。

其他十体，都有类似于上的记载。由于每科考试只考三场共六题，又要求以“一古一今”搭配，故就每种文体论，考试的次数并不相同。如果将所有的记载集中起来，以年代为纲、以文体为目制成表格，那么就可得到宋代词科历次考试题目总览表。

《指南》还在卷 4 设有“词学题名”（此“词学”即词科，非词学科）一栏，记录了自绍圣二年（乙亥，1095）宏词科首榜至大观己丑（三年，1109）共十一榜，中第三十一人。又收录自政和辛卯至建炎元年（戊申，1128）词学兼茂科共十五榜，中第三十六人。又收录绍兴五年（乙卯，1135）至开庆元年（己未，1259）博学宏词科共二十五榜，中第四十人。由于多数年份虽有考试但无人中第，故上述有题名的榜数与前面有考题的年份数并不相等。此题名记载了两宋词科中第人的全部名单。当后世学者还在极其费力地钩稽宋代进士登科录的时候，词科竟有如此完整而权威的记载，不能不说是一件幸事。

这样，如果将上述各科、各年份考题以及各榜中第人组合起来，就

---

① 宋末由于词科衰落，故另设“词学科”降格以求人才，但存在时间很短。参《宋代科举与文学》第 39—40 页。

构成了一部宋代词科编年史的较精确的框架(容有遗漏)。较之宋代科举其他科目因史料散亡难以完整地复原来,这是独一无二的。

尤其珍贵的是,王应麟在《指南》之末还附录了宝祐四年(1256)词科三场考试、每场二题凡六篇文章,这是场屋试卷文字。在宋代科举各科中,像这样完整保存一科三场全部试场文字的,也很少见。作者又在其下以“博学宏词所业”为目,收录十二体、每体二题凡二十四篇,“所业”即平日习作。这些文章,原书虽未署名,实皆王应麟自己所作,他是此年唯一的登第者。在王氏百卷本文集失传的情况下,这三十篇文章,无疑是一笔不小的辑佚资源,后人已将其悉数辑入《四明文献集》及《摭余编》中。这些文章,无论对研究王应麟还是研究宋代词科史,都提供了宝贵的资料。

据《宋史》本传,王应麟除《词学指南》外,还有《词学题苑》四十卷,明《文渊阁书目》尚著录一部十册,后失传。该书内容今不可考,疑即全录宋代词科所有年份各体文的考题及登第人试卷,当然也可能是揣摩拟题,无论是何种,都说明王氏确为保存、研究宋代词科史文献的有心人。

综上所论,王应麟《词学指南》一书虽篇幅不大(止四卷),但内容却十分丰富,在文献学、文章学和宋代词科史研究方面有着重要的价值,决不应因为它研究的对象(词科)过时而被忽略或轻视。

(2009年3月10日写成,4月20日改定。原载《王应麟学术讨论集》,清华大学出版社2009年版)

# 论科举与文学关系的层级结构

## 一、问题的提出：困惑与出路

所谓科举与文学的关系，其实就是科举对文学起什么作用的问题。厦门大学刘海峰教授，多年来一直研究科举制度并卓有成就，在他带有总结性的专著《科举学导论》第十章《科举文学论》第一节《诗赋与策论》中，归纳了当前学界在科举与文学关系研究上的现状，那就是分成“促进”和“促退”两派。[1] 此分法或可议（详后），不妨采其说以入题，可以节省征引文献的篇幅。

该书指出，一派主张科举促进文学繁荣，摘引刘虹先生《科举学的文学视角》为证：

> 一方面唐代科举考试诗赋是唐代诗赋繁荣的结果，唐诗的发展催促以诗赋取士的兴盛，而另一方面以诗赋取士，诗歌便成为仕进的一块敲门砖，士子唯在善于此道才有希望跻身仕进之门，这就必然促进士子将心血用于诗歌的创作，并形成推崇诗歌的社会风气，又反过来促进唐诗更加繁荣。换句话说，唐诗的繁荣与科举考试是互为表里的。

其下又引吴在庆先生《科举制对唐代文学的影响》一文，认为“科举制度引发唐代文人对其科举生活的歌咏叙述，产生了与此有关的大量

---

① 见该节第一小题《试帖诗与律赋》，华中师范大学出版社 2005 年版，第 206—209 页。

诗文，全面地展现了科举生活的方方面面，诸如读书习业、乡举里选、投文干谒（行卷风尚）、漫游邀名、场屋省试、及第落第、慈恩题名、曲江杏园游宴、送行赠别等等”。刘虹所论为“科举考试”，这里说的则是“科举制度”。其下还引有吴在庆的另一篇论文，以及陈飞先生的论文等。



刘海峰又指出：

> 另一派观点认为，科举制并不能促进唐宋文学的繁荣。例如，程千帆《唐代进士行卷与文学》一书便认为，以甲赋、律赋为正式的考试内容来考察，唐代科举考试对文学基本上是“促退的”，如果有促进作用的话，那是因为进士科举以文词为主要考试内容因而派生的行卷这种特殊风尚起过一定的促进作用（程千帆：《唐代进士行卷与文学》，上海古籍出版社1980年版，第88页）。傅璇琮则说：“唐代进士科的考试诗赋，还对文学的发展起过一定消极的作用。”（《唐代科举与文学》，陕西人民出版社1986年版，第408页）

刘先生是赞成“促进派”观点的：“从许多方面看，科举制都直接促进了唐诗的兴盛和唐宋文学的繁荣。”

但是，“促进派”诸家所论，未必就能说服所谓“促退派”。甲赋、律赋与文学没有关系，程千帆先生考之已详，事实俱在，后学所论，似乎还不能推翻。至于科举取士促进了唐诗的繁荣，傅璇琮先生认为这是“误解”。他在回顾唐代考诗赋的历程后指出：“以诗赋作为进士考试的固有的格局，是在唐代立国一百余年之后。而这以前，唐诗已经经历了婉丽清新、婀娜多姿的初唐阶段，正以璀璨夺目的光彩，步入盛唐的康庄大道。在这一百余年中，杰出的诗人已络绎出现在诗坛上，写出了历世经久、传诵不息的名篇。这都是文学史上的常识，不需要多讲的。”①这就是说，在进士科考诗赋之前，唐诗就已繁荣，其繁荣局面不是靠科举考试“促进”才形成的。到目前为止，“促进派”似乎也

① 见该节第一小题《试帖诗与律赋》，第206—209页。

还没有充足的理由抹杀傅先生所说的"常识"。那么,到底该如何认识、定位科举与文学的关系呢?看来这是个有较大难度的理论问题。说它有较大难度,不是它有多么高深玄妙,恰恰相反,道理可能很浅显,但因"科举"这个体系过于庞大,隐藏在它背后的真相一时很难厘清,也许是研究者的困惑之所在。

上述两派的观点,看似尖锐对立,那是不是"公说公有理,婆说说有理"呢?当然不是。笔者认为,这是还没有弄清问题的症结、没有找到解决问题的出路之故,只要把准了"脉",其实不难达成一致。笔者认为,将科举与文学的关系层级化,也许是解决问题的最好出路。

上引刘海峰先生在叙述"促退派"的观点时,笔者之名也忝列于程千帆、傅璇琮两先生之后,并引拙文道:

> 将唐代进士科考试对文学的发展是"促退的",两者是"背道而驰"的结论引申到宋代,①不仅完全正确,而且还可以加上"较唐代更甚"这类推进语,"如果要对宋代科举与文学之关系作一简明的定性的话,我们完全有理由选择'悖反'这个词"。(《"举子事业"与"君子事业"——论宋代科举考试与文学发展的关系》,载《厦门大学学报(哲社版)》2004年第4期)

不过,刘先生将笔者派入"促退派"之列,似乎并不准确。在他所说的两派中,笔者其实不属于任何一派,或者说兼有两派,而是"层级结构"论者。

## 二、科举的两大层级:科举制度与科举考试

何谓"层级结构"?这虽是笔者在撰写本文才提出的一个"新概念",但在上引《"举子事业"与"君子事业"》一文中,思路就已经很清晰了。该文开头写道:

> 科举与文学的关系十分复杂,难以简单地描述,大体可从两

---

① 引者按:"背道而驰"之说,见《唐代科举与文学》,陕西人民出版社1995年版,第410页。

> 个层面,即外部效应(也可称间接影响)和内部运作(即科举考试,主要指与文学关系相对较密切的进士科考试,下同)进行审视。就外部效应论,科举虽带有极强的功利导向,但同时也带动了全社会的读书热,造就了庞大的各种层次和类别的文人队伍,对提高大众的文化素质,训练文学创作的基本功(如用韵、对仗、谋篇布局等)和艺术审美能力,最终对文学创作的发展与繁荣,无疑起着重要的推动作用,对此应当充分肯定。但若只停留在这个层面,便很容易产生片面性:过多地看到科举外部效应的积极面,甚至以外代内,赞美场屋时文,而忽略或掩盖了其内部运作的真实面目。

将科举与文学的关系分为"内部运作"(即科举考试)与"外部效应"(即间接影响)两个层面,就是所谓"层级结构"。说得通俗些,亦即将科场内、外所作备考和考试的"时文",与考场外与考试内容无关的创作区别开来。显然,笔者认为科举的"外部效应"是促进文学发展的,只是在"科举考试"这个层面,才是"促退"甚至"悖反"的,《"举子事业"与"君子事业"》一文是"从科举制度的核心——科举考试切入",而没有论述在"制度"影响下的"科举生活"与文学之关系,因被误解而入了"促退派"。

在刚出版不久的拙著《宋代科举与文学》一书中,①笔者将"层级"简化为"科举制度"与"科举考试"。该书第十八章的标题为《宋代科举制度对文学发展的促进》,第十九章为《宋代科举考试与文学发展的悖反》,分得很清楚,不过思路仍是所谓"外部效应"和"内部运作"。这里的"科举制度",是将"考试"切割掉之后的"制度"——由于尚无一个既定的概念,我们只好约定"科举制度"暂不包括考试。之所以需分"层级",是基于对科举这个庞大体系的认识。科举牵涉面太宽,各区位(或部位)性质差异极大,比如场屋考试与送行赠别,若论两者对文学的影响,几不可同日而语,岂可一体不分地谈"关

① 中华书局2008年12月版。

系”？由于科举各区位对文学的影响不同，故科举与文学的关系就不可能是非此即彼的简单选择，而应当是“多解”，此其一。其二，科举与文学，与近年来唐代研究中诸如“边塞与文学”、“馆阁与文学”、“交通与文学”、“幕府与文学”等不同，因为边塞（或战争）、馆阁、交通、幕府等本身与文学没有关系，它们的功用或“正业”是打仗、是藏书编书等，自身并不“生产”文学，“文学”对它们来说只是“附产品”，是“寄生”关系，因此也不需要再分层级。科举则不同，它本来就是“以文章取士”，所考科目无论诗赋还是策论，本身就是采用“文学”（策论是所谓“杂文学”）的样式，虽然以当今文艺学的观点论，科场时文并不算“文学作品”，但古人却是视之为“文学”的。那么，研究科举与文学的关系，科举考试理当是“内部”的、第一位的，而如前引吴在庆所举的“读书习业、乡举里选、投文干谒（行卷风尚）、漫游邀名、场屋省试、及第落第、慈恩题名、曲江杏园游宴、送行赠别等”，较之科举考试，通通都是“外部”的、间接的（“场屋省试”盖可除外），甚至可能只是“寄生”的。由此看来，“内”、“外”区别和界线很清楚：没有“文学”考试，就没有科举，而没有“投文干谒”、“送行赠别”等，科举制度照样运行，它们不过是科举延伸、衍生、辐射或带动下发生的附加行为而已。这里较特殊的是教育，它是科举的前期准备，但与科举并非一体，若没有科举（如元代前期），却仍然有教育，因此可以将它与科举剥离。以上是层级划分的学理所在。①

事实上，分层级虽由笔者提出并略加阐释，其实是受程千帆、傅璇琮先生的启发。程先生将考试与由考试“派生的”行卷分开，两者对文学的影响不同，正是看到了内、外（派生）之别。傅璇琮《唐代科举与文学》第十四章《进士试与文学风气》写道：

> 这些年来，由于讨论唐诗繁荣的原因，这一问题（引者按：指唐代进士考试与文学发展的关系问题）再次被提了出来，有些文

---

① 在《宋代科举与文学》一书中，笔者同时指出：“内、外两个层面并非截然分离，它们又相互影响，特别是社会文风，必然反映到科举考试中来。”此点较复杂，限于篇幅，本文姑置而不论，对结论没有影响。

> 章对此发表了一些很好的意见。唐代进士科的考试是否促进诗歌的繁荣,这是一个问题,唐代科举制的施行与唐代文学发展的关系,这是又一个问题,后一个问题比前一个问题范围要大,内容要广。①

这分明也是将"唐代进士科的考试"与"唐代科举制"分为两个问题。

如果我们再回头看上节所述"促进派"与"促退派"的分歧,便会发现,两派虽都是讨论科举与文学关系,但"促进派"或将"科举考试"与"科举制度"混为一谈,或所论全然为科举制度派生的"科举生活",而"促退派"则说的是"科举考试",双方讨论的问题并不相同。如果不首先搞清对象,厘清概念,那争论还有什么意义? 质言之,是否有所谓"促退派",颇值得怀疑,因为除科举考试之外的方方面面,似乎还找不到这"派"学者也主张"促退"的证据。

## 三、科举与文学关系的第一层级: 科举考试与文学

上文说过,科举考试是实现"以文取士"的途径,其本身就是"文学"的,因此就科举与文学的关系论,考试是科举的"内部运作",理当属第一层级。在第一层级中,如上所述,笔者认为"科举考试"对文学是"促退"甚至是"悖反"的。这不是主观认定,是由科举考试的性质与特点决定的。这里以宋代科考为例(宋代科举制度已发育完善,并承上启下,可代表其它各代),试论说之。由于这种辩说本身就是"算旧账",笔者也不得不"翻旧账",概括地陈述曾经论说过的一些问题,这要请读者原谅。

宋真宗景德年间,先后制订出《考校进士程式》《亲试进士程式》等条制,有宋代特色的科举制度方始形成。景德条制的核心,是确立考试在科举中的地位,并将糊名、誊录制度化、法律化;同时确立"以文章取士"的原则,结束了唐代及宋初虽有考试,但实际操作中却又往往以"誉望"取士的名、实不符的现象。这最大限度地保证了考试

① 《唐代科举与文学》,第403页。

的相对公正，但也不可避免地将考试"工具化"，拉大了科场时文与"文学"的距离。主要表现在如下几个方面。

第一，考试内容局限于经、子、史。唐至宋初，考试出题范围较大，特别是诗、赋题，可说相当自由。仁宗景祐五年(1038)正月八日，知制诰李淑上言，主张只能在国子监有印本的经、子、史书中出题，诏可。[①] 庆历四年(1044)宋祁详定贡举条制时也规定："诗、赋、论于《九经》、诸子、史内出题，其策题即通问历代书史及时务，并不得于偏僻小处文字中(出)。"[②]此条制虽未施行，但它不过是重申前制，故题出经、子、史，成为有宋一代的通例。比如进士科，一般而论，所考科目为诗赋、策论、经义。经义不用说是考儒家经典及注疏，原不关"文学"；策除问时务外，还有"子史策"，论不涉时务，而诗赋、论题都必须在经、史、子书中出，皆很难与"文学"发生关系，更不必说"促进"了。

第二，考官出题追求偏、难、怪。为了加快淘汰速度，又因策、论特别是后来的经义可出之题有限，而举子剽窃括套日趋严重，有司便千方百计出偏题、难题、怪题。上引景祐五年李淑上言，除请规定出题范围外，尚论及当时考官出题之弊："切见近日发解进士，多取别书小说，古人文集，或移合经注以为题目，竞务新奥。"其中"移合经注"的歪风，并未因李淑的论奏而止息，到南宋愈演愈烈，由"移合经注以为题目"发展为"关题"、"合题"，有时弄得题意全然不通。[③] 流风所至，便是清代八股文的"截搭题"。光绪二十四年(1898)六月，康有为《请废八股试帖楷法试士改用策论折》曰："断剪经文，割截圣语，其小题有枯困缩脚之异，其搭题有截上截下之奇，其行文有钓伏渡挽之法。譬如《中庸》'及其广大，草木生之'，则上去'及其广'三字，下去'木生之'三字，但以'大草'二字为题。如此之例，不可殚书。无理无情，

① 《宋会要辑稿·选举》三之一八。
② 《宋会要辑稿·选举》三之二五。
③ 关于"关题"、"合题"，详见拙著《宋代科举与文学》第十一章第六节，第338—341页。

以难学者,不止上侮圣言,试问工之何益?而上自嘉、道,下迄同、光,举国之人,伏案揣摩,皆不出此‘大草’之文法也。”[①]可见“竞务新奥”之危害,它不仅与文学根本抵牾,竟成了最终将科举送入坟墓的理由之一。命题作文已无关文学,而又益之以偏、难、怪,岂有“文学”可言?

第三,时文高度程式化。在宋代考试的各主要科目中,诗、赋在唐代已有固定的程式,策、论、经义,自北宋后期到南宋初,也都实现了程式化。[②] 比如论体文有冒子(包括破题、承题、小讲、入题)、原题、讲题(大讲)、使证、结尾(论尾)。进策与此相类。经义则有冒子(也包括破题、接题、小讲、入题)、原题、大讲、余意、原经、结尾。举子必须按程式作文。元倪士毅《作义要诀自序》在叙述经义程式之后说:宋人经义“篇篇按此次序。其文多拘于捉对,大抵冗长繁复可厌”。从此,程式成了定式、定格,所有的科场文字都必须用同一个“模子”,而其中的经义,发展下去就是明、清刻板的八股文。

第四,“较艺”非关文章好坏,而是较技术规则。景德条制以后,考官锁院“较艺”,虽声称“一切以程文为去留”,但决定去留的往往并非诗文内容的优劣高下,而是程文的形式及人为禁忌,是“技术”而非“艺术”。从此,确立了一整套由“不考式”体现的科场技术规范。所谓“不考式”,即“但一事不考,余皆不考”。简言之,就是一旦举子违犯了“不考式”中的某一项,其余便被全部否决。仁宗景祐四年(1037),翰林学士丁度等奉诏刊修并上奏《礼部韵略》,其《附韵条制》立“不考式”十四项,主要有漏写官题、落韵、失平仄、重迭用韵等。[③]后来“不考式”愈益繁伙,如《附释文互注礼部韵略》附《条式》引《绍兴重修御试贡举式》“试卷犯不考”条,凡漏写官题;策、义写问目或不写道数及不依次(原注:谓先第二、后第一之类);论题全漏写“限五

① 载朱有瓛主编《中国近代学制史料》第一辑,华东师范大学出版社 1986 年版,第 77 页。

② 关于宋代各体时文的程式化过程,详见拙文《论宋代科举时文的程式化》,载《厦门大学学报》2005 年第 5 期。

③ 北宋刊本《礼部韵略》。该书今唯日本真福寺藏一本,见网络。

百字以上”;赋少二十字;论少五十字;卷内切注及书试卷不写“奉试”及“对”、“谨对”,“论曰”或“谨论”,及涂注乙若干并无“涂”、“注”、“乙”字等,都在“不考”之列。① 这些东西,可高度规范试卷格式,以便统一评阅标准,用“硬伤”进行淘汰,也就是强化时文的工具性,但重形式、轻内容的导向,更与“文学”没有关系。

总之,自真宗景德以后,科举时文工具化并进而程式化,盖有利于测验人的智力,如举子在音韵、语言运用上的高度准确性,逻辑思维的严密性,记忆力的超强,等等,从而最大限度地实现考官评卷的“至公”原则,但所缺乏的则是“思想”,消失的是文学特征。由经、子、史之题目写成的时文,虽仍用固有的文学体裁,却必然导致内容的非文学化,举子只能议政说理,故宋人屡有“诗赋如策论”的批评。杨万里有一段很重要的话:

> 晚唐诸子,虽乏二子(指李、杜)之雄浑,然好色而不淫,怨诽而不乱,犹有《国风》《小雅》之遗风。……自《日五色》之题一变而为《天地为炉》,再变而为《尧舜性仁》,于是始无赋矣;自《春草碧色》之题一变而为《四夷来王》,再变而为《为政以德》,于是始无诗矣。非无诗也,无题也。②

他是说,并非宋人不能诗赋,而是场屋所出题目不宜作诗赋。其实,宋人考“诗赋”,并不是要考作为“文学”的诗赋。省题诗、律赋本来就是专为科举考试而设计的文体,唐代尚有“《国风》《小雅》之遗风”,宋代连这个“遗风”也荡然无存了,而论者总爱把场屋诗赋扯到“文学”上,实际上是对时文诗赋不甚了了。另一方面,举子要对付这样的考试,只能剽窃策括、套类和编类,揣摩蹈袭“得俊”时文,或拼命钻研时文文法、程式法,并使其成为专“学”——除唐代早已有之的“诗学”、“赋学”外,宋代“策学”、“论学”又盛极一时,而更下作的便是怀挟代

---

① 《四部丛刊初编》本《附释文互注礼部韵略》附《条式》。
② 《周子益训蒙省题诗序》,《诚斋集》卷84。按:所举赋、诗第一题为唐代省试题,其余当皆为宋代试题(《尧舜性仁赋》为嘉祐四年殿试题)。

笔，弄得斯文扫地。很难想象如此急功近利、投机取巧的偷薄风气，能“促进”文学的发展；即便举子有志于创作，也得待获得“科名”、洗尽时文习气之后。于是，科举考试就这样将文学“挤”出了考场。

综上述，我们认为在“科举考试”层面，对“文学”是“促退”甚至“悖反”的，似不为过（关于“悖反”，本文末节尚有余论）。即便在科举时代，时文也常为举子所耻，为有识者所诋，何来“促进”之说。认为科举考试能促进文学发展的学者，往往引严羽《沧浪诗话·诗评》如下数语：“或问：‘唐诗何以胜我朝？’唐以诗取士，故多专门之学，我朝之诗所以不及也。”似乎若宋代坚持“以诗取士”，也会像唐代一样，成为欣欣向荣的“诗国”。此说虽出自宋人，其实并不完全正确。如果说唐代“以诗取士”影响了社会风气尚可，若指用以取士的场屋省题律诗，则唐代省题诗绝少佳作，早成共识。严羽自号“沧浪逋客”，未尝习举业，对时文考试不知底里。他若要正确回答“唐诗何以胜我朝”的问题，不能在唐以省题诗取士上找原因；即便论科举，至少也应推求唐、宋各以“什么样的诗”取士，才算说到“点子”上——唐、宋两代虽都考诗赋，但考试方法却有很大的区别（此点将在本文末节论及）。作为严羽前辈的杨万里是科场“过来人”，他对宋代场屋诗赋的感受、见解，要比严羽实在和高明得多。

## 四、科举与文学关系的第二层级：科举制度与文学

科举制度的核心虽是科举考试，但科举制度又不仅仅是科举考试，将考试“切割”之后，它还有丰富的内容。比如与之血肉相连、又可以剥离开来（此点前已言及）的是教育，而围绕在科举考试之外，由科举带动、辐射的，还有众多的可以“生产”文学的基点，如本文第一小节引吴在庆文指出的“诸如读书习业……送行赠别等等”，其实还可举出不少，如考官试院唱和、皇帝赐诗及君臣唱和等。相对于科举考试的场屋作文来，这些“附着”在科举机体之上的文学活动并没有必然性、强制性，参与的只是部分人（举子、考官等），它们仅为文学创作提供了“可能”或“机会”，而与科举形成连带关系。在科举这个庞

大体系中,这些基点也许才真正有所谓“文学”,但较之考试来,它们与科举无疑存在着距离。

在这个层级中,最重要的因素为教育,若论“促进”,这才是根本。在科举时代,教育的目的是应试,这看似与文学关系不大,但文学的发展归根到底是文学人才的培养,而这种“培养”只能靠教育。科举是收获,教育才是耕耘和培植。科举“收获”的只是教育的部分成果,而教育的社会效益远比科举大得多。这里仍以宋代为例。

宋初继承唐五代的传统,直到庆历兴学之前,举子大都出于私学或家学,学成以乡贡成名。如民间教育家戚同文,“其徒不远千里而至,教诲无倦,登科者题名于舍,凡孙何而下,七榜五十六人”[①]。范仲淹亦出其门,《宋史》卷314本传称其少时“去之应天府,依戚同文学。昼夜不息,冬月惫甚,以水沃面;食不给,至以糜粥继之,人不能堪,仲淹不苦也”,后中进士第。欧阳修也出于私学。他“四岁而孤,母韩国太夫人郑氏守志不夺,家虽贫,力自营赡,教公为学。公亦天资警绝,经目一览,则能诵记,为文下笔,出人意表。及冠,声闻卓然”。[②] 苏轼兄弟亦不例外。苏辙《历代论引》称“予少而力学。先君,予师也;亡兄子瞻,予师友也。父兄之学,皆以古今成败得失为议论之要”。[③] 这时期的许多著名作家、学者,都是靠家庭教育自学或投奔名师成才的。待到他们学有所成时,自己又有不少及门弟子,切磋问学,亦师亦友,古风盎然。

南宋孝宗时代,政治相对开明,私立书院大量产生,北宋已有的著名书院如岳麓书院、白鹿洞书院等皆得到重建。理学家在书院建设中尤为积极,官府也参与其中,出现了官私合办的趋势。这时期,喜理学的多聚于私学,竞科名的则入官学,如时少章所说:“国朝道学鼎盛,名师辈出,至于江左,则两先生(指张栻、吕祖谦)暨新安朱先生(熹),皆以精志全识,开阐大学,以迪群心。一时议论,盈邑满都,士之有志

---

① 释文莹《玉壶清话》卷1,中华书局1984年校点本,第8页。

② 韩琦《欧阳公墓志铭》,《欧阳文忠公集》附录二。

③ 《栾城后集》卷7,上海古籍出版社1987年校点本,第1212页。

于道者，咸集其门。其希进望用之士，乃始入学。于是学校为名利之途，而诸先生之门为理义之薮，析为二岐。”①理宗以后，理学成为官方学术，官办书院形成热潮，州县学反而向以理学教育为主的私学（书院）靠拢，无论官办学校或私立书院，朱熹“特取凡圣贤所以教人为学之大端”而制定的《白鹿洞书院揭示》，②成了共同的教学纲领。综观两宋，除徽宗时蔡京强制规定必须由学校升贡的短时间外，私学乡贡始终是科举的主力（即便在蔡京时期，私学乡贡仍未停止），私学是宋代教育中一个最为活跃的因素。

除私学发达外，宋代官学亦兴盛。宋初上承唐五代之制，虽中央有官办教育机构国子监，但必须七品官以上的子弟才有资格入学；地方上也只有少量州府学、县学，总的说来相当冷落。从仁宗景祐起，情况开始发生变化，先是在藩镇大郡建学，然后推广到所有州郡。庆历四年（1044）三月十三日，翰林学士宋祁等上言，称“近准敕详定贡举条制”，详定“立学”事道：

> 今教不由于学校，士不察于乡里，则不能核名实；有司束以声病，学者专于记诵，则不足尽人材。……臣等参考众说，择其便于今者，莫若使士皆土著而教之于学校。然其州郡察其履行，则学者修饬矣，故为立学、合保荐送之法。……诸路州府军监除旧有学校外，其余各令立学。如本处修学人及二百人以上处，许更置县学。若州县未能顿备，即且就文宣王庙或系官屋宇。仍委本路转运司及本属长吏于幕职、州县官内奏选充教授，以三年为一任。③

仁宗于是下诏令州县立学。④ 在州郡普遍立学的同时，又对中央官学

---

① 《严州二先生祠堂记（代太守王会龙作）》，吴师道《敬乡录》卷11，影印文渊阁《四库全书》本。

② 《白鹿洞书院揭示》，见《朱文公文集》卷74。

③ 《宋会要辑稿·选举》三之二三。

④ 诏文略见《宋会要辑稿·崇儒》二之四，详见《续资治通鉴长编》卷147。

进行改造：太学正式从国子监分离，成为另一所由朝廷直接主管的学校。[①]

庆历兴学的成绩是显著的。欧阳修说："庆历中，诏天下大兴学校，东南多学者，而湖、杭尤甚。"[②]又说庆历四年三月"诏天下皆立学，置学官之员，然后海隅徼塞，四方万里之外，莫不皆有学"。[③] 虽然不久"新政"失败，有关科举改革的一系列措施搁浅，但"兴学"这一政策仍被延续下去，对后来的教育、科举甚至政治思想产生了巨大的影响。

"熙宁变法"为学校的生存和发展带来了重大转机。王安石对学校教育的重要性，较之前贤有更为深刻的认识，并把它提到"一道德"的高度。他说"古之取士，皆本于学校，故道德一于上，而习俗成于下，其人材皆足以有为于世"；因此，对于科举改革，他认为"宜先除去声病对偶之文，使学者得以专意经义，以俟朝廷兴建学校"。[④] 这就是说，以经义取代诗赋仅是个过渡，他的终极目标是以学校取代科举。熙宁四年（1071），朝廷在太学开始实行三舍法，上舍上等可直接由皇帝授进士及第，并命以官职。这就在科举之外，开辟了另一条选拔人才的新路。元丰二年（1079）十二月十八日，御史中丞李定等上《太学三舍选察升补之法》，凡百四十条，诏行之。[⑤] 此法进一步完善了三舍升级制度，使太学获得了新的生命。三舍法除元祐及徽宗宣和间被废罢外，[⑥]其基本原则一直延续到南宋末。

无论私学还是官学，应试化教育训练了士子们文学创作的基本功，比如由识字、晓音韵进而阅读、欣赏并开始习作，不仅打下了扎实的文学基础，而且从此走上了写作之路。在现存唐以后人的诗文集中，许多作品皆成于读书习举业阶段。同时，与科举制度紧密相联的用人制度，为登第举子创造了美好的前景，从而在全社会形成经久不

① 详见《续资治通鉴长编》卷148。
② 《丁君宝臣墓表》，《欧阳文忠公集》卷25。
③ 《欧阳文忠公集》卷39。
④ 《乞改科条制札子》，《临川先生文集》卷42。
⑤ 《宋会要辑稿·职官》二八之九。
⑥ 见《宋会要辑稿·选举》一五之二四、《职官》二八之一二。

衰的读书热，造就了各级各类数量庞大的士人队伍。这是文学新人成长的沃土，是文学人才茁壮成长的温床，也是文学赖以发生、发展和繁荣的良好生态环境，理所当然地促进着文学的发展。

科举还为诗文创作搭建了宽广的平台。从解试"海选"到大庭对策，从士子备考到殿廷唱名，三年周而复始（唐代为一年，宋代曾为一年、四五年或两年，自宋英宗治平三年直至明清，皆为三年），每个环节都涉及各阶层的利益，拨动着整个社会的心弦，吸引着无数人的眼球，兴奋，惊讶，悲哀，愤怒，激发出人们无限的诗兴才情，为诗词、散文甚至小说、戏剧创作搭建了无比宽广的平台，留下了巨量的作品。就文而论，如送进士赴举、下第序，学校、贡院题名碑、建造记等，不仅是研究宋代科举制度的重要文献，往往也是精彩隽永的古文作品，而尤以送序最有味，如欧阳修送举子下第归乡的《送曾巩秀才序》《送张唐民归青州序》等，[①]皆古文名篇。科举诗歌多产的几个"节点"，一是赠行诗；二是赴举行役诗；三是试官唱和诗；四是举子得第、下第诗；五是同年迎送唱和诗，凡研究科举与文学关系的，对这些都很熟悉，兹不多论。上述之外，科举又是小说、戏剧取材的富矿，比如记举子求神拜佛的志怪小说，写举子风流韵事的话本小说，以及多以"大团圆"终场的状元戏，等等。总之，只要不怀偏见，就不得不承认这样一个事实：科举制度像一个能量强大的辐射源，在"外部效应"的层面上，在学术文化之光普照的环境里，许多文学青年从中受益，登第后经过努力，最终成长为一代作家或名垂史册的文学大师，从而促进了一代代文学的繁荣。这是应当充分肯定的。"促进派"津津乐道的正在于此，但在这些方面，似乎并没有"促退派"反对，只是指出这些与场屋时文大有区别，不能混为一谈罢了。

## 五、余论与结论

以上所论科举的层级结构，基本适合于整个科举时代，但也应指

① 两序载《欧阳文忠公集》卷42。

出，各时期层级的显明度和界线“位置”并不完全相同。比如第一层级的场屋诗赋，虽如前引程千帆、傅璇琮先生所说，唐代律体诗赋考试对文学基本上是“促退的”，但较之宋代，唐代所考律体诗赋，就不如宋代去“文学”更远；就是同一朝代，前后也不尽相同。这主要是程式化程度前后不同的缘故。比如唐代律赋，洪迈就曾指出：

> 唐以赋取士，而韵数多寡，平侧次叙，元无定格。……（举唐代律赋三、四、五、六、七韵者，又举八韵有二平六侧者、三平五侧者、五平三侧者、六平二侧者，此略）。自（文宗）太和（827—835）以后，始以八韵为常。唐庄宗时尝覆试进士，翰林学士承旨卢质以《后从谏则圣》为赋题，以“尧舜禹汤倾心求过”为韵。旧例，赋韵四平四侧，质所出乃五平三侧，大为识者所诮，岂非是时已有定格乎？①

由无定格到定格，程式化程度越高，作为考试“工具”的功能就愈强，去文学也就愈远。顾炎武在谈到唐、宋以律取士及明、清八股文时，就说：“文章无定格，立一格而后为文，其文不足言矣。”②

到宋代，随着儒学复兴、理学勃起和科举考试的规范化、工具化，规定命题必须在经、子、史书的范围之内，已如前论。其结果，是在相当大的幅度上走入“礼乐刑政”的路子。庆历二年（1042）三月，欧阳修在所作《进拟御试应天以实不以文赋》的引状中说：“臣伏睹今月十三日，御试《应天以实不以文赋》，题目初出，中外群臣皆欢然，以谓至明至圣，有小心翼翼事天之意。盖自四年来天灾频见，故陛下欲修应天以实之事，时谓出题以询多士，而求其直言。外议皆称，自来科场只是考试进士文辞，但取空言，无益时事。亦有人君能上思天戒，广求规谏以为试题者，此乃自有殿试以来，数百年间最美之事，独见于陛下。”③他是将律赋完全当成可以“规谏”时政的谏书了，而传统的辞赋

① 《容斋续笔》卷13《试赋用韵》。
② 《日知录》卷16《程文》。
③ 《欧阳文忠公集》卷59。

(包括此前的律赋),不过是“无益时事”的“空言”。这种价值取向一直延续到南宋。宋代律赋不仅规定八韵三百六十字以上成,而且从太宗时起还要限韵字,若韵字是平仄相间,还必须“依次用”。[①] 虽然仁宗时代略有放宽,允许考官决定是否依次用韵,但总体说来,形成了“唐体律赋”与“宋体律赋”的鲜明分界,[②]而“宋体律赋”也就离文学更远了。李廌《师友谈记》记秦观作律赋的“心得”道:

> 少游言:“赋之说虽工巧如此,要之是何等文字?”廌曰:“观少游之说,作赋正如填歌曲尔。”少游曰:“诚然。夫作曲,虽文章卓越,而不协于律,其声不和。作赋何用好文章,只以智巧饾饤为偶俪而已,若论为文,非可同日语也。朝廷用此格以取人,而士欲合其格,不可奈何尔。”

因为律赋追求的并非“好文章”而是“协律”,故宋代作家普遍瞧不起律赋,司马光元祐元年(1086)三月在《起请科场札子》中反对恢复诗赋取士,认为考律体诗赋不过是“摘其落韵、失平侧、偏枯不对、蜂腰鹤膝”而已。[③] 强至说:“予之于赋,岂好为而求其能且工哉,偶作而偶能尔。始用此进取,既得之,方舍而专六经之微,钩圣言之深,发而为文章,行而为事业,所谓赋者,乌复置吾齿牙哉!”[④]金人王若虚甚至认为“科举律赋不得预文章之数,虽工,不足道也。而唐、宋诸名公集往往有之,盖以编录者多爱不忍割,因而附入。此适足为累而已”。[⑤] 因此,认为宋代的科举考试对文学的促退“较唐代更甚”,甚至可用“悖反”一词为之定性,恐怕并非没有道理。

其次,除前述两个主要层级外,各层级中还可细分为若干子层级,

---

① 《续资治通鉴长编》卷 18 于太宗太平兴国二年(977)春正月戊辰载:“上御讲武殿,内出诗赋题复试进士,赋韵平侧相间,依次用。”所谓“依次用”,即韵字若是一平一仄相间,则必须按韵字的次序押韵。

② 关于律赋“唐体”、“宋体”之分,请详拙文《论“宋体律赋”》,《社会科学研究》2006 年第 5 期。

③ 《温国文正司马公文集》卷 52。

④ 《送邵秀才序》,《祠部集》卷 33。

⑤ 《文辨》,《滹南遗老集》卷 37。

也可能还有别的层级存在。比如"促进派"常称某朝某代文学家中有多少是由科举出身之类,以证明科举考试"促进"了文学的发展。科举出身与文学成家,实际上是第二层级即科举制度与文学关系的再延伸,连"带动"、"辐射"都说不上,只是这些人的"底子"与举业有关,故可看作第三层级。之所以文学成家去科举更远,原因很简单:在科举时代,时文不过是块为进入仕途而随用随丢的敲门砖,真本事还得另学。北宋人蔡襄早就指出:"其间(指科举)或有长才异节之士,幸而有之,或官而后习,非因设科而得也。"①宋孝宗更以皇帝之尊"实话实说":"科第者,假入仕耳,其高才硕学,皆及第后读书之功。"②吴澄《遗安集序》也说:"欧阳文忠公、王丞相(安石)、曾舍人(巩)、苏学士(轼),皆由时文转为古文者也。……老苏(苏洵)亦于中年弃其少作而趋古。"③大量史料证明,宋代有科名而又有成就的文学家、学者,多是登第后"改习"的结果,兹不繁引。邓云乡先生在《清代八股文》一书中写道:

> 八股文在历史上是一种教育和考试的专用文体,它不是阐述各种学术观点的论文,也不是什么文学艺术作品,不能用班马史汉、古人著述,以及诗词歌赋、小说戏剧和它相提并论。它所起的作用是文化教育、思想训练、考试选材等方面的作用。而所遴选的人材是为当时朝廷办事的官吏人选,并非专门学者,更非文学家、艺术家等等。自然这些人选中后来不少人在作官之余,成了各种学者、文学家、艺术家等等,但那是另外一回事,用现在的话说,那些似乎都是业余的。④

此论甚当,只是邓先生在该书中多方回护八股文,其主要理由就是出了许多"人才"。但那是就"治国"而论,算是他们的"主业",不在我们的议论范围。

---

① 《论改科场条制疏》,《蔡忠惠集》卷19,明双甃斋刊本。

② 盛如梓《庶斋老学丛谈》卷下,影印文渊阁《四库全书》本。

③ 《吴文正集》卷22,影印文渊阁《四库全书》本。

④ 《清代八股文》,河北教育出版社2004年版,第210页。

综上所论,科举与文学的关系,很难笼统地为它定性。道理很简单:科举时文工具化、非文学化的客观存在,与隋唐以后由科举制度积累起来的科举文化——其中重要的一项就是文学——本身就存在着矛盾。前者之用是遴选人才,后者之用是抒发情怀。选人要尽可能客观,故订出严苛的程式以保证评卷标准的统一;抒情则完全是主观的,最忌受条条框框的束缚,两者原本就具有排斥的一面。笔者主张将科举分为两大层级,分别讨论它们与文学的关系,或"促进"或"促退"(有时两者又相互影响和渗透,前已说过本文姑置而不论),是欲指出"科举考试"与切割考试之后的"科举制度",两者概念有所不同,需要从不同的方向考察与观照,从而得出各自应有的结论,不能笼统、混一以立说。因此,在笔者看来,其实并没有所谓"促进派"和"促退派"的对立,只是对科举考试中时文的弊端,部分学者可能估计不足,未能充分认识到它对"文学"的危害(即"促退"或"悖反"),故一概主张"促进",仅此而已。"层级论"意在用划分层级的方法,揭示科举不同区位与文学关系不同的真相,从而有效地避免片面性。此说是否成立,尚待学界鉴别,但愿它能"促进"两种意见达成共识,或向凝聚共识的道路上前进一步。

(2008 年 12 月写,2009 年 9 月 18 日改定。原载《华南师范大学学报》2010 年第 1 期)

# 略论《宋登科记考》的体例

由傅璇琮先生主编,龚延明、祖慧两先生花一二十年功夫编撰的《宋登科记考》,于去年(2009)11 月由江苏教育出版社正式出版。捧着洋洋两巨册,编者用功之深,资料之富,收获之大,对我这个曾在宋代科举领域小敲小打过的人来说,真可发“观止”之叹;也正因曾在这个园地中徜徉,故对编撰者的甘苦有如亲历,对他们巨大的学术贡献尤深敬意。大著付梓后,主编傅璇琮先生吩咐笔者写篇评论文章,辞之未允,遂勉为捉笔。

《宋登科记考》(以下简称《宋考》),其《叙例》称“仿徐松唐、五代《登科记考》体例”。据徐氏《登科记考 · 凡例》(徐松《登科记考》著录唐、五代,以下简称“徐《考》”),他其实并未见唐五代及宋人编纂的《登科记》原著(皆已久佚),其体例主要根据宋人的零星记载而自立。笔者发现《宋考》体例虽仿徐《考》,但并不完全相同,而是有所改进。本文还欲将《宋考》与唐、宋人所撰登科记体例作一比较,后者的资料来源是宋人洪适《大宋登科记序》所述,而《大宋登科记》乃仿唐姚康《科第录》。

## 一、关于《大宋登科记》

“登科记”创制于唐代。洪适《重编唐登科记序》曰:“(《新唐书》)《艺文志》著录姚康、崔氏、李奕三家,二十三卷。《(唐)会要》载郑氏上宣宗者十三卷。《崇文总目》有乐史修定者四十卷,今多亡矣。"[①]至于宋代科举,宋人也曾编著过两部"登科记",第一部名《宋登科记》,凡三卷,晁公武《郡斋读书志》(衢本)卷9著录,称"未详何人所撰";第二部为洪适撰《大宋登科记》(以下简称"洪《记》")三十二卷(洪氏原本为二十一卷,后有增补,详下),陈振孙《直斋书录解题》卷7著录。撰人不详的三卷本久佚,别无可考,这里只论洪《记》。

洪适(1117—1184),字景伯,号盘洲,饶州鄱阳(今属江西)人。绍兴十二年(1142)中博学宏词科,官至尚书右仆射、同中书门下平章事兼枢密使。卒,谥文惠。喜著述,今存《盘洲文集》八十卷。所撰《大宋登科记》,多见宋人称引,如周必大《题盛京登科小录》谓"初,景伯丞相作《本朝登科记》,自庆历后始有小录"云云,又《承协奉砚》亦称"按《皇宋登科记》"云云,[②]所谓《本朝登科记》《皇宋登科记》,皆指《大宋登科记》。楼钥《攻媿集》、杨万里《诚斋集》等,也多次提到此书。如《诚斋集》卷125载《徐公(朗)墓志铭》,谓徐朗尝遗书称"同年兄",然"阅同年小录求公姓名而不见。至庆元己未(五年,1199)七月十一日,偶阅《本朝登科记》,得公姓名,甚喜,熟视乃绍兴辛未榜也,盖前一榜云"。绍兴辛未为绍兴二十一年(1151),正在洪《记》的收录范围(见下引洪序)。

《大宋登科记》虽也久佚,但洪适所作《大宋登科记序》(以下简称"洪《序》")今存,曰:

> 国朝《登科记》,自建隆庚申(元年,960)至绍兴之庚辰(三十年,1160),姓名登载者毋虑二万三千六百人有畸,为二十一卷。……先是,吴兴学官有镂版,混然不分卷,第所纪但进士而已,制词、词科顾泯没不传,贡士又传著膑尾,其它鱼鲁脱逸,不可缕析,或一榜至误百有余字,览者不以为善。某始放唐姚康所作《登第录》,凡以是进者毕书之。采摭功令,粗存因革。其名冠礼

① 《盘洲文集》卷34,《四部丛刊初编》二次印本。关于唐、宋人编撰或重编唐《登科记》情况,详见徐松《登科记考·凡例》第一条。

② 皆载《周文忠公集》卷44。

部籍及仕至两地，悉为表出。大魁若异科，则又识其乡于下。进士自庆历后，得其小录，始可考。建炎以来，蜀人以道梗且远，不能造庭，故中州漫不知其名氏，今皆并列。明经、诸科，国初取人甚众，史略其名，莫能尽载。武举非文事，童子或偕计吏，或赐帛罢，故弗著。既成，刻于新安郡舍盖堂。[1]

前引陈振孙《直斋书录解题》著录此书为三十二卷，称"自后皆续书之"，则后十一卷乃"续书"，续撰者不详。今按《文献通考》卷32所录《宋登科记总目》，很可能即据三十二卷本《大宋登科记》，而嘉熙二年(1238)以下各榜的进士总人数皆注"阙"，因可推测，"续书"十一卷或止于是年。[2]

根据这篇序文，我们可以了解该书的基本体例，并可与后来徐松的唐五代《登科记考》及新著《宋登科记考》进行比较。

## 二、《宋登科记考》与《大宋登科记》体例比较

"登科记"是汇集较长时期内国家科举最高考试(宋代为殿试)各科登科人名的总录，这是主体，同时录有相关科举法令之类的史料(此点详下)。因为科目繁多，故体例较为复杂，而是否有完善的体例，是撰著成败和价值高低的关键，十分重要。

根据洪《序》，我们可将《宋登科记考》的体例(仿徐松《登科记考》)与《大宋登科记》体例，分六点进行比较。

1. 据洪《序》，其收录范围，包括常科(进士、明经、诸科)、制科、

---

① 《盘洲文集》卷34。

② 《直斋书录解题》卷7于《大宋登科记》后，又著录《中兴登科小录》三卷、《姓类》一卷，曰："通判徽州江都李椿撰。新安旧有《登科记》，但逐榜全录姓名而已。椿家藏小录，自建炎戊申(二年，1128)至嘉熙戊戌(二年，1238)，节取名字乡贯及三代讳刊之后，以韵类其姓，凡一万五千八百人有奇。太守吴兴倪祖常子武刻之，以备前记之阙文。"所谓"新安旧有《登科记》"，当即洪适本，洪《序》称"刻于新安郡舍盖堂"。李椿本止于嘉熙二年，其建炎至绍兴末，盖可补洪《记》之阙，而绍兴以后至嘉熙二年，疑即陈氏所谓"续书"十一卷，盖据李椿本重编，而与洪《记》合为一书。如是，则《宋登科记总目》所据，当即三十二卷本《大宋登科记》(《总目》嘉熙二年以下阙，李氏本亦止于是年，当非偶然或巧合)，而此本实乃合洪、李两书而成。附说于此以备考。

词科,当也包括贡士(指徽宗时直接由学校上贡的登第人),不录武举和童子科。

从徐氏《凡例》知,所录除进士、制科外,还有诸科。徐氏引《中兴书目》称“崔氏《登科记》一卷,载进士、诸科姓名”。又谓《唐登科记总目》载马端临《通考》(按见该书卷29),进士之外统曰“诸科”;徐氏认为《通考》用乐史本,“今据以为目”;又谓“今之编辑则贵详赡,故于其年明经可考者,特书以补之。凡五经、二经、三经、学究一经、三礼、三传入明经科,明法以下可考者入诸科”。则徐《记》在收录范围方面,体例基本上仿照唐崔氏《显庆登科记》和宋初乐史《修定登科录》,但有所改进,即将可考的明经科与诸科分开。

《宋考·叙例》第五条曰:“科目分常科科目、非常科科目与恩科。常科科目中,又有文举、武举之分。”(以下述三类科目名,文多,此略。)则包括了被洪《记》所“不录”的武举、童子科在内的所有科目,体现了徐《考》“贵详赡”的优点。

2. 据洪《序》,其书“采摭功令,粗存因革”。“功令”即选举法令,可知其书除名录外,还录有与科举相关的史料。洪氏既仿姚康,可能姚《记》已有此例。

徐氏《凡例》曰:“其朝廷大事,如封禅之典,播迁之变,有关贡举者,据《新》《旧》书本纪及《通鉴》载之。”徐氏未言唐《登科记》是否载有相关史料。

《宋考·叙例》第三条曰:“科举大事记所选取的内容,包括两宋皇帝所颁布的朝廷诏令,有司制定的科举条制,历次科举试的省试知举官、考试官,殿试详定官、编排官、初考官、复考官,以及科场管理等诸方面的内容。”

则《登科记》载科举史料,洪、徐和《宋考》相同,很可能沿于唐例。

3. 登第人名来源,洪《序》称“进士自庆历后,得其小录,始可考”。则洪《记》进士科名单,盖主要来自“小录”。所谓“小录”,即“同年小录”,是每榜按甲排列的名册。宋代科举,每榜都有登第人名册即《同年小录》,也叫“登科录”。《小录》是皇帝赐钱刊印的,如熙宁九年(1076)三月二十三日,“诏赐新及第进士钱百贯文(《续资治通鉴长编》卷273作‘五百千’,即五百贯),诸科钱二百贯文,即造《小录》等支用”①。苏轼尝曰:“观进士《登科录》,自天圣初讫于嘉祐之末,凡四千五百一十有七人。”②他所说的“登科录”,并非登科记,当即各举所刻同年小录,所以只有进士。宋代小录,今存《绍兴十八年同年小录》《宝祐四年登科录》,以及刘埙《隐居通议》卷31所载摘录本《咸淳七年同年小录》。每榜除小录外,还有题名(唐代即有著名的“雁塔题名”)。《梦粱录》卷3《士子赴殿试唱名》:“两状元差委同年进士充本局职事官,措置题名、《登科录》。”这也可能成为进士名录的来源。

洪《序》没有说明他书中其他科目登科名录的来历。按理,礼部应存有各科、各榜的完整名册,但经靖康之难和南渡,这些档案材料殆已散尽,则诸科、制科等名录,除纸质文献记载外,还可能源于题名碑。宋代各州府及县都建有《进士题名碑》。“题名碑”起于唐代,宋代更为普遍,一般建于州府学和县学。题名碑分“记”和名录两部分,今存多为记,而略去题名,《全宋文》中收录“题名记”甚多。记、名录完整流传后世的极少,但并非绝无,如清黄瑞辑《台州金石志》卷8所载《宋仙居县进士续题名碑》,有开禧元年(1205)九月知县赵汝逵所作记,题名起开禧元年毛自知榜,迄淳祐四年(1244)留梦炎榜,共十五榜,每榜记仙居县籍登第的进士、特奏名、武举等(有则列名,无则缺)。

徐《考》全为辑录。《宋考》除上述极少的同年小录外,其余也都是辑录。这是由于时代条件不同所致。

4. 据洪《序》,其书“自建隆庚申(元年,960)至绍兴之庚辰(三十年,1161)”,也就是由有宋开国到高宗绍兴末,显然是按各榜年代先后编次。

徐氏《凡例》曰:“登科记旧系按年编次,故仍用编年之体,载诸帝

① 《宋会要辑稿·选举》二之一一。

② 《送章子平诗叙》,《苏轼文集》卷10。

之徽号。"

《宋考·叙例》第五条曰:"登科名录为本书主体部分,所有登科人均按科目分类,按年编排。"

则三书皆编年体,而徐《考》、《宋考》又按帝号为目。

5. 据洪《序》,其书中凡礼部试第一名(冠礼部籍)、仕至两地者,悉为表出。殿试状元(大魁)若异科,则记其乡贯于下。

徐氏《凡例》未载名录资料处理方法,考其书,所录名氏下皆注明出处,可考者并载字号、里贯等,相当于小传,与洪《记》不同。

《宋考·叙例》第六条曰:"所有登科名录,每人都撰有小传,包括姓名、字号、籍贯,以及何种科目登科、登科之年、初授何官、历官、终任官等内容。小传之下,附有主要资料出处。"又第七条"登科名录排列次序":"进士前三名列在各榜次之前;第三名以下,按姓氏笔画排列;共他科目,首列第一人,其余按姓氏笔画排列。"

则洪《记》只有第一名和"仕至两地"的高官方注乡贯,一般登第者盖只录其姓名。而徐《考》、《宋考》因是辑录,故所录皆注明文献出处,而《宋考》小传较徐《考》为详。

6. 徐氏《凡例》曰:"《玉海》载乐史有《唐登科文选》五十卷。《文苑英华》载唐人赋、策,每引《登科记》注其异同,是《登科记》载试文之证。今据《文苑英华》及本集所载,或因人以考其文,或因文以知其人,各依其年载之。"今按乐史《唐登科文选》乃另一书。《文苑英华》引《登科记》注异同,确为《登科记》载试文之铁证;但考之《英华》,引《登科记》作注(即校语)的仅三例,皆为诗,未见赋、策等文章有注。则徐氏录文,实为创例。唐代录取人数少,所存试文不多,故录试文颇便于读者,虽为创例,也是创新。洪《序》无此体例。《宋考》虽称仿徐氏体例,但不载试文。

据上所考,可知洪《记》、徐《考》、《宋考》三书主要的编纂体例,大体是相同的。不同处除历史条件异(如名录来源)可不论外,有如下三点差别:一是洪《记》不收武举和童子科,范围相对要窄。二是洪《记》所收登第人除少数注明乡贯外,一般不注资料出处,也没有小传。徐《考》、《宋考》皆注资料来源,徐《考》间有小传,《宋考》的小传更规范,内容更丰富。三是徐《考》录试文,《宋考》不录。宋代每榜登科人数较唐代多许多倍,试文流传下来的也很多,不录是正确的,否则将十分繁冗。要之,就总体论,《宋考》虽是今人著作,它的体例沿徐《考》,但实际上也与唐人、宋人所著"登科记"基本一致,而且更完善、更优化。

## 三、从《宋登科记考》体例略论其史料价值

随着时代的不同,"登科记"的使用价值也随着变化。在科举时代,登科记以及同年小录、题名碑等,除供研究查考外,还有着十分重要的现实意义。曹彦约认为《题名记》的作用是"鼓动后辈,闯端异日"。[①] 郑侠《泉州进士题名记》曰:"自唐而来,进士之初第必有题名记,世人指之为'佛名经'。"[②]所谓"佛名经",又称"千佛名经",事出于唐代。王定保《唐摭言》卷10曰:"张倬者,柬之孙也。尝举进士落第,捧《登科记》顶戴之曰:'此即《千佛名经》也。'"笔者曾就此事论之曰:"《题名记》是读书人的人生路标,是物化了的价值观。人们将登第先贤之名奉为'佛名',成为社会倾慕艳羡的群体,从而激励学子努力读书,在科举的路上前赴后继。这种价值观既符合统治阶级的政治利益,也符合个人的切身利益。"[③]所以,对举子而言,能上"登科录"、题名碑及将来入"登科记",是他们的最大愿望和荣耀,故他人祝愿,也往往以此为贺,如强至《东阳吴氏昆仲并荐诣阙》诗曰:"来春早附登科录,甲乙应联旧姓名。"[④]

时至今日,无论是唐五代《登科记考》还是《宋登科记考》,绝不会有人再当"佛名经"了,当年进士们的生前功、身后名也早成烟云,但其史料价值却仍然不容忽视。"登科记"之所以受到后代学者们的重

① 《南康进士题名记》,《昌谷集》卷15。
② 《泉州进士题名记》,《西塘集》卷3。
③ 见拙著《宋代科举与文学》第十八章,中华书局2008年版,第534页。
④ 《祠部集》卷6。

视，其编写体例决定了它具有很高的学术价值和使用价值。就本文讨论的《宋登科记考》体例而言，其大事记收罗诏条完备有序，所登科名尽可能一网打尽，小传精粹完整，等等，皆极富史料价值。兹略举三端以论之。



1. 大事记相当于一部丰富的科举史资料长编。

《宋登科记考》将朝廷有关科举的诏令、条制等按年代采入书中，称之为“两宋科举大事记”，作为全书内容的两大构成之一（另一内容为登科名录）。两宋科举大事记，实际上就是一部科举史资料长编，为研究两宋科举制度的因革变迁提供了极为丰富的第一手资料，甚至可看作一部辑录式的两宋科举通史。

2. 名录及籍贯是研究地域文学和文化的资料库。

《宋登科记考》不仅是研究宋代科举、也是研究宋代文学和文化的必备书。这里从一个小视角——地域文化，一个案例——“义约”，略加论说。宋代（至少是南宋）出现了士子们一地为约、共攻一科的现象，造成一种地域性的科举文学、文化风气。姚勉（1216—1262）《词赋义约序》（壬子代刘簿作。按壬子为淳祐十二年，1252）曰：

> 国初殿廷惟用赋取状元，有至宰相者，赋功用如此也。吾瑞（指瑞州，今江西高安）先达竹溪雷公[1]，亦由赋魁南宫，位枢府。由是以声律鸣者甚众，摇锋词场，赋为盛，贡于乡、第于太常相继也。预计偕者续食，己酉（淳祐九年，1249）辄倡义为约以奉之。是年赋四人，皆在约。明年，予侥幸偕约中人擢第，掌籍而试别头者亦第，赋四而第者三焉，亦可为盛矣。旧约曰：“得隽者陆续之。”兹弗敢渝，谨捐金佐约，相与充此义而大之。[2]

---

① 所称“雷公”指雷孝友，字季仲，乾道己丑（五年，1169）以词赋魁南省，任南剑（今福建南平）教授，累官至知枢密院兼参知政事。见雍正《江西通志》卷71。

② 《雪坡舍人集》卷38。

从姚氏下一文《乙卯词赋义约序》知，“刘簿”乃郴州主簿，是“董约”人。则“义约实际上是有地方官参与的民间筹资行为。由此观之，不仅一地立约“倡义”，捐资助考，而且共助词赋举子（南宋进士分诗赋、经义两类，“词赋”指诗赋类进士），形成一地特重诗赋的科举文化小气候，这是很奇特的。景定二年（1261），姚氏又作《瑞州经赋义约序》，即合诗赋、经义进士，不再分别了。他还作有《古洪三洲义约序》，[1]亦为举子捐资之约而作。这种现象，宋代非止一地，根据相关文献，我们可从《宋登科记考》中查找相关州县的登科名录，进行地域科举文学和文化研究（如果能附籍贯索引，那就更方便了）。

3. **名录也是家族文学、文化研究的资料库。**

从《宋登科记考》中，还可考察某些家族的登科情况，为研究家族文学、文化提供了丰富的资料。近年学界研究家族文学颇成气候，许多文学、文化世家同时也是科举世家。其实宋人已注意到这点，而且用“登科记”为证。仍以姚勉文为例，他在《陈氏同宗义约序》写道：

> 举子裒入京之助而为约，义也；同宗相率而为约，尤义也。虽然，姓之奇，族之希，助之微，亦不可约。姓著族巨，约斯盛矣。
>
> 吾瑞多名门，然著姓巨族，陈氏为盛。其始由九江之义门派而衍之，派盛故儒盛，儒盛故觅官应举者盛。每贡士，科不乏陈姓，俗有“开榜必见陈”之谚。父子世其科，兄弟家其贡，趾相接也。予尝取唐、宋登科记观之，陈每盛于他姓。端拱之尧叟，咸平之尧咨，绍兴之同父（亮），继自今复见之瑞矣。[2]

陈尧叟、尧咨兄弟原籍阆州（今四川阆中），盖南宋后其族移居九江，再流衍至江西瑞州（高安）。陈氏家族的登第情况，很容易由《宋登科记考》找到线索（书前人名《索引》，即按姓氏笔画排列），而宋代像陈氏这样的科举世家还很多。

---

① 皆载《雪坡舍人集》卷38。
② 两序皆载《雪坡舍人集》卷38。

《宋登科记考》的价值是多方面的，以上只是管窥略及而已，又比如它自身就是部巨型的宋代人名词典，单这点就很了不起。因为编纂体例的完善和优化，相信文史类不同学科、不同研究方向的读者，都可从中得到所需要的史料。对编撰者来说，这也许是最丰厚的回报。当然，如此鸿篇巨制，盖不太可能完美无瑕，若偶有阙遗，实属正常，读者谅之可也。

（2010 年元月 25 日写定。原载《清华大学学报》2010 年第 3 期）

# 唐宋制科盛衰及其历史教训

唐代科举分常科和制科。所谓“常科”,又叫“常举之科”,《新唐书·选举志》列秀才、明经、进士等为“岁举之常选也”。就招考制度论,这略似今天的高考。制科则不同,它不是常设的考试,而是根据需要(有时甚至是偶然因素),由皇帝随时、随宜下诏而举行的人才选拔,招揽所谓“非常之才”,近于今天民间所说的“偏才”、“怪才”。在唐代,制科颇为兴盛,得人不少,宋太祖甚至认为“有唐称治,由制策之科”(见下引)。宋承唐制,也分常科和制科,但制科制度几乎变尽唐旧,最终彻底衰落。这一盛一衰之间,有很多可令今人思索的历史启示或教训。本文试论之。

## 一、唐代制科的定位:待“非常之才”

制科的远源,可追溯到汉代贤良应诏对策。隋代也曾下诏举人。但“制科”真正成为一种科名并进入国家选举体系,则是唐代。常科、制科之不同,或者说两者的区别,主要有如下数点。

1. 常科是所谓“常举”、“常选”,唐代是每年都要举行考试,宋代最初也是每年一考,英宗治平三年(1066)确定为三年一考,此后成为定制,[1]历明、清而不改。常科考试的各种细节,由朝廷所下选举令及

① 关于宋代常科考试周期的变迁,详见拙著《宋代科举与文学》第五章第一节,中华书局2008年版,第114页。

相关条制作了明确规定,并公之于全社会。制科则不同,它是由皇帝临时颁布制敕,决定用某种或某些科名考试取才。如仪凤二年(677)十二月,高宗发布《访孝悌德行诏》,曰:

> 山东、江左,人物甚众,虽每充宾荐,而未尽英髦。或孝悌通神,遐迩推敬;或德行光裕,邦邑崇仰;或学综九流,垂帷睹奥;或文高六义,下笔成章;或备晓八音,洞该七曜;或射能穿札,力可翘关;或丘园秀异,志存栖隐;或将帅子孙,素称勇烈——委巡抚大使咸加采访,伫申褒奖。亦有婆娑乡曲,负材傲俗,为讥议所斥,陷于跅弛之流者,亦宜选择,具以名闻。①

以上由"孝悌通神,遐迩推敬"到"将帅子孙,素称勇烈"凡八科,合称"八科举",如阳峤、员半千、崔融等,皆由是年"八科举"擢第,分别见《旧唐书》本传。

制科的考试时间也是临时宣布,如长庆元年(821)十月诏:"文武常参官及诸州府,准制举荐贤良方正人等,以十一月二十五日御宣武殿策试。宜令所司准式。"②

2. 常科科名固定,如唐代的明经、进士、诸科等。制科则否,故《通典》卷15《选举三》曰:"其制诏举人,不有常科,皆标其目而搜扬之。"又《封氏见闻录》卷3:"国朝于常取举人之外,又有制科,搜扬拔擢,名目甚众。"《新唐书·选举志》曰:"其为名目,为其人主临时所欲。"唐代制科"名目甚众",到底有多少科名,文献记载不一,《唐会要》卷76《制科举》记有六十三个,宋赵彦卫《云麓漫抄》卷6记有一百零八个,王应麟《困学记闻》卷14《考史》记有八十六个,徐松《登科记考·凡例》以为"无虑百数"。

科名多,说明选人的方向、类别多,这正是唐代制科的一个鲜明特点。

3. 考试科目,常科各科所考不同,都是多学科,如进士科考诗赋、

---

① 《册府元龟》卷67《求贤一》。

② 《册府元龟》卷644《贡举部·考试二》。

策论、帖经等(各时期不尽相同);而制科只考一种——对策。[①]

4. 唐代常科有县试、州试,最高一级考试为省试(礼部试),各有专任的考试班子。宋代有州试、省试,最高一级是殿试,皇帝是名义上的殿试主考官。无论唐、宋,制科都是由皇帝特招的,故由皇帝"亲策",与宋代常科的殿试类似。

5. 选才对象不同。常科是选通用之才,制科则选如上引高宗诏所说"宾荐"(指常科)之外的"未尽英髦",或者说特殊人才,故《新唐书·选举志》曰:"其天子自诏者曰制举,所以待非常之才焉。"以上凡五项,如果说前四项基本上是制度、程序的话,那么最后一项则至关重要:常科与制科选拔人才的标准不同,常科选的是传统人才、基础性人才,而制科正好相反,所选乃"非常之才"。这是对制科的定位。"非常之才",即当今教育界所谓有特别爱好、特殊专长的"双特"人才,俗称偏才、怪才。从上引高宗《访孝悌德行诏》可知,制科实际上是对常科的补充,是搜罗用常科的尺度难以达标,但确有一偏之能、一技之长而又大有用于社会的那些人才,如所谓"备晓八音,洞该七曜"(指善律历天文)、"射能穿札,力可翘关"(指善射多勇力),甚至是卓有隐德,或道德上有某些缺陷或污点(所谓"负材傲俗,为讥议所斥")但确有一技之长的人才。如果让他们作进士诗赋,并获有司所荐,那就绝无登第的可能,他们的特长异能也就没有施展的机会。又如唐代制科的文艺优长科、疾恶科、军谋越众科、孝悌力田闻于乡闾科、武足安边科,等等,[②]从科名上就知道属于偏、怪的类型。

制科在唐代可谓全盛,士子以登此科为"荣进"。[③] 仅高宗显庆四年(659)二月,亲策举人即达"九百余人"。[④] 武氏、玄宗时代仍在发

① 只有天宝十三载(754)词藻鸿丽科于策问之外更试诗赋各一道,《唐会要》卷76《制科举》称"制举试诗赋,自此始",但实际上试诗赋只此一次。参见吴宗国《唐代科举制度研究》第四章第87页。

② 以上科名见《唐会要》卷76《制科举》。

③ 见《云溪友议》卷下《琅琊忤》。

④ 《旧唐书》卷4《高宗纪上》。

展。刘肃曰:“则天初登第,大搜遗逸,四方之士应制者向万人。”①“(玄宗)开元以降,四海晏清,士无贤不肖,耻不以文章达,其应诏而举者,多则二千人,少犹不减千人。”②



## 二、宋代制科的制度变迁与衰落

宋代开国皇帝太祖赵匡胤很重视制科,开国之初即置三科。乾德二年(964)正月十五日,曾下诏道:

> 炎刘得人,自贤良之选;有唐称治,由制策之科。朕耸慕前王,精求理本,焦劳罔怠,寤寐思贤,期得拔俗之才,访以经国之务。其旧置制举三科,一曰贤良方正能直言极谏,二曰经学优深可为师法,三曰详闲吏治(原为“理”,避唐讳,径改)达于教化,并州府解送吏部,试论三道,共三千字已上,当日内成,取文理优长、人物爽秀者中选。自设科以来,无人应制。……今后不限内外职官,前资见任,黄衣布衣,并许直诣阁门,进奏请应,朕当亲试,以进时贤。所在明扬,无隐朕意。③

奇怪的是,唐代很盛的制科,入宋却遇到“无人应试”的尴尬。究其原因,太祖盖以为对资格限制太多,没有请应的自由,又不是“亲试”,故下诏作出调整;但他似乎没有注意到一些更关键的问题,那就是科目尚少,而以对策“文理优长”和“人物爽秀”取人,有违唐代待“非常之才”的立科精神。开宝九年(976),“诸道举孝弟力田及有才武者凡七百四十人”,但召试却“一无可采”,④闹出笑话。从此之后,制科遂一蹶不振。

制科在唐代兴盛而宋代衰败,综合考察起来,原因也许很多,笔者认为最根本的是制度问题。

---

① 《大唐新语》卷8《文章》。
② 《通典》卷15《选举三》。
③ 《宋会要辑稿·选举》一〇之六,参见《续资治通鉴长编》卷5。
④ 《宋史》卷156《选举志二》。

首先，唐代制科广设科名，取人较多。据前引徐松考，唐代“设科之名已无虑百数”，自高宗显庆至文宗大和二年(828)，及第者二百七十人。① 宋代宰相苏颂也说，唐代曾用各种科名广罗人才，考试亦无定期，每试“中第者常不下一二十人”，②今天审视那无虑百数的奇奇怪怪的科名，皆当日皇帝临时“拍脑袋”所立，固有随意性、非学理性；但若不如此破除常规，另辟蹊径，就不可能揽得“非常之才”。因此，在科名多的背后，是增加专业广度、拓宽取人空间的思路，这为社会上形形色色的奇才异士搭起了充分展示自己的平台。正如《新唐书·选举志》所说：“下至军谋将略，翘关拔山，绝艺奇伎，莫不兼取。其为名目，随其人主临时所欲。”

宋代却不然。太祖时设三科，已见上引。真宗咸平间置一科(贤良方正)，景德二年(1005)置六科。该年七月十八日诏曰：“今复置贤良方正能直言极谏、博通典坟达于教化、才识兼茂明于体用、武足安边、洞明韬略运筹决胜、军谋宏远材任边寄等科，宜令尚书吏部遍下诸路，许文武群臣、草泽隐逸之士，应此科目。”③仁宗天圣七年(1029)所置最多，为十科，即：贤良方正能直言极谏、博通典坟明于教化、才识兼茂明于体用、详明吏理可使从政、识洞韬略运筹决胜、军谋宏远材任边寄，以及高蹈丘园、沉沦草泽、茂才异等、书判拔萃。④ 神宗熙宁变法，罢制科。元祐恢复为一科(贤良方正能直言极谏)，后又罢。南宋以后，仍依元祐为一科。⑤ 较之唐代共置七八十甚至百余科来，显然宋代设科太少。对此，宋人早有批评，如元祐二年(1087)七月，苏颂上奏章《论制科取士乞加立策等增取人数》，以为“本朝故事，制科程试太严，取人太窄，自真宗以来，每举中第者多不过三人，少或一人，至有全不收者”。他建议“更加第五等，分为上下。入此等者，只依进士

---

① 徐松《登科记考·凡例》。
② 苏颂《论制科取士乞加立策等增取人数》，《苏魏公文集》卷19。
③ 《宋会要辑稿·选举》一〇之一〇。
④ 见《宋会要辑稿·选举》一〇之一五。“书判拔萃”不久被废。
⑤ 宋代制科置罢之详，参拙著《宋代科举与文学》第一章第三节。

第二甲、第三甲注官,亦不为微幸”[1],但未被采纳。乾道初苗昌言奏,谓制科“责之至备,而应之者难;求之不广,而来者有隔尔”[2]。他们所说的取人“太窄”、“不广”,就包括了科目太少。苗昌言进奏后,当时礼部集馆职学官议,以为“科目不必广”,从而失去了最后的补救机会。

其次,前面说过唐代制科招考没有固定时间,由皇帝临时下诏举行。这样的制度设计,保证了制科有着丰富的“生源”。宋代却一反唐制,将制科与常科挂钩,定期举行考试。仁宗天圣八年(1030)三月十六日诏:“应制科人,今后遇有科场,许依(天圣)七年敕命投下文字。”[3]又明道二年(1033)六月五日中书门下言:“制科举人自今须缘贡举,许准诏投文就试。”诏“可”。[4] 庆历六年(1046)六月十八日诏礼部贡院“自今制科并用随贡举,为定制”。[5] 从“有科场”才许投文,到“随贡举”为定制,实际上是将制科变成常科的附庸,变成另一个常科科目。这样一来,举子们只能在旧有常科与制科二者间作出一种选择,等于用制度设计缩小制科规模。宋代常科开科周期较长,于是尽失有唐临时下诏的灵活性,而制科考试难度又超过常科(此点详下节),录取的又极少,等于人为地抬高了门槛。制度的僵硬和不合理,客观上造成了应制人数的大量减少。

再次,唐代制科定位于“待非常之才”,而前引太祖乾德二年诏,称“期得拔俗之才,访以经国之务”,俨然是走“精英”路线。后来制科考试愈益严格艰奥,专以文词取人(此点亦详下节),唐代所取“军谋将略,翘关拔山”之流,这时只能吮毫兴叹。制科的生命力,恰在于不拘一格求人才,在于大众化,如果走精英路线,“非常之才”恐就举世难觅。

---

① 《苏魏公文集》卷19。
② 《文献通考》卷33引。
③ 《宋会要辑稿·选举》一〇之一八。
④ 《宋会要辑稿·选举》一〇之二一。
⑤ 《宋会要辑稿·选举》一〇之二五。

第四，唐代进士及第后还有“关试”，而登制科则立即授官，官阶普遍比进士高。[①] 宋代则完全比照进士：制科入第三等比照进士第一，入第四等比照进士第二等第三，第五等比照进士第四等第五。[②] 明显地也是让制科靠向常科，甚至纳入常科的轨道。制科一、二等历来空缺，入第三等就相当于进士第一（状元），其他的也不低，看似很诱人。事实如何呢？叶梦得曰：“故事，制科分五等，上二等皆虚，惟以下三等取人，然中选者亦皆第四等，独吴正肃公（育）尝入第三等，后未有继者。至嘉祐中，苏子瞻（轼）、子由（辙）乃始皆入第三等。已而子由以言太直，为考官胡武平（宿）所驳，欲黜落，复降为第四等。设科以来，止吴正肃与子瞻入第三等而已。”[③]能入四、五等的已极少，更不用说三等了。于是，虽赏物高悬，却几乎不可得。“非常之才”若无“非常”之遇，其吸引力也就大大降低了。

第五，宋代制科置罢无常，深受政治干扰。太祖开制科而无人问津，太宗朝遂停罢。真宗复之，但到大中祥符元年（1008）又宣布“悉罢”之。据《续资治通鉴长编》卷68载，是年夏四月甲寅中书试制科人之后，“时上封者言，两汉举贤良，多因兵荒灾变，所以询访阙政。今国家受瑞建封，不当复设此科。于是悉罢吏部科目”。这是以天书降、登封泰山等“受瑞建封”而不应“询访阙政”为由停罢。理由之荒唐自不待言，它还开了唐以来一个极坏的头：政治制约科目的设置。如果国家的人才遴选制度没有相对的独立性和稳定性，存废由政治风气所左右，那是很危险的。仁宗是宋代置制科科目最多的皇帝，但到熙宁时又罢。叶绍翁《四朝闻见录》甲集《制科词赋三经宏博》曰：“因苏子由（辙）策专攻上身，安石比之谷永，又因孔经父（文仲，原误作‘常父’，径改）用策力抵新法，安石遂有罢制科之意。”熙宁七年（1074）五月十四日，中书门下言：“‘贤良方正等科，自今欲乞并行停

---

① 参见傅璇琮《唐代科举与文学》第六章，陕西人民出版社1995年版，第142—146页。
② 见《宋会要辑稿·选举》一一之二二。
③ 《石林燕语》卷2。

罢。'从之。"[1]元祐间新党得政，恢复制科，但到哲宗亲政后，又于绍圣元年(1094)九月罢。[2] 上述真、神、哲三罢制举，都与政治或党争相关。南渡后高宗复制科，但其后直至宋季，皆很少有人应试，也与险恶的政治生态有关。如孝宗淳熙间，"近习贵当又恐制策之或攻己也，共摇沮之"。依"故事"，阁试本来是"六题一明一暗"，时中书舍人钱师魏即"承嬖近之旨奏言：'制举甚重，须稍难其题。'御笔因差师魏考试，故所命皆暗题云"。[3] 这等于故意让人落选，免得他们御试对时务策时"攻己"添麻烦。制科走到这一步，真的算是到头了，所以南宋制科较北宋更为衰落，实际上是名存实亡。据聂崇岐《宋代制科考略》统计，两宋制科御试仅二十二次，入等者不过四十一人。这与常科录取约十万人比较，实在可以略而不计。

综上所述，宋人对制科制度进行了一系列"变革"，建构起了不同于唐代的鲜明的"宋代特色"；但也可以看出，这种"特色"使制科完全丧失了求"非常之才"的立科宗旨，其衰落之势已无可挽回了。

## 三、宋代制科衰落的深层原因：考试

前面说过，宋代制科衰落的根本原因是制度问题。上节已探讨了制度层面的若干方面，还有十分重要的一点未论及，那就是考试。

景德四年(1007)闰五月四日，真宗说："比设此科(指制科)，欲求才识，若但考文义，则积学者方能中选，苟有济时之用，安得而知？……今策问宜用经义，参之时务。"[4]他认为，制科的求人之道，应不是以"积学"中选，而应有"济时之用"。真宗虽后来因"受瑞建封"拒访"阙政"而罢制科显得很荒唐，但这个认识是正确的，合乎汉、唐荐举及制科取人原则。如唐代试策，许举子畅所欲言，有时还故意减

① 《宋会要辑稿·选举》一一之一四。
② 见《宋会要辑稿·选举》一一之二〇。
③ 《朝野杂记》甲集卷13《制科六题》。
④ 《宋会要辑稿·选举》一〇之一三。

轻对策的难度，如开元九年(721)玄宗敕曰："古有三道，朕今减其二策。"①

但从仁宗起，制科考试的实际运作，却完全背离了这个方向。司马光《涑水记闻》卷3引鲁平语，述仁宗时制科考试方法为："皆自投牒，献所著文论，差官考校。中者召诣阁下，试论六首；又中选，则于殿廷试策一道，五千字以上(按：宋代制科御试对策，文献皆称须三千字以上，此言五千字，疑'五'字讹误)。其中选者不过一二人，然数年之后即为美官。"这表明，宋代制科在皇帝御试对策之前，增加了如下两项考核和考试。②

一是先缴进策论五十首，称之为"艺业"，又叫"进卷"、"词业"。在真宗甚至太祖时，就有进词业的，到仁宗成为制度。前已述天圣七年仁宗置十科，是年闰二月仁宗在诏书中规定，前六科是由少卿监以上的官员奏举，对象为"内外京朝官不带台省馆阁职事、不曾犯赃及私罪轻者"，"仍先进所业策论五十首，诣阁门或附递投进，委两制看详，具名闻奏"；后三科(高蹈丘园、沉沦草泽、茂才异等)由本路转运、逐处长吏奏举，对象是"草泽及贡举人非工商杂类者"，也须"令纳所业策论五十首，本州看详，委实词理优长，即上转运使核实，审访乡里名誉，选有文学再行看详，其开封府委自知府审访行止，选有文学佐官看详，委实文行可称者，即以文卷送尚书礼部，委判官看详，选择词理优长者具名奏闻，当降朝旨赴阙"。③ 进策虽是在考场外写作，有如今天的硕、博士学位论文，但要求之高(策论多达五十篇)，两度审查(看详)之严，恐非当今的文科硕、博士学位论文可比。进卷须"词理优长"，这首先就将许多不善文词的"非常之才"挡在门外，走上了真宗所不愿意看到的以"积学"中选的路；加之要"审访行止"，前引唐高宗诏所谓"负材傲俗，为讥议所斥"者，显然没有指望。苏轼、苏辙兄弟当年的制科进卷，今尚完整地保存在各自的文集中，只要读读他们的

---

① 《册府元龟》卷643《考试一》。

② 宋代制科考试之详，参拙著《宋代科举与文学》第三章第二节《制科的考试》。

③ 《宋会要辑稿·选举》一〇之一五。

策论，就可以明白“词理优长”的含义，那绝对不是“军谋将略，翘关拔山”之流所敢觊觎，就算他们谋高天下，技敌万人，也只好退避三舍了。

二是试论六首。上述进策经“看详”通过后，然后“降朝旨召赴阙，差官试论六首，以三千字已上为合格，即御试”。宋人称六论为“加试”，起于真宗时，当时在中书省考试，称“中书试”，仁宗移至秘阁，称“阁试”，此后成为定制。阁试的方法为：

> 阁试一场，论六首，每篇限五百字以上成，差楷书祗应。题目于九经、十七史、七书、《国语》、《荀子》、《扬子》、《管子》、《文中子》正文及注疏内出，内一篇暗数，一篇明数。……四通以上为合格，仍分五等，入四等以上召赴殿试（原注：论引上下文不全，上下文有度数及事类，谓之暗类，所引不尽，谓之粗）。差翰林学士、两省官考试于秘阁，御史台官监试，及差封弥、誊录官。考讫，以合格试卷缴奏御前拆号。①

制科考试最难的，当数此“阁试”了，应举人欲“过阁”（宋人称通过阁试为“过阁”）极为困难。“六论”所考，全在博闻强记。庆历间，监察御史唐询上言：

> （制科考试）所出论目，悉用经史名数，其于治乱之体，固无所补。对诏策，大率不过条对义例，稽合注解，又复牵于文字之数，纵使魁磊之士，胸中虽有奇言，不得骋，况又人之所习，主于强记博闻，多辞泛说而已，至其拯辅国体，开陈治策，则何赖哉！②

由此可知出题之弊。且不仅阁试六论，连御试对策也是“主于强记博闻”。皇祐元年（1049）八月二十日，上封者言：“旧制，秘阁先试六论，合格者然后御试策一道。先论者，盖欲采其博学；后策者，又欲观其才用。近来御前所试策题，其中多问典籍名数，及细碎经义。……欲乞

① 《宋会要辑稿·选举》一〇之一五。
② 《宋会要辑稿·选举》一〇之二六。

将来御试策题中,止令问事关治乱,体系安危……当今之可行者十余条。”诏撰策题官“先问治乱安危大体,其余所问经史名数,自依旧制”。[①] 在仁宗看来,问“经史名数”的“旧制”仍不可改。王安国曾在《举士》一文中,把制科考试的弊端说得很透彻:

所谓贤良茂才之学,其敝尤甚者。自六经、史氏、百子之说而兼之以传注,乖离精粗,无所不记,然后能应有司之问。虽使聪明敏捷之姿,而所阅如此之博,则理必不能深探熟考,以得圣贤之意。虽无声病之拘牵,而擿抉名数,难其中选,未尝试其一言之效,而卒所以得者,不过善其记问文辞而已。[②]

李巘于淳熙十二年(1185)二月二十六日上言曰:

汉自文帝以来,始有贤良之举,不过求其谠言,以裨阙政,未闻责以记诵之学也。后世崇其科目,遴其选取,乃始穷以所未知,强以所不能。要之举才之意,惟端正修洁是务,而区区记诵之末,则非所先也。[③]

“穷以所未知,强以所不能”,可谓击中了宋代制科出题的要害。乾道初苗昌言上奏论制科,也说:“盖责之至备,而应之者难。”[④]道出了制科少有人应考的原因。

“阁试”除上述诸人所言弊病外,题目偏隐难知,更将考试引入歧途。哲宗元祐元年(1086)闰二月,王存进《上哲宗乞别详定制科考格》,曰:

臣窃见近世制科所试论策题目,务出于偏隐难知,是以应此科者竞为记诵名数之学,非所以称方正之举。……欲乞下有司重行详定制科考格,所取务先识略,不专责以记诵名数之学。[⑤]

---

① 《宋会要辑稿·选举》一一之一。
② 《皇朝文鉴》卷104。
③ 《宋会要辑稿·选举》一一之三六。
④ 《文献通考》卷33引。
⑤ 《诸臣奏议》卷82。

次年,苏颂也批评道:“其(阁试)所试论题,务求深奥,每举转加艰难,致合格者少。”[1]但皆未能扭转形势,南宋反加甚焉。朱熹曾批评说:“至于制科,名为贤良方正,而其实但得记诵文词之士。其所投进词业,亦皆无用之空言,而程式论策,则又仅同覆射儿戏,初无益于治道,但为仕宦之捷径而已。”[2]要知宋代制科“六论”题目之难,沈作喆《寓简》卷8记叶梦得之言,可令人骇目惊心。叶氏曰:“(制科)题目如海中沙,其要有十字而已:曰明,曰暗,曰疑,曰顽,曰合,曰合(音蛤),曰揭,曰折,曰包,曰胎,不出此十字也。”“十字”就是十种类型,十个考点。叶氏释“明、暗”道:“皆言数也。暗如《因民常而施教》是也,《周官》:‘因此五物者,民之常也,施十有二教焉。’题目字中不见数,而藏‘五’与‘十二’于其间焉,此最难测度。若明数,则如《既醉备五福》《祭有十伦》是也。”又释“疑”题曰:“《尧舜汤禹所举如何》是也。疑若唐、虞、夏、商也,乃是(《汉书》)《魏相传》高皇帝所述书《天子所服》第八,受诏长乐宫中谒者赵尧举春,李舜举夏,儿汤举秋,贡禹举冬(原注:高帝时自有一贡禹),四人各执一时也。又如《汤周福祚》,疑若二代也,乃是《杜周传赞》云‘张汤、杜周并起文墨小吏,迹其福祚元功,儒林之后莫及也’。此为最巧。”再释“顽”题道:“《形势不如德》是也。意思语言,子、史书中相近似者殆十余处,独此一句在史赞,令人捉摸不着,虽东坡犹惑之,故论备举诸处以该之也。”则“最巧”的十字,其实就是十根整人的大棒,非把应试者整得晕头转向不可。

按理说,既欲选“非常之才”,又欲这些人才能经国纬人,那就应以是否有奇言谠论能补阙政为急,“无所不记”何所用?然而宋代制科考试正好相反,如苏轼《答李端叔书》所说:“轼少年时,读书作文,专为应举而已。既及进士第,贪得不已,又举制策,其实何所有?而其科号为直言极谏,故每纷然诵说古今,考论是非,以应其名耳。……妄论利害,搀说得失,此正制科人习气。譬之候虫时鸟,自鸣而已,何足

① 《论制科取士乞加立策等增取人数》,《苏魏公文集》卷19。
② 《学校贡举私议》,《朱文公文集》卷69。

为损益!”①他早在应制科所上《策总叙》中,就曾大胆地写道:“今陛下承百王之弊,立于极文之世,而以空言取天下之士,绳之以法度,考之于有司,诚恐天下之士,不获自尽。”②

综上所述,宋代包括进卷、阁试六论及对策在内的制科考试的严重失误,就不言而喻了。真宗反对用“积学”为取人标准,而看有否具“济时之用”;而仁宗以后一反前制,不仅以“积学”为主要考核指标,而且以诡异欺诈之法,将考试变成玩魔术、猜谜语,完全排除了“济时之用”的取人目标。考试之弊,莫此为甚。如此而欲求“非常之才”,岂非缘木求鱼?故制科的衰落既属必然,其实也是好事。

## 四、唐宋制科盛衰的历史教训

由唐代制科之极盛,反观宋代制科之极衰,留下来的历史教训是丰富而深刻的。这些教训,其实宋代头脑清醒的学者就在不断地检讨、反思和总结。这里从两方面略作论述。

一是科目设置应当多元化、层级化。

唐代在常科之外另设制科,以待“非常之才”,既是对常科不足的弥补,也是对科举制度的完善,符合“人才”的构成规律,满足了社会发展的需求,可谓极有创意,理应给予很高的历史评价。“人”是千差万别的,“人才”是多样化的,单一的人才模式虽看起来很“高端”,其实并不是个健全的社会。因此,设科取士的制度设计应该多元化,层级化,不能“一刀切”,让千军万马去挤独木桥。唐代在常科之外另设制科,正是出于多元化、层级化的考虑,所以制科能够兴盛。宋代违背了上述原则或规律,虽仍置“制科”,统治者也心向往之,而核心价值观却完全变了,以“经国”之才、“文辞”之能取代了对各色各类“非常之才”的搜求,完全迷失了方向,其衰落既在情理之中,原因也很清楚明白。

---

① 《苏轼文集》卷49。



② 《策略》第一,《苏轼文集》卷8。

二是考试。这方面的教训尤为深刻,主要有如下三点。

首先,任何考试不能违背设科取才的根本宗旨。以唐宋制科论,目标是取“非常之才”,那就应有“非常”的考试方法,否则便事与愿违,甚至走向反面,连“科”也开不下去了。司马光曾于仁宗嘉祐六年(1061)上《论举选状》,称“国家虽设贤良方正等科,其实专取文辞而已”。[①] 到后来,竟连“文辞”也不讲,所重者唯“能言论题出处”,与设制科的初衷完全背离。对此,叶适在《制科》一文中曾作过深入剖析,说:

> 科举所以不得才者,谓其以有常之法,而律不常之人。则制举之庶乎得之者,必其无法焉,而制举之法反密于科举。今夫求天下豪杰特起之士,所以恢圣业而共治功。彼区区之题目记诵、明数、暗数、制度者,胡为而责之?而又于一篇之策,天文、地理、人事之纪,问之略遍,以为其说足以酬吾之问,则亦可谓之奇才矣。当制举之盛时,置学立师,以法相授,浮言虚论,披抉不穷,号为制举习气。故科举既不足以得之,而制举又或失之。然则朝廷之求为一事也,必先立为一法。若夫制科之法,是本无意于得才,而徒立法以困天下之泛然能记诵者耳。此固所谓豪杰特起者轻视而不屑就也。[②]

前面说过,所谓“非常之才”,即民间所谓“偏才”、“怪才”,这些人才靠“有常之法”即常科考试难以搜罗,所以才有制科之设。唐代的制科考试相当简单,就是对策三道甚至一道,制科所以兴盛;而宋代却“制举之法反密于科举”,偏离了开科的宗旨,甚至与设科本意背道而驰,制科所以衰落。宋高宗曾因无人应制而多次下诏罪己,劝导士子们积极应试,[③]然而“凡十一诏,而迄无应书”,[④]就是说,虽皇帝给足了面子,但社会并不买账。不从制度上找原因,就算有“爱才若渴”之

① 《温国文正司马公文集》卷19。
② 《水心别集》卷13。
③ 高宗于绍兴间所下诸诏,载《宋会要辑稿·选举》一一之二四至二六。
④ 岳珂《愧剡录》卷11《制举科目》。

心,仍难免落得“叶公好龙”的下场。

其次,考试方法不能违背科学性。这在上节已详论过,兹再举李焘《制科题目序》中所点出的宋代罕有人应制举的原因,他说:

阁试六题,论不出于经史正文,非制科本意也。盖将傲天下士以其所不知,先博习强记之余功,后直言极谏之要务,抑亦重惜其事而艰难其选,使贤良方正望而去者欤? ……盖古之所谓贤良方正者,能直言极谏而已,今则惟博习强记也,“直言极谏”则置而不问,殆恶闻而讳听之。逐其末而弃其本,乃至此甚乎? 此士所以莫应也。

马端临在《文献通考》卷33录此序后,有按曰:“制科所难者六论。然所谓四通、五通者中选,所谓准式不考者闻罢,则皆以能言论题出处为奇,而初不论其文之工拙,盖与明经墨义无以异矣。”重记诵是宋代各类考试的特点,不单制科如此,而又以制科的阁试将它发挥得淋漓尽致,像上引李巘所说“穷以所未知,强以所不能”。人的记忆力毕竟有限,而要求背诵的则几至无限,只能令望者止步。如此求才,即使能背尽天下书,也只是活“书橱”,于时于国无补无益,说它是“弃本逐末”,可谓一针见血。以死记硬背为能,这种“中国式”的考试,严重违背了考试的科学性,从宋代起就成为教育和考试的痼疾。

再次,试题内容不能失去学理性。前引《寓简》所载叶梦得语,谓制科题目有所谓“十字”,从他对所谓明、暗、疑、颁四字的解释看,不仅极尽刁钻之能事,而且很不规范,完全失去了学理性。曹彦约在理宗宝庆二年(1226)侍讲筵时,给皇帝读《三朝宝训》中的《论科试篇》,然后口奏论及制科考试之弊,即以上述“疑题”《尧舜汤禹所举如何》为典型例子,认为“失体”。他说:

近来少有应(制科)者,遂不复降诏,外间不知,妄谓朝廷无意于此,不知乃主司之过也。制科取士,固欲其博洽,然经史明文有所不知,乃可责其肤浅;若主司撰造题目,多方以误之,则爱贤之意,果安在哉? 闻往岁试过阁六论,有以《尧舜汤禹如何》为题者,取《西汉·魏相传》内所载赵尧、李舜、儿汤、贡禹之序,以乱尧、舜、禹、汤之名,欲其不通报罢。是以古圣人之名为戏,其为失体,莫甚于此。①

曹氏显然主张要熟知"经史明文",故他仍属"记诵"派;但对制科"十字"的荒谬,连他这样的"记诵"派也看不下去了。

应当说明,宋代包括制科在内的科举考试之所以出现上述看似荒谬的状况,除个别为有意整人外(如前述孝宗时钱师魏承夔近之意故意出难题让人落选,但这毕竟是少数极端的例子),其实另有深层原因,那就是真宗时代开始形成的一个考试理念:以"文章取士"和追求"至公"原则。② 这本来是应予肯定的制度革新,但也日久生弊:似乎"文章"高于一切,只有文辞超群才算人才,才配科第,其他都不入流。而考官为了求"公",便以记诵多少甚至设置奇奇怪怪有如魔术、谜语似的"考点",作为阅卷、定等的依据。因为是否公平,刚性的"考点"比弹性的"谠论"更易判别,也更能"说服"人。这有如今天的体育竞技,"比赛规则"所设置的"赛点",就是"天秤"和"法律",它冷酷无情,稍有违犯或出入就得认输,无道理可讲。宋代虽不乏明白人认识到如此取人之弊,但决策层却始终没有醒悟:"至公"不应以牺牲社会效益为代价。公平是相对的,通过考试遴选出来的是能治国安邦、富国强兵,或有一技之长的优秀人才,这才是"大道理",不在于能否强闻博记,是否识破文字陷阱,制科尤其如此。不幸的是,这种偏执的理念和竞技式的方法,又被明、清时代的"八股文"考试所继承,一直延续到清末废科举。

总之,用"非常"之科以求"非常之才",不等于要用偏题、怪题难倒考生,更不能看谁"背功"好,或者仍用一元化的考试方法——以文

---

① 见《四朝闻见录》丙集《贤良·第三则》引。

② 景德四年(1007)十月乙巳,翰林学士晁迥等上《考试进士新格》,真宗诏曰:"甲乙设科,文章取士,眷惟较艺,素有常规。特用申明,聿加刊定,既遵程式,免误学徒。庶敦奖善之怀,以广至公之道。宜令崇文院雕印,送礼部贡院遵行。"(《宋会要辑稿·职官》一三之九)并推行封弥、誊录制,彻底革除了唐五代以来流行的行卷、请托之风,逐渐形成了取士以文章好坏为唯一标准、考试求"至公"原则的一整套制度。

词取人,否则不仅达不到目的,而且注定要失败。我国古代的应试化教育(此点本文未述)和记诵式考试都起源于宋代,实行了上千年,虽不能说毫无成绩,但也丧失了教育和考试的灵魂,误人误国。这个历史教训既深刻又痛切,后世、后人不应该忘记。

(2010年2月9日作,2月24日改定。原载《北京大学学报》2010年第5期)

# 论文章学视野中的宋代记序文[①]

在中国文体学史上,“序”是源远流长的文体之一,而“记”则是小老弟,发育较晚,真正的记体文盖产生于唐代。中唐以后,特别是有宋,这两种文体十分盛行,不仅作者众多,而且流传至今的作品也相当丰富。北宋绍圣二年(1095)朝廷立宏词科,考试科目中就有记、序。大观四年(1110)改为词学兼茂科,南宋绍兴三年(1133)又改为博学宏词科(三者统称词科),如绍兴法规定以“十二体”(制、诰、诏书、表、露布、檄、箴、铭、记、赞、颂、序)考试,记、序包括在其中。这是因为词科开设的目的是为了培养“词臣”,也就是朝廷和官府的应用文作手,而朝廷、官府的各项工程建设、典籍编纂,都需要镌记冠序,以记叙其事迹并歌功颂德,故两体便“有幸”入选为考试科目;而随着经济、文化的发展和印刷术的普及,民间兴造和著述刊行也相当普遍,记、序于是成为朝野上下广泛应用的文体。在词科考试中,规定记、序必须用古文写作,这大约是因为古文典雅宜于立言的缘故,而记、序列为考试科目,又一定程度上推动了古文写作的发展。

正因为记、序是考试科目,于是与诗赋、策论等一样,引起南宋后文章学家们的研究兴趣和热情。他们一面强调这两种文体“不可稍类时文”(真德秀语,见下引),同时又用场屋程序的眼光解构作为古文的记、序,从而使古文写作有“法”可依。本文从文章学(而

---

① 本文是对前《试论王应麟〈词学指南〉的价值》一文中“记”、“序”部分的深入开发。

不是文艺学)的视角,考察宋代(少数涉及元代)学者对记、序文体式、作法与写作技巧等的研究,而宋代记、序文的思想性、艺术性之类,不是本文要讨论的问题。记、序两体虽用途不同,但因它们同入词科考试,同样规定用古文,写作方法又大致相近,故本文将它们组合起来论述。

## 一、记序的起源及宋代“变体”

“序”的历史悠久,“记”则“资历”较浅,但到宋代,却都朝议论化方向发展,称之为“变体”。宋代文章学家对此有精辟的论述,这对我们认识宋代序、记文的特点相当重要。

### (一)“序”的起源

“序”(或作“叙”)这种文体,我们并不陌生,《诗经》有所谓大、小序,读书人都耳熟能详。王应麟曰:“序者,序典籍之所以作也。”①又引真德秀论“序”曰:“序多以典籍文书为题,序所以作之意。”则序有个明确的题材范围,即主要是“序典籍”。元代作家卢挚指出:

> 夫序者,次序其语。前之说勿施于后,后之说勿施于前。其语次第不可颠倒,故次序其语曰序。《尚书序》《毛诗序》,古今作序大格样。②

卢氏这里主要是解释“序”的本意。明代学者徐师曾谓《诗经》“小序”乃“序其篇章之所由作”,“司马迁以下诸儒,著书自为之序,然后己意了然而无误耳”。③ 这就将序分为两类:序他人所由作和序自己所以作。以上是溯其源,若考其流,则后代除编集时偶有自序外,更多的是请他人(名家、师友、同僚等)为之序,且每刻必有序,论诗衡文,吹拂表彰,以为门庭之光,因此又不局限于序“所由作”,更不在乎“勿

---

① 《词学指南》卷4《序》,王水照编《历代文话》本,复旦大学出版社2007年版(本文以下所引此书版本同,不再出注)。

② 《文章宗旨》,张健《元代诗法校考》,北京大学出版社2001年版。

③ 《文体明辨序说·小序》,人民文学出版社1982年版。

施于后”、“勿施于前”的所谓“次第其语”了。序一般置于典籍之首，也有列于书后的，叫“后序”。唐以后又有“引”，徐师曾谓“大略如序而稍为短简，盖序之滥觞也”。[1]

这里顺便说说“跋”，因为人们常常以“序跋”连称，而元代文章学家也论及“跋”。其实篇章、典籍的序、跋，是两种功能不相同的文体。“跋”的出现较“序”要晚得多。元人潘昂霄《金石例》卷9曰：“跋者，随题以赞语于后者也。或前有序引，当掇其有关大体者立论以表章之。须要明白简严，不可堕入窠臼。古人跋语不多见，至宋始盛，观欧、苏、曾、王诸作则可知矣。”据吴讷《文章辨体序说·序跋》考证，“至唐韩、柳始有读某书及读某文题其后之名。迨宋欧、曾而后，始有跋语，然其辞意亦无大相远也，此《文鉴》《文类》总编之曰‘题跋’而已”。徐师曾谓题跋可细分为四类：“跋”、“题”、“书”、“读”，其解说更详明：“按题跋者，简编之后语也。凡经传子史、诗文图书之类，前有序引，后有后序，可谓尽矣。其后览者或因人之请求，或因感而有得，则复撰词以缀于末简，而总谓之题跋。至综其实，则有四焉：一曰题，二曰跋，三曰书某，四曰读某。……题、读始于唐，跋、书始于宋，曰题跋者，举类以该之也。其词考古证今，释疑订谬，褒善贬恶，立法垂戒，各有所为，而专以简劲为主，故与序、引不同。”[2]要之，题跋或应人之求而书，或读后有感而作，或记重刊缘起、版本等，与序引自述“所以作”有区别，而与后人所作序相近。

除文籍序外，中唐以后又流行所谓“赠序”、“送序”、“字序”之类。吴讷《文体明辨序说·序》引东莱(吕祖谦)曰：“凡序文籍，当序作者之意；如赠送、燕集等作，又当随时以序其实也。……近世应用，惟赠、送为盛。”故赠送之序，也就是次序其事的意思。至于某人之字序、名序，与字说、字解没有多少区别，不过是寓以“丁宁训诫之义”，[3]离“序”的原意越发远了。这些可看作序的“衍生品”。

① 《文体明辨序说·引》。
② 《文体明辨序说·题跋》。
③ 《文体明辨序说·字说》。

### （二）“记”的起源

“记”者，顾名思义，即记事之文。其产生较晚，王应麟《词学指南》卷4引真德秀语，谓其“至唐始盛”；又曰：“记以善叙事为主。前辈谓《禹贡》《顾命》乃记之祖，以其叙事有法故也。”前引卢挚又曰：

> 夫记者，所以记日月之远近，工费之多寡，主佐之姓名。叙事如史，书法如《尚书·顾命》是也。叙事之后，略作议论以结之，然不可多，盖记者，以备不忘也。

卢氏所指为兴造记。唐宋时代，以兴造、厅壁记最多。《封氏闻见记》云：“然则壁记之由，当是国朝以来，始自台省，遂流郡邑耳。”明初学者吴讷曰：“大抵记者，盖所以备不忘。如记营建，当记日月之久近，工费之多少，主佐之姓名，叙事之后，略作议论以结之，此为正体。”①

### （三）宋代记、序的“变体”

记体文自然应以记事为主，但并不排斥议论。如吴讷《文体明辨序说·记》所说，即便是营造记，“叙事之后，略作议论以结之，此为正体”。但到宋代，随着文化的转型，就不仅是“略作议论以结之”，而是议论的成份大为增加，面貌与唐代很不相同，形成所谓“变体”，吴讷接着说：“至若范文正公《记严祠》，欧阳文忠公之《昼锦堂》，苏东坡之《记山房藏书》，张文潜之《记进学斋》，晦翁之作《婺源书阁记》，虽专尚议论，然其言足以垂世而立教，弗害其为体之变也。”宋人重理性，喜议论，原因也许有很多，而策论在科举考试中地位的上升，至少是重要因素之一。《苕溪渔隐丛话》前集卷35引《西清诗话》云：“王文公（安石）见东坡《醉白堂记》，云：‘此乃《韩白优劣论》。’东坡闻之曰：‘不若介甫《虔州学记》，乃学校策耳。’”从他们的相互调侃嘲讽中，不难窥知个中消息。宋人喜议论不仅影响到记、序等散文，连诗赋也以议论为特色，形成学者们所称的“宋型文化”。

---

① 《文体明辨序说·记》。

如何评价记、序之“变体”？上引王安石、苏轼显然相互含有贬意。金代作家王若虚尝为之辩护，说：“陈后山曰：‘退之（韩愈）之记，记其事耳，今之记，乃论也。’①予谓不然。唐人本短于议论，故每如此，议论虽多，何害为记？盖文之大体，固有不同，而其理则一。殆后山妄为分别，正犹评东坡以诗为词也。且宋视汉唐百体皆异，其开廓横放，自一代之变，而后山独怪其一二，何邪？”②“宋视汉唐百体皆异”，说明宋人为文喜“破体”，喜打通文体间的严格界限，形成各体文（包括诗词赋等韵文）鲜明的“宋代特色”。王若虚认为宋体“开廓横放”，于文无害，没必要强为优劣。王若虚是有道理的，叙、议有时其实难以严格分开，夹叙夹议是表达的常态。况记、序增加了议论成份，较之单纯的记事，内容无疑显得更深刻、厚重。不过，与其他文体一样，“变体”之“变”应该有个限度，“体”的基本特征应予保留。宋代有的记体文几乎全篇议论，记事相当简略，甚至连基本事实也不记，这就未免有些“过”了，像诗赋变得如策论或干脆为语录不能不招来批评一样，议论太多的记、序，也必然为人诟病，不应因其“足以垂世而立教”就加以赞美。如果记与论体文没有多少区别，那不是记的发展方向，而是其特色的丧失，甚至是文体的衰落。

由于宋代的记体文多说理，故方颐孙《百段锦》卷下立“说理格”，举杨万里《带经轩记》、唐庚《卓锡泉记》。《带经轩记》记曰：

> 杨子将辟斋于南溪之北涯，其地甚肥而美，可为畦以蔬，而朝夕挟书于斯，一日与客观之，且夸其地。客曰：美则美矣。然今之人目辨红紫者，其口不能应答问之是非；手捉方圆者，其耳不能听英茎之节奏。子于此乎书，则芜子之蔬；子于此乎蔬，则芜子之书，又焉在于带经而锄？
>
> 予曰：不然。书者所以为吾事，蔬者所以寓吾意也。早夜孜孜，披阅古今，非徒为是诜诜者，而其在乎尧、舜、禹、汤、文、武之

① 按：语见《后山诗话》。
② 《滹南遗老集》卷34《文辨一》。

事业，故谓之吾之事。然既藏焉，必游息也。由是寓形于韭菘葵菊之间，而忘言于韭菘葵菊之外，非意矣乎？虽事者本也，意则末矣，乌在乎其意也？然学道自洒扫、应对、进退皆足入乎道，虽末也无害其为本，故说者谓君子不当忘乎意。况畦而列之，横邪有径，高卑有陈，则君子之公庭坛宇也；种植有时，采掇有方，芬馨辛烈，有族有类，则君子之陈立经纪也。灌之溉之，由是得涵养之术；锄之耰之，由是得修慝之理。（方颐孙批：此意由粗达精，乃是文惠君见庖丁说养刀而悟养生。）如是，则荷锄而趑趄，不害其为书；带经而嗫嚅，不害其为蔬。吾岂若樊迟哉，规规然专务为老圃之事，而董仲舒又为不窥之勤。彼二子者，所谓楚失而齐亦未得也。①

记体文本是记事之文，本文题目是建造记，但全文只字未着"带经轩"的建造过程，而是言"杨子将辟斋于南溪之北涯"，"一日与客观之，且夸其地"，并设主客辩难，说明带经而锄的可行。这与本色的记体文已相去甚远，而更近于赋体（文赋）。这就是"变"得过头之例。

唐庚《卓锡泉记》，记罗浮山宝积寺之卓锡泉，大部篇幅在论述只要"全吾之神"，一切奇迹皆可能出现。不过从全篇看，记事成份多于《带经轩记》，这种"变体"尚在可接受的范围。从两文可以看出，在体制上，南宋作家较北宋"变"得更为厉害。

"序"的作法与记体文基本相同（详下），故序也有说理。不过在宋人眼里，序说理似乎唐已如此，如韩愈《送王含秀才序》，谢枋得点评道："王含之祖王绩字无功，尝作《醉乡记》。此序以'醉乡记'三字生一篇议论，下字影状，可见其巧。此序只从'醉乡记'三字得意变化成一篇议论，此文公（韩愈）最巧处，凡作论可以为法。"②送序竟"作论可以为法"，知在古文家手里，序及其衍生的送序之类，早在中唐就已开始出现议论化倾向了。

---

① 又见《古今合璧事类备要》别集卷 21、《山堂肆考》卷 173。此文杨万里《诚斋集》未载，《全宋文》亦失载。

② 《文章轨范》卷 5。

## 二、记序文的体式与作法

宋、元文章学家对记、序文的体式与作法进行了全方位的考察。他们的目的固然是为了指导或研究词科考试，但也正是这种带有功利性的动因，才促进了人们对这两种文体的重视和深度的理性认识，并将它们的作法上升到文章学的高度。就文体发展史而论，“序”虽远早于“记”，但记体文一般结体较复杂，内容较丰富，实用面较宽，而“序”则相对较简，用场有限，故学者们给予记以更多的关注，讨论的问题也较广，而序的作法与记大致相同，因此我们为了方便，论述时便先记而后序。

宋元学者们的研究，有从篇章宏观着眼的，也有从字词或局部行文着眼的，故这里分为两节，本节论体式与作法，下节论技法。

### （一）记的体式与作法

记体文因是用古文写作，故不像时文那样有个固定的“套子”，也就是没有太严格的程序，但基本的格式仍是有的，《词学指南》卷 4 载记体文的“今题式”（即宋代词科的题式）为：

> 曾子开（肇）《重修御史台记》首云：“元祐三年新作御史台，有诏臣某为之记，云云。”末云：“辄因承诏诵其所闻，以告在位者，使有以仰称列圣褒大崇显之意焉。”
>
> 东莱（吕祖谦）《隆儒殿记》首云：“仁宗皇帝皇祐纪元之三载，云云。”末云：“臣既述其事，谨待制旨而勒之石。”
>
> 周益公（必大）《选德殿记》首云：“皇帝践阼以来，宫室苑囿无所增修，独辟便殿于禁垣之东，名之曰选德。”云云。“一日命臣：‘汝为之记。’臣愚学不足以推广圣意，词不足以铺陈盛美，谨采《诗》《礼》云云，次第其说。”末云：“陛下神圣，必于此有得焉，而臣何足以知之！”

从上引“今体式”可知，记体文有两种格式，一种是将“记”分为序与记两部分，一种是一笔到底。吕祖谦《隆儒殿记》即所谓“一笔到底”，中间没有区隔。曾肇《重修御史台记》则先叙作序之原委，然后才是“记”。分为两节的，分隔处往往有“为之记曰”之类的过渡语。周必大《选德殿记》也是两部分，但与《隆德殿记》略有不同：首叙选德殿的用途，但没有记年月，也没有记该殿的修建过程，全文“论”多于“记”，[①]突显出南宋记体文的特色。

王应麟《词学指南》卷4引吕祖谦曰：“记、序有混作一段说者（引者按：即上所谓‘一笔到底’），有分两节说者。如未央宫，先略说高帝、萧何定天下作宫一段，乃说‘为之记曰’。”王应麟解释道：

> 作记，有叙其事于首者，如宫殿经始于某年某月，落成于某年某月之类，先说在头一段，然后入“为之记曰”云云。周子充（必大）《汉未央宫记》首云“汉高帝……云云。八年，萧何始治未央宫”云云是也。有叙其事于尾者，如詹叔羲《汉城长安记》云“城肇功于元年正月，已事于五年九月”，云云。“为门者十有二，南北则象斗形”，云云。洪景伯（适）《唐勤政务本楼记》末云“楼成于开元二年之九月”云云是也。

以上所述“今题式”的记体格式，基本上是合理的，与古文的行文自由并不冲突。

关于记体文的写作，宋、元学者在总结经验的基础上，从各角度、对各部位提出了许多很有价值的见解，主要有：

1. 就题立意

立意是作好任何文章的前提。记体文如何立意？王应麟以为应“就题立意”，他说：

> 所谓立意，如学记（按：指学校修建记）泛说尚文，是无意也。须就题立意，方为亲切。柳子厚《柳州学记》说“仲尼之道，与王化远弥”，此两句便见岭外立学，不可移于中州学校也。

---

① 按《选德殿记》于淳熙五年（1178）闰六月进呈，见《周文忠公集》卷104，随后刻石，则该记并非拟作。

他是说记体文立意必须有特色,要选好、选准切入点,如某建造记,只能用在某地某建筑,不能写成无施而不可的浮泛之文。所举《柳州学记》,王氏盖误记题目,实为《柳州文宣王新修庙碑》,[①]不过碑往往也分序和记事两部分,记体文很可能即由碑演变而来,《词学指南》卷4《记》曰:"《古文苑》载后汉樊毅《修西岳庙记》,其末有铭,亦碑文之类。"所引柳文,为该碑首两句。因柳州地远,故"就"文宣王(孔子)庙之题,用"仲尼之道,与王化远弥"开篇立意,为下文"至于有国"(指唐有天下)方"进用文事"选了一个很好的切入点,颇具地方特色。紧扣题目的写法,不仅科场文字特别强调(即要"体贴"题目),也是一般作文的基本原则和方法。

2. 文字要"简重严整"

上面说过,作为记体文格式之一种,是分"序"和"记"为两部分。如何写好"序"呢?王应麟《指南》曰:

> 记序用散文,须拣择韩柳及前辈文与此科(按:指词科)之文相类者熟读。(韩《南海神庙碑》、柳《兴州江运记》、苏《储祥宫碑》之类,凡文体严整者皆是。又曰:取典则严整者皆是。)作文贵乎严整,不可少类时文。(须忌之、乎、者、也虚字、重字太多。)多字痛自裁节。……
>
> 记序以简重严整为主,而忌堆叠窒塞;以清新华润为工,而忌浮靡纤丽。(《文心雕龙》曰:"思赡者善敷,才核者善删。善删者字去而意留,善敷者辞殊而义显。字删而意缺则短,辞敷而意重则芜。""综学在博,取事贵约。")

他首先强调向韩、柳及前辈古文大家的典范学习,使记体"不可稍类时文"。学什么他没有说,"须忌之、乎、者、也虚字、重字太多",应当只是当学的一点而已。这我们可以联想南宋学者如吕祖谦等大力倡导的"以古文为法",此不具述。[②] 记体文是作为历史留给后人看的,

---

① 《柳宗元集》卷5,中华书局1979年校点本。

② 详拙文《论宋代的时文"以古文为法"》,载《四川大学学报》2007年第4期。

故前引卢赘说应“叙事如史”，所以“简重严整”应当是最重要的原则之一。

3. 要“善叙事”

《词学指南》卷4引西山先生（真德秀）曰：

> 记以善叙事为主。前辈谓《禹贡》《顾命》乃记之祖，以其叙事有法故也。后人作记，未免杂以论体。词科所试，唯南渡前《元丰尚书省飞白堂记》及《绍兴新修太学记》犹是记体，皆可为法，后来所不逮。须多读前辈叙事之文，则下笔方有法度。盖有出处事多如唐折冲府者，出处事少如汉步寿宫者。事多，贵乎善剪截，不然则繁冗矣；事少，贵乎铺张，不然则枯瘠矣。（事多者，笔端自为融化，不全用古人本语；事少者，自作一规模，不使局促，则得之矣。）

真德秀尝编《文章正宗》，所收要求“其体本乎古”，[①]故他对“后人作记，未免杂以论体”（也就是所谓“变体”）很不以为然，不过要求记体文“善叙事”则是对的。如何才算“善叙事”呢？真氏提出两点：善于剪裁，善于铺张，是为“有法度”。这也是对的。

4. 语赡

王应麟又提出“语赡”说。同上引：

> 所谓“语赡”，如韩退之《南海神庙文》“乾端坤倪，轩豁呈露”一段、老苏（苏洵）《兄涣字序》说风水一段是也。虽欲语赡，而不可太长，（谓专事言语。）不可近俗，（如“青编中对圣贤语、黄卷上从古人游”之语皆是。）不可多用难字。（熟看韩、柳、欧、苏，先见文字体式，然后遍考古人用意下句处。）

所举韩愈《南海神庙文》，即《南海神庙碑》，该段写祭神后将离开时的情景：“阖庙旋舻，祥飚送帆。旗纛旄麾，飞扬晻蔼。铙鼓嘲轰，高管嗷噪。武夫奋棹，工师唱和。穹龟长鱼，踊跃后先。乾端坤倪，轩豁呈



① 见《文章正宗纲目序》，《文章正宗》卷首。

露。”苏洵“微风动水”的比喻，为人们所熟知[1]。因知王氏所谓“语赡”，当指抓住某一场景全方位地形容刻画，或用形象性的譬喻将道理说深说透，且要文字丰赡，内容精彩。

5. 碎语如画

元俞琰《席上腐谈》曰：

> 作记之法，《禹贡》是祖。自是而下，《汉官仪》载马第伯《封禅记仪》为第一，其体式雄浑庄雅，碎语如画，不可及也。其次柳子厚山水记，法度似出于《封禅仪》中，虽能曲折回旋作碎语，然文字止于清俊峭刻，其体便觉卑薄。[2]

所称记文“第一”的东汉人马第伯《封禅仪记》，原文已佚，严可均《全上古三代秦汉三国六朝文·全后汉文》卷29由《续汉书·祭祀志上》注等多书“合录成篇”。审所谓“曲折回旋作碎语”，知所谓“碎语”，就是细节。《封禅仪记》记光武帝刘秀建武三十二年(56)封禅的全过程，细节刻画甚多，如写封泰山结束后的情景：

> 封毕有顷，诏百官以次下，国家随后，数百人维持行，相逢推。百官连延二十余里，道多迫小，深溪高岸数百丈，步从匍匐邪上。起近距火，止亦骆驿。步从触击大石，石声正欢，但欢石见相应合者。肠不能已，口不能默。百官后到，明日乃讫。其中老者，气劣不能行，卧岩石下。

由于辗转辑录，文字或有讹夺，但封山散场后人流混乱拥挤的狼狈相，犹能“如画”般呈现在近两千年后的读者眼前。记体文的功能就是记事，只有鲜明的细节刻画，才能让所记事生动形象，否则难免空洞抽象。俞氏盖以为柳宗元只记山水而不及朝廷大事，故“其体卑薄”，固是儒生“腐谈”，但“碎语如画”的“作记之法”，洵可谓高识卓见。

---

① 按：见《仲兄字文甫说》，《嘉祐集》卷14，《四部丛刊初编》本。
② 按：见《说郛》卷25下引《席上腐谈》，传本《席上腐谈》无此条。

### （二）序的体式与作法

王应麟《词学指南》卷4《序》述序的“今题式”为：

> 周必大《皇朝文鉴序》，首云“臣闻”云云，“赐名《皇朝文鉴》，而命臣为之序”云云。末云“臣虽不肖，尚当执笔，以颂作成之效云”。
>
> 韩驹《国朝会要序》，首云“臣闻”云云。末云“若其条贯舛谬，辞语浅薄，臣之罪也，无所逃戾。冒昧圣览，惟陛下幸赦之”。

元代学者潘昂霄《金石例》卷9有《序式》，列举了韩愈、柳宗元二人所作序的末句或结尾数句。兹各举三例（原书未注出处，文字有替代或省略。兹用小号字补篇名，文字不再恢复），以见其大概。

韩愈：

> 故其赠行，不以序而以规。（《送许郢州序》末）
>
> 作送某序。（《送窦从事序》末）
>
> 公于是作歌诗以美之，命属官咸作之，命某序之。（《上巳日燕太学听弹琴诗序》末）

柳宗元：

> 遂述其制作之所诣，以系于后。（《杨评事文集后序》末）
>
> 于其序也，载之其末云。（《送崔群序》末）
>
> 某直而甚文，乐君之道，作诗以言。予犹某也，故于是乎序焉。（《同吴武陵送前桂州杜留后诗序》末）

从例文可以看出，这不能算是完整的序之“格式”，只可说是“结尾式”，但也说明“序”这种文体，其实没有严格的格式。就文体而论，《指南》引西山先生（真德秀）曰：“序多以典籍文书为题，序所以作之意。此科（指词科）所试，其体颇与记相类，姑当以程文为式，而措词立意，则以古文为法可也。”序因其体与记相似，故作法也多见于上文论“记”。又引东莱先生（吕祖谦）曰：

> 作记、序，若要起头省力，且就题说起。谓如《太宗金鉴书序》，则便说“太宗皇帝”云云，说鉴治乱、贤不肖之意；若《花萼相映楼记》，则便说“唐玄宗皇帝”云云，说兄弟友悌之意，不可泛说功德，须便入题意。

吕氏的意思是，记、序的起头最好是从题目说起（前述王应麟“就题立意”说与此同），不可泛说，这样一下笔便直接入题，显得“省力”。词科中“序”是用古文，与“记”一样，也应以前辈古文大家的作品为典范。

由于序原本是序典籍，故王应麟在《指南》中指出了一些有关典籍的“技术性”处理方法。他说：“书目有异同者，如南丰《战国策目录序》末云：‘此书有高诱注者二十一篇，或云三十二篇。《崇文总目》存者八篇，今存者十篇云。’”这是说书序要记明该书卷数，有异同可略作辨析。他又说：“卷数有序于首者，如《唐开元礼序》云‘明皇帝之十四年云云，为《开元礼》一百五十卷’是也。”有序于末者，如《唐大衍历序》云：“‘其书有《历术》七篇，《历议》十篇，《例略》一篇云’是也。”这是说述卷数可在首，也可在末。

不少序作者要在文中说明作序缘起，金代作家王若虚认为这是“序之序”，属赘文，是一种“病”。他说：“凡作序而并言‘作之’之故者，此乃序之序，而非本序也。若记、若诗、若志、铭皆然，人少能免此病者。退之《原道》等篇末云‘作《原道》’、‘（作）《原性》’、‘（作）《原毁》’；欧公《本论》云‘作《本论》’，犹赘也。”①今按：交代“作之故”，使读者明白写作背景，不仅拉近了作者与读者的距离，而且有利于理解文意，很有好处，今人作序亦如此。王若虚太拘泥文体，反倒有些偏颇，“序之序”未必是赘文。

## 三、记序文的写作技法

王应麟《词学指南》卷4《记》引朱文公（熹）曰：“记文当考欧、曾

① 《滹南遗老集》卷35《文辨二》，《四部丛刊初编》本。

遗法,料简刮摩,使清明峻洁之中自有雍容俯仰之态。”又曰:“欧文敷腴温润,南丰文峻洁,坡文雄健。”又引水心(叶适)曰:“如欧公《吉州学》《丰乐亭》,南丰《拟岘台》《道山亭》,荆公《信州兴造》《桂州修城记》。”朱熹简论了北宋几位著名作家的记体文风格,叶适则举了他们的代表作篇名,但都极简略。前节从整体上宏观地考察了记、序文的体式与作法,而南宋、元代的文章学家,还对具体的记、序作品作过深入的研究,归纳了一些带有可操作性的技法。本节仍从文章学的视角,择要考察他们的研究成果。由于记、序在写法上相近或相同,故叙述时不再分别。

### (一) 助词用法

欧阳修《醉翁亭记》连用二十一个“也”字结句,南宋人朱翌(1097—1167)《猗觉寮杂记》卷上谓“《醉翁亭记》终始用‘也’字结局(按《爱日斋杂记》卷4引,‘局’作‘句’,当是),议者或纷纷,不知古有此例”,下举《易·离卦》《庄子·大宗师》。可见欧公此文的虚词用法,曾引起学者们的高度关注。洪迈《容斋五笔》卷8曰:“欧阳公《醉翁亭记》、东坡公《酒经》,皆以‘也’字为绝句。欧阳二十一‘也’字,坡用十六‘也’字。欧《记》人人能读,至于《酒经》,知之者盖无几。坡公尝云:‘欧阳作此记,其词玩易,盖戏云耳,不自以为奇特也。’”[①]费衮不太赞成多用助词,他说:“文字中用语助太多,或令文气卑弱。……退之《祭十二郎老成文》一篇,大率皆用助语……其后欧阳公作《醉翁亭记》继之,又特尽纡徐不迫之态。二公固以为游戏,然非大手笔不能也。”[②]王楙《野客丛书》卷27、《爱日斋丛钞》卷4举了大量例子,说明欧公用“也”字并非创体,是“古已有之”,[③]如《周易》《庄子》《左传》等,皆有此等用法。陈鹄《耆旧续闻》卷10曰:“少游(秦观)谓《醉翁亭记》亦用赋体。余谓文忠公此记之作,语意新奇,一时

① 按:语出苏轼《记欧阳论退之文》,《苏轼文集》卷66,中华书局2004年排印本。
② 《梁溪漫志》卷6《文字用语助》,影印文渊阁《四库全书》本。
③ 此语出董弅《闲燕常谈》引尹洙语,见《爱日斋丛抄》卷4。

脍炙人口，莫不传诵，盖用杜牧《阿房赋》体游戏于文者也，但以记号'醉翁'之故耳。"又《黄氏日钞》卷61亦曰："以文为戏者也。"宋末学者陈模则持无保留的赞赏态度，认为欧公用得好："欧阳《醉翁亭记》'也'字深得其体，虽只是叠'也'字，却落落地一气相属，不觉藏得许多功夫。"[①]总之，虽学者们"议论纷纷"，归纳起来盖不过两种意见（或一人同时持两见）：一是古已有之，不足为怪；二是乃欧公以文为戏。前者以"也"字运用合乎传统为之辩护，后者则略有贬义，以为不够严肃，且有破体之嫌。从总的倾向看，宋代学者们虽肯定欧公此记，但多有所保留，认为有以文为"戏"的成份，使记体成了赋体。

王若虚谓《醉翁亭记》"何害为佳，但不可为法耳"。[②] "不可为法"，是说一般作者若用得过多，可能会有泛滥之弊。上节论记体文作法时，曾引王应麟语，认为记体"序"要严整，"须忌之、乎、者、也虚字、重字太多"。他指的是科场所作、官场所用，那自然不能为"戏"。助词运用较难，虽语法有规律可循，但用与不用、用多用少，则不可能、也不必有定法。这里除作者的感情表达与读者有距离，故或是或非外，还有个习惯问题，所以即便是大手笔，也难免时有瑕疵，王若虚就曾指出欧阳修"多错下'其'字"，苏轼的记、碑文"用'矣'字有不妥者"，等等。[③] 一般说来，文章不必拒斥助词，运用虚字以增加文势，正是古文写作中常用的方法。

### （二）假借相形法

《有美堂记》，是欧阳修应梅挚之请而作，乃记体文名篇之一。梅挚出守杭州，仁宗赐诗有"地有吴山美，东南第一州"之句，故建"有美堂"。欧公自谓杭州山水"目所不见，勉强而成"，[④]故只好虚写。《崇

① 《怀古录》卷下，《历代文话》本。
② 《滹南遗老集》卷36《文辨三》。
③ 同上。
④ 《与梅圣俞书（第四十五）》，《欧阳文忠公集》卷149。

古文诀》卷19楼昉评曰:“将他州外郡宛转假借,比并形容,而钱塘之美自见,此别是一格。”所谓“别是一格”,即他并不实写杭州,而用他处相较,尽着虚景,不是作记的正法。这种“假借”、“比并”法,明代学者孙琮又称之为“相形法”,他在《山晓阁选宋大家欧阳庐陵全集》卷3评论道:“读此记者,须学他一篇相形之法。如第一段说山水富丽,不可得兼,第二段说佳山水必生于穷州僻邑,皆是极力相形。第三段说钱塘、金陵兼有其美,第四段说金陵残破,虽是撇去金陵,实是形出第五段钱塘独擅其美。第六段说当时士大夫不能兼取其胜,亦是形起第七段梅公今日独兼其美。看他一篇文字,欲出一段正意,先作一段相形,相形得起,方出落得透,可谓绝妙章法。”“正意”与“相形”,形成主、客关系,明末学者李腾芳称之为“扭”,他在《文字法三十五则》中举例分析道:

> 扭者,将客主意交互相扭也。其法亦用之不同,有前面立两个议头,作两扇门了却,即从门下将两意卸定一扭,然后去一边,独重一边入题。如欧阳《有美堂记》云:“夫举天下之至美与其乐,有不得而兼焉者多矣。故穷山水登临之美者,必之乎宽闲之野、寂寞之乡,而后得焉;览人物之盛丽,夸都邑之雄富者,必据乎四达之衢、舟车之会,而后足焉。盖彼放心于物外,而此娱意于繁华,二者各有适焉。然其为乐,不可得而兼也。”此开二门了,下扭云:“今夫所谓罗浮、天台、衡岳、庐阜,洞庭之广,三峡之险,号为东南奇伟秀绝者,乃皆在乎下州小邑、僻陋之邦。此幽潜之士、穷愁放逐之臣之所乐也。若乃四方之所聚,百货之所交,物盛人众,为一都会,而又能兼有山水之美,以资富贵之娱者。惟金陵、钱塘。”下又将金陵、钱塘扭云“然二邦皆僭窃于乱世,及圣宋受命,海内为一,金陵以后服见诛。今其江山虽在,而颓垣废址,荒烟野草,过而览者,莫不为之踌躇而凄怆,独钱塘”云云。此文字得此两扭,妙不可言。①



① 《历代文话》第3册,第2501页。

则所谓“扭”指绾结、绞缠,即把本不相关的事物拧在一起的意思。

### (三) 级级递进法

欧阳修《送徐无党南归序》,是其送序中的得意之作。此文是先达送后进,故以《左传》所谓“三不朽”相勉。《古文关键》卷上评曰:“此篇文字象一个阶级,自下说上,一级进一级。”又曰:“转折、过换妙。”所谓“一级进一级”,孙琮分析得颇为精彩、准确,他在评《山晓阁选宋大家欧阳庐陵全集》卷3此文时道:

> 通篇大指,只是劝勉徐生修身立行,却不一语说破。起处提出修身、行事、立言三件,下文以立言、行事相较,驳去“言”字;又以修身、行事相较,驳去“事”字。驳去“言”字,正是修身之可贵;驳去“事”字,亦是见修身之可贵。通篇劝勉修身,不曾一字实说,全在言外得之。至其文情高旷卓越,则固欧公所独擅也。

因为是“一级进一级”,故转折、过换就显得十分重要,这些关系到全篇的成败。

### (四) 化无为有、化有为无法

李淦《文章精义》曰:“子瞻《喜雨亭记》结云:‘太空冥冥,不可得而名,吾以名吾亭。’是化无为有。”《凌虚台记》结云:“‘盖世有足恃者,而不在乎台之存亡也’,是化有为无。”又《黄氏日抄》卷62评《凌虚阁记》曰:“《凌虚阁记》末句云:‘盖世有足恃者,而不在乎台之存亡也。’其论甚高,其文尤妙,终篇收拾,尽在此句,而意在言外,讽咏不尽。昔王师席所谓文之韵者,此类。”按《喜雨亭记》原文很短,作者述其为官扶风(签书凤翔府)的第二年,“始治官舍,为亭于堂之北”,逢久旱后大雨,上下相庆,“忧者以乐,病者以愈,而吾亭适成”,因以“喜雨”名亭。“既以名亭,又从而歌之”,曰:

> 使天而雨珠,寒者不得以为襦。使天而雨玉,饥者不得以为粟。一雨三日,繄谁之力?民曰太守,太守不有。归之天子,天子

> 曰不然。归之造物,造物不自以为功。归之太空,太空冥冥,不可得而名,吾以名吾亭。①

喜雨亭于是成了"太空"的象征,"不可得而名"也就成了可以"名"的实体。通过"化无为有",抽象的概念遂化为具体的事物。

《凌虚台记》也不长,先述扶风太守陈公(弼)凿池筑台,命台名"凌虚","以告其从事苏轼,而求文以为记。轼复于公曰":

> 物之废兴成毁,不可得而知也。……尝试与公登台而望,其东则秦穆公之祈年、橐泉也,其南则汉武之长杨、五祚,而其北则隋之仁寿、唐之九成也。计其一时之盛,宏杰诡丽,坚固而不可动者,岂特百倍于台而已哉!然而数世之后,欲求其仿佛,而破瓦颓垣无复存者。既已化为禾黍荆棘丘墟陇亩矣,而况于此台欤?夫台犹不足恃以长久,而况于人事之得丧,忽往而忽来者欤?而或者欲以夸世以自足,则过矣。盖世有足恃者,而不在乎台之存亡也。既已言于公,退而为之记。②

此记结尾之所以高、妙,黄震说到其表,李淦说到其里——正是"化有为无"增加了全文的韵致。"化无为有"是变抽象为具体,"化有为无"则反之。过于抽象则缺乏形象性,给人恍惚迷离之感;过于具体又显得平庸无奇,缺少理性高度。苏轼吸收了吴起对魏武侯"在德不在险"和张载《剑阁铭》的思想,③道出世之足恃"不在乎台之存亡"的道理,从而"化有为无",增加了台记的哲理和思想深度,文章的思想性和审美价值也随之大为提升。

朱熹尝曰:"作文字须是靠实,说得有条理,乃好,不可架空细巧。大率要七分实,只二三分文。……东坡如《灵壁张氏园亭记》最好,亦是靠实。秦少游(观)《龙井记》之类,全是架空说去,殊不起发人意

---

① 《苏轼文集》卷11,中华书局1986年校点本。
② 见《苏轼文集》卷11。
③ 吴起对魏武侯事,见《史记·吴起传》;《剑阁铭》见《文选》卷56。

思。”[①]今读《张氏园亭记》及《龙井记》,[②]知朱熹所谓“靠实”和“架空”,盖指作者对所记对象应有实实在在的描写,不能如《龙井记》那样,对该实写的“龙井”反而写得很空泛,因此不能“起发人”。如此说来,记体文该实写处当很实,这是全文主体,而“虚”(即化有为无)处也应“虚”得起来,方是好文章。在写作实践中,何处需实写,化无为有,何处又该虚写,化有为无,全靠作者点化,并可由此分别作者艺术修养的高低,文章社会价值的大小。

### (五)形容法

方颐孙《百段锦》卷下立“妆点格”,他所谓“妆点”,就是常说的形容、描写,而形容又分“想象形容”和“形状风景”两类,乃形容的两种方法——前者举欧阳修《昼锦堂记》和司马光《魏公祠堂记》为例,[③]后者举欧阳修《真州东园记》为例。所谓想象形容,就是所形容或描写的事物并非亲历亲见,而是出于想象,在修辞学上叫“示现”或“摹状”。如《昼锦堂记》形容昔人富贵归故乡时的情景:

> 盖士穷时,困厄闾里,庸人孺子,皆得易而侮之。若季子不礼于其嫂,买臣见弃于其妻。一旦高车驷马,旌旗导前,而骑卒拥后,夹道之人相与骈肩累迹,瞻望嗟咨,而所谓庸夫愚妇者奔走骇汗,羞愧俯伏,以自悔罪于车尘马足之间。

所述苏秦(季子)、朱买臣“高车驷马”归故乡事,已过去了千多年,作者不可能亲见,但写得却像亲见似的。这完全出于“想象”,当然是“合理”的想象。

《真州东园记》曰:

> 园之广百亩,而流水横其前,清池浸其右,高台超其北。台,

---

① 《朱子语类》卷139,中华书局1986年校点本。

② 前文见《苏轼文集》卷11,后文见《淮海居士集》卷38。

③ 按:所引《魏公祠堂记》,仅前数句出自该文,余为曾巩《移沧州过阙上殿札子》中文字(见《元丰类稿》卷30),盖编者疏误,此不举以为例。

吾望以拂云之亭;池,吾俯以澄虚之阁;水,吾泛以画舫之舟。敞其中以为清燕之堂,辟其后以为射宾之圃。芙蕖芰荷之的历,幽兰白芷之芬芳,与夫佳花美木,列植而交阴:此前日之苍烟白露而荆棘也。高甍巨桷,水光日影,动摇而上下,其宽闲深靓,可以答远响而生清风:此前日之颓垣断堑而荒墟也。嘉时令节,州人士女,啸歌而管弦:此前日之晦冥风雨、鼪鼯鸟兽之嗥鸣也。吾于斯园有力焉,凡图之所载,盖其一二之略也。若乃升于高,以望江山之远近;嬉于水,而逐鱼鸟之浮沉,其物象意趣,登临之乐,览者各自得焉,凡工之不能画,吾亦不能言也。

作者从东园的前、右、北和中、后五个视角,分别写了台、池、流水及堂、圃以及花木之状,并前后对比,又写“登临之乐”,充分展现了东园风景之美,十分生动而精彩。

《百段锦》卷上,方颐孙另立“状情格”,也是“形容”,不过此类所形容的是情感,对象较抽象。其中“形容志向”一项,举吕祖谦《汉舆地图序》,略曰:

自古合天下为一者,必以拨乱之志以为主。志之所向,可以排山岳,倒江海,开金石,一念之烈,无能御之者。光武之在河北,崎岖于封豕长蛇之间,嗔目裂眦,更相长雄,积甲成山,积血成川,积气成云,积声成雷。九流混淆,三纲反易,虽十家之市无宁居者,则光武果何恃哉?亦恃其拨乱之志而已。①

通过“排山岳,倒江海”以及“崎岖于封豕长蛇之间”、“积甲成山”等一系列比喻和颇带夸张的描写,将十分抽象的“拨乱之志”,写得仿佛看得见、摸得着。

在古代散文中,记、序文(特别是“记”)是文学性、可读性较强的文体,原因在它们的主体是叙事,为了把事“叙”得更形象生动些,作者往往比其它文体更多地使用想象、形容、描写等艺术手法,并借此驰



① 按:该《图序》全文见《东莱外集》卷1,《续金华丛书》本。

骋才华,从而赋予了记、序更多的文学元素。虽然“宋体”记、序多了些论说成份,但内容也较单纯的记事显得深厚。

如何写好记、序文?对兴趣长期集中在诗赋的学者们来说,于此似乎有些不屑或无暇顾及,只有到北宋末南宋初,当记、序文成为考试科目被注入功利性、从而进入文章学家的视野之后,才开始得到较全面的探讨和论述,包括体式及文法技巧等,尽管系统性不是很强,但我们若将各家论述或只言片语集中起来并加以归纳总结,仍然相当可观,这从上文已可看出。应该说,由于记、序是实用性文体,虽被注入功利性,但词科所涉及的面远没有进士科大,故文章学家对它们研究的投入也许不如对其它科举时文(如论体文之类)高,但也算够用力的了。宋代学者对记之“变体”的研究,从一个侧面揭示了宋代文学的特点;而关于记、序作法和技法的总结,不仅丰富了古文理论,而且对发展古文创作具有长远的指导意义。

(2009年9月17日改定。原载台南成功大学编《宋代文哲研究集刊》2011年第1期,台北里仁书局出版)

# 论文章学视野中的“宋体四六”

“骈文”这种文体，自齐、梁问世之后，无论后代文学史家喜欢与否，它都在文坛上顽强地生长着，并找到了自己的位置。齐、梁时代，甚至拿它作“文”“笔”的分界，有“无韵者笔也，有韵者文也”之说，[①]又曰“文”须“绮縠纷披，宫徵曼衍”云云。[②] 其时作品，已不乏四、六字相对的偶句。入唐，骈文大盛，而中唐则成了古文家革新的对象，晚唐又衍生出专以四六为对的“四六文”，宋初继之，并在封建王朝的政治运作中担当了重要角色，即官方文书的书写体式。欧阳修、苏轼再用古文作法加以改造，遂成所谓“宋体四六”。[③]

在“宋体四六”的发展过程中，由于文章观念和作法之不同，又分化出所谓“荆公”、“东坡”两派。近年来，学界对“宋体四六”及其流派的研究成绩不菲，如施懿超据其博士论文修改出版的专著《宋四六论稿》，便是有代表性的一种。但从文章学视角审视“宋体四六”——所谓“文章学视角”，简单地说，即不依词科“定格”写作的四六文，而根据所谓“扬庭之文”——朝廷实际行下的制诰文字，考察和总结两个流派在写作方法上的优劣得失，似乎还不多见，而这种考察无疑有益于对“宋体四六”更深入的认识和研究。兹不揣冒昧，试为论之。

---

① 范文澜《文心雕龙·总术注》，人民文学出版社 1978 年版，第 655 页。

② 萧绎《金楼子》卷 4《立言》，《知不足斋丛书》本。

③ “宋体四六”一语，出陈绎曾《文筌·古文谱·四六附说·体》，《续修四库全书》影印清抄本。

## 一、"宋体四六"及其流派的文章特征

有宋开国之初,流行的是中唐受复古思潮影响而改造过的骈体文,如田锡、张咏等,其文皆仿佛陆贽,但难免浅近卑弱。真宗时代,以杨亿、刘筠为代表的"西昆体"四六风靡一时。"昆体"上继晚唐李商隐,是骈文的进一步格律化,特点是"必谨四字六字律令,故曰四六";[1]陈师道又谓其"喜用古语,以巧对为工,乃进士赋体耳"。[2] 则四六的发展与繁荣,显然受科举律赋的影响。随着古文运动的开展与胜利,古文家用古文作法改造"昆体","欧阳少师(修)始以文体为对属,又善叙事,不用故事陈言而文益高",[3]于是形成所谓"变体",也就是"宋体四六"。欧阳修尝说:"往时作四六者,多用古人语,及广引故事,以衒博学,而不思述事不畅。近时文章变体,如苏氏以四六述叙,委曲精尽,不减古人。"[4]则"昆体"、"宋体"写法上的区别,是前者"多用古人语,及广引故事",其弊是"述事不畅";后者则"用四六述叙,委曲精进",从而克服了前者表达上的缺陷——这就是欧阳修告诉我们的有关两"体"的特点以及"宋体四六"的优越性。

欧阳修之后,四六作家多习"宋体四六",但由于各人对"以文体对属"理念的理解和喜好不同,遂形成两个不同的流派。杨囦道《云庄四六余话》中有条资料,描述得颇为精确:

> 皇朝四六,荆公谨守法度,东坡雄深浩博,出于准绳之外,由是分为两派。近时汪浮溪(藻)、周益公(必大)诸人类荆公,孙仲益(觌)、杨诚斋(万里)诸人类东坡。大抵制诰笺表贵乎谨严,启疏杂著不妨宏肆,自各有体,非名世大手笔未易兼之。[5]

晚宋学者吴子良也有类似的论述:

---

① 邵博《邵氏闻见后录》卷16,中华书局1983年校点本,第124页。
② 《后山诗话》,《历代诗话》上册,中华书局1981年校点本,第310页。
③ 同上。
④ 《苏氏四六》,《欧阳文忠公集》卷130,《四部丛刊初编》本。
⑤ 《历代文话》第1册,复旦大学出版社2007年版,第119页。

本朝四六，以欧公为第一，苏、王(安石)次之。然欧公本工时文，早年所为四六见别集，皆排比而绮靡。自为古文后，方一洗去，遂与初作迥然不同。他日见二苏四六，亦谓其不减古文。盖四六与古文同一关键也。然二苏四六尚议论，有气焰，而荆公则以辞趣典雅为主，能兼之者欧公耳。水心于欧公四六暗诵如流，而所作亦甚似之。顾其简淡朴素，无一毫妩媚之态，行于自然，无用事用句之癖，尤世俗所难识也。①

上引资料说明，自欧阳修革"昆体"为"宋体"后，其门人以苏轼、王安石的成就最大。苏轼将欧阳修简淡朴素的一面发扬光大，后学效之，形成"东坡派"，特点是"出于准绳之外"，"尚议论，有气焰"；王安石则继承欧阳氏"典雅"的一面，形成"荆公派"，又称"典雅派"，特点是"谨守法度"，也就是包括"喜用古语"等在内的"四字、六字律令"。

吴子良说荆公"以辞趣典雅为主"，因有必要弄清"典雅"的内涵。叶适对此有精确的解释：

余尝考次自秦、汉至唐及本朝景祐以前词人，虽工拙特殊，而质实近情之意终犹未失。惟欧阳修欲驱诏令复古，始变旧体。王安石思出修上，未尝直指正言，但取经史见语错重组缀，有如自然，谓之典雅，而欲以此求合于三代之文，何其谬也！②

王安石"谬"不"谬"姑不论，而由此可知所谓"典雅"，就是指组缀经、史"见(现)句"。文字有来历，且来自正统而权威的经、史书，故既"典"且"雅"，但它是借古人语说当前事，与作者自己"直指正言"形成对照。谢伋《四六谈麈》认为组缀典籍成句"起于(真宗)咸平王相(旦)，人多效之"；"宣和间，多用全文长句为对"，而"至今(指绍兴间)未能全变"。③ 王铚《四六话》卷上则称夏英公(竦)上继杨、刘"昆体"，但洗去了他们的"衰陋气"，变得"深厚广大"，而王安石"亦出英

① 《荆溪林下偶谈》卷2，《历代文话》第1册，第554页。

② 《习学记言序目》卷48，影印文渊阁《四库全书》本。

③ 《历代文话》第1册，第34页。

公,但化之以义理而已”。[①] 这表明,王安石四六虽继欧阳修之“典雅”,但他的基本法则乃另有师承,盖与“西昆体”有不解之缘。组缀经史现句,与昆体的“多用古人语,及广引故事”,其实没有二致,只是他的“古人语”出于经史,少了镶金镂玉的淫靡,换了副仿佛“三代”的面孔而已。



若将荆公、东坡两派之区别用实例说明,或以《诚斋诗话》所记一事最为简明精当,其曰:

> 有客在张敬夫(栻)坐上,举介甫《贺册后妃》“关雎”、“鸡鸣”之联(引者按:即“《关雎》之求淑女,无险陂私谒之心;《鸡鸣》之思贤妃,有警戒相成之道”联),以为四六之妙者。敬夫因举东坡《贺册后表》云:“上符天造,日月为之光明;下逮海隅,夫妇无有愁叹。”曰:“此全不用古人一字,而气象塞乎天地矣。”[②]

王氏联乃经(《诗经》,包括后人笺疏)语对经语,苏氏联则无所依傍,“不用古人一字”;前联辞趣典雅,后联简淡朴素。前联谨守传统的用事“法度”,是“正体”;后联则“出于准绳之外”,属“破体”。两人所作体裁相同(皆贺表),题目相同,句式相同,所要表达的内容相似,而作法却差异很大,鲜明地体现了两派不同的文章特征。应当说明,所谓苏轼“全不用古人一字”,并不是说他的四六文字全无来历,其实苏轼也极喜用事,只是不是“组缀”而是“融化”(此点详下)而已。弄清楚了“宋体四六”及其衍生出来的两个流派,便可进一步探讨它们各自的写作方法。

## 二、“荆公派”四六的作法

王安石四六有个最显眼的“看点”,即用古人语作对,而且多用经史全句。曾季狸《艇斋诗话》曰:“荆公诗及四六,法度甚严。汤进之

---

① 《历代文话》第1册,第9页。

② 《历代诗话续编》上册,中华书局1983年校点本,第153页。

丞相尝云:'经对经,史对史,释氏事对释氏事,道家事对道家事。'"[①]至于所谓"全句",可参读下文所引《诚斋诗话》,其中举有王安中《贺唐秘校及第启》的"得知千载,上赖古书;作吏一行,便废此事"四句,每句皆古人全句,杨万里已指明出处;王应麟《困学纪闻》引此启,清代学者翁元圻注详引了出处原文,[②]亦可参读,并由此可窥所谓组缀"全句"之一斑。

不过,王安石四六并不完全等同于"荆公派",王氏只是滥觞于前,其门徒则泛滥于后,讲究也愈来愈多。如上引谢伋《谈麈》,谓"多用全文长句"乃徽宗宣和间事,固然与安石无关。这里择要考察王铚《四六话》、谢伋《四六谈麈》及其他学者所论"荆公派"四六的作法。就大较论,王铚主"荆公派",谢氏则欲纠"荆公派"之弊。

### (一)王铚《四六话》论"避偏枯"等

1. 避偏枯。《四六话》卷上:

> 元厚之作《王介甫再相麻》,世以为工,然未免偏枯。其云:"忠气贯日,虽金石而为开;谗波稽天,孰斧斨之敢阙。"上句"忠气贯日"则可以衬"虽金石而为开",是以下句"谗波稽天"则于"斧斨"了无干涉,此四六之病也。元厚之取古今传记佳语作四六,"虽金石而为自开",《西京杂记》载扬雄全语也;"日华明润",李德裕《唐武宗画像赞》也。[③] 四六尤欲取古人妙语以见工耳。[④]

所谓"偏枯",原为疾病名(即半身不遂),后借指诗文之病。对偶句每联上四字为"格句"(见下引),下六字为衬句(若格句为六字,则衬句为四字)。如上引"忠气贯日,虽金石而为开"联,"忠气贯日"为格句,

① 《历代诗话续编》上册,第310页。
② 《困学纪闻》卷19《评文》,上海古籍出版社2008年校点本,第2040页。
③ 按《再相麻》全文已佚,盖其中有"日华明润"句。
④ 《历代文话》第1册,第7页。

“虽金石”六字为衬句。格句、衬句一定要文意关联，轻重相称，否则便有如人体半身不遂。“谗波”一联之所以为偏枯，王铚已作了说明，可不论。按元绛字厚之，王安石用为翰林学士，因谄事之。他的四六喜用全句，属嫡系“荆公派”。



同书卷下又曰：

> 四六格句，须衬者相称，乃为工，方为造微。盖上四字以唤下六字也，此四六格也。前辈作《谪枢密使张逊诰》云：“互置朋党，交攻是非。贝锦之词，遂彰于萋菲；挈瓶之智，已极于满盈。”……曾子宣《谢宰相表》曰：“方伤锦败材之初，奚堪于补衮；况覆悚折足之际，何取于和羹。”此又妙矣。“伤材败锦”四字，《后汉传》全语也。①

所谓“相称”，上面说过，是指格句、衬句的文意、下字要轻重相当，这才匹配得上，读来方能劲健，否则便是偏枯。一般的四六作者，往往重视格句而轻视衬句，故指出这点很重要。谢伋《四六谈麈》有一条曰：“王初寮（安中）作《宣德门成赏功制》云：‘阁道穹隆，两观搴翔于霄汉；阙庭神丽，十扉阖辟于阴阳。’时谓工则工矣，但唤下句不来。”“唤下句不来”，也是指格句、衬句不相称：“阁道”与“两观”轻重悬隔，“阙庭”与“十扉”也难扯到一块。看来四六“偏枯”之病带有普遍性，不仅“荆公派”作家有，像“东坡派”的王安中（安中乃苏轼门人）也有，盖北宋四六家对此不太讲究。

2. 生事对熟事格。《四六话》卷上曰：

> 四六有伐山语，有伐材语。伐材语者，如已成之柱桷，略加绳削而已；伐山语者，则搜山开荒，自我取之。伐材，谓熟事也；伐山，谓生事也。生事必对熟事，熟事必对生事。若两联皆生事，则伤于奥涩；若两联皆熟事，则无工。盖生事必用熟事对出也。如夏英公（竦）《辞奉使表》略云：“顷岁先人没于行阵，春初母氏始

① 《历代文话》第1册，第23页。

> 弃遗孤。义不戴天,难下单于之拜;哀深陟岵,忍闻禁休之音。”不拜单于,用郑众事,而《公羊》谓夷乐曰“夷休”,此生事对熟事格也。[1]

所谓生事即“伐山语”,熟事为“伐材语”,作者已解释得很清楚。四六家用熟事易,难于生事,因为生事须作者“搜山开荒,自我取之”,而从典籍堆中寻觅恰切的新“故事”,无疑是件极费神的事,故《文心雕龙·丽辞》称“丽辞之体,凡有四对”,其一为“事对”,而“征人之学,事对所以为难也”。但若皆用人所共知的熟事,则显得平庸无奇,不能新人耳目,所以“无工”;若皆用生事,虽能突现作者学力,但太生又碍于理解,“伤于奥涩”(这可联想“江西派”诗的用事)。所以最好的办法,就是“生事对熟事”——生熟搭配,难易相兼,两全其美。

值得注意的是,论文者既以“生事”为贵,猎奇者遂变“熟”为“生”以迎合之,难免又生新弊。《云庄四六余话》引《文章丛说》曰:“唐徐彦伯为文多变易求新,以凤阁为鶠阁,以龙门为虬户,以金谷为铣溪,以玉山为琼岳,以刍狗为卉犬,以竹马为篠骖,以月兔为魄兔,以风牛为飚犊。后进效之,谓之涩体。”如果说生熟搭配尚可为法的话,那么徐氏之“变”,便走向邪路了。

3. 当人可用,他处不可使。《四六话》卷上又曰:

> 先子(指其父王莘)尝曰:“四六须只当人可用,他处不可使,方为有工。”邵篪自陕西运使移知邓州,先子以启贺之云:“教实自西,浸被南明之国;民将爱父,伫兴前古之歌。”乃邵氏自陕移邓之启也。[2]

按:所用乃召公事,详《毛诗序》,盖以邵氏为召公(按“邵”、“召”同)苗裔也。所谓“当人可用,他处不可使”,是说该典故之“古语”只能用于此人此处,用于他人则不当。用事一定要切,切则工,泛或疏离则不工。原书此前一条,也说明这个道理,曰:“孙贲公素除河东转运使,

---

① 《历代文话》第1册,第7页。
② 同上书,第12页。

托先子代作谢表。盖河东,尧故都之地,曰:‘富岁三登,有唐叔得禾之异;舆情百乐,兴尧民击壤之歌。’”

4. 用古人语换却陈言。《四六话》卷上又曰:

> 廖友明略(正一)作四六,最为高奇。尝谓仆言:须要古人好语换却陈言。如职名二字,便不可入四六。如上表云“初见吏民,已宣条教”之类,真可憎恶尔。明略《贺安厚卿启》:“远离门墙,遁迹江湖之外;窥望麾葆,荣光河洛之间。”①

陈言即上文所说“熟事”,即熟烂的典故或词语。删芟“陈言”,换以“古人好语”,与用古人“生事”代替熟事相当,即用精彩语替代人所共知、面目可憎的“口水话”。欲四六字面生新以吸引人,这点无疑很重要,故《文心雕龙·丽辞》说:“若气无奇类,文乏异采,碌碌丽辞,则昏睡耳目。”

### (二) 谢伋《四六谈麈》论“裁剪”

前面说过,谢氏倾向于“荆公派”,但他对荆公后学“多用全文长句为对”又有所不满,欲以此书矫之,故《四库提要》谓其“论四六,多以命意遣词分工拙,视王铚《四六话》所见较深”。

谢伋最大的理论贡献,是他首次提出了“裁剪”说。《谈麈》写道:

> 四六施于制诰表奏文檄,本以便于宣读,多以四字六字为句。宣和间,多用全文长句为对,习尚久之,至今未能全变。前辈无此体也。此起于咸平王相翰苑之作,人多效之。
>
> 四六之工,在于裁剪,若全句对全句,亦何以见工?
>
> 四六经语对经语,史语对史语,诗语对诗语,方妥帖。太祖郊祀,陶谷作赦文,不以“笾豆有楚”对“黍稷非馨”,而曰:“豆笾陈有楚之仪,黍稷奉惟馨之荐。”近世王初寮(安中)在翰苑,作《宝箓宫青词》云:“上天之载无声,下民之虐匪降。”时人许其裁剪。②

① 《历代文话》第1册,第12页。
② 同上书,第34页。

谢氏“裁剪”论并不反对“荆公派”所谓经对经、史对史之说，只是不赞成“全文长句为对”，而主张用经史语时要有“裁剪”。两宋之际，不少四六作者照搬（或联缀）古书中的全句，将偶句弄得很长，这只要读读那时的四六作品就很清楚。所谓“裁剪”，即不必照搬古语，而要进行适当的改造。《四库提要》以为这点“尤切中南宋之弊”。如例句中的“笾豆有楚”，乃《诗经·小雅·宾之初宴》成句，“黍稷惟馨”出嵇康《嵇中散集》卷4《黄门郎向子期难养生论》，陶谷将其改造为“豆笾陈有楚之仪，黍稷奉惟馨之荐”，虽只是将成句各增添三字，却增加了动感，改变了节奏，植入了不少新的审美元素，而不至太过板滞。这就是“裁剪”的功效，谢氏认为这才是文章之“工”。《谈麈》称“四六全在编类古语”，并举王岐公（珪）为例，说他“集中谢表，其用事多同，而语不蹈袭”。明白了所谓“裁剪”，也就明白了“用事多同”却能“语不蹈袭”的秘诀——那就是增减倒易文字。这好比厨师，同样的食材，用不同的方式调配，就可烹制出不同的美味佳肴。

杨万里虽属“东坡派”（见上节引《四六余话》），但他很欣赏“裁剪”说。《诚斋诗话》曰：

> 本朝制诰表启用四六，自熙、丰至今，此文愈甚。有一联用两处古人全语，而雅驯妥帖，如己出者。介甫《贺册后妃表》云：“《关雎》之求淑女，无险陂私谒之心；《鸡鸣》之思贤妃，有警戒相成之道。”①绍兴间刘美中除工部侍郎兼直学士院，吉水丞龚尹字正子，以启贺之云：“技巧工匠精其能，自元成之间鲜能及；号令文章焕可述，虽书史所称何以加。”尹又《上汤丞相启》云：“生民以来，未有盛于孔子；天下之士，岂复贤于周公。”后二语用韩退之《上宰相书》。中书舍人张安国（孝祥）知抚州，自抚移苏，《谢上表》云：“虽自西徂东，周爰执事；然以小易大，是诚何心。”增“虽”、“然”二字，而两州东西、小大，乃甚的切。王履道（安中）《贺唐秘校及第启》云：“得知千载，上赖古书；作吏一行，便废此



① 按原题《贺贵妃进位表》，见《临川先生文集》卷58，《四部丛刊初编》本。

事。”前二语用渊明诗“得知千载事,上赖古人书”,剪去两字。后二句,用嵇康书“一行作吏,此事便废”,而皆倒易二字。东坡《答士人启》云:“愧无琴瑟旨酒,以乐我嘉宾;所喜直谅多闻,其古之益友。”此虽增损五六字,而特圆美。至翟公逊(汝文)行麻制云:“古我先王,惟图任旧人共政;咸有一德,克左右厥辟宅师。”则前二语熟,而后二语突兀矣。四六有一联而用四处古人语者,张钦夫(栻)答一教官启云:“识其大者,岂诵说云乎哉;何以告之,曰仁义而已矣。”四人语乃如一人语。王履道(安中)行《余深少宰制》云:“仰惟前代,守文为难;相我受民,非贤不乂。”其意亦贯。绍兴间,金人归我河南地,洪景伯(适)贺表云:“宣王复文武之土,可谓中兴;齐人归郓欢之田,不失旧物。”属联工夫,然去一“境”字,便觉难读。①

所举多例,说明既要大量用古语,又欲文字妥帖,对偶的切,文意圆美且有新意,最好是在添字、补字之类的“裁剪”上下功夫。“荆公派”如此,“东坡派”虽以“融化”为主,但也常用此法。这虽不出文字游戏,但不失为一良法,它可起语言“填充剂”和“粘合剂”的作用,将“伐材语”改换面目,使熟事“生”化。

### (三)杨万里论“舞文弄法”法

《诚斋诗话》后半部分多论四六,可称“四六话”。上面已引其论古语裁剪,这里再述所论四六作法二事,也是总结“荆公派”的,曰:

四六用古人语,有用其一字之声,而不用其字之形者。《书》曰:“人惟求旧。”而介甫(王安石)《谢上表》云:“仁惟求旧,义不遐遗。”乃易“人”为“仁”。《庄子》曰:“副墨之子,问之洛诵之孙。”副墨谓文墨之有副本,洛诵谓洛人之善诵书者。而介甫《贺生王子表》,前一联言文王、成王子众多,而继之以“恭惟皇帝陛下,令德光乎洛诵,康功茂乎岐昌”,则以洛诵为成王矣。盖成王

① 《历代诗话续编》上册,第151页。

名诵而卜洛故也。此文人之舞文弄法者也。

又曰:

四六有截断古人语,而补以一字,如天成者;有用古人语,不易其字之形,而易其意者。《汉书》云:“在汉廷无出其右。”《论语》云:“与文子同升诸公。”而翟公巽(汝文)《贺蔡攸除少师启》云:“朝廷无出其右,父子同升诸公。”既截断其语,而补以一字,读者不觉其补;而又易“文子”为“父子”,“子”之字虽同,而“文子”乃人名,“父子”非人名也。此巧之至也。①

杨万里说上述例文为“文人舞文弄法”,意谓极意求巧,而到了玩弄文法的地步。这当然是贬评。本来“四六本法,不过句偶,按昔字辞,运今意调,随其分量,可以称上尤者绝出矣”;②然编类古语已为行文常规,求巧逐新乃是审美时尚,各种奇巧的手段也就出现了。但“运今意调”若失去节制,走向极端也就难以避免。如例文改“人”为“仁”、改“文”为“父”之类,便如同游戏了。令人惊讶的是,上述例文都是用在正式场合(甚至是上皇帝表),并非文人戏拟,可窥当时文坛风气矣。

### (四) 楼昉论“六经循环自对”

楼氏著《过庭录》,有曰:

前辈评四六,谓经句对经句,子句对子句,史句对史句,诗句对诗句,最为的当,且于体制谐协。以予观之,则《书》句自对《书》句之类尤佳。六经循还,自相对之。若不得已,以史句分晓处对子句或经句,亦不奈何。大要主于缕贯脉联、文从字顺而已,不必大拘。……古人诗句,亦有可用之于表、启者,若用之于制诰,则不尊严,不可不知。③

---

① 以上两则,皆见《历代诗话续编》上册,第152页。

② 戴栩《娄南伯墓志铭》,《浣川集》卷10,影印文渊阁《四库全书》本。

③ 《历代文话》第1册,第456页。

经句对经句、子句对子句,等等,已经很“拘”了,楼氏又主张六经循环自对,“不得已”才用史句对子句或经句,犹称“不必大拘”,近乎走火入魔了。宋人作文,喜傍经以自大,其实是狐假虎威。《余师录》卷3引王安中《答吴检法书》曰:“向上诸圣,虽寓此(指文)以见仁义道德之意,然文非仁、非义、非道、非德,实则辞也。《易》有圣人之道四,而以言者尚其辞。辞之为尚,欲以行远,不工则不达。谓文曰道,吾不求工,此非某之所敢知,将求天下之工于辞者,斯则有以验之。”又《唐子西文录》亦曰:“近世士大夫习为时学,忌博闻者率引经以自强。余谓挟天子以令诸侯,诸侯必从,然谓之尊君则不可;挟六经以令百氏,百氏必服,然谓之知经则不可。”楼昉主张的对偶法,乃以古语出处分等级,以经语最尊,也颇有些“挟六经以令百氏”的架势。前文尝引叶适语,谓王安石追求“典雅”的目的,是“欲以此求合于三代之文,何其谬也”,看来是有根据的。

综上所述,可见“荆公派”四六讲究的就是用古语偶对,所有作法几乎都围绕着这个核心话题。而在古语、长句对中,最具创意的则是“裁剪”,它使作者在十分狭窄的空间中,获得了相对自由的书写权利。这大约就是“荆公派”虽拘牵甚多,却能生生不息的原故。

## 三、“东坡派”四六的作法

本文开头说过,自欧阳修用古文作法改造“昆体”四六后,苏轼继之,其文体特点是“用四六述叙,委曲精进”。前引北宋末作家邵博谓杨亿、刘筠“必谨四字、六字律令,故曰四六”,又谓“其敝类俳语可鄙”,然后写道:

> 欧阳公深嫉之,曰:“今世人所谓四六者,非修所好。少为进士时不免作,自及第遂弃不作。在西京佐三相幕,于职当作,亦不为作也。”如公之四六云:“造谤于下者,初若含沙之射影,但期阴以中人;宣言于庭者,遂肆鸣枭之恶音,孰不闻而掩耳。”俳语为之一变。至苏东坡于四六,如曰:“禹治兖州之野,十有三载乃同;汉筑宣防之宫,三十余年而定。方其决也,本吏失其防,而非

天意；及其复也，盖天助有德，而非人功。”其力挽天河以涤之，偶俪甚恶之气一除，而四六之法亡矣。①

从所举例句可以看出，欧、苏皆不用“古语”，虽仍称“四六”，但并未以四字、六字对（其作品固然有四、六对的，但不多），对仗、用韵也不严格，多用虚字以增加文势，与古文的书写方式很接近。前引张栻所谓苏轼“全不用古人一字，而气象塞乎天地”；所谓“不用古人一字”，是说不引典籍原句，但不等于不用典故，例文中的“禹”、“汉”，就事出经史，但苏轼只用其意，而改用自己的语言表述，这就叫“融化”；更不等于他们的四六不讲究艺术，只是不再如前述“荆公派”在古语对偶上斤斤计较，而是在文意表达上下功夫。这反映在如下诸家论述中。

### （一）王铚论互换格

《四六话》卷上曰：

> 文章有彼此相资之事，有彼此相须之对，有彼此相须而不及当时事，此所以助发意思也。唐人方有此格，谓之“互换格”，然语犹拙，至后人袭用讲论，而意益妙。……苏明允（洵）《代人贺永叔作枢密启》曰：“在汉之贾谊，谈论俊美，止于诸侯相，而陈平之属实为三公；唐之韩愈，词气磊落，终于京兆尹，而裴度之伦实在相府。然陈平、裴度未免谓之不文，而韩愈、贾生亦尝悲于不遇。盖人之于世，美恶必自有伦；而天之于人，赋予亦莫能备。”②此又何啻出蓝更青、研朱益丹也。③

前面说过，王铚是主“荆公派”的，但他此则却是论“东坡派”。苏洵用贾谊、韩愈事为对，其实并非贺者心里真正要说的话，不过是借以“彼

① 《邵氏闻见后录》卷16，中华书局1983年校点本，第124页。按所引欧氏四六，原题为《亳州谢上表》，见《欧阳文忠公集》卷93；东坡四六原题《徐州贺河平表》，见《苏轼文集》卷23，引文乃节录。

② 按今存苏洵《贺欧阳枢密启》中无此数句。疑此乃另一文，盖代人之作未收入本集，已失传。

③ 《历代文话》第1册，第10页。

此相资”，用类譬以“助发意思”而已；没有说出来的，盖欲欧阳修援引升迁，不要像陈平、裴度般让人才有“不遇”之叹。陈、裴与贾、韩只是字面，读之者应将古人置换成今人理解，说古实为道今。这就是所谓“互换”。此法可使叙事含蓄，多言外之意。



### （二）洪迈论用语要恰当

杨囦道《云庄四六余话》乃辑录前人论四六文的资料，也主要是鉴赏四六佳句、警句，尤以引“东坡派”作家为多。如引洪迈语曰：

> 士人为文，或采已用语言，当深究其旨意，苟失之不考，则必诒论议。绍兴七年（1137），赵忠简公（鼎）重修《哲录》，书成，转特进，制词云：“惟宣仁之诬谤未明，致哲庙之忧勤不显。”此盖用范忠宣（纯仁）《遗表》中语，两句但易两字，而甚不然。范之辞云“致保佑之忧勤不显”，专指母后以言，正得其实，今以保佑为哲庙，则了非本意矣。
>
> 绍兴十九年（1149），予为福州教授，为府作《谢历日表》，颂德一联云：“神祇祖考，既安乐于太平；岁月日时，又明章于庶证。”至乾道中，有外郡亦上表谢历，蒙其采取用之，读者以为骈丽精切，予笑谓之曰：“此大有利害！今光尧（按指高宗）在德寿，所谓‘考’者何哉？”坐客皆缩颈，信乎不可不审也。[①]

洪迈所举两例，皆用事下字不确不切，遂致文意有病。如第二条“神祇祖考”句，考，指已亡故之父，绍兴十九年时徽、钦二帝皆已崩逝，可言“祖考”，而乾道中高宗尚在世，居德寿宫为太上皇（高宗崩于淳熙十四年冬十月），称“考”则大误，在当时乃杀头之罪，故坐客皆“缩颈”。刘勰《文心雕龙·丽辞》早就指出：“事对所先，务在允当。”杨氏在他所引评赏佳句的资料中，屡用“事切”（“建安德音”条）、“引用故事，莫切于此”（“柔福帝姬”条）、“语壮而意切”（“瓜州贺诛虏亮表”

---

① 按：此两条见洪迈《容斋三笔》卷 6，上海古籍出版社 1995 年校点本《容斋随笔》下册，第 485 页，原小题为《用人文字之失》。

条),等等,又于卷末辑录"天生偶对"、"属对精切"及"的对"词语,说明他极赞同洪迈之说。用四六写作朝廷、官府文书,尤应用词精确切当,这不仅是语言或艺术表达问题,往往事关重大。洪迈指出问题出在对前人语意失之不考,颇中要害。融化文意与直用古语不同,后者可以"藏拙",前者则必须完全读懂原文,稍不留意或致千里之失,不能不备加小心。

叶绍翁也曾指出类似问题,曰:

> 真文忠公(德秀)当制,除吴环(一作"瓌")少师致仕、赠永安郡王,公以孟忠厚乃隆裕亲弟,又号勋旧;吴为宪圣犹子,恐难用孟例,亦用札申庙堂。时相嫌其由中旨以出,遂亟以札缴入。从之,只命草致仕制。末篇二句云:"今其往矣,宁不盡然。"以示攻媿楼公(钥),公称善,但以笔易"往"字为"归","盡"字为"惓"。文忠亲出示予曰:"吴盖致仕也,不应用'往'与'盡'字。"前辈一字不苟如此。攻媿尝问文忠:"近看谁四六?"以益公(周必大)对。攻媿曰:"渠只会说大话,如'奄有万方'、'君临兆姓'尔。"盖王言只当作"多方"、"庶姓",与臣下表语不同。①

吴氏乃致仕,而不是"过世",显然用"归"、"惓"为宜,若用"往"、"盡",则意同伤悼。"多方"、"庶姓"略含自谦意,而"万方"、"兆姓"则是带有夸张性的颂扬,一般是臣下颂"圣"时使用。四六一定要用语准确、恰当,而又以代皇帝"立言"的制诰要求最严。

### (三)杨万里论用其语不用其意

《诚斋诗话》曰:

> 四六有用古人全语,而全不用其意者。《行苇》之诗云:"仁及草木,牛羊勿践履。"此盛世之事也。又《鸱鸮》之诗云:"予未有室家,风雨所漂摇。"谓鸱鸮之巢也。王履道(安中),北人也,



① 《四朝闻见录》乙集《真文忠居玉堂》二则其二,中华书局1989年校点本,第73页。

靖康避乱，谪在八桂，思乡里坟墓，作《青词》云："万里丘坟，草木牛羊之路履；百年乡社，室家风雨之飘摇。"①

杨万里认为，有种用古人全语的方法，是用其语而"全不用其意"。严格地说，四六用古语必须切题意，却未必皆切原意。用其语全不用其意，乃是将不切原意推向极端。这在四六文中并不少见，陈模称之为"换骨"，曰："使古事……（用其辞）不用其意，为换骨体。"②王安石及"荆公派"四六之所以"述事不畅"，就是既用其语，又用其意，且讲"奇对"，以致因文害意，往往不相契合。用其语不用其意，是干脆将"意"排除在外，便可克服"不畅"的毛病，而又可收语言典雅之效。

### （四）朱熹论辞少意多，宁拙勿巧

朱熹曰：

（欧公）制诰首尾四六皆治平间所作，非其得意者。恐当时亦被人催促，加以文思缓，不及子细，不知如何。然有纡余曲折，辞少意多，玩味不能已者，又非辞意一直者比。③

看仁宗时制诰之文极朴，固是不好看，只是它意思气象自恁地深厚久长；固是拙，只是它所见皆实。看它下字都不甚恰好，有合当下底字，却不下，也不是他识了不下，只是他当初自思量不到。然气象尽好，非如后来之文一味纤巧不实。④

这些话，在挖空心思争奇斗巧的风气下，可谓不合时宜，但足以疗词繁意少、露才逞技的"流行病"。

### （五）刘克庄论融化故事，少用全句

刘克庄是有宋最后一位诗文及四六大家。刘埙曰："（陆游）其文

① 《历代诗话续编》上册，第153页。
② 《怀古录》，《历代文话》第1册，第523页。
③ 《朱子语类》卷139《论文上》，中华书局1986年校点本，第3308页。
④ 同上书，第3317页。

(按指四六)初不累叠全句,专尚风骨,雄浑沉着,自成一家,真骈俪之标准也。……后来惟刘潜夫(克庄)尚书极力追攀,得其旨趣,壮年所作绝似之。"[①]则后村的四六理念渊源有自,而且有着丰富的写作经验,故当时"言四六者宗焉"。[②] 他对四六文之弊发表了不少意见,明确提出融化故事,少用全句,具有极强的现实针对性,既是他的理论精华,也是对"宋体四六"及其流派的深刻反省和精辟总结。

用故事历来是骈文(包括四六)写作的一大特点,偶全句则是"荆公派"四六的"撒手锏",也是南宋四六家议论得最多的话题之一。用事如何为佳,偶全句究竟是功是过?在理论上一直未能取得突破。刘克庄对此有极高明的见解。他在《宋希仁四六序》中写道:

> 作四六如抡众材而造宫,栋梁榱桷,用违其材,拙匠也;如和五味而适口,咸酸甘善,各执其味,族庖也。炼字如铸金,一分铢未化,非良冶也。成章如织素,一经纬不密,非巧妇也。用故事如汉王夺张耳军,如淮阴驱市人而战,否则金不止,鼓不前,反为故事所使矣。偶全句如龙泉之合太阿,叔宝之婿彦辅,否则目一眇,支偏枯,反为全句所累矣。余阅近人所作数十百家,新者崖异,熟者腐陈,淡者轻虚,深者僻晦,或淳漓相淆杂,或首尾不贯属,均为四六之病。[③]

后村这段话,是在他读了"数十百家"四六后的总结,可谓洞悉了四六文的众多宿弊,也开出了切实有效的对症药方,内容相当丰富。在《跋黄牧四六》中,他再次指出了当时的四六之弊:"有字面突兀不安者,有对偶偏枯者,有蹈袭陈腐者,有堆故事、泥全句而乏气骨者,有涣散不相贯属者。绳以前作,曾未涉杨、刘径蹊,况敢望曲阜(曾肇)、东坡、庐陵(欧阳修)、半山(王安石)之藩乎?"[④]《林太渊文稿序》又曰:"四六家必用全句,必使故事,然鸿庆(孙觌)欠融化,梅亭(李刘)稍堆

① 《隐居通议》卷21,影印文渊阁《四库全书》本。
② 林希逸《刘公(克庄)行状》,《后村先生大全集》卷194,《四部丛刊初编》本。
③ 《后村先生大全集》卷97。
④ 同上书,卷107。

垛,要是文字之病。太渊所作剪截冗长,铲去繁芜,如以凤胶续断,獭髓灭瘢。"[1]要而言之,刘克庄《跋黄牧四六》用"有……者"句式,一口气归纳了南宋"数十百家"四六的五大弊病,而反复触及的,则是"用故事"、"偶全句"这两个最突出也是争议最大的问题。刘克庄的看法是,用故事不能"反为故事所使",偶全句不能"反为全句所累"。这道理也许不难明白,关键是如何操作。在上引《宋希仁四六序》中,他连用了几个比喻,说明选材(即用故事)要准确,配置要恰当,炼字要精切,组织要严密。他肯定了四六文应当有"料",即非用故事不可,但用故事又不能为故事所使,方法是不能"堆垛";全句也并非绝不可用,但要善于"融化"。"堆垛"有如用兵全无阵法,兵虽多不听指挥,反为兵所使;而不能融化,有如所用之人要么眼瞎,要么四肢不遂,不仅帮不了忙,反而成了累赘。所谓"融化",若用元代文章学家陈绎曾之言,即要"用神思融会之,使与题中本事相合为一",[2]也就是要将故事变为自己的书写话语,从而让故事为我所用,又不留用事之迹。

在《跋方汝玉行卷》中,刘克庄进一步写道:

> 四六家以书为料。料少而徒恃才思,未免轻昧;料多而不善融化,流为重浊。二者胥失之。近时学者多宗梅亭,梅亭者,李功父(刘)侍郎也。忆余少游都城,于西山先生坐上初识之。时功父新擢第,欲应词科,西山指榻上竹夫人戏曰:'试为竹夫人进封制,可乎?'功父须臾成章,末联云:'保抱携持,朕不安丙夜之枕;展转反侧,尔尚形四方之风。'西山称赏。今人但诵其全句对属以为警策,功父佳处世所未知也。全句尤能累文字气骨,高手罕用,然不可无也。噫,果留意兹事,岂惟师梅亭哉!先朝精切则夏英公(竦),高雅则王荆公;南渡后富丽则汪龙溪(藻),典严周平园(必大),其余大家数尚十数公,而欧、苏又四六中缚不住者。[3]

---

① 《后村先生大全集》卷98。

② 见陈绎曾《文筌·古文谱·四六附说》,《续修四库全书》本。

③ 同上书,卷106。

这里,刘克庄针对最突出的“泥全句”问题,提出了更彻底的解决之道——全句虽“不可无”,最好是“罕用”为佳。多用古人“全句”算不得“高手”,更无异于将剽窃合法化,不仅有累“文字气骨”,也有累作家品格。总之,要“剪截冗长,铲去繁芜”,恢复欧、苏、夏、王、汪、周的四六风采。

综上可见,刘克庄一再对“堆故事、泥全句”提出尖锐的批评,显然认为“荆公派”是四六文的主要弊源,而“融化”则是对“东坡派”用事法充分的肯定,并将其理论化,以矫前者末流之弊。

从上引还可看出,刘克庄虽明显地倾向“东坡派”,但也在一定程度上超越了派别之见,如他并不一概反对用故事、偶全句,若能像“龙泉之合太阿”般的偶全句,又何尝不可?同时他也肯定了夏竦的“精切”,王安石的“高雅”,汪藻的“富丽”,周必大的“典严”,而他们正是“荆公派”的先驱、创始人或代表作家。在刘克庄之前,吴子良《荆溪林下偶谈》卷2《四六与古文同一关键》条谓“本朝四六以欧公为第一,苏、王次之”云云(已见本文第二节引),又于其下写道:

> 水心(叶适)见筼窗(陈耆卿)四六数篇,如《代谢希孟上钱相》之类,深叹赏之。盖理趣深而光焰长,以文人之华藻,立儒者之典刑,合欧、苏、王为一家者也。

这看似无关四六作法,实乃宋季理学家文论中的闪光点。陈耆卿是叶适文章的传人,吴子良则是再传。他们生活在理学时代,而为学主张贯通。他们都继承了永嘉学派文学欧、苏的传统,而本身又是理学家,[①]故不再以“文人”自命,囿于荆公、东坡二派的樊篱,而以“儒者”自立。以四六文的形式,将文学与理学结合起来,成为浙东“事功派”继承者的诉求。惜乎他合三家为一家的主张,当时很少有人响应,而刘克庄的主张,无异于作了选择性的回应。

四六与其他文体一样,生命在于创新。刘克庄称赞姚镛四六道:



① 吕子良其人其学,详见清黄宗羲等《宋元学案》卷55《水心学案下》。

"缩广就狭,刊陈出新,变俗趋雅,斵华返质。"[1]又在《跋黄孝迈四六》中说:"四六必有新意,必有警联。新意谓不经人道者,警联谓可脍炙人口而不戟人喉舌者。雪洲黄君示余表启各六篇,尔然新意横生,自出胸襟,警联叠见,(去)〔一扫〕陈腐。"[2]在《跋张天定四六》中,他又写道:"典丽刊冗腐,闲淡具姿态。无狂澜而委蛇曲折行焉,不设色而黼黻藻火备焉,非近时堆故事、用全句者所能至也。"[3]这些思想都极具光彩,在前人的四六论中还不多见。要之,若迷恋于用故事、偶全句而不可拔,不努力提升和充实思想内容,在文字表达上狠下功夫,其文必无新警可言,更无所谓文学价值。

以上我们对刘克庄的四六理论作了充分肯定,但也必须指出,他的"超越"是有限度的,即不是要"砸烂"四六这座光怪陆离的文字殿堂,只是要把它修补得更"合理"些而已。但这无损于他的杰出贡献。

## 四、文章学视野中四六两派的优劣得失

在宋代,自欧阳修创"宋体四六"之后,荆公、东坡两派几乎笼罩了整个四六文坛,明王志坚《四六法海序》谓"其他不出两公范围"。清四库馆臣称北宋四六"大都以典重渊雅为宗",[4]盖以习荆公者为多;而南宋以后,虽习荆公者仍夥,但两派形势已发生逆转,如元初学者袁桷所说,"荆公一派,以经为主,独赵南塘(按:名汝谈,今存《南塘先生四六》一卷)单传,莫有继者";而东坡则"南渡以后皆宗之,金源诸贤只此一法"。[5] 这当然与政治大势变迁有关,但两派不同的文章学观念,也是不可忽视的重要因素。这主要表现在如下三个方面。

1. 在文章继承上,王安石取法宋初"西昆派"四六的"新规",而

---

① 《跋姚镛县尉文稿》,《后村先生大全集》卷99。
② 《后村先生大全集》卷108。
③ 同上书,卷106。
④ 《四库提要》李廷忠《〈橘山四六〉提要》。
⑤ 《答高舜元十问·问四六格式及速成之方检阅之书》,《清容居士集》卷42,影印文渊阁《四库全书》本。

苏轼则取则中唐古文运动以来的骈文及四六"故规"。陈绎曾尝论"宋体四六"两派源流道:

> 务欲辞简意明而已,此唐人四六故规,而苏子瞻氏之所取则也。后世益以文华,加之工致,又欲新奇,于是以用事亲切为精妙,属对巧的为奇崛,此宋人四六之新规,而王介甫氏之所取法也。变而为法凡二:一曰剪截,二曰融化。能者得之,则兼古通今,信奇法也;不能者用之,则贪用事而晦其意,务属对而涩其辞,四六之本意失之远矣,又何以文为哉?①

他所谓"唐人故规",当指陆贽、元稹等的骈文作法。陆、元二人先后对骈文加以改造。陆贽运单成复,明白晓畅,元稹更益以古文句法和气势。白居易《……余思未尽加为六韵》诗曰:"制从长庆词高古。"自注:"微之(按:元稹字)长庆初知制诰,文格高古,始变俗体(指骈体),继者效之也。"又《新唐书·元稹传》:"变诏书体,务纯厚明切,盛传一时。"陈氏不说欧阳修,盖追溯骈文革新的起点,其实也是"宋体四六"的源头。至于所谓"宋人新规",可参本文第一节开头所引诸家之说,显然指"西昆派"四六,已毋庸赘述了。因此,北宋后期特别是南宋流行的"荆公派"四六,其实是在继承欧阳修所创"宋体四六"中出现的偏颇,在一定程度地起了延续"昆体"四六命脉的作用。清初学者王夫之曰:"对偶语出于诗赋,然西汉、盛唐皆以意为主,灵活不滞。唯沈约、许浑一流人,以取青妃白,自矜整炼,大手笔所不屑也。宋人则又集古句为对偶,要亦就彼法中改头换面,其陋一尔。"②此可谓一语中的。

2. 在文章作法上,王安石及"荆公派"四六家以类编故事、搬用全句为能事,违背了四六发展的正确方向,招致许多批评。如楼钥曾说:"(四六文)作者争名,恐无以大相过,则又绝为长句、全引古语以为奇倔,反累正气。况本以文从字顺,使于宣读,而联或至数十字,识者不

---

① 《文筌·古文谱·四六附说》。

② 《夕堂永日绪论外编》第九则,《历代文话》第4册,第3269页。

以为善也。"[①]俞文豹《清夜录》用实例说明了王、苏两派的不同:"王夕郎信掌制诰,孝宗览之,曰:'近日诰词,全似启事,溢美太甚。卿甚得体。'文豹谓其弊始于用四六也。词臣又欲因此结知,务腴悦而极工巧,拘平仄而捉对偶,无复体制。"与之相反,苏轼及"东坡派"则始终追求叙事的流畅,俞氏接着写道:"直院洪鲁斋芹草麻制……词情恳到,句语坦明,不拘平仄对偶,真得制诰体。鲁斋乃容斋先生(洪迈)嫡派(按:洪芹乃迈曾孙)。"

3. 在文章风格上,王安石及"荆公派"标举"典雅"、"谨守法度",而苏轼及"东坡派"则倡导委曲自然、不拘准绳。王志坚《四六法海序》说,王安石乃"标精理于简严之内",苏轼则"藏曲折于排荡之中",但"荆公派"以组缀经史现句为能,难免如前引吴子良所嗤的"用事之癖"和"妩媚之态";而其末流煞费心机地追求"典雅",文字凑泊生硬,冗长萎弱,更是流弊丛生,故元初学者盛如梓批评道:"四六文字变于后宋。南渡前,只是以文叙事,不用故事堆垛。末年尚全句,前辈谓赋体也。或无裁制,塞滞不通,且冗长,使人厌观,作者用之,方谓得体。"[②]

以上三方面,前已详论,此唯提其要,由此可见"宋体四六"两流派的优劣得失。当然,上述王安石及"荆公派"四六的弊病,大多表现在"荆公派"末流,王安石四六的高雅,以及汪藻、周必大等名家所取得的成就,是不可否定的。因须组缀古语,故"荆公派"作者多重视学问,虽末流不无抄撮之滥,但毕竟不离书卷;而袁桷以为"寡学而才气差敏捷者直师东坡",[③]则"东坡派"也不是没有流弊,其末流专靠"才气"混饭,失却"融化"故事的本领,又难免空疏。

综上论,在文章学的视野中,四六的裁剪、融化二法虽好,但如上引陈绎曾所称之"能者"毕竟太少,而"不能者"居多,故至晚宋,"荆公派"已病入膏肓,终以"莫有继者"而走到尽头。其后王朝鼎革,文运

① 《北海先生文集序》,《攻媿集》卷51,影印文渊阁《四库全书》本。
② 《庶斋老学丛谈》卷下,影印文渊阁《四库全书》本。
③ 《答高舜元十问·问四六格式及速成之方检阅之书》,《清容居士集》卷42。

屯剥，这个辉煌了两百多年的文体，随之也几不复振。

（2011年7月20日改成。原载浙江大学文学院编《中文学术前沿》，浙江大学出版社2011年版）

# 论中国文章学正式成立的时限：南宋孝宗朝

近年来，古代文学研究领域的一个重要方向——文章学研究似乎已经启动。[①] 前年（2009）初夏，复旦大学中文系举办了中国古代文章学国际研讨会，并在后来出版了会议论文集《中国古代文章学的成立与开展》，可以作为一个标志。当然，此前已有一些零星的论文发表。2007年，王水照教授出版了他主编的文章学资料汇编《历代文话》，并与慈波先生共同发表了《宋代：中国文章学的成立》一文，[②]明确认定文章学成立于宋代，并分析成立于宋代的多种原因，如"文"的内涵与名称的渐趋稳定，文章创作成果丰硕，论"文"之作在目录学上开始获得独立地位，以及崇儒右文的文化政策，特别是科举时文的发展，等等。此前，王水照先生在他的另一篇文章中就已指出："文章学之成立，殆在宋代，其主要标志在于专论文章的独立著作开始涌现。"[③]笔者曾发文对此表示赞同，但以为"宋代"历时三个多世纪，这个时限太长，因补充道：文章学的正式创立，当在南宋孝宗朝（1163—1189）的近三十年内，标志是陈骙《文则》、陈傅良《止斋论诀》、吕祖谦

① 所谓"文章学"，简言之即研究文章写作的科学。它包括了文气论、修辞学、文法学、章法（含字法、句法）学、文体学、风格学等。文章学又分广义、狭义两类。本文所说文章学，乃狭义文章学，所研究的对象是除专著及诗、词之外的单篇文章（辞赋及各体骈文、古文）。

② 载《复旦学报》2009年第2期。

③ 王水照《文话：古代文学批评的重要学术资源》，《四川大学学报》2005年第4期。

评点本《古文关键》等的相继问世。[1] 但当时没有对此展开论述。笔者认为,文章学经过长期的发展,到某个特定的时期,它的理论体系趋于完善,方法基本齐备,并有影响较大的标志性著作问世,这就是所谓"成立"。文章学的成立不是偶然的,它必须具备适当的内部、外部条件。笔者还以为,架构文章学的学术资源的充分储备,适合文章学成立的社会文化特别是政治环境的出现,韩、柳、欧、苏古文典范的确立,以及推动文章学成立的学者队伍的形成等,是促成文章学正式成立更关键、更直接的因素,而这些条件只有到南宋孝宗时代才具备。本文试为论之。

## 一、诗赋格法是文章学创立的学术基础

文章学由萌芽、发展到正式成立,是个长期的过程,需要有丰厚的学术储备。文章学不可能是无本之木,无源之水。远的如《文心雕龙》,尽管还不是一部成熟的文章学著作,但它的文体论、创作论,已触及许多文章学原理。而当我们深入考察《止斋论诀》《古文关键》以及此后一系列文章学著作后,不难发现其中有唐宋诗赋格法和江西诗派句法的影子。可以说,诗赋格法、江西诗派句法以及一切诗学、赋学的研究成果,为建构文章学体系提供了近便而直接的学术资源,并与文章学共同组成了完整的、广义的文章学体系;而这些学术资源,只有到孝宗时代才实现了充分积累。

首先,发育较早的诗赋格法(包括篇法、章法、句法、字法等),以及江西诗派句法,既是解析诗赋、也是解析文章的方法。吴子良曾说"四六与古文同一关键",[2]意思是骈、散虽异,若论"文章",却"关键"无别。其实诗赋与策论、经义等文章,虽体裁各不相同,而"关键"、技巧也大多相同或相通。陈傅良《止斋论诀》尝为论体文设"认题"、"立意"、"造语","破题"、"原题"、"讲题"、"使证"、"结尾"八项,除"讲

[1] 见《论宋元时期的文章学》,载《四川大学学报》2006 年第 2 期。

[2] 《荆溪林下偶谈》卷 2,影印文渊阁《四库全书》本。

题”、“使证”为“论”体独具外，其余皆诗赋所共有，要求也大同小异。比如陈氏论论体文“结尾”曰：

> 结尾，正论关锁之地，尤要造语精密，遣文顺快。盖精密则有文外之意，使人读之而愈不穷；顺快则见才力不乏，使人读之而有余味。凡为论，未举笔之前，而一篇之规模已备于胸中，凡结尾，当如（疑脱“何”）反复，如何议论，已寓深意于论首。故一论之意，首尾贯穿，无阙断处，文有余而意不尽。若至讲后而始思量结尾，则意穷而复求意，必无是理，纵求得新意，亦必不复浑全矣。

早在五代，僧神彧《诗格·论诗尾》就说过：

> 诗之结尾亦云断句，亦云落句，须含蓄旨趣。《登山诗》：“更登奇尽处，天际一仙家。”此句、意俱未尽也。《别同志》：“前程吟此景，为子上高楼。”此乃句尽意未尽也。《春闺诗》：“欲寄回文字，相思织不成。”此乃意、句俱尽也。[①]

两相比较，不难看出在追求所谓“文外之意”、“句尽意未尽”等审美效果及“意尽”的弊病方面，他们的主张是一致的。

其次，诗赋格法为文章学提供了现成的研究范畴和术语群，如认题、破题、立意、布置、造句、用字，等等，在诗格、诗话、赋格中常见，而也见于文章学著作之中，足以说明它们之间的密切关系。

再次，诗赋格著作，对诗赋的立意、造语、字法、病犯，以及格、体等进行条分缕析，精确入微。如果也像揣摩诗赋格法那样分析文章，将范文中的菁华、字眼、主意、要语、转换、段落等一一拈出，便成文章学专著；如果用一套特定的符号（如圈、点、抹、撇、截等）标出，并配以评论，就成了完整的古文或时文评点本。当然，这不是说文章学家可以完全照搬诗赋格法，因为文章（散文、骈文）与律体诗、赋毕竟有不小的差别，文章学研究者、古文评点者不可能简单地复制，而必须有自己对“文章”的独特理解和评点手眼；我们只是说，诗赋格法是文章学

① 张伯伟编著《全唐五代诗格汇考》，江苏古籍出版社2002年版，第492页。

（包括评点学）的学术资源，彼此息息相通，血脉相连。

特别应当注意的，是稍早于文章学诞生的江西派诗法，可以非常肯定地说，它们就是文章学的“近亲”。

北宋后期，江西诗派领袖黄庭坚讲究诗歌句法，提出“点铁成金”、“夺胎换骨”之说。江西派诗人其实并不只擅诗，有的还长于文。如陈师道曾受学于曾巩，对古文很有造诣。朱熹说：“陈后山之文有法度，如《黄楼铭》，当时诸公都敛衽。（佐录云：‘便是今人文字，都无他抑扬顿挫。’）”①又说：“某旧最爱看陈无已文，他文字也多曲折。”②黄庭坚虽以诗名世，却并不仅满足于探索诗法，他似乎还想研讨文章学。在《答王子飞书》中，他写道：

> 陈履常（师道）正字，天下士也。读书如禹之治水，知天下之脉络，有开有塞，而至于九川涤源、四海会同者也。其作诗渊源，得老杜句法，今之诗人不能当也。至于作文，深知古人之关键，其论事救首救尾，如常山之蛇，时辈未见其比。③

又《答洪驹父书（二）》曰：

> 诸文亦皆好，但少古人绳墨耳。可更熟读司马子长、韩退之文章。凡作一文，皆须有宗有趣，终始关键，有开有阖，如四渎虽纳百川，或汇而为广泽，汪洋千里，要自发源注海耳。老夫绍圣以前，不知作文章斧斤，取旧所作读之，皆可笑。绍圣以后，始知作文章，但已老病惰懒，不能下笔也。外甥勉之，为我雪耻！④

他还在《答洪驹父书（三）》中说：

> 古之能为文章者，真能陶冶万物，虽取古人之陈言入于翰墨，如灵丹一粒，点铁成金也。……至于推使高如泰山之崇，崛如垂天之云，作之使雄壮如沧江八月之涛，海运吞舟之鱼，又不可守绳

---

① 《朱子语类》卷139，中华书局2007年校点本，第3315页。
② 同上书，第3321页。
③ 《黄庭坚全集·正集》卷18，四川大学出版社2001年版，第467页。
④ 同上书，第474页。

墨，令俭陋也。[1]

在上引中，黄庭坚将他倡导的“诗法”移植为文章作法，首次揭出了文章“脉络”、“关键”、“开阖”等概念，认为作文章也有“斧斤”即方法。这些都是评点家常用的词汇，特别是“关键”一语，虽并不起源于山谷，但用以评文，却以他为早，后来吕祖谦著《古文关键》，盖即受此启发。黄庭坚自称“始知作文章”时已届“老病”晚景，感到不可能在“文章”这一块大有作为，要其外甥“为我雪耻”，可见他对文章学的高度关注和对其发展前景的看好。

除上述外，在江西诗派的诗话著作中，还保存了黄庭坚的一些诗文方法论，以及其门人后学的发挥。如范温《潜溪诗眼》曰：

山谷言：“文章必谨布置。”每见后学，多告以《原道》命意曲折。……《原道》以仁义立意，而道德从之，故老子舍仁义，则非所谓道德，继叙异端之汩正，继叙古之圣人不得不用仁义也如此，继叙佛老之舍仁义，则不足以治天下也如彼。反复皆数叠，而复结之以先王之教，终之以人其人，火其书，必以是禁止而后可以行仁义，于是乎成篇。……然则自古有文章，便有布置，讲学之士不可不知也。[2]

这里又涉及布置、命意、反复、结，也是文章学的重要范畴。这类例子还多，笔者已在拙文《南宋古文评点缘起发覆——兼论古文评点的文章学意义》中征引，[3]此不赘。

在黄庭坚的文章学理论建构中，还有如下两个极为重要的原则，也是由江西派诗学家提出的。一是“专论句法，不论义理”。《潜溪诗眼》曰：

句法之学，自是一家功夫。昔尝问山谷：“耕田欲雨刈欲晴，去得顺风来者怨。”山谷云：“不如‘千岩无人万壑静，十步回头五

① 《黄庭坚全集·正集》卷18，四川大学出版社2001年版，第475页。
② 《宋诗话辑佚》上册，中华书局1980年版，第323页。
③ 载《四川大学学报》2005年第4期。

步坐’。”此专论句法，不论义理，盖七言诗四字、三字作两节也。[1]包括古文评点在内的文章学大多不管内容，专论技法，进行所谓纯形式的批评，其源当出于斯。吕祖谦就是如此，并曾引起朱熹的不满，他对弟子说：“伯恭（吕祖谦）教人看文字也粗。有以《论语》是非问者，伯恭曰：‘公不会看文字，管他是与非做甚？但有益于我者、切于我者看之，足矣。’且天下须有一个是与不是，是处便是理，不是处便是咈理，如何不理会得？”[2]文章学与诗学一样，它“自是一家功夫”，是专门的学问，有特定的分工。虽然它与内容相关，但讲明如何写好文章就够了，是非、义理原不是它的研究对象。这与今天的写作学、修辞学等一样。

二是打通诗法、文法的界限。陈师道《后山诗话》引黄庭坚曰：“杜之诗法，韩之文法也。”在黄庭坚看来，诗法、文法原为一事，没有区别，诗法可以转换为文法。因此，文章学家、古文评点家参照、吸取唐五代以还对诗赋格法的研究成果，以用于文章学建构，就顺理成章了。

要之，唐宋以来的诗赋格法，特别是江西诗派诗法论的强大学术惯性，推动着文章学家们打通诗赋和古文、时文的界限，用诗赋格法和两宋之际发展成熟的“江西诗法”去建构文章学的理论体系，既是顺理成章，更是驾轻就熟；而孝宗及以后的文章学家、评点家也多是诗人，没有不受江西诗法影响的。

## 二、孝宗“更化”与古文典范的确立是文章学创立的必具条件

北宋末蔡京集团和南宋绍兴时代秦桧集团的长期专政，是中国古代政治史上最黑暗的时期之一，他们的政治高压摧残着文化学术的发展。绍兴二十五年（1155）秦桧死，高宗“更化”，急刹秦桧时代文坛的谄谀之风，倡导和鼓励“鲠亮”的人文精神。绍兴二十七年（丁

① 《宋诗话辑佚》上册，第330页。
② 《朱子语类》卷122，第2949页。

丑,1157)三月十四日,高宗御笔宣示殿试官道:“对策中有指陈时事、鲠亮切直者,并置上列,无失忠谠,无尚谄谀,用称朕取士之意。”十六日,又戒励有司“抑谄谀,进忠亮”。[①] 绍兴三十一年(1162)秋冬,金主完颜亮发兵南侵,赖虞允文采石之战的胜利,保住了小朝廷的半壁江山。次年六月高宗退位,皇太子赵昚继立,是为孝宗。孝宗早对秦桧的投降路线和权力野心不满,颇有恢复之志,登位后接续“更化”,是南宋最有作为的一位皇帝,他在位的乾道、淳熙时期,史有“小元祐”之称。[②] 隆兴元年(1163)是贡举年,孝宗于二月十一日下诏继续打击科场的谀佞风气:“令省试诸科进士务取学术深淳,文词剀切,策画优长,其阿媚阘茸者可行黜落。”[③]是年张浚北伐失败,次年十二月与金签订“隆兴和议”。虽“中兴”缺乏底气,“恢复”也只是理想甚至是空想,政权仍然维持着苟安局面,但政治相对开明,“中兴”口号使学者及举子们的政治和学术热情空前高涨,思想界出现了少有的活跃局面。黄震说:

> 愚按(孝宗)乾、淳间,正国家一昌明之会,诸儒彬彬辈出,而说各不同。晦翁(朱熹)本《大学》致知格物以极于治国平天下,工夫细密;而象山(陆九渊)斥其支离,直谓即心是道;陈同甫(亮)修皇帝王霸之学,欲前承后续,力拄乾坤,成事业,而不问纯驳;至陈傅良则又精史学,欲专修汉唐制度吏治之功。其余亦各纷纷,而大要不出此四者,不归朱则归陆,不陆则又二陈之归,虽精粗高下难一律齐,而皆能自白其说,皆足以使人易知。[④]

相对宽松的政治文化政策,营造出了相对自由的学术氛围,这为文章学的成立提供了良好的外部环境。黄氏所描述的,是乾、淳时代

---

① 《宋会要辑稿·选举》八之四三,中华书局1957年影印本。

② 周密《武林旧事序》:“乾道、淳熙间,三朝授受,古昔所无,一时声名文物之盛,号‘小元祐’。”浙江西湖书社1981年版卷首。

③ 《宋会要辑稿·选举》四之三六。

④ 《黄氏日抄》卷68《读文集十·叶水心文集》论《敬亭后记》,《历代文话》第1册,第855页。

理学的基本阵容，虽然当时理学还不时受到压抑，远未上升到主流学术的地位，但他们较自由的思想表达和频繁的学术交流，是此前所没有的，更非秦桧时代“禁学（理学）”所可比拟。对文章学的探讨也一样。如吕祖谦《与陈同甫书（四）》有曰：

> 跋语引策问，意思甚有味。说神宗、介甫处，语言欠婉，鄙意欲稍增损。云“荆国王文公得乘其间……”。又“科举之文，犹有宣政之遗风”，语亦太劲，欲增损。云：“科举之文，犹未还庆历、嘉祐之盛。”“人以诚意来止，安得行吾私于其间哉”，此语颇似有病。删此数句，文意亦相接。“盖处大事者必至公血诚相期，然后有济。……”惟当轴处中者翕受敷施，乃可用此说，然亦当知斟酌浅深，此又非范公当时地位也。所谓“吾知国事而已，安得行吾私于其间哉！”私本不当有，若云不行，已是第二义；若又云“以国事而不得行吾私”，又是第三、第四义也。固知此语是谈治道者常话，然吾曹讲论，政当划除根源，不可留毫发之病，非欲为高论也。所以缕缕者，非为此跋，盖为有意斯世者多于此处蹉过，往往失脚耳。[①]

书信中所说“跋语”，指陈亮《欧阳文忠公文粹后叙》。吕氏书即审读《后叙》稿后提出的修改意见，他对该文的语气、文意表达、语病、深浅等这些文章学上的问题，一一提出了建议和点拨。吕祖谦认为，有的语气当委婉，文字当增损，有的则以为还可说透，“不可留毫发之病”，其中不乏敏感的政治问题（如以国事“行私”之类）。由此可见当时讨论文章之学的风气，同时也说明学术环境的宽松。在《朱子语类》中，多有朱熹与门弟子讨论文章的语录。如该书卷139“论文上”，朱熹从理学的角度，对当代文坛、科举时文以及韩、柳、欧、苏文多所批评，如诋“苏文害正道，甚于老佛”，明显与孝宗表彰苏文相抵触（见下述），而无所忌讳；但同时，他又从文章学出发，对韩、柳、欧、苏及其他古文大家作了充分肯定，如曰：“东坡文字明快。老苏文雄浑，尽有好处。

① 《东莱吕太史别集》卷10，《续金华丛书》本。

如欧公、曾南丰、韩昌黎之文，岂可不看？柳文虽不全好，亦当择。”①如此之类甚多，既反映了学术批评的自由，也表明了当时学者的廓大胸怀。若没有这种政治和学术氛围，文章学是不可能诞生的。

乾道九年（1173）正月，孝宗作《苏轼文集序》（原题《御制文集序》），称轼“忠言谠论，立朝大节，一时廷臣无出其右”；其文章“雄视百代，自作一家，浑涵光芒，至是而大成矣”。又谓“朕万机余暇，细绎诗书，他人之文，或得或失，多所取舍；至于轼所著，读之终日，亹亹忘倦，常置左右，以为矜式，可谓一代文章之宗也欤！”因追赠苏轼为太师，在《赠太师制》中，有“人传元祐之学，家有眉山之书”语。于是，三苏文集及各种选本相继刊行，苏文成了科场范文。陆游《老学庵笔记》卷8曰：“建炎以来，尚苏氏文章，学者翕然从之，而蜀士尤盛。亦有语曰：‘苏文熟，吃羊肉；苏文生，吃菜羹。’”他说“建炎以来”，是就大趋势而言，而且所论主要是“蜀士”；全国性的苏文热，要到秦桧死后（秦氏主“王学”）特别是孝宗时才真正出现。褒扬苏轼既是个政治信号，也是个文化符号，其意义远远超过了苏轼个人身后的荣耀。就文学论，它确立了一种官方认可的价值观，一个合乎主流文学规范的“法度”，即以韩、柳、欧、苏为代表、以古文为体制的文章统系。

乾道九年，即孝宗表彰苏轼的同一年，陈亮编成《欧阳文忠公文粹》二十卷，他在上文已述及的《后叙》中写道：

> 是以公之文，学者虽私诵习之，而未以为急也，故予姑掇其通于时文者，以与朋友共之。由是而不止，则不独尽究公之文，而三代、两汉之书，盖将自求之而不可御矣。先王之法度犹将望之，而况于文乎？

于是，由欧、苏而上溯韩、柳，再溯至两汉、先秦古文，便理所当然了。早在绍兴庚午（二十年，1150），王十朋就在《读苏文》中写道：“唐宋文章，未可优劣。唐之韩、柳，宋之欧、苏，使四子并驾而争驰，未知孰后

① 《朱子语类》卷139，第3306页。

而孰先,必有能辨之者。不学文则已,学文而不韩、柳、欧、苏是观,诵读虽博,著述虽多,未有不陋者也。”[1]数年后,即绍兴二十七年,王氏中状元。吕祖谦编著《古文关键》,卷首为《看古文要法》,开篇即曰:“学文须熟看韩、柳、欧、苏。”“第一看大概、主张。第二看文势、规模。第三看纲目、关键。第四看警策、句法。”《四库提要》谓该书“取韩愈、柳宗元、欧阳修、曾巩、苏洵、苏轼、张耒之文凡六十余篇,各标举其命意布局之处,示学者以门径,故谓之‘关键’。”这种典范、“法度”的确立,对文章学理论体系的架构极为重要,它是文章学的基础和坐标。若没有典范的认同,文章学就不可能形成经得住历史检验的体系,比如文章评点选目就成了问题(假如在徽宗或秦桧专政时代,上述作家很多就不可能入选),而以作品为基础的文法理论建设也就无从谈起——这就是“皮之不存,毛将焉附”这句老话的道理,一切都失去了产生的依据和存在的理由。文章典范的确立是高宗“更化”、特别是孝宗时代思想文化领域拨乱反正的结果,从这个意义上说,它具有唯一性,即只有到此时,文章学才有了正式成立的客观可能。

## 三、理学事功派是文章学正式成立的主力

前引黄震语,已言及陈亮和陈傅良。陈傅良、吕祖谦是文章学最重要的两位奠基人。陈亮也曾对文章学建设有着不小的贡献。对此,我们需作详细探讨。

陈亮在所作《书作论法后》中,主张论体文要“义与理胜,则文字自然超众”。[2] 元人盛如梓《庶斋老学丛谈》卷中上,又记陈亮论作文之法道:“经句不全两,[3]史句不全三。不用古人句,只用古人意。若用古人语,不用古人句,能造古人所不到处。至于使事而不为事使,或似使事而不使事,或似不使事而使事,皆是使他事来影带出题意,非直使本事也。若夫布置开阖,首尾该贯,曲折关键,自有成模,不可随他

---

① 《梅溪先生文集》前集卷 19,《四部丛刊初编》本。
② 见《陈亮集》卷 25,中华书局 1987 年校点本,第 287 页。
③ 按:指四六文对偶不用经籍中的两全句。其下“史句”等可类推。

规矩尺寸走也。”这里论及了对偶、引书、使事、布置、首尾等一系列文章学的原则和范畴，即适用于时文，也通于古文，可谓周详。黄震论陈亮、陈傅良，一个强调“事业”，一个主张“治功”，二人乃“事功派”的中坚。吕祖谦虽主张各学派“会通”，但他与事功派关系密切，思想也倾向于事功。这不能不使我们将注意力投向理学阵营中这个有些“异类”的派别，看看他们何以对文章学感兴趣。

首先，事功派将时文程式之学提升到“英雄事业”一部分的地位。朱熹说：“江西之学只是禅，浙学却专是功利。”①所谓“事功派”的名目，即源于斯。“事功派”乃总称，其中包括以吕祖谦为代表的“金华学派”（又称“婺学”），以陈亮为代表的“永康学派”，以陈傅良、叶适为代表的“永嘉学派”，②尽管三派思想、主张并不完全相同，但因皆浙东人（文章学的另一位奠基人陈骙，临海人，也属浙东，但他非理学中人），彼此频有往来，故朱熹统称之为“浙中人”。清全祖望曰：“乾、淳之际，婺学最盛。……考当时之为经制者，无若永嘉诸子，其于东莱、同甫，皆互相讨论，臭味契合，东莱尤能并包一切。”③朱熹对事功派屡屡提出批评，如曰浙中人“自家一布衣，天下事那里便教自家做?”于是“尽落入功利窠窟里去”。“诸公只管讲财货源流是如何，兵又如何，民又如何，陈法又如何。此等事，固当理会，只是须识个先后缓急之序，其先大者急者，而后其小者缓者，今都倒了这功夫。”④又曰浙中人“以为治国平天下如指诸掌，不知自家一个身心都安顿未有下落，如何说功名事业？怎生治人?”他以为这是“学为英雄之学，务为跅弛豪纵，全不点检身心”。⑤ 又批评浙中人一等“少间亦只是计较利害”，一等“少间只见得利害”；⑥甚至指责“今浙中人却是计利害太甚”。⑦

---

① 《朱子语类》卷123，第2967页。

② 三学派成员，详参《宋元学案》卷51《东莱学案》、卷52《艮斋学案》、卷53《止斋学案》、卷54—55《水心学案》、卷56《龙川学案》等，此略。

③ 《宋元学案》卷60，中华书局2009年校点本，第1954页。

④ 《朱子语类》卷73，第1848页。

⑤ 同上书，卷116，第2801页。

⑥ 同上书，卷121，第2939页。

⑦ 同上书，卷123，第2958页。

如此之论甚多。他所谓“浙中人”,显然指事功派,即后代所谓的“浙东学派”。而事功派对以朱熹为首的义理派,也作过不客气的回击。如事功派中的激进分子陈亮,“孝宗朝六达帝庭上书,论恢复大计”。[①] 在《送王仲德序》中,他写道:“二十年间(按:指孝宗隆兴以来),道德性命之说一兴,迭相唱和,不知其所从来,后生小子读书未成句读、执笔未免手颤者,已能拾其遗说,高自誉道,非议前辈,以为不足学矣。”他又在《送吴允成运干序》中指斥“为士者耻言文章、仁义,而曰尽心知性;居官者耻言政事、书判,而曰学道爱人。相蒙相欺,以尽废天下之实,则亦终于百事不理而已”。[②]

事功派的主要思想,可从上引朱熹的批评中得见端倪,原来他们所“计较”的“利害”,就是不顾自身身份的低微,“只管讲财货源流是如何,兵又如何,民又如何,陈法又如何”,要“治国平天下”,坚决主张抗金。而作为理学义理派主帅的朱熹,认为这些皆非当下所急,当下急的是要点检身心,“事事从心上理会起,举止动步,事事有个道理”。[③] 这就是义理派与事功派的分歧所在。元人刘埙总结道:

> 宋乾、淳间,浙学兴,推东莱吕氏为宗,然前是已有周恭叔(行己)、郑景望、薛士龙出矣,继是又有陈止斋出,有徐子宜、叶水心诸公出,而龙川陈同父亮则出于其间者也。当是时,性命之说盛,鼓动一世,皆为微言高论,而以事功为不足道,独龙川俊豪开扩,务建实绩。其告孝宗有曰:“今世儒士自以为得正心诚意之学者,皆风痹而不知痛痒之人也。举一世安于君父之雠,而方低头拱手以谈性命,不知何者谓之性命!”孝宗极喜其说。……至其雄才壮志,横骜绝出,健论纵横,气盖一世,与朱文公往复辩论,每书辄倾竭浩荡,河奔海聚,而文公亦娓娓焉与之商论,盖一代人物也。惜中年后始中科举为状元,不及仕而死矣。[④]

---

① 李幼武《宋名臣言行录》外集卷16,影印文渊阁《四库全书》本。
② 以上两序,俱见《陈亮集》卷24,第270、271页。
③ 《朱子语类》卷116,第2801页。
④ 《隐居通议》卷2,影印文渊阁《四库全书》本。

为了治国平天下,完成“英雄”事业,事功派十分重视科举。陈傅良早年授徒南城,声名大噪,叶适称“陈君举为名师,自出新学,文体一变,集处多老成俊特”。[①] 而他的出现,直如开辟了一个新时代,“士苏醒起立,骇未曾有,皆相号召,雷动从之,虽縻他师,亦借名陈氏。由是其文擅于当世”[②]。吕祖谦所撰《古文关键》“总论看文字法”之“第三看纲目、关键”,就是教人看时文程式,瞄准的就是科举功名。他门下亦胜士如云,即便屏居时,“士子相过聚学者近三百人”。[③] 朱熹将其长子朱塾(字受之)送由吕氏教导,祖谦安排他与潘景宪(字叔度)同寝处,又与潘氏之弟景愈(字叔昌)同窗,特地写信告诉朱熹,说二人“工于程试,足可商量”。[④] 又有书信道:“令嗣在此读书,渐有绪。经书之类,却颇能诵忆,但程文未入律,今且令破三两月工夫专整顿。盖既欲赴试,悠悠则卒难见工也。”[⑤]可见吕氏对科举的重视。陈亮曾对孝宗说:“臣本太学诸生……虽蚤夜以求皇帝王伯之略,而科举之文不合于程度,不止也。”[⑥]于是,研究文法、探讨科举时文的写作规律,使时文“合于程度(即程式)”,便成了事功派所急的事业之一,即便深心并不乐意,[⑦]但只有如此才能中第,才能摆脱布衣论政的尴尬和无奈,获得实现“英雄事业”的行政资源,豪杰也不得不“低头”。所以陈亮虽场屋一再失败,却决不放弃。他曾写道:“既绝意于科举(按:这是他一再下第后的气话),颇念其平生所学,不可不一泄之以应机会。……岂有欲开社稷数百年之基,乃用以博一官乎!……丈夫出处

---

① 《台州教授高君墓志铭》,《水心文集》卷17,中华书局1983年校点本《叶适集》,第330页。

② 叶适《陈公(傅良)墓志铭》,《水心文集》卷16,同上,第298页。

③ 《与刘衡州子澄书》(二),《东莱吕太史别集》卷9,《续金华丛书》本。

④ 《与朱侍讲(熹)书》(二二),《东莱吕太史别集》卷7。

⑤ 《与朱侍讲(熹)书》(二四),《东莱吕太史别集》卷8。

⑥ 《上孝宗皇帝第三书》,《陈亮集》卷1,第12页。

⑦ 如陈亮《谢杨解元启》曰:“窃以求贤而下间岁之诏,国有常经;糊名而收一日之长,士多苟得。立制莫逾于今密,得人无复于古如。盖昔者相知以心,此心达而此士至;而后世相持以法,一法立而一弊生。程度愈谨,而豪杰之气渐以拘;禁防益密,而旷达之人遭其辱。顾积弊之至此,岂创法之所期?故庙朝徒叹于乏才,而川泽岂闻于异士。”(《陈亮集》卷26,第295页)

自有深意，难为共儿曹语，亦难以避人谤毁也。”[①]由此可见其心迹。直到五十一岁（绍熙四年，1193）时终以状元及第，正欲干一番“英雄事业”，不幸次年赍志以殁，颇有些“出师未捷身先死”的悲壮。他们这样做，不仅为了自己，而是为了让更多的才隽折桂，建功立业。在这里，研究时文程式和古文文法是为完成英雄事业作准备，追逐科名就是追逐事功，“功名”与事功合二而一。这已远不是以一己之私去“计较利害”，而是一种强烈的时代使命感和社会责任感使然。因此，文章学成为浙东学者的专工，[②]而作为文章学奠基之作在孝宗朝事功派作家中产生，或者说事功派的代表人物成为创立文章学的主将，便很自然了，正是他们为文章学成立起了“临门一脚”的关键作用。欧阳修曾在《与荆南乐秀才书》中说，自己能够以科举取禄仕窃名誉，并非因文章有多“工”，而是能“顺时故也”；因此他劝告乐秀才：“欲取荣誉于世，莫若顺时。”[③]研究时文文法使之“合于程度”，考察和发掘古文法度以探求时文“以古文为法”的道路，今人或有“媚俗”之讥，但生于斯时之士，鄙薄时文固高，若欲有所作为，又只能“顺时”而动，以个人之力抗拒并非邪恶的“科举”这个时代潮流，是没有必要的。对于事功派，我们应如是看，而给以理解的同情。

其次，事功派除“利害”、“事业”给了他们钻研文章学的动力外，他们又是乾淳间文学回归欧、苏的主要力量。前已述陈亮在孝宗表彰苏轼的当年，即立刻跟进，编成《欧阳文忠公文粹》二十卷。吴子良曰：“淳熙间，欧文盛行，陈君举（名傅良，号止斋）、陈同甫（亮）尤宗之。”[④]吕祖谦也是苏文的积极倡导者，著《东莱标注三苏文集》行世，而其评点本《古文关键》二卷，即“取韩、柳、欧、苏、曾诸家文标抹注

---

① 《复何叔厚书》，《陈亮集》卷27，第329页。

② 事功派学者从研究科举时文程式出发，进而开辟了时文“以古文为法”的道路，于是引发了整个文章学研究的突破。此问题较复杂，本文难以展开，笔者已在即将脱稿的《宋元文章学》中详论。今按：见拙著《宋元文章学》第三章《宋元文章学的基础：时文以古文为法》，中华书局2013年版。2019年元旦补记。

③ 《欧阳文忠公集》卷47，《四部丛刊初编》本。

④ 《荆溪林下偶谈》卷3，影印文渊阁《四库全书》本。

释，以教初学”。[①] 朱熹出于卫道，对吕祖谦喜苏文很不以为然，他在《与张敬夫》中写道：“（吕祖谦）留意科举文字之久，出入苏氏父子波澜……遂一向不以苏学为非，左遮右拦，阳挤阴助。”[②]陈傅良在《谢中书舍人表》中写道：“洪惟本朝，追并古隆。庆历、元祐之际，岂非千载之一时；欧阳、苏轼之徒，故有六经之遗意。式至今日，作兴斯文。”[③]向皇帝如此高调地表达推崇欧、苏之情，实此前所未曾有。罗大经曰：“孝宗最重大苏之文，御制序赞，特赠太师，学者翕然诵读。所谓‘人传元祐之学，家有眉山之书’，盖纪实也。”[④]这种风气的造成，除皇权的影响外，事功派的贡献不容低估。其结果，文坛面貌翕然一变，不仅如赵彦卫所说：“淳熙中，尚苏氏，文多宏放。”[⑤]也不仅如吴潜《鹤山集后序》所说：“自孝宗为《苏文忠公文集》御制一赞，谓‘忠言谠论，不顾身害’。洋洋圣谟，风动四方，于是人文大兴，上足以接庆历、元祐之盛。”——更为重要的，如前所论，是它建立了一种典范，使文章之学上接韩、柳、欧、苏的文统。若没有这个能被学界所接受、并能长久影响文学发展方向的文章典范，创立文章学便无从谈起。

再次，事功派作家多熟悉诗法。前面说过，文章学家利用江西诗法以研究文法，乃驾轻就熟。陈傅良《书种德堂因记陈仲孚问诗语》曰：“仲孚尝问诗工所从始，余谓谢玄晖。杜子美云：‘谢朓每篇堪讽咏。’盖尝得法于此耳。‘解道澄江静如练，令人却忆谢元（玄）晖’，与子美同意。”[⑥]可见他对为诗之“法”颇留意。韩淲《陈君举舍人集新刊三山因读其诗有感》道：“陈止斋诗不草草，约貌前头诸旧老。”[⑦]谓其诗卓有本源。而孙奕称陈傅良“未第时作省题诗，极一时之妙”。[⑧]吴子良称“陈止斋《送叶正则赴吴幕》云‘秋水能隔人，白苹况连空’，

---

① 陈振孙《直斋书录解题》卷15，上海古籍出版社1987年校点本，第451页。
② 《朱文公文集》卷31，《四部丛刊初编》本。
③ 《止斋先生文集》卷31，影印文阁《四库全书》本。
④ 《鹤林玉露》甲编卷2《二苏》，中华书局1983年校点本，第33页。
⑤ 《云麓漫抄》卷8，中华书局1996年校点本，第135页。
⑥ 《止斋先生文集》卷41。
⑦ 《涧泉集》卷6，影印文渊阁《四库全书》本。
⑧ 《履斋示儿编》卷10《向上人》，《知不足斋丛书》本。

意尤远而语加活”。[1]“语加活”，谓其深谙吕本中的诗歌“活法”。吴氏又总评其诗道：“其诗意深义精，而语尤高。”[2]祖谦乃吕本中侄孙，诗法乃其家学，叶适谓其“有《家塾读诗记》《丽泽集诗》行于世。……吕氏自古乐府至本朝诗人，存其性情之正、哀乐之中者，上接古诗，差不甚异，可与学者共由。”[3]

总之，吕祖谦、陈傅良、陈亮等能在孝宗朝创立文章学，既是时势使然，也由他们自身的条件所决定，绝非偶然。至于他们在文章学方面的具体贡献，不在本文讨论的范围之内。不过，宋代学者一般不屑科举时文之学。如曹叔远为其师陈傅良编《止斋先生文集》，在《序》中写道：“执经户外，方屦阗集，片言落笔，传诵震响，场屋相师，而绍兴之文丕变，则肇于隆兴之癸未（元年，1163）。屏居梅潭，危坐覃思，超诣绝轶，学成道尊，则遂于乾道之丁亥（三年，1167）。……故今裒次，断自梅潭丁亥之后。”又在《后序》中说：“《城南集》之类皆幼作（按指早年习举业时所作），先生每悔焉。故叔远所诠次，断自梅潭丁亥以后，抑先生意云尔。”吕祖谦也说：“《（左氏）博议》并《奥论》中鄙文，[4]此皆少年场屋所作，往往浅狭偏暗，皆不中理，若或诵习，甚误学者。凡朋友问者，幸遍语之。所当朝夕从事者，程氏《易传》、范氏《唐鉴》与夫谢氏《论语》、胡氏《春秋》之类，则随其观者浅深，要皆与有益而无它敝也。”[5]这种低调甚至对举业与文法教育的自我诋毁，与理学

---

① 《荆溪林下偶谈》卷2《诗有江湖之思》。

② 《荆溪林下偶谈》卷4《陈止斋》。

③ 《习学纪言序目》卷47，影印文渊阁《四库全书》本。

④ 《左氏博议》，据吕祖谦侄乔年为其所编《年谱》，乃乾道四年（1168）冬授业曹家巷时所作。是书今存，祖谦自序称：“《左氏博议》者，为诸生课试之作也。”所谓《奥论》，今存《十先生奥论注前集》《续集》及《诸儒奥论策学统宗前集》，皆收有吕氏论体文，已辑入《全宋文》第261册。按《四库提要》曰：“《十先生奥论》四十卷……不著编辑者名氏，亦无刊书年月……书中集程子、张耒、杨时、朱子、张栻、吕祖谦、杨万里、胡寅、方恬、陈傅良、叶适、刘穆元、戴溪、张震、陈武、郑湜诸人所作之论，分类编之，加以注释。……核其所作者已十六人，但题曰‘十先生’，所未详也。……此书虽不出科举之学，而残编断简，得存于遗轶之余，议论往往可观，词采亦一一足取，固网罗放失者所不废也。”则今传本非原编，盖后人继有增补。

⑤ 《答聂与言书》，《东莱吕太史别集》卷10。

家高自标榜、视科举时文为“俗学”有关，反映了信仰与现实之间的深刻矛盾。因此之故，浙东事功派许多研究文法的著作及相关论述，当时极受欢迎，但却很少保存下来。[①] 这为我们更多地了解和研究事功派当年创建文章学的过程，造成了一定困难。

综上所论，我们认为南宋孝宗以前文章学研究虽已有了不菲的成绩，如北宋徽宗时王铚即著有诗话、文话、赋话，[②]其中《四六话》今犹传世；但只有到孝宗时代，上述文章学成立的诸项重要的、直接的条件方臻成熟，可谓历史机缘交会，最终铺就了文章学诞生的床褥，中国古代文学领域的一门新学问——文章学，终于在期盼中呱呱坠地。从此之后，后继者纷纷，狭义文章如四六、古文、时文都有了更为丰富的研究成果，而古文评点不仅是科举用书，也是文学研究的新方法，如署吕祖谦的《东莱标注三苏文集》《东莱集注类编观澜文集》，以及楼昉《迂斋先生标注崇古文诀》，王震霆《诸儒批点古文集成》，谢枋得《叠山先生批点文章轨范》等，加之众多学术笔记作者的参与，产生了如洪迈《容斋随笔》、叶适《习学记言序目》、吴子良《荆溪林下偶谈》、黄震《黄氏日抄》等许多名著，文章学“家族”从此大盛。宋末以至元代，学者们继往开来，王应麟《词学指南》、李淦《文章精义》、陈绎曾《文筌》《文说》等文章学专著接续涌现，推动着文章学进一步发展，直至明、清——但若溯其源，则俱出南宋孝宗时代。

（2011年2月26日写成。原载《文学遗产》2012年第1期）

① 如陈亮《郑景望杂著序》曰：“尚书郎郑公景望，永嘉道德之望也。朋友间有得其平时所与其徒考论古今之文，见其议论宏博，读之穷日夜不厌，又欲锓木以与从事于科举者共之。余因语之曰：‘……是直其谭论之余，或昔然今不尽然者，毋乃反以累公乎？’其人曰：‘苟足以移科举骩骳之文，不根之论，是某等之心，而识者岂必以是而尽求公哉！’余不能禁，乃取今上即位之初其所上陈丞相书以附于后。”是书久佚。

② 见王铚《四六话序》，《历代文话》第1册，第6页。

# 关于文章学研究的几点思考

近年来,中国古代文章学研究异军突起,引来了许多学者的参与,取得了可喜的成绩,涌现了一批有较高质量的论著,在一定程度上打破了古代文学研究重诗词、轻文章的局面。但严格说来,此项研究虽一直在进行,但以“文章学”的名目进入主流学术的视野,还只能说是刚刚开始,较之发育充分的诗学、词学来,无论在论著数量、质量还是研究的广度和深度上都还远远不够,连不少基本概念也尚在研讨中。本文拟就当前文章学研究中几个不很明晰甚或还有争议的问题,提出个人不成熟的见解,以与学界同好切磋,并望得到批评指教。

## 一、关于文章学的定义

何谓“文章学”? 这个看似“不起眼”的问题,学界的理解并不一致。笔者认为,如果要给文章学下个简单明了的定义的话,也许可以这样说:它是研究文章创作理论的学问,与人们所熟悉的诗学、词学性质相似。文章学不等同于“写作学”,前者侧重于创作理论研究,后者偏向于对具体写作实践(文本)的研究,当然二者是可以有所交叉或重叠的。古代文学研究有许多领域、方法或视角,比如文学理论、文学批评、文学史、作家及作家群体研究等,文章学研究只是古代文学中“文章”研究的领域之一,没必要给它赋予太多的任务,也无关乎传统意识形态中的“道德文章”,更不要期待它能解决文章研究的所有问题。

文章学，宋人又称“笔法”，见南宋人陈岳所作《太学新编黼藻文章百段锦序》。他在文中驳斥“或者且谓‘风行水上’善矣，何必规规执笔法，学为如是之文也”的观点，以说明“笔法”的重要性。按“笔”指无韵的散文，因此“笔法”即文章作法，也就是今人常说的“文章学”。柳宗元曾感叹道：“古今号文章为难……得之为难，知之愈难耳。”[①]宗元是中唐时代人，他所谓“文章为难”云云，实际上就是对“文章学”的初始表达。文章学是解决诸如文章如何认题立意，以及间架结构、声律音韵、造语下字等“知之”方面的问题，正因为“难”，才有必要建立一门“学问”，对它进行专门研究，也才吸引着古今学者探索的兴趣。

不过，上述定义虽有简明的优点，但因过于概括，也难免有缺陷，那就是，在解答什么是文章学之前，首先应解答什么是“文章”？因为这点应该进入文章学定义的表述范围。对“什么是文章”的问题，学界已有基本的共识，即“文章”可分广义和狭义两类。广义的文章，指所有行诸文字、载于典册的作品，除散文、韵文外，还包括诗歌及词、曲；而排除诗歌及词、曲，便是所谓的狭义文章。但仍有个麻烦：专书算不算文章？在古人眼里，它应该算。《文心雕龙》就有《史传篇》《诸子篇》，而唐宋古文家在研究所谓“古文”时，就不太理会“文”、“笔”的界限，常将先秦诸子、《左传》、《史记》等作为研究的对象，而先秦诸子、《左传》、《史记》中的精彩片段，还常被选作范文。唐宋古文家号召学习先秦两汉散文，但保存下来的先秦两汉单篇散文寥寥无几，而上述优秀的史、子著作，其叙述方法又符合“古文”的概念，因此他们将专书纳入古文的范畴既是不得已，也具合理性，毕竟它们也是“文章”。

但唐宋以后，单篇古文作品大量产生，专书是否还要纳入狭义“文章”的范畴，就值得考虑了。明代学者徐师曾《文体明辨序说·文》曰：“按编内所载，均谓之文，而此类独以‘文’名者，盖文中之一体

① 《与友人论文书》，《柳宗元集》卷31，中华书局1979年校点本，第829页。

也。其格有散文,有韵语,或仿《楚辞》,或为四六,或以明神,其体不同,其用亦异。"[①]徐氏所言,即"文"的广义("编内所载",即典册所载)、狭义("此类"即徐氏《序说》所列)两大类。这就是说,他所谓"明体",考察的只是狭义文章,也就是我们常说的"单篇文章",不含诗词曲,也不含专著。按他的说法,狭义文章包括散文(古文)和韵文,韵文又含赋(包括骈赋、律赋)、骈文(包括四六)、韵语(包括箴、铭、赞、颂等)三类。我们今天研究狭义文章,似乎可参照徐师曾的思路,将专著排除在外。

笔者认为,排除专著有诸多好处,比如可以避免"文"、"笔"不分的弊病。按六朝时的"文笔说",专著是"笔",其中"精彩片段"毕竟不多,如果将专著列入狭义文章,则后代的经、子、史部书多如牛毛,而绝大多数缺乏文章学的研究价值。当然,单篇作品未必都是无韵的"散文",也包括少数韵文即所谓"杂文学",与纯粹的"笔"仍有区别。对于颇具文学性的先秦诸子、《左传》、《史记》等少数著作而言,这也许有点"可惜",但这些典籍仍属广义文章,并不影响对它们进行文章学研究。又比如,单篇文章与专著在体裁上毕竟不同,文章学排除专著,可以更集中地研究前者,等等。体例是纲,之所以要进行文章的广义、狭义分类,就是为了根据文章自身的特点划分研究的范围,因此不能以少数专著的精彩片段而连累"规则"的制订——这其间自然也有人为的"折中"成份:所谓"广义"、"狭义"本身就是相对的,其中难免彼此交叉。中国文章学既排除了诗歌及词、曲,自然取的是狭义;若再排除专著,那么它的定义也应该将此反映出来。因此,文章学的定义似乎可以这样表述:文章学,即研究所有单篇文章创作的学问。

## 二、关于文章学的内涵

文章学的内涵,到笔者撰写此文时,尚没有见到科学、完整的表述。台湾学者仇小屏博士认为,"文章学内涵可大分为'外律'与'内

① 徐师曾《文体明辨序说·文》,人民文学出版社1982年校点本(与吴讷《文章辨体序说》合订),第137页。

律'，'外律'指的是文本分析之外的相关学科领域（含文道论、文气论、品评论、文境论、文运论），'内律'指的是着眼于文本分析的学科领域（含意象学[狭义]、词汇学、修辞学、文法学、章法学、主题学、文体学、风格学）。"[①]对文章学的内涵，她给出的主要是学科类别的答案。这个答案相当完整，但似乎不无可议之处，那就是，如果"某某学"的内涵仅是相关学科的排列，恐怕难以体现该"学"的特点，像上述"文章学内涵"，如果移到诗学、词学或其他"学"，似乎也未尝不可。因此，所谓"外律"、"内律"，用来说明文章学是多学科的综合研究也许更恰当，虽然其中有的也涉及文章学的内涵，但更多地是说明文章学的学术成份。关于文章学的内涵，似乎不宜这样表述。

对所谓文章学内涵的问题，笔者也尚在探索中。窃以为，所谓文章学内涵，应该是"文章学"这个概念所直接包含的内容，它是从文章创作实践中抽象出来的、可以指导写作实践的相对完整的理论体系。换言之，文章学内涵应该揭示出"文章学"解决了文章写作中的哪些理论问题，也就是它能够为写作提供理论支撑并指导写作活动的具体范围，这个范围，就是所谓"内涵"。

关于文章学的内涵，笔者曾在拙文《略论文章学研究的资源开发》中举了九个方面的内容[②]，九项内容又可分作纵、横两个维度，纵向包括普遍适用的理论和法则，是文章学的创作论，而横向则是以文体为中心的各体文的文章学理论，是文章学的体裁论。文章学的创作论和体裁论，构成了文章学的内涵。上述拙文对九项内容未加论述，为了更简要，兹合并为八项并略论之。先述纵维度。

1. 作家修养论。古人论文，往往始于论"人"——他们早已认识到人（作家）的修养在文章创作中的重要性，这是中国古代文论的优良传统。文章学家的作家修养论，多持传统儒家或新儒家（理学家）

① 仇小屏《吕祖谦〈古文关键〉文章论研究》第三章第四节《文章学应具备之内涵》，台北万卷楼图书股份有限公司2010年版，第129页。按：作者原有说明："主要采用陈满铭的说法。"

② 载《文学遗产》2007年第2期。

的气论学说，而宋、元以后，除儒家和理学家的气论外，又掺和了道教（全真道）的精、气、神学说（主要表现在元代文章学家陈绎曾的《文筌》中），并特别强调修养论的实用性，颇有新意。

2. 文章学的认题、立意论。只要把笔作文，认题、立意就是第一要务：弄清题目要求写什么，即认题；根据对题目的理解而确定主要表达什么思想，即“立意”。“意”一旦确立，就成为全文的纲领和灵魂，陆机《文赋》所谓“意司契而为匠”是也。杜牧进一步指出：“凡为文以意为主，以气为辅，以词采章句为兵卫。”[①]范温说：“老坡（苏轼）作文，工于命意，必超然独立于众人之上。……故其论刘伶、庄子、阮千里、阎立本，皆于世人意外别出眼目。其平日取舍文章，亦多以此为法。”[②]作者如果不能很好地把握“认题”、“立意”这两个环节，就难免“走题”、“偏题”甚至“跑题”、“离题”，那写出来的东西要么文不对题，要么内容差谬而不知所云，是乃作文之大忌。文章学家的“认题”、“立意”学说，是文章学研究的重要命题。陈傅良《止斋论诀》设有“立意”一目，并首次提出了“体认题意”的具体方法。王应麟《词学指南》卷4标举“就题立意”说。陈绎曾《文筌》专立《识题法》，其中“抱题”法多达十项，而其《文说・立意法》则主张“随题所宜”立意，等等。

3. 文章结构论。刘勰《文心雕龙・镕裁篇》说：“草创鸿笔，先标三准：履端于始，则设情以位体；举正于中，则酌事以取类；归余于终，则撮辞以举要。然后舒华布实，献替节文，绳墨以外，美材既斫，故能首尾圆合，条贯统序。”彦和所谓“三准”，即始、中、终，亦即首、身、尾，是文章的三个“基准”。所指乃文章的间架结构。“三准”有如房屋的地基、房体和房顶。有了“三准”，便有了文章的大框架，其下“舒华布实”云云，便是具体“施工”，即运笔成文了。宋代以后，学者们极重视文章结构的合理性论证，并给重要文体建立了结构程式，这集中体现

---

① 《答庄充书》，《樊川文集》卷13，《四部丛刊初编》本。

② 王正德《余师录》卷3引《潜溪诗话》，《历代文话》第一册，复旦大学出版社2007年版，第393页。

在众多的古文、四六文评点本中。文章程式虽有牺牲构体灵活的代价,但也不乏合乎科学的规范。

4. 文章行文论。“行文”包括谋篇布局,也包括“献替节文”,即将认题、立意所形成的思想和思路变成具体的文字表达,简言之即文章写作。严格地说,文章学除作家修养、认题立意外,其他都可称作行文,故黄侃《文心雕龙札记 · 镕裁篇》曰:“作文之术,诚非一二言能尽,然挈其纲维,不外命意、修词二者而已。意立而词从之以生,词具而意缘之以显,二者相倚,不可或离。”①他所说的“意缘之以显”的“修词”,实际上就是行文。行文可分为广义、狭义两类,上述乃广义行文,就狭义论,一般指布置、脉络、开阖等,如方颐孙《百段锦》的《遣文格》,陈绎曾《文筌》论“制法”,谢枋得《文章轨范》的“放胆文”、“小心文”,以及论文章难易、繁简等。

5. 文章修辞论。自先秦以降,文献中的修辞现象十分普遍,修辞文本异常丰富,陈望道先生《修辞学发凡》第五篇总结的修辞格多达三十八个,而各格中又有若干“式”,若把各“式”也作一格算,“总计当有六七十格”,而所引古代文献中的修辞文本,大多出自先秦至宋元时期。修辞学的基础是修辞文本,没有前人大量的修辞实践,当然谈不上修辞研究;但文献中的修辞现象并不等于就是“修辞学”,修辞学的创立较写作中修辞手法的应用要晚得多。修辞学的历史表明,只是到了宋代,文章学家才对修辞作了大量而深入的研究,并第一次提出了诸如“设譬格”(吕祖谦《古文关键》卷上韩愈《答陈商书》批)等许多修辞学概念,而陈骙《文则》中的“譬喻十法”,标志着修辞学作为文章学的一个分支,到这时已基本成立。

6. 文章造语下字论。“造语”,是古人谈诗文写作的专用词,但似乎出现较晚,笔者就现存文献考索,最早或见于《王氏谈录 · 为文》:“公诲诸子属文曰:‘为文以造语为工,当意深而语简。取则于六经、《庄》、《骚》、司马迁、扬雄之流,皆以此也。’”②曾巩《与王介甫第一

---

① 《文心雕龙札记 · 镕裁篇》,中华书局2006年版,第138页。
② 《王氏谈录》旧无署名,据《四库提要》考证,当为王钦臣录其父王洙(997—1057)语。

书》转述欧阳修语,欧要王安石"少开廓其文,勿用造语及摸拟前人"。[①] 王、欧二公所说的"造语",当指打造、雕琢语言,与诗学、文章学常用的"造语"概念不尽相同,后者主要指造句和用字,即句法、字法,而字法、句法研究则早得多。《文心雕龙·章句》曰:"夫设情有宅,置言有位;宅情曰章,位言曰句。……夫人之立言,因字而生句,积句而成章,积章而成篇。篇之彪炳,章无疵也;章之明靡,句无玷也;句之清爽,字不妄也:振本而末从,知一而万毕矣。"可见篇、章、句、字,各有其用,各有要求,也各有其法。任何文章的写作,乃因字生句,积句成章,故字、句是构成篇、章的基本元素。句法、字法密切相关,有时难以分别,因为句法往往是由字法体现出来的,故北宋末诗论家范温认为"炼句不如炼字"之说不妥,应当是"好句要须好字"。[②] 范温又说:"句法以一字为工,自然颖异不凡,如灵丹一粒,点铁成金也。"[③]在他看来,所谓句法,其实就是字法。宋人陈骙《文则》的句法论,陈傅良《止斋论诀》论造语"三贵",方颐孙《百段锦》之"造句格",陈绎曾《文说·造语法》,以及众多评点本对文章造语下字的研究,大大丰富了文章学的造语下字理论。

7. 文章用事、引证论。用事(或曰用典、使事)及"援引前言,以证其事"的引证,是古今写作活动中普遍使用的一种修辞手段和行文方式;正因为用得普遍,所以可把它从修辞学中独立出来。是否用事和善用事,是作家不容忽视的学养,也是评价作品的一个指标,如陈师道《后山诗话》曰:"子瞻(苏轼)谓孟浩然之诗韵高而才短,如造内法酒手而无材料尔。""无材料"即指用事少。刘勰《文心雕龙》曾设专篇讨论,称作"事类"。《事类篇》曰:"事类者,盖文章之外,据事以类义,援古以证今者也。"又曰:"属意立文,心与笔谋,才为盟主,学为辅佐。主佐合德,文采必霸,才学褊狭,虽美少功。"说明才、学两者不可偏

---

① 《曾巩集》卷16,中华书局1984年校点本,第255页。

② 胡仔《苕溪渔隐丛话》前集卷8引《潜溪诗眼》,人民文学出版社1984年校点本,第49页。

③ 《潜斋诗话》,《宋诗话辑佚》上册,中华书局1980年版,第333页。

废。“据事以类义”即用典,而“援古以证今”则是引证。六朝至宋代,是我国文章写作中特别注重用事与引证的时代,所以研究成果也相当丰富。如陈骙《文则》曾专论“援引”,《止斋论祖》有“使证”,陈绎曾《文说》及《文筌》皆有“用事法”,等等。

8. 文章风格论。风格是对作家、并由作家而延及其作品风貌的宏观描述,所以内涵比较抽象,边界也较模糊,这既给风格的认知、定性带来困难,更无法对它进行定量分析,所以在历史上便形成了一套描述性的术语。宋代文章学家基本上沿袭了传统的描述方法,对成就卓著、最具代表性的古文和四六大家、名家风格作了深入的研究。如《古文关键·看古文要法》,首曰“学文须熟看韩、柳、欧、苏”[1]并指出看四大家文章的方法,即抓住他们的风格。如“学韩简古”,学柳“反复”(指多曲折),“学欧平淡”等,并将它贯彻到古文评点中。陈绎曾《文筌·古文谱六》之“格”,共用六十八字概括各种各样的风格,并对它们进行分等。又在同书《古文谱·四六附说》中,将四六文风格分为上、中、下三等,各若干种。

以上八个方面,是文章学的普遍规律及法则,是对古代作家狭义文章范围内丰富创作经验的总结,因此也是中国文章学内涵的主体,即前面所说的纵维度。

与其他传统学术一样,中国古代的学者们并不太长于抽象的理论阐述,而更多地是道、器结合,文章学也不例外。因此,文章学内涵除纵维度外,横维度也十分重要。所谓横维度,即各体文章的文章学理论,如文章学视野中辞赋、四六、策论、记序等,古代学者们在此花费了大量力气,成果丰硕(如众多评点本,其主要视点都集中在此),也最具实用价值,但由于内容繁复、具体,故不便在这篇短文中叙述。

需要说明的是,文章学内涵虽可分为创作论和体裁论,但它们之中又没有不可逾越的鸿沟:创作论是从各体文的文本研究中抽象出来的,而各体文章研究又是创作论的实际运用;前者为文章研究提供

① 《古文关键》卷首,《金华丛书》本。

了理论工具，而后者又不断地检验和丰富、充实着创作论，二者是相辅相成的。

## 三、关于文章学的起源、发展与成熟

前面说过，到中唐才初步有“文章学”的概念，但并不等于这时才开始研究“文章”。我国文章学源远流长，其萌芽时代应该在先秦，而早在魏晋六朝，已有探讨“文章”作法的论著产生，挚虞《文章流别论》和刘勰《文心雕龙》，特别是后者，可谓是文章学发展中的里程碑。不过，《文心雕龙》并非狭义“文章”专论，它是广义的文章研究——这些也许并不重要，重要的是它已建构了文体论、创作论两个维度，而从所涉及的文章学理论看，内容却简单概括，往往寥寥数语，虽不乏精义要旨，但还算不上体系完整、血肉丰满的“文章学”。陈望道先生曾在《修辞学发凡》第十二篇《结语》中论修辞学的发展历程时说：“古来留传给我们的诗话、文谈、随笔、杂记、史论、经解之类，偶然涉及修辞的，又多不是有意识地在作修辞论，它们说述的范围，照例是飘摇无定；每每偶尔涉及，忽然又飏开了，我们假定限定范围去看，往往会觉得所得不多。”因此，陈氏称这是“修辞学术萌芽时期”。与此相似，六朝时期的文章学虽然有了长足进步，但也与修辞学相似，只能是文章学的发育、成长时期，还不能说是文章学的成熟或正式创立。

但争议也由此产生。有学者将文章学的成熟或正式成立定在宋代或南宋以后，也有学者认为《文心雕龙》已经是文章学正式成立的标志，它已经有了文章学理论的完整体系。有分歧是正常的，学术乃天下公器，但真理又只有一个，因此有必要在讨论中获得更多的共识。

下面，笔者继续叙述对文章学发展与成立的认识，而在叙述中说明自己的立场。

《文心雕龙》之所以不能成为文章学成立的标志，除其内容过于简略且“飘摇无定”外，其后长时期的沉寂，也说明它尚未成熟。随着隋以后科举时代的到来，为适应和满足新的社会文化的需求，首先是诗学得到了蓬勃的发展，现存唐人所作诗格类著作，无论从书目还是现存看皆独占鳌头，而论狭义文章的则稀若麟凤，正说明了这点。就文章而言，这时也出现了少许专著，如杜正伦《文笔要诀》，今存一篇，题为《句端》[①]，专门研究文章句首的“发端词”，以教“新进之徒”，如“观乎”、“惟夫”、“原夫”、“若夫”之类。这类发端词，多用于赋和骈文的文意转换之处。“句端”之外还有没有其他篇章？若有，其内容如何？已不可考，因此还不能断定它是一部系统的文章学著作，最多或只是探讨文句各部位的虚字用法。唐人王瑜卿《文旨》一卷、王正范《文章龟鉴》五卷、孙郃《文格》二卷、倪宥《文章龟鉴》一卷、冯鉴《修文要诀》二卷等，皆著录于《宋史·艺文志八》，但这些书都久已失传，它们的内容和研究方法，如到底只是杂记、随笔之类，还是已有系统的文章学理论，已难确认。唯《郡斋读书志》卷20著录冯鉴《修文要诀》二卷时，解题称其“杂论为文体式，评其谬误，以训初学云”，那么，此书主要应是谈为文“体式”，而方法则是“杂论”，大约也不成体系。只有唐佚名所撰《赋谱》一卷[②]，研究科举考试所用律赋的结构、句法、用韵、题目等，是现存最早的一部赋学专著，虽然研究的面较窄（仅限于科场律赋），似仍可视为我国现存的第一部较系统的文章学专著。由此可见，无论是诗学还是文章学，在隋唐之后便深深打上了科举的烙印，这是它们的鲜明特征。总之，唐五代以至北宋，文章学似乎没有多少发展。如果说《文心雕龙》已标志着文章学已经成熟或成立的话，其后竟有六百年（从齐梁到北宋末）的沉寂，这是很难想象的，且文章自身也经历了由骈到散（古文）的文体变革，而用骈文写作的《文心雕龙》很少有人提及，更不用说它有多大的指导意义了。

直到南宋以降，研究古文、时文文法成为潮流，研究范围也由科举而后超越科举，文章学于是与诗学、赋学鼎足而三。在这个长时期中，学者们揭示了许多文章写作的规律和方法，他们论著之丰富，所论内容之详赡和深刻，参与学者人数之多，远远超过《文心雕龙》和刘勰时代。王水照先生认为“文章学之成立，殆在宋代，其主要标志在于专

① 见张伯伟《全唐五代诗格汇考》附录一，江苏古籍出版社2002年版。
② 见张伯伟《全唐五代诗格汇考》附录三。

论文章的独立著作开始涌现”①，是有道理的。已故国学家王利器先生在校点本陈骙《文则》的《校点后记》中指出：“陈骙《文则》，是最早的一部谈文法修辞的专书。尽管远在齐梁时代，杰出的文论专家刘勰就在《文心雕龙》里提出了很多有关文法修辞的问题，后来的讨论和单篇文章里，也仍有论述，但一直没有成系统的专门著作。”②他也是以宋孝宗时出现的这部文章学（主要是修辞学）专著具有标志意义，强调的正是“系统”和“专门”。尽管上述《赋谱》这种独立的文章学著作，其诞生年代远在唐代（具体年代无考，殆在晚唐），而宋代（特别是南宋）与之不同的是，文章学论著的研究对象扩大到狭义“文章”的所有文体，研究成果也在专著之外增加了选本评点、学术笔记等。学术笔记大谈文章，这时首开其端，并逐渐蔚然成风。如洪迈《容斋随笔》十六卷，作于孝宗时，相继又撰成《续笔》《三笔》《四笔》。此前用笔记谈诗的不少，虽偶也论文，但像《随笔》这样用大量篇幅论文（主要是四六文），尚属首见（后人辑为《容斋四六丛话》，今犹传世）。其后叶适《习学记言序目》、吴子良《荆溪林下偶谈》、黄震《黄氏日抄》等，有如雨后春笋，层出不穷，成为文章学除专著、评点本之外的另一重要部类；而学术笔记由于形式灵活，其作者群也成了文章学研究队伍中相当活跃的一翼。《赋谱》虽是现存专论律赋文法的“第一部”，但它“形单影只”，也不足以称“学”，只如一枝报春的寒梅而已。

要之，《文心雕龙》是一部体大思精、卓然成家的大著作，其中所表述的文章学思想也极为重要，笔者绝无贬低的意思。但“江山代有人才出，各领风骚五百年”，刘勰限于他所处的时代，似乎给他定位为文章学的杰出奠基者更加恰当，而距文章学成熟还有相当距离，唐宋以后文章学研究的长足进步，不能不令彦和瞠乎其后。如果说刘勰时代就已“成熟”，那他倒有些像“超人”，令人难以思议。说得具体点，刘勰之后的文章学发展，至少还有三件大事，他不可能“赶上趟”。一

---

① 载《四川大学学报》2005 年第 4 期。

② 《文则・校点后记》，人民文学出版社 1998 年《文则・文章精义》校点合订本，第 83 页。

是初唐时期音韵学的成熟,引发文章的格律化,散文由骈(始于刘勰时代)进而四六,赋体则由骈入律。二是中唐以后的古文运动,“古文”与六朝时代的“文章”比,面貌可谓大变。三是科举考试的程式化,使文章的篇、章、句、字都有了“法”,而众多的“法”,更是六朝人闻所未闻。这三点影响并改变了后来上千年的文章学发展进程,其大量写作实践和理论创新,是《文心雕龙》时代所不可能具备的。

笔者认为,若论中国文章学的“成熟”,至少应具备如下条件:一是基本理论要有涵盖性,即能大体覆盖整个中国文章学;二是理论要具系统性和丰富性。像人一样,即便四肢五官俱全,尚不得称为“成熟”,必待血肉丰满,身强体壮,心气凝定,然后方可当之;三是要有代表性的文章学专著;四是研究要有持续性,即文章学家辈出,研究成果不断涌现,若“一枝独秀”,而弥望空空如也,显然还不算“成熟”。就这四点论,刘勰时代的文章学不可能成熟,而刘勰的《文心雕龙》也不可能成为中国文章学成熟或成立的标志,它只能是奠基。像修房子一样,奠基与建成,还有很大距离。因此,将文章学的成熟或成立定在宋代尤其是南宋时期,也许更合乎历史实际。

## 四、关于文章学研究与文章研究之区别

在当前的文章学研究中,笔者有个直觉,即学界对“文章学研究”和“文章研究”的界限似乎不够明晰,许多号称文章学研究的论文,其实是文章研究。诚然,两者之间没有、也不必画一条红线,如前所说,文章学理论是从文章作品中抽象出来的,没有对作品的研究,也就无所谓“文章学”;但就学术分类论,两者的范畴毕竟不同,若笼而统之,恐不利于文章学学科的建立,也不利于文章学研究的发展。近三十年来,学界研究文章学的学者不少,成果颇丰,但表面看似热闹,却总给人有“立”不起来的感觉。究其原因,盖对中国文章学原著缺乏深入探讨,重实用而轻理论,尤其是没有明确划定文章学的界域——说得直白些,就是未能开辟和占领文章学自己的“地盘”,因而很难具有独立性。

“文章学研究”和“文章研究”，其实疆界很清楚，且有诗、词研究区别于“诗学研究”、“词学研究”的前例在，我们不难理解。简而论之，文章学研究的对象是文章学文献，而文章研究的对象是文章作品，包括对文章文本的解读、分析以及对其写作方法、艺术技巧的探讨等。前者是理论层面，后者是应用层面。应当指出，文章学研究与文章研究并没有高低轻重之分，只是各自的研究方向和任务有所区别。在这个问题上，学者们具有完全的选择自由，笔者之所以提出来，是因为确实存在以此代彼或混二为一的现象，持续下去恐不利于文章学自身的建立与发展，仅此而已。

（2012年夏写。原载《社会科学战线》2013年第1期）

# 《续修四库全书·宋别集》收书商榷

《续修四库全书》(以下简称《续修》),是上海古籍出版社历时九年(1994—2002)方才告竣的巨型出版工程。是书规模之宏大,搜罗之繁富,对保存民族文献,弘扬传统文化,其功不在乾隆《四库全书》之下。且其用影印方式,原原本本,既无清人动辄触“时忌”擅改之虞,亦无手抄鱼鲁帝虎之讹,其权威性又远在库本之上。笔者每徘徊于图书馆《续修》列架之下,皆不由得肃然起敬。

但是,任何上规模的出版工程,都难免会留下一些遗憾,更何况像《续修》这样的鸿篇巨制,其头绪之纷繁,拟目觅书之艰难,非个中人可以想象。笔者因工作关系,对《续修》“集部”之宋别集部分有较多关注,兴奋之余,也发现偶有失收及版本选择失当等情况,兹不辞翦陋,提出与主事诸君子商榷,若有一得之愚,将来或择机补救,则幸甚。

## 一、失收,凡十一种

首先须说明:所谓“失收”是有时间界限的,即指编纂《续修》时可得之本而因各种缘故未能入编,后来由海外引回故国的书籍(如近年由日本引回多部宋人别集),一概不计在内。

1.《小畜外集》七卷。

王禹偁(954—1001),字元之,济州巨野(今属山东)人。太平兴国八年(983)进士,官至知制诰兼翰林学士。《四库全书》收其《小畜集》三十卷,另有《小畜外集》残本七卷未收,《续修》失收。

王禹偁除《小畜集》外，宋代犹有《外集》传世。苏颂《小畜外集序》称《小畜集》《后集诗》（按：此本久佚）等已行于世，"而遗篇坠简，尚多散落，集贤君（指禹偁曾孙王汾）购寻裒类，又得诗赋、碑志、论议、表著凡二十卷，目曰《小畜外集》，因其名，所以成先志也"（《苏魏公文集》卷 66）。陈振孙《直斋书录解题》卷 17 著录《外集》二十卷："《外集》者，其曾孙汾裒辑遗文，得三百四十首。"考《续资治通鉴长编》卷 409，王汾由集贤校理、诸王府翊善迁左中散大夫、直秘阁在元祐三年（1088），则其编成《外集》并请苏颂作序，当在元祐初。《外集》今存宋刻残帙，乃陆心源旧物，后归日本静嘉堂文库，有陆氏跋曰："王黄州《小畜外集》，存卷六末叶起至卷十三止，每叶二十二行，每行二十字。板心有刊匠姓名……盖北宋刊本也。各家著录卷数与此本多同，惟卷六末叶，诸本所无。"又据傅增湘检视原书后判断，认为该书避"桓"字，"则为南宋初刻本审矣"（《藏园群书经眼录》卷 13）。按钦宗赵桓在位仅一年多，且在战乱中，彼时刻书的可能性不大，定在南宋初较合理。是集国内有抄本，皆由残宋本出。《四库全书》著录纪昀家藏本，乃影写宋刊本，《提要》称"凡诗四十四篇，杂文八篇，论议五篇，传三篇，代拟二十篇，序十二篇，共一百一篇，较原帙仅三之一"。盖当日因馆臣疏误（或嫌其残阙），未录入《四库全书》，但已刊入武英殿聚珍版《小畜集》之后。今国家图书馆、南京图书馆等藏有《外集》残帙抄本。民国时，上海涵芬楼尝以南京图书馆藏丁氏影写宋本影印入《四部丛刊初编》。是书虽为残帙，但所存七卷尚完整，《续修》若得日本静嘉堂宋本较困难，理应据《四部丛刊》本入编。

2.《注东坡先生诗》四十二卷，施元之、顾禧、施宿注。《四库全书》未收，《续修》失收。

《四库全书》收录"清施本"。所谓"清施本"，即清初宋荦宛委堂所刊《施注苏诗》本，此本虽亦称"施注"，但并不等于施顾注苏诗，黄丕烈尝谓该本"与宋本（施顾注原本）迥异"。宋景定间所刻施元之、顾禧、施宿《注东坡先生诗》四十二卷，今存三十四卷，在翁同龢后人（已移居美国）处。1969 年，台北艺文印书馆尝借得依原大影印。

1978 年，台北泛美图书公司再次影印，其《景印补全宋刻施顾注苏东坡诗说明》曰："爰以景定本为底本，其所阙各卷，乃以古香斋本补入。……共三千二百余面，合装四册，除天地边缘等较宋刊缩小外，书中板框、字体之大小，亦仍保持宋刻原大，以期不失宋板之真面目也。"所补之"古香斋本"，乃光绪间南海孔氏翻刻的"清施本"。影印两大册，大陆图书馆不难得到（四川大学图书馆即有其书）。翁氏所藏宋刻原本，上海图书馆于 2000 年斥资四百五十万美元从翁氏后人处购回，今藏该馆善本室。用宋本影印恐有诸多不便，但用台湾影印本再影印，应该可行。

3.《郎中集》二十一卷，孔平仲撰。《四库全书》本缺六卷，《续编》未能用完本补全。

孔文仲（1033—1088），字经父，嘉祐六年（1061）进士第一；弟武仲（1042—1098）字常父，嘉祐八年进士；弟平仲，字毅父，治平二年（1065）进士，临江军新淦（今江西新干）人。三人号"清江三孔"。传世之《清江三孔集》四十卷，乃南宋庆元间所刻三人合刊本，通为编卷，分别为孔文仲《舍人集》二卷（卷一至卷二）、武仲《侍郎集》十七卷（卷三至卷一九）、平仲《郎中集》二十一卷（卷 20 至卷 40）。宋刻本久已失传，今国内著录明、清抄本凡十余部，其中孔平仲《郎中集》只存十五卷，缺六卷，各本多同，如《四库全书》本、胡思敬《豫章丛书》本等。但也有完整无缺的。傅增湘《藏园群书经眼录》卷 18 著录一明黑格写本《三孔先生清江文集》四十卷，十行二十字，"存《孔氏杂说》一卷，《孔平仲集》二十一卷"。又按曰："新刊本（指《豫章丛书》本）《孔平仲集》只十五卷，胡宿堂跋谓后六卷遍寻不获，四库本亦缺。兹帙乃完然无失，洵可珍也。"[①]。此本今藏国家图书馆。《经眼录》又著录另一抄本《三孔先生清江文集》四十卷，道："旧写本，十行二十二字。卷一至二为经父集，卷三至十九为常父集，卷二十至四十为毅父集。近时胡氏《豫章丛书》刻《三孔集》，其毅父集卷一六至二十一凡

① 傅增湘《藏园群书经眼录》卷 18，中华书局 2009 年版，第 1279 页。

六卷原文全佚去，此本独完好，殊为罕觏。其卷末王蘧跋，各家抄本皆不存，余收得明抄残本（指上述明黑格写本），只存毅父集，卷尾王蘧跋断烂，仅存数行，兹乃全存，尤足贵也。”①按：傅氏所记旧抄本，今藏北京大学图书馆。北大王岚教授《宋人文集编刻流传丛考·三孔集》核对该书后，认为该本是“今传众本中唯一一个收全三孔文集四十卷的”本子，若欲重新整理是集，“以此四十卷抄本为底本，校以（国图所藏）明抄本等诸本”，即可整理出一部完善的《三孔先生清江文集》。② 不过，若虑及《续修》制作成本，四库本中孔文仲、武仲二集尚完整，只影印孔平仲《郎中集》亦可。

4.《雪峰空和尚外集》一卷（即不分卷），释惠空撰，《四库全书》未收，《续修》失收。

释惠空（1096—1158），号东山禅师，俗姓陈，福州（今属福建）人。尝参圆悟于云居，避寇至曹溪、疏山，返闽寓秀峰，晚开法于福州雪峰。《外集》收其所作偈颂及法语函牍，宋、元皆尝刊行，然传本国内久绝，今仅存日本旧刊本。1980 年，台湾明文书局据所得日本旧刊本影印入《禅门逸书初编》，早已传入大陆。该本前有明复撰《雪峰空和尚外集解题》，述其版本源流道：

> 此集初刊乾道六年（1170），去空公迁化，才十二年耳。又八年（淳熙五年，1178），雷峰惠然再刊之。元顺帝至正七年丁亥（1347），日本建长寺契充书记得其书，读而好之，化缘而锓之梓，寺主梵仙为跋，即此本也，今几七百年矣。久霾废档，一朝复出，得非空老人于真寂光中默佑冥护之力，何能有此机缘也。尤可贵者，书中偈颂篇里夹注殆满，蝇书蚁画，精细非常。博引禅册，广搜梵夹，儒典世籍，亦复不遗。一人一地，一事一物，皆剖析其意义，标示其出处，虽市谚土语，亦不忽遗。设非宏博之士，穷累年之功，焉克臻此，而其淑人婆心，觉世宏愿，显现于字行间者，足令

① 《藏园群书经眼录》卷 18，第 1280 页。

② 王岚《宋人文集编刻流传丛考》，江苏古籍出版社 2003 年版，第 183 页。

人馨香再拜矣。惜乎偈颂篇外,法语、书简部分,无一字及之,殊难解识其故。

北京大学图书馆亦藏有日本刊本一部,乃李盛铎在日本时所得,《木犀轩藏书目录》著录道:"《雪峰空和尚外集》一卷,宋释慧空撰。日本刊本,日本贞治正平(元至正)间刻本(日人批注有缺页及抄配)。分偈颂、法语、真赞、书简诸门。和尚盖南宋初僧也。"①

5.《北磵诗集》九卷,释居简撰,《四库全书》未收,《续修》失收。

居简(1164—1246),字敬叟,号北磵,潼川(今四川三台)龙氏(一云王氏)子。二十一岁出蜀,依东南多所禅寺。尝居杭州灵隐飞来峰北磵十年,人以"北磵"称之,故以为号。嘉熙间敕住杭州净慈光孝寺。嘉定丁丑(十年,1217),张自明序其集,称"读其文"、"诵其诗"云云,则"其集诗、文各为一编"②。《四库全书》已收《北磵文集》十卷,但《北磵诗集》九卷则未收,盖馆臣未得其本。

诗集今存宋刊本,藏日本御茶之水图书馆,乃原德富苏峰成篑堂旧藏,"每半叶十四行,每行二十四字。左右双边,版心有字数及刻工名姓。是书首有叶水心(适)题诗,每册首尾有'青柳轩常住'墨书"③。《和刻目录》(油印本)又著录日本宝永三年(1706)木活字本《北磵诗集》九卷。台北"中央图书馆"藏有朝鲜旧刊本《北磵诗集》,存卷1至4,卷首有龙泉叶适题诗《奉酬光孝堂头禅师》,摹手书。每半叶十四行,每行二十四字。台北明文书局尝将其影印入《禅门逸书初编》,当时《续编》可据以入编。明文书局用残本影印固然是很大的缺憾,但读者对此可以理解,远胜于只字不录。至于九卷本《北磵诗集》,《全宋诗》已用日本内阁文库所藏应安七年(1374)刻本入编,国内有了该书的完整文本。2012年,西南大学出版社、人民出版社用日本国会图书馆所藏五山版影印编入《日本五山版汉籍善本集刊》,同年又影印入金程宇编《和刻本中国古逸书丛刊》,今后国内已不存在

---

① 李盛铎《木犀轩藏书题记及书录》,北京大学出版社1985年版,第240页。

② 《四库全书总目提要·北磵文集提要》。

③ 严绍璗《日藏汉籍善本书录》,中华书局2007年版,第1583页。

没有该书完整传本的问题了。

6.《蜀阜存稿》三卷,钱时撰,《四库全书》未收,《续修》失收。

钱时(1175—1244),字子是,号融堂,淳安(今属浙江)人。从杨简学,绝意仕进,隐居授徒。嘉熙初,以荐特赐进士出身,授秘阁校勘。寻辞归,创融堂书院。著书十种,文集称《蜀阜集》。《蜀阜集》全本明代犹存,赵氏《万卷堂书目》卷4著录道:"《蜀阜集》十八卷。"又《千顷堂书目》卷29曰:"钱时《蜀阜集》十八卷。淳安人,官秘阁检阅。乔行简尝进其所为《五经管见》《西汉笔记》于朝。"十八卷本《蜀阜集》明代已罕见,后散佚。今存三卷本,题《蜀阜存稿》,乃明代乡人徐贯重辑之本。徐氏门人蔡清尝作《蜀阜存稿序》,称"其遗稿今不尽传,是编名《蜀阜存稿》,则今吾闽右布政使梅轩徐公(贯)所收集于散落之余而校定焉者也。公将行之梓,命门生蔡清校而序之"①。序未署年代,考蔡清为成化进士,书当刊于成化前后。徐贯刊本久不见著录,或已失传。民国十六年(1927),徐氏后裔刊家集,有《蜀阜存稿》三卷,当即源于明本。家集本各公共图书馆亦不见著录,唯中华书局图书馆尚存一部,其诗文已分别收入《全宋诗》和《全宋文》(此刊本年代较近,其他图书馆或亦有之,但未见著录)。

7.《后村先生大全集》一百九十六卷,《四库全书》收《后村居士集》五十卷,《续修》未用《大全集》本补足。

刘克庄(1187—1269),其文集宋末曾汇编为《前》《后》《续》《新》四集。《四库全书》收《后村居士集》五十卷,即刘克庄自编之《前集》。刘克庄逝世后,其季子刘山甫合四集刊为《后山先生大全集》,凡一百九十六卷、目录四卷,《四部丛刊初编》用顾氏赐砚斋抄本《大全集》影印。四库本约只有大全集的四分之一,此点众所周知,故此不再作版本考述。《续修》理应用《大全集》本补足。《四部丛刊初编》底本脱误甚多,远非善本。今国内各图书馆犹存明、清抄本多部,大多为残本,完本有张金吾从天一阁传录之帙,《爱日精庐藏书志》卷

① 蔡清《蜀阜存稿序》,《虚斋集》卷3,文渊阁《四库全书》本。

31 著录，今藏南京图书馆，有清刘尚文校补，张金吾、周星诒、傅以礼跋，孙毓修校并跋。国家图书馆藏有清抄本，有翁同书校。两本或优于赐砚斋本（笔者未校，近日国内已有校点本），可选择一种影印。

8.《太白山斋遗稿》二卷，孙德之撰，《四库全书》未收，《续修》失收。

孙德之（1192—?），字道子，东阳（今属浙江）人。嘉熙二年（1238）进士，又中宏词科，官至秘书监丞。后以国事不可为，遂绝意仕进，筑太白山斋，别号太白山人，潜心著述。明嘉靖间，其十一世裔孙孙学为其集作《后序》，称作者著有《续大事记》及各体文不下数百卷，然经元季兵燹之余，所存仅什一于千百。万历时，二十一世孙宗裕跋，称该文集尝由“同知公讳志者缀录梓传，因遭回禄，仅存一本，后为杜氏所窃，几乎无传。石台公（孙扬）遍访复得，教谕公讳学者复刻其板，而又灰烬”。此谓初刻于孙志，复刻于孙学。嘉靖刊本之后，至崇祯癸酉（六年，1633），是集方有重刻本。重刻本乃作者五世裔孙绍埙所镌，有《叙》，称“因以千百世之计，托之片楮焉”。崇祯本今亦无著录。是集今可见者唯清道光四年（1824）刻本，藏中国科学院图书馆及浙江东阳市图书馆。蔡袁海《重刊记》称“石台先生（孙扬）裔孙刻《石台先生遗集》若干卷，并此稿刻之”。是本首行题“宋秘书孙氏太白山斋遗稿”，次行署“十一世孙清流学训道学集刻”。每半叶十行二十字，白口，四周单边。卷首为附录、目录，正集厘为上、下二卷，共有文六十二篇，有题无文者二十三篇。

9.《无文印》二十卷，释道璨撰，《四库全书》仅收《柳塘外集》四卷，乃选本，《续修》未用全集本取代补足。

道璨（1214—1271），号无文，豫章汉昌（今江西南昌）陶氏子。尝主饶州荐福寺、庐山开元寺，与士大夫交游甚广。所著《无文印》二十卷，历代书目藏志未见著录，世传止《柳塘外集》。今辽宁省图书馆犹藏宋椠《无文印》一部，有抄配。卷首载癸酉（咸淳九年，1271）长至月李之极序，称“其徒惟康萃遗稿二十卷，请于常所来往有气力得位者刊之，嘱予为之序”。傅增湘《藏园订补郘亭知见传本书目》著录咸淳间浙刻本《无文印》二十卷、语录四卷、赞一卷、偈颂一卷，谓乃“友人罗振玉获自日本之书，盖宋元时倭僧携归之书也”。所述即今辽宁省图书馆藏本。辽宁馆本近已影印收入《中华再造善本丛书》。咸淳九年刊本《无文印》，今日本国会图书馆亦藏一部，杨守敬《日本访书志》卷16尝著录，曰：“《无文印》二十卷，宋咸淳九年癸酉刊本，附语录一册，杉本仲温藏本。宋释无文撰。凡诗二卷，文十八卷。首有李之极序。每半叶十一行，行二十字，雕刻精良。无文与当时名流相唱和，故其诗文皆无蔬笋气，文尤简直有法，在宋僧中固应树一帜也。”该本版式结构，与上述辽宁图书馆藏本同，盖同板所印。除宋椠外，是集北大图书馆犹藏有日本贞享年间刊本。《北京大学图书馆藏善本书录》(北大出版社1998年版)著录道：“《无文印》二十卷、语录一卷，日本贞享间(清康熙间)刻本，半叶十一行，行二十字，黑口，四周双边。据宋本翻刻，共十册。”有书影。

道璨著作，清以后流传较广者为《柳塘外集》二卷、四卷、六卷三本，皆非全帙。二卷本乃诗集，即《无文印》之首二卷，前有张师孔序，尝收入《宋人小集》四十二种、《宋四十名家小集》、《南宋群贤小集补遗十三种》等。民国三年(1914)，李氏宜秋馆据抄本刊入《宋人集》甲编。四卷本收入《四库全书》，乃鲍士恭家藏本。《提要》曰：“集凡诗一卷，铭、记一卷，序文疏书一卷，塔铭、墓志、圹志、祭文一卷。宋以后诸家书目皆未著录，国朝康熙甲寅(十三年，1674)，释大雷始访得旧本，释元宏、灯岱因为校正锓板。”则鲍氏本当即康熙本。康熙本今北大图书馆有著录。1980年，台北明文书局据四库本影印，收入《禅门逸书初编》。六卷本，今仅浙江省图书馆著录清抄本一部。

10.《雪岑和尚续集》二卷，释行海撰，《四库全书》未收，《续修》失收。

释行海(1224—?)，号雪岑，剡溪(今浙江嵊县)人。早年出家，曾住嘉兴先福寺。今存所著《雪岑和尚续集》上、下二卷，卷上为七言律诗，卷下为七言绝句。自序道：“余诗自淳祐甲辰(四年，1244)到今淳祐庚戌(十年)①,凡若干首。三四五六七言,歌行谣操吟引词赋,众体粗备,旋已删去太半,以所存者类而成集,以遗林下好事君子,用旌予于无为淡泊中,犹有此技痒之一累也。”林希逸为之跋,谓其诗稿“本有十二巨编,三千余首”,未能尽选,仅选摘二百余首,并盛赞所作“平淡处而涵理致,激切处而存忠孝,富赡而不窒,委曲而不涩滞,温润而酝藉,纯正而高远,新律古体,各有法度”,云云。是集既称“续集”,必当有正集,已佚不传。是集中国科学院图书馆藏有抄本一部。

日本藏有南北朝时期(1336—1392)覆宋刻本,每半叶十行,行二十字,白口,左右双边,今宫内厅书陵部、京都建仁寺有藏本。又有宽文五年(1665)藤田兵卫刊本,今日本内阁文库、公文书馆、京都大学等著录。

11.《草窗韵语》六卷,周密撰,《四库全书》未收,《续修》失收。

周密(1232—1298),字公谨,号草窗,又号萧斋、弁阳啸翁、弁阳老人、华不住山人等。济南人,流寓吴兴(今浙江湖州)。淳祐中官义乌令,宋亡不仕,号泗水潜夫。所著甚富,今存《齐东野语》《癸辛杂识》及《草窗词》等。《草窗韵语》乃其诗集之一种,另有《蜡屐集》《弁阳诗集》,马廷鸾、戴表元尝为之序,久已失传。《草窗韵语》至近代始重新面世,且为宋刊本,此前不见著录,更未收入《四库全书》等丛书。原本手书上板,每半叶九行十七字,白口,四周双边。版心下方记刊工名,有王世刊、文明、应龙刁等。本书卷首次行题“齐人周密公谨父”六字(参傅增湘《藏园订补郘亭知见传本书目》)。上虞罗氏尝据宋本影印,今国内有著录;乌程蒋氏(汝藻)于民国十一年(1922)托董康据宋本影刊入《密韵楼景宋本七种》。朱孝臧跋蒋氏影刊本道:

> 孟苹先生近得《草窗韵语》,自一稿至六稿,凡六卷。卷首咸淳重光协洽岁同郡陈存敬序,古涪文及翁序;卷末乙亥李彭老、李莱老题七言绝句,一稿后又有李龏和父题一绝。卷中书体仿《道因碑》。近见曹君直藏赵子固水仙卷草窗题词,笔意绝相似,疑

① “戌”原作“午”,按淳祐无庚午,当是“戌”之误,径改。

自写上版也。鲍刻《苹洲渔笛谱》(按：乃周密词集)称从汲古摹本,行款正同,亦有二李题词,当属一时所刊。……此本自元至正汔康熙时题识殆遍,乃未入收藏家著录,洵绝无之秘帙矣。

宋刻原本大陆未见著录,不详何在。据影刊本,卷首有“翰林学士院印”,则该宋本乃明翰林院旧物;又有“都穆之印”等印记,则明代已流入私家。李莱老题诗后,有题记一行曰:“至正十年(1350)三月,浚仪张雯得之于高文远书肆。五月重书于吴下乐志斋。”卷末犹有万历罗文瑞、康熙杨汝楫等题识。详见《文禄堂访书记》卷四。

是集未入《续修》,甚为可惜,宜用影宋刊《密韵楼景宋本七种》本影印入编。

## 二、版本选择失当,凡四种

1.《双峰猥稿》九卷,舒邦佐撰。《四库全书》未收,《续修》著录崇祯刊本《双峰先生存稿》六卷,非完本,宜用道光本。

舒邦佐(1137—1214),字平叔,靖安(今属江西)人。淳熙八年(1181)进士,授鄂州蒲圻簿,改潭州善化簿,迁衡州录事参军。以疾归,卒。所著《双峰猥稿》,尝自为序,述其学四六得法经过。文集乃其子舒迈编,作者生前已刊行。赵希弁《读书附志》卷下著录道:

《双峰猥稿》八卷,右舒邦佐平叔之文也。开禧丙寅(二年,1206),刘德秀为之序。平叔,豫章双溪人也。

赵氏所录,殆即舒迈刊本。自元迄清,舒氏后裔尝屡为翻刻。清查慎行曾传抄一部,有跋述其版本源流道:

是集初刻于宋宁宗嘉泰四年(1204),公季子迈所编,先生自叙,题曰《双峰猥稿》。至理宗淳祐七年(1247),再刻于连山,章杭山有序。元初,公之六世孙名世重刊,有欧阳冀公序,未几板毁。洪武中,七世孙泰亨以家藏旧雕本翻刻于南昌,训道刘钺志其本末。正统中,九世孙守中重刻,刘忠泯为之序。今所抄者,照正统本。

查氏所述各本(包括正统本),今皆未见著录,唯旧本序跋多存。查氏抄帙凡九卷,有朱墨校补并跋,今藏重庆图书馆。国家图书馆亦藏有清初抄本一部。抄正统本较赵氏《附志》多一卷,盖元、明重梓时所析或增补。正统本之后,明代犹有崇祯本,乃舒氏裔孙日敬所刊,有崇祯癸酉(六年,1633)序。此刊底本缺三卷,故只六卷,遂易名曰《双峰先生存稿》,今辽宁省图书馆著录一部。

入清,是集首刻于雍正间,乃二十一世裔孙慕芬所刊,雍正辛亥(九年,1731)翰林院编修黄之隽为之序,次年张廷璐、周大璋再序之,舒慕芬有跋。据黄序,此刻亦仅六卷,当源于崇祯本。由于失九卷之旧,故裔孙颇以为憾。道光中,《别下斋丛书》新刻《拜经楼藏书题跋记》出,舒氏裔孙恭受见后,得知吴骞所藏查慎行抄九卷本犹传世(按见《题跋记》卷5),遂乞钱吉泰假以校勘,钱氏于是照本录寄(按乃朱绪曾所抄,见《开有益斋读书志》卷5),比六卷本诗文共多九十篇,因而"珍之不啻球图",遂于道光二十九年(1849)付梓,浙江督学使者赵光为之序,裔孙舒化民跋。是刻恢复"双峰猥稿"旧名。咸丰八年(1858)舒氏又重刊。道光本今国家图书馆、北大图书馆、上海图书馆等著录六部,日本京都大学藏一部。咸丰本今北大图书馆、上海图书馆等著录四部。乾隆开四库馆时,江西巡抚尝采进六卷本,馆臣疑其为伪书,因列之于《存目》,《提要》考舒邦佐为北宋末人,又据集中诗文,以为绍熙间尚在仕途,当已百有余岁,似无此理。再据诗中用语,以为"出于唐寅之后,是殆近世之所作耳"。道光刊本前列《提要》,舒恭受有按语,分析馆臣致误原因道:"惟族众繁多,每三十年一修族谍,辄以活字版排印祖集数十部,随谍分储各房,其族中别刻之本鲜有存者,而活字本所存诸序又皆仅记支干,未署年号。当乾隆时四库开馆采书,江西大吏即据活字本缮写以进,总纂诸公误以淳熙辛丑(八年,1181)为宣和辛丑(三年,1121),移南宋于北宋,至争差甲子一周。凡集中所上长官笺启皆在绍熙年间,年代龃龉不相合,遂有百有余岁之疑。"是集未收入《四库全书》,裔孙固十分懊恼,以为"皆由活字本校刻不精,启斯疑窦"所致。故道光本除前后悉附墓志铭及历代重刻序跋外,“并考证集中事迹,注于各题之下,无一不与史传吻合,源委井然,班班可考,集之真伪,可不辨而自明”。今通读全书,四库馆臣所考显误,是集可信无疑。据上所述,舒邦佐文集用崇祯六卷本《双峰先生存稿》失当,当用道光本方为完帙。

2.《自堂存稿》十三卷,陈杰撰。《四库全书》著录大典本四卷,《续修》未改用全本补足。

陈杰,字焘父,丰城(今属江西)人。淳祐十年(1250)进士,官至江西宪使、朝散大夫。宋亡隐居不仕,取所作诗有补于诗教者编为《自堂存稿》。《国史经籍志》卷5、《千顷堂书目》卷29著录《自堂存稿》十三卷。乾隆四库馆臣因无采进本,遂从《永乐大典》中重辑,《四库提要》谓“裒辑遗篇,尚得四卷”。然而,该本完帙民国时尚传世,曾藏叶德辉家,其《郎园读书志》卷8著录“《自堂存稿》十三卷,宋元明活字参杂本”,略曰:

> 是本多于《大典》本过半,尤足以窥全豹。前有宋咸淳甲戌(十年,1274)十月望自叙,末有明万历壬辰(二十年,1592)〔陈〕宾补版跋。书版有宋刻、有元刻、有明刻,又有活字排印者,数叶版式大小不一。盖其版自宋末元时讫明陆续补刊而成,临印时又以活字补其缺叶耳。

除所述外,卷首自叙前犹有刘辰翁序。民国十二年(1923),叶德辉侄启勋曾影抄一部,凡十三卷,今藏湖南省图书馆,有叶启勋跋。是乃海内孤本。《湖南省图书馆古籍线装书目》著录为“清抄本”,误,应为民国抄本。因抄本为原书完帙,可正《提要》叙述之误。傅增湘于1934年(甲戌)见之,其《经眼录》卷14尝著录,曰:“十行十八字。前有咸淳甲午(引者按:咸淳无甲午,疑是庚午〔六年,1270〕之误)刘辰翁序,又咸淳甲戌前工部郎中玕溪陈杰焘甫序,序后三行如下:‘初刊不无误字漏章,今已逐一厘正,依次添入,仍有续卷见后。’卷首题‘赐进士丰城玕溪陈杰焘甫撰’,‘弟进士陈霖宪甫录’二行。后有万历壬辰十世孙宾汝功跋。”大典本较十三卷抄本,所收诗文数量相去甚远。

以诗而论,抄本存六百又三首,而大典本仅有三百三十四首。《全宋诗》用《豫章丛书》本为底本,集外辑诗不少,但抄本仍可补入二百六十余首,且诗题、正文多所不同。诗之小序、注文,大典本多无,即有也差异甚大。不过抄本亦有脱字、脱句、阙题现象。[①] 惜叶德辉所称"宋元明活字参杂本",今已不详所在,恐已亡佚。

由上述,则《续修》当用湖南省图书馆所藏叶氏抄十三卷本影印,以取代大典本。

3.《月洞诗集》二卷,王镃撰,《四库全书》收入《月洞吟》一卷,非完本,《续修》未改用全本补足。

王镃,字介翁,括苍遂昌(今浙江遂昌)人。尝为县尉。宋亡,弃印绶,归隐湖山,颜其居曰"月洞",结社赋诗。所作诗原有若干已不详,今存《月洞吟》一卷、《月洞诗集》二卷两本。《月洞吟》乃明嘉靖间作者族孙王养端所刊。嘉靖壬子(三十一年,1552)养端为序,称"惧久而益无闻,乃刻遗诗一卷"云云。嘉靖本久佚,今以万历二十九年(1601)重刻本为古。有汤显祖序,谓于黄兆山人处得其先人"宋月洞先生诗七十余首",末署"岁辛丑"。以汤氏年代考之,"辛丑"当为万历二十九年,此序即为重刻而作。万历本今国内亦无著录,唯日本内阁文库庋藏一部,乃原红叶山文库旧藏本。《四库全书》著录鲍士恭家藏本。馆臣以"曹本"校,又偶以《(宋诗)纪事》校。所用底本为万历重刻本。

入清,乾隆间有《月洞诗集》刻本二卷,附二十一世祖(王)皞如诗十四首,乃巾箱本,今唯中国科学院图书馆著录。嘉庆癸酉(十八年,1813),族裔王梦篆作《月洞诗集序》,谓该集"自前明震堂公(王养端)重刻前册,后有叔隆公为之再镌(按:当指万历本)。本朝则故族伯宗虞又为补刻后册(按:刊刻时间不详,疑亦在乾隆间)。乃不数十年,版又散失。今公裔孙楠恐复失传,将前后册合并付梓"。嘉庆二十年,裔孙王楠刻成,涂以轫为序,称"甲寅(按:当为甲戌,即嘉庆十九

① 详参何振作《长沙叶启勋抄〈自堂存稿〉的价值》,《图书馆》1999年第5期。

年)秋,平昌太学生王楠重镌其祖《月洞诗集》,事既竣,挟诗集至莲城谒余请序",云云。是刻今国家图书馆、天津图书馆著录。光绪二年(1876)有元和潘氏刻《月洞诗集》二本,今国家图书馆、上海图书馆、浙江图书馆著录。十三年(1887),裔孙王人泰再刊之,跋称"虽光绪丙(戌)〔子〕太守潘重梓之,而板存郡署,有求公诗者印刷维艰",于是再谱于梨枣。是刻今北大图书馆、南京图书馆等著录,日本东京大学亦有藏本。民国九年(1920),李氏宜秋馆据传抄文澜阁四库本刊入《宋人集》乙编。

以上所述自乾隆以下各本,有一点极重要,即书名已由"月洞吟"改为"月洞诗集",卷数也由一卷增为二卷。上引嘉庆癸酉王梦篆《月洞诗集序》称《月洞吟》有上下册,明人所刊仅为上册,或至乾隆间方刊下册,书名卷数的变化,无疑皆由此而来。上已言及,四库本乃抄万历本,今以四库本《月洞吟》一卷与光绪十三年王人泰所刊《月洞诗集》二卷校,差别极大:二卷本卷一共收诗八十一首,前面收诗及编次与四库一卷本基本相同(仅诗题偶有差异),然自光绪本卷1《述怀》("平日自笑拙经营")以下十三首,为四库本所无,则库本收诗仅六十八首,加库本末《月洞书屋》一首在光绪本卷2,实为六十九首,与上引汤显祖序"宋月洞先生诗七十余首",相去不远。而光绪本卷2收诗一百四十六首,扣除《月洞书屋》一首后,为一百四十五首,皆《月洞吟》所无。简言之,《月洞诗集》两卷所收诗,较《月洞吟》一卷本多出一百五十八首。王梦篆所谓上、下册,下册从何而来?明人未言有下册,何以清中叶方才面世?迄今不可解,但所收诗无与前人重者,当非赝品,必有其故。因此,《续修》宜用《月洞诗集》二卷入编,以补四库本之不足。

4.《钓矶诗集》五卷,丘葵撰,《四库全书》未收,《续修》用南京图书馆藏道光本影印,失误,当用同治本。

丘葵(1244—1333),字吉甫,同安(今福建厦门)人。早习《春秋》,宋末科举废,杜门励学,居海屿中,自号钓矶翁。自元以后,其诗集仅以稿本藏于家。明卢若腾尝序之,略曰:"(丘葵)《周礼补亡》今流传海内,诗集则惟其家有写本。林子获,吾邑志节士也,借得之,喜而示余。读之,苦多亥豕,稍为订正,脱简则仍之,拟俟他时梓行,非徒表章吾邑人物,亦欲使后学知所兴起也。”卢氏门人林霍亦有序,称卢公“苦多亥豕,稍为订正,拟俟时平梓行,而竟骑长春尾归天上,不知此事当属何人也”①。陆心源《钓矶诗集跋》(按所跋为同治本,详下)曰:“是书著录家所罕见,顾太史(嗣立)选元诗,钱詹事(大昕)《补元史·艺文志》,阮文达(元)收《四库》未收古书,皆未之及。康熙中,裔孙国珽掇拾残剩诗一百九十四首刊行之,题曰《独乐轩诗集》。”康熙本凡三卷,非足本,已久无著录。北京大学图书馆所藏李氏书中,有清抄三卷本,上引李盛铎《题记》谓“此本前有(丘国)珽序,疑即从珽本出也”。道光二十六年(1846),龙溪林国华氏于汲古书屋刊《钓矶诗集》五卷,并作《书后》,称其“日得童君宗莹《钓矶诗集》,为林子获藏本……惜亥豕间有,抄正成帙开雕”。

陆心源《同治本丘钓矶诗集序》述之曰:

> 乃自蒙古(元)之初,讫明中叶,仅传写本,藏在其家。至万历间,林氏霍访借得之,始传于世。终因谋梓未果,流传绝希。康熙间,先生后裔国珽辑录遗集,亦未得见,但以所得诗一百九十四首分为三卷,付之剞劂,所谓《独乐轩诗集》者,非足本也。嗣后龙溪林君国华求得林氏原本,于道光丙午(二十六年)复墨之板,是为五卷本。然两刻(按指康熙及道光本)出之蠹穿鼠啮,辗转传写,未有善本校勘订定,故不免脱亡谬误,学者病之。

道光本今唯南京图书馆著录。此本虽仍非完帙,又多脱误,但较之康熙本,其版本承传有绪,非掇拾残剩可比。同治十二年(1873),丘氏裔孙炳忠将道光本与罗以智抄本合并,由杨浚校正后刊行,有林鸿年、杨浚序,乃是集迄今最全之本。上引陆心源序又曰:

> 予别有所藏四卷本者,旧转录之钱塘罗氏以智,罗则传之铁

① 李盛铎《木犀轩藏书题记及书录·题记》,北京大学出版社1985年版,第43页。

> 樵汪氏，而佐以独乐轩本校写以传者也，谬误差少，比两本为善。同治癸酉之岁（十二年），奉诏来闽，携载行箧。温陵杨侍读雪沧博学嗜古……请借以去，搜香两本，详为雠勘，佚者补，误者正，字句参差同异则分注每章下，以两存之。仍依原第，编为四卷，采补诸诗分体增入，详注自出，不淆其旧。共得五七言古近体诗若干首，如目（按陆氏跋称共有诗四百六十八首），而以林本所载文三篇附之帙尾。……先生后人伯贞取以付梓，乞予文为序。

两序皆见道光刊本《钓矶诗集》卷首。

按罗以智尝将其传录本与康熙本相校，于道光庚戌（三十年，1850）八月五日作跋，详述两本篇数道：

> 《钓矶诗集》四卷，宋末丘吉甫先生所作。予从铁樵汪氏假所藏旧抄本录其副，弆诸箧笥有年矣。今又获见先生裔孙国斑康熙年刊本，辑先生诗一百九十四首，分三卷，题曰《独乐轩诗集》。按抄本，五言古四十一首，增刊本五首。七言古与刊本同。五言律八十二首，刊本所无者三十二首，刊本中为抄本所无者十九首，较刊本尚增十三首。七言律七八首，刊本所无者四十首，刊本中为抄本所无者二十五首，较刊本尚增十五首。五言绝四首，增刊本一首。七言绝十二首，增刊本二首。以刊本补抄本，凡得诗二百七十四首。字句颇多异同，刊本殊有舛误。据《全闽诗话》载先生《浯江魏秀才》诗二章，刊本脱去，抄本具在。先生之诗流传弗失，幸而得其全，殆有默为呵护者欤！

铁樵汪氏本源于何本，今不详。同治本从康熙本补抄四十四首，并采道光本中为罗氏本所无之诗，吸取各本之长，陆氏所谓“比两本为善”，洵非溢美。是本刻成于同治十三年，今传本已稀，唯首都图书馆、上海图书馆著录。

陆心源原藏抄罗本，今藏日本静嘉堂文库，“卷首有清道光庚戌（三十年）八月五日钱唐罗以智锐泉甫小楷跋”，见《皕宋楼藏书志》卷93、《静嘉堂秘笈志》卷38。罗以智手抄原本，叶景葵尝得之于蒋氏传书堂，有跋（见《卷盦书跋》），今未见著录，不知尚在其后人之手否。傅增湘《藏园群书经眼录》卷 14 著录旧写本，亦属罗本系统，录有罗以（原误"明"）智跋。要之，丘葵诗集，今以同治本为善，《续修》用道光本影印，失当。

## 三、著录失当

除漏收及版本选择失当外，《续修》"宋别集"部分尚有其他问题可议，以下谈两点。

1. 关于重收《范文正公文集》的问题。《续修》集部第 1313 册收《范文正公文集》二十卷，用《古逸丛书》三编本影印北宋刊本。北宋刊本《范集》的版本价值毋庸置疑。《四库全书》所收《范集》，据《提要》乃康熙四十六年（1707）范氏岁寒堂刊本二十卷，在《范集》版本系统中亦属善本。且《续修》之义在"续"，即补《四库全书》之缺，并无改换版本的任务；若要改换版本，则类似情况尚多。因此，虽北宋刊本《范集》极为珍贵，然独此集改换版本重印，似有违体例。

2. 关于《巽斋四六》作者署名问题。《续修》影印清抄本《巽斋先生四六》一卷，编入集部第 1321 册，题危昭德撰。按：今国家图书馆藏宋刊本《四家四六》四卷，凡六册，每半叶十行十九字，细黑口，左右双边。所谓四家为《壶山先生四六》一卷，《臞轩先生四六》一卷，《后村先生四六》一卷，《巽斋先生四六》一卷。宋本四家皆不著撰人，而以别号名书，除"臞轩"为王迈号、"后村"为刘克庄号可确定外，另两家皆被后人误题。《巽斋先生四六》，或署欧阳守道撰（如《北京图书馆古籍善本书目》等），或署危昭德撰（如北京大学图书馆藏清初抄本、南京图书馆藏旧抄本等），然危昭德绝无"巽斋"之号，已可定其误。核集中所收文章，凡内容有事迹可考者，皆非昭德所撰。如两卷本《春山文集四六抄》（此书见下）卷上《贺诛吴曦》，诛吴曦事在开禧三年（1206），是时昭德殆尚未出世。此篇宋人所编《翰苑新书·后集上》卷 20 署"危巽斋"。又《通杨安抚》《贺李参政》《贺钱参政除资学赴经筵》《贺魏右史》等篇，分别指杨万里、李壁、钱象祖、魏了翁，皆与危稹同时,而危昭德当不及见。故可断言:《巽斋先生四六》非危昭德撰。《翰苑新书·续集》所题“危巽斋”,实乃危稹。盖后人见《巽斋四六》之文,他书有题“危巽斋”者,遂误以为该集乃危昭德撰,而危氏所著《春山文集》久佚,无可按覆,踵谬承讹,几不可破。又有人辑文献中凡题“危巽斋”之文,以增补《巽斋先生四六》,遂成所谓危昭德撰《春山四六抄》或《春山文集四六抄》一书。此事笔者昔日同事杨世文先生尝作过专门研究,并撰《宋刻本〈四家四六〉考》一文(载《宋代文化研究》第七辑,巴蜀书社 1998 年版),笔者拙著《宋人别集叙录》经覆按尝引录,认为证据确凿可信,上所述即主要依据该考证。由知该书著者题“危昭德”,乃相关图书馆著录之误,《续修》似应吸取新的研究成果,不能再踵讹承谬了,当改题该书作者为“危稹撰”。今按:危稹(1163—1236),字逢吉,号巽斋,临川(今江西抚州)人。淳熙十四年(1187)进士。初名科,孝宗更名稹。调南康军教授。累官著作郎兼屯田郎官,出知潮州、漳州。卒,年七十四。著有《巽斋集》二十卷,久佚,今仅存《巽斋小集》一卷(收入《南宋群贤六十家小集》)及《巽斋先生四六》一卷。

(2013 年秋写。原载浙江大学宋学研究中心《宋学研究》2016 年创刊号)

# 谈《蒙川遗稿》十卷、四卷之关系

《蒙川先生遗稿》(以下简称《蒙川遗稿》),是宋末作家刘黻留下来的一部诗文集。刘黻(1217—1275),字声伯,号蒙川,乐清(今属浙江)人。尝以太学生上书,忤执政,送南安军(今江西大余县)安置。后登景定三年(1262)进士第,仕至吏部尚书。临安沦陷,二王泛海,陈宜中迎与共政,行至罗浮,以疾卒,谥忠肃。《四库提要》评其人与文道:"黻危言劲气,屡触权奸。当宋室板荡之时,琐尾流离,抱节以死,忠义已足不朽。其诗亦淳古淡泊,虽限于风会,格律未纯,而人品既高,神思自别,下视方回诸人,如凤凰之翔千仞矣。"刘黻的人格、诗品皆足以留名史册,但遗憾的是,他的诗文在流传过程中一再散亡,今传十卷、四卷两本,十卷本被人误以为是抄元刻本,而四卷本又常被以为卷帙不全。今传十卷本与元刻本、四卷本是何关系? 很有厘清的必要。

## 一、《蒙川遗稿》十卷本

刘黻诗文稿,入元后多已散佚,由其弟应奎(字成伯)重辑为《蒙川遗稿》,并序之曰:

> (刘黻)生无他嗜好,惟殚精毕思于文字间。凡所著述,与《谏坡奏牍》《薇垣制稿》《经帷纳献》若干卷,悉以自随,今皆散落,不复见矣,可哀也! ……乃于铅椠散失之余,或得之断简残篇,或得之朋友记识,若诗若文,裒聚仅十卷,为《蒙川先生遗

稿》。以应奎年之既衰,朝露行晞,何能广索冥搜,姑锓诸梓,以示若子若孙。而《朝阳阁记》虽已刻于阁之楣矣,今并入十卷之首。

时在大德辛丑(五年,1301)。《宋史》卷405《刘黻传》称"黻有《蒙川集》十卷行于世",当即指此本。元大德所刊十卷原本久已失传,但后人书目却著录有明钞(或明影抄)元大德本。明抄大德本今存两部。一部藏南京图书馆,乃丁氏书。《善本书室藏书志》卷31著录,为清怡府旧物,题"弟山中刘应奎成伯校正,后学阮存存畊编次","从大德本传钞,分卷为十,末叶亦有断烂。有'明善堂览书画印记'、'安乐堂藏书记'、'槜李曹溶'诸印"。该本在《贾镕境墓志铭》题下注曰:"天台林主簿南材录至。"另起一行曰:"以下蠹蚀不能录,俟有他本,以待后日。"又另起一行曰:"一字斋记。"另一部藏日本大仓文化财团,著录为影写大德本十卷,卷中有"一字斋主人"朱笔校改并手识,有"白堤萃古斋"、"新安汪氏"、"启淑"等印记。此本未见,但与上述南京图书馆本既同出于一字斋,盖差别不大,唯不详孰先孰后。考雍正《浙江通志》卷130:阮存,永乐十年(1411)进士,"永嘉人,广东布政"。又雍正《广东通志》卷27"左布政使":阮存,"正统十三年(1448)任"。则阮氏整理刘黻文集,应当在正统末景泰初任广东左布政使时。

## 二、明抄十卷非抄大德本辨

学界根据前人书目著录,一般认为明抄十卷本是抄大德本,乃是完书,因为它与元刻本卷数相同。当年编《全宋文》时,编委会曾托人复印南京图书馆所藏十卷本,但因索价太昂,无力承受,只好用四卷本(四卷本详后)入编,并在版本介绍中予以说明,意谓此次所收不全,将来再补。其后如拙著《宋人别集叙录》(初版本),甚至南京方面的相关学者等,在论著中皆持此说。笔者近因修订《宋人别集叙录》,对十卷多于四卷之说颇有怀疑,遂托请在南京大学读博的范金晶同志赴南京图书馆查核并记录该书版本资料,方弄明白该书十卷的真面目，于此公之于世，既纠正先前的错误，也希望后学者不再踵讹承谬。

南京图书馆所藏抄元本十卷，卷1至7为诗，卷8至10为文，卷目为：卷1，古诗上；卷2，古诗下；卷3，行、吟；卷4，五言律诗上；卷5，五言律诗下；卷6，七言律诗；卷7，绝句；卷8，赋、操；卷9，赞、铭、墓铭；卷10，记序、奏疏书启。卷10记、序各一篇：《云门福地记》《集古文腴序》；奏疏、书启凡二篇：《上郑纳斋丞相书》《奏明正学息异端书》，皆有目无文。

明抄十卷本有一点极重要，即在阮编十卷目录之后，又有六卷目录，六卷为卷5至卷10，而此目录当为元大德本所有，颇具文献价值，录之于次：

卷5：奏疏

《论内降恩泽》《论经界自实法》《上进故事》《上进故事》《上进故事》《外制》。

卷6：书

《论陈垓蔡荣奏罢程公许黄之纯事》《谏游幸事》《上程纳斋丞相书》《答何视履书》《答解性存书》。

卷7：记

《龙门山记》《游西湖记》《戴颙墓记》《望云寮记》《思立仓记》《云门福地记》。

杂文

《龟泉志》《纪宝界事迹》《安丰董生》《番钖饶娥》《建济民庄》《书解察判赡》《荐胡子实□□》《请建杨慈湖书院申状》《请给王梅溪祠堂田土札子》。

卷8：序

《命义录序》《濂溪论语序》《集古文腴序》《送蔡九轩序》《杨菊集序》《送王维道序》《赠翁承之序》。

跋

《跋何谓画贤像》《跋林石室诗卷》。

青词：《禳旹寇青词》。

疏文:《建忠义庵疏》《建梓潼祠疏》。

祝文:《龟泉文》《奉安了斋陈忠肃公祝文》《奉安慈湖杨文元公祝文》《奉安攻媿先生楼公祝文》《奉安蒙斋袁公祝文》《慈湖书院谒祠祝文》。

祭文:《祭二忠文》《祭黄丞簿文》《祭胡史君文》《代祭赵求仁史君文》《祭母昌元郡太夫人文》。

卷9:论

《禹论》《傅说论》《科举论》《风俗论》《谷论》。

说:《胚腪图说》《五伦说》《改过说》《蒙川说》《传道说》《格物说》《中庸说》《大学说》《太极说》《中易》。

卷10:策

《召试馆职策》。

抄者之所以录存以上六卷目录,盖元刻本此六卷虽已残阙,但目录仍在,故抄附于后,而我们据此得以知道元刊十卷本的大致面貌。孙诒让《永嘉丛书》本(此本详后)跋谓朱彝尊《经义考》"载忠肃集有《太极说》《中庸》《大学说》,又云目录有《濂洛论语叙》……今本并无其文"云云,观此目录,知竹垞所举文章皆在残脱卷帙之中。由此尚可进一步推测:阮存仅录卷5至10之目录,说明当时大德本卷1至卷3尚基本完好。从今存抄本看,前三卷盖主要为诗歌部分,较完整。宋、元人编书,若赋类存量较少时,往往将赋置于诗之前以传。属文类之赋四篇,疑原在古诗之前,故被保存下来,而同属文类之赞、铭、墓志铭,一般皆编于文集之末。抄本墓志铭四篇之前三篇,疑原本并不在元刻本卷4,而是在"蠹蚀不能录"之残卷中,只是残卷中仍有某些篇章可读,故录之为重编本卷9,而列于最后的《贾镕境墓志铭》题下注"天台林主簿南材录至",则表明该篇由集外补入。要之,阮存所见元刻本已残缺不堪,实际上只存三卷,重编本第4卷乃是由其他残卷尚可读之文及集外文拼凑而成,而阮氏欲以残阙本强分十卷以足刘应奎"裒聚仅十卷"之数,然末卷(卷10)只能抄录几条篇目,难以成卷,且无文可录。以上推测若大体合乎实际,则刘应奎所谓"遗稿",至此时又散佚太半矣。

## 三、四卷本乃明抄十卷本之合并

《蒙川遗稿》的版本之所以成为"问题",除传世之明抄十卷本外,还有四卷本之来历亦需讨论。四卷本今存明末抄本,亦题《蒙川先生遗稿》,亦为丁氏书,亦藏南京图书馆。《善本书室藏书志》卷31著录为王晚闻(宗炎)旧物,同题"弟山中刘应奎成伯校正,后学阮存存畊编次"。又曰:"书刊于元大德间,岁久版敝。末有记云:'此书为毛子晋借去,不觉十换星霜。今忽予归,相对故人,喜何如哉!'有'冯本氏藏'一印,又有'拥万堂'、'谦牧堂书画记'朱文二印,'谦牧堂藏书记'白文印。后又云:'嘉庆辛未(十六年,一八一一)三月,端履试礼部,买之琉璃厂东书肆,归以奉予。末有题字,辨其图记,是冯苍舒故物也。中秋后二日,晚闻居士记。'"则此本迭经明冯知十,清揆叙、王宗炎等递藏,后归善本书室。

《四库总目》著录鲍士恭家藏本四卷,《提要》称刘黻集"传钞既久,文多讹脱,更无别本可校"云云,知鲍氏本乃抄帙。四卷本前三卷为诗,卷4为赋、墓志、赞等。其后嘉庆刻本(今仅国家图书馆著录)、咸丰七年(1857)木活字本(乃裔孙刘永沛刊,详下),以及光绪初瑞安孙氏所刊《永嘉丛书》本,皆为四卷。光绪元年(1875)孙诒让跋《永嘉丛书》本道:

> 今所传《遗稿》四卷,乃明广东左布政使永嘉阮存存畊所辑刊,非足本也。十卷本国初时犹有传帙,故黄俞邰、倪暗公(灿)并据以著录,而朱竹垞《经义考》载忠肃集有《太极说》《中庸》《大学说》,又云目录有《濂洛论语叙》……今本并无其文,是其验也。然阮椠本世亦罕觏(引者按:未见阮存刊本著录,不详曾否付梓),弆藏家展转移写,夺误甚多。乾隆间收入《四库全书》,馆臣任雠勘者不守盖阙古义,或以意为羼缀,乃至改成伯序"十卷"之文以合今本卷数,而于书末《贾镕镜墓志》残缺不可读者则径削之。咸丰间,忠肃裔孙永沛等得传钞阁本,以活字板印行,又辑

> 佚文六篇为《补遗》一卷，校核不审，复有删易。于是忠肃遗集，不独元本不可复见，而阮编本亦点窜无完肤矣。
>
> 同治戊辰（七年，一八六八），诒让应礼部试，报罢南归，道出甬东，购得写本，尚为阮编之旧，乃得尽刊今本之谬。家大人（按：指孙衣言）遂命校刊，以广其传。大致悉依旧写本，其有夺误显然者，乃依阁本、活字本略为补正；稍涉疑似者，则区盖以俟续勘。

孙氏校跋本，今藏浙江大学图书馆。《永嘉丛书》本有《蒙川先生文稿补遗》一卷，补文八篇，其中《论经界自实疏》《谏游幸疏》《望云寮记》三篇见于上述十卷本残卷目录中。

明抄十卷本与四卷本到底是何关系？今以四卷本与丁氏明抄十卷本对校，其真相便一目了然：两本所收诗文编排顺序基本相同，数量大体同而有所增减，如四卷本卷 2《赋林氏集云庵》之下，十卷本多《遇雨》一首；《思西弟》下多《听松》一首；《闲步》下多《酬李子元》等。要之，十卷本较四卷本少诗三首（均在卷 7），但多八首（分别见卷 1、卷 4、卷 5、卷 7）。两本最大差异是分卷。阮氏重编十卷本前七卷，即四卷本前三卷；十卷本卷 8、卷 9，即四卷本卷 4。再详之，即重编十卷本古诗上、下二卷，四卷本合为一卷为卷 1；十卷本行、吟及五律上、下各一卷，四卷本合为一卷为卷 2；十卷本七律、绝句各一卷，四卷本合为一卷为卷 3；十卷本文类为二卷，四卷本合为一卷为卷 4。简言之，明抄十卷本并非刘应奎所编十卷之旧，而是据前者残帙重编，其“十卷”不及原编之半；四卷本则是据重编本合并而成，虽亦题阮存编，恐出后人之手，其人不详。

《全宋诗》以影印文渊阁《四库全书》四卷本为底本，校以南京图书馆藏丁丙明抄本。所校盖明抄四卷本，而不是重编十卷本，因为重编十卷本较四卷本多诗五首（参上文），而《全宋诗》阙。《全宋文》底本同，校以《永嘉丛书》本，补入孙氏《补遗》一卷，校点者称十卷本“暂无力获致”，意谓收文不全，其实正好相反，它与《永嘉丛书》本同是目前收文最全的本子。

综上所述，今南京图书馆、日本大仓文化财团收藏的所谓抄元大德十卷本《蒙川先生遗稿》，其实并非元刻十卷本之旧，而是据残阙元刊本重编之本，实际不足原本之半，而四卷本则是由重编十卷本合并而成，两本所收诗文基本相同（十卷本仅多诗五首）。认为明抄十卷本为抄（或影抄）元大德所刊十卷本，乃是完帙，而四卷本不及明抄十卷本之半，皆为未见原书的误会。

（2016年1月22日写成。原载《新国学》第十三卷，四川大学出版社2016年版）

# 后　记

1986年年中，我当时供职的川大古籍所承担了编纂《全宋文》的任务，于是偕诸同仁丢下原来的研究方向，一齐转入宋代。待《全宋文》基本完成，已经是十几年后的事了，而我又预纂《中华大典·宋元文学分典》，直到上世纪末才了事。一生的黄金时段，就这样在青灯黄卷下消磨殆尽。世纪之交，我由古籍所转到中文系，开始教学和个体研究，希望实现学术转型，但仍然没有离开赵宋一代。在编纂集体大项目时，也撰写过一些私家论著，如《宋人别集叙录》《北宋古文运动发展史》等，不过那都是夜间熬出来的，不是"官"许的主业。

到中文系后，除教学任务外，前后只做了两个项目：一是"宋代科举与文学"，二是"宋元文章学"。第二个项目还未结束时，恍惚间到了退休年龄，而手上尚有多名硕、博士生未毕业，只得"陪太子读书"，故真正成为"圣贤"（剩闲），又在两年之后，快到孔夫子"从心所欲"的时候了。我一生的学术经历，就这么简单，漫长而又短促，痛苦并快乐着。在做"宋代科举与文学"课题时，曾将已发表的二十二篇前期成果编为专题论文集《宋代科举与文学考论》，蒙傅璇琮先生谬奖并赐序，推荐给河南大象出版社，于2006年出版，几个月后即告售罄，遂第二次印刷。这无疑是个鼓励，因将前此发表过的其他论文选编为《宋代文学探讨集》，共收三十一篇文章，于2007年仍交大象出版。"荣退"后，七八年来一直与杨炯、吕本中两部文集为伴，并试作笺注，所谓"闲云野鹤"，其实一天也不曾享受。2018年末，蒙川大文学与新闻学院支持，选取2008年至2016年间发表的二十篇论文结集，主要包括当时有兴趣的理学与文学，诗派形成原理，以及做前两个课题后意犹未尽的相关文章，大致按发表时间先后排列，注释等也多沿用旧有格式，部分篇章作了些许修改或补充，在责编王汝娟博士的热心推动下，交复旦大学出版社出版，命之曰《宋代文学探讨集续编》，即此书是也。



在《宋代文学探讨集》后记中，我曾引朱熹语录道："为学须是切实，为己则安静笃实，承载得许多道理，若轻扬浅露，如何探讨得？说得去也承载不住。"(《朱子语类》卷8)当时感叹道："看来'探讨'又谈何容易？为学为己为文，实在太难。"回首往事，似乎一直在忙碌着，努力着，岂敢"轻扬浅露"，虽也写过一些文章，但并没有多深的"探讨"，更无力承载什么大"道理"，就已垂垂老矣，实在惭愧。本书所说的"道理"如果还有些价值，那也是拙笔偶得，但愿对学术还有些补益。切盼读者多多指教！

阆中　祝尚书

2019年2月10日，写于成都江安河畔

**图书在版编目(CIP)数据**

宋代文学探讨集续编/祝尚书著. —上海: 复旦大学出版社, 2020.1
(四川大学古典文学研究丛书/祝尚书主编)
ISBN 978-7-309-14475-8

Ⅰ. ①宋… Ⅱ. ①祝… Ⅲ. ①中国文学-古典文学研究-宋代-文集 Ⅳ. ①I206.2-53

中国版本图书馆 CIP 数据核字(2019)第 148045 号

**宋代文学探讨集续编**
祝尚书 著
责任编辑/王汝娟

复旦大学出版社有限公司出版发行
上海市国权路 579 号 邮编: 200433
网址: fupnet@fudanpress.com http://www.fudanpress.com
门市零售: 86-21-65642857 团体订购: 86-21-65118853
外埠邮购: 86-21-65109143
上海崇明裕安印刷厂

开本 890×1240 1/32 印张 10.625 字数 272 千
2020 年 1 月第 1 版第 1 次印刷

ISBN 978-7-309-14475-8/I · 1171
定价: 66.00 元